日本SF精神史【完全版】

長山靖生
Nagayama Yasuo

河出書房新社

目次

カバー装画：小杉未醒筆　押川春浪「鉄車王国」口絵
（「冒険世界」明治四三年四月増刊号）

日本ＳＦ精神史【完全版】

序章

近代日本SF史――「想像／創造」力再生の試み

歴史的な未来を所有するために

本書は日本SFを近代意識の目覚めに置き、二百年を超える射程でとらえ、ひとつの連続した歴史としてたどろうとする試みだ。江戸後期（一七八〇年代）や幕末期（一八五〇年代）に書かれた架空史から、明治の未来小説・冒険小説、大正・昭和初期の探偵小説・科学小説を経由し、一九七〇年頃の星新一・小松左京・筒井康隆ら現代SF第一世代の活躍、そして現在に至るまでを、一貫した問題意識を持つ体系として描き出したい。それは同時に、近代日本が内包していた想像力の多様性を明らかにすることであり、文学史・社会史のなかにSF的作品を位置づけしなおす営為ともなるはずだ。

SFは「新しさ」を帯びたジャンルだが、しかし歴史を持たないわけではない。その歴史的源泉についても、文学方面からは柳田泉の先駆的研究をはじめとして、紀田順一郎、前田愛、平岡敏夫らの優れた研究があり、ミステリー研究にもSF史への示唆に富むものが数多くある。

またSF界では石川喬司《たかし》が早い時期に古典的SF作品に検討を加え、横田順彌、會津信吾らが「古典SF」研究として、多くの埋もれた作品を発掘してきた。しかし作品の「発掘」という言葉に象徴されるように、これまでもっぱら先駆的SFの研究では、考古学的な方法がとられてきた。もちろん百年前のうずもれた作品を再評価し、その面白さを紹介することは、それだけで十分に意義深く、困難な仕事だ。私は長年、横田順彌の研究ぶりを間近で見てきたので、その大変さはよく承知している。そして、だからこそ百年単位で、戦前と戦後をつないだ日本SF史を書くという仕事に挑みたいと考えるようになった。

先行研究によって明らかにされた先駆的なSF作品をつなげて、歴史化するのが私の願いだ。この「歴史化」とは、単に過去に書かれたSF作品を編年的に整理して叙述するというだけではなく、近代日本が培ってきたSF的な発想、その想像力の系譜を現在につながる生命あるものとして確認するという意味を含んでいる。

取り立ててわざわざ意識しなくても、今ではSFあるいはSF的発想は、世の中にあふれている。われわれは毎日「未来」という言葉を耳にしているし、「もし○○だったら」と考える。しかし、未来に希望と驚きがあり、仮定の思考を積み重ねることが前向きな態度として賞賛されるようになったのは、近代以降のことだった。従来の価値観では、「あるべき理想」は未来ではなく、聖人君子がいた昔に求めるべきものだった。文明開化の時代となり、西洋近代に学ばねばならないという気運が高まると、日本でも進歩や未来が重視されるようになったが、こと文学の分野では、近代文学が成立・発展する過程で、未来社会への空想を作品に取り入れることの可否をめぐって、幾度も議論が戦わされた。こうした議論は、明治二〇年代に森鷗外や坪内逍遥が関わったものもあれば、昭和初期に江戸川乱歩や海野《うんの》十三《じゅうざ》が関与したものもあり、さらには戦後になってからもSF批判の文脈のなかでしきりに唱えられ、星新一や小松左京らを苛立たせもした。

最近、世の中はすっかり暗くなってしまって、未来を想像するのが辛いという人も少なくないかもしれない。「可能性」や「自由」や「競争」といった言葉も、今では当たり前を通り越して、あまり言われたくない義務としてしか感じられないかもしれない。しかし究極の格差社会である身分制度に苦しめられていた人々にとっては、競争や自由が輝かしく見えたに違いない。そうした「近代の黎明／SF草創期」の感動を取り戻すことは、今のわれわれにはとても大切なことだと思われる。

科学小説、空想科学小説、SFと「古典SF」

SF史を書く場合、まず問題になるのは、SFの起源をどこに置くかだ。

SFというジャンルの成立は、新しくて古い。遡ればどこまでも古く、人類の想像力のはじまりの地点までも遡ることができるだろう。実際、『オデュッセイア』や『聖書』、日本なら『古事記』や『竹取物語』をSFとして読むことだって、不可能ではない。

一方、このジャンルを厳格に規定する者は、一九二〇年代にその起源を求めるのが通例だ。サイエンス・フィクションというジャンル名は、アメリカの作家ヒューゴー・ガーンズバックが一九二六年にSF専門誌「アメージング・ストーリーズ」を創刊した際、まずサイエンティフィクションという造語を提示し、続いて一九二九年に創刊した「サイエンス・ワンダー・ストーリーズ」を通じてサイエンス・フィクションという名称で一般化をはかった。それがやがてSFという略称となって普及した。

しかし、ジャンル名としてのSFが確立したのがこの時期だったからといって、作品としてのSFが生まれたのもまた、この時期まで待たねばならないということにはならない。この新語・新概念を提唱したガーンズバックの小説が、今日ではあまり熱心に読まれていないことが、逆説的に示唆しているように、イデオロギーとジャンル的作品の誕生は無関係ではないものの、同一ではない。

一般的に初期のSFという時、われわれが思い浮かべるのはジュール・ヴェルヌやH・G・ウエルズの作品だ。あるいはメアリ・シェリーの『フランケンシュタイン』（一八一八）であり、エドガー・アラン・ポーの作品群であろう。それらはいずれも近代の機械文明が、明るい驚異ばかりでなく、いささかの恐怖をもって社会に浸透しはじめた時代の産物であり、伝統的な古典的教養以上に、最新の科学知識に通暁することが重要だと考えられるようになった時期に発生した文学だった。ヴェルヌが活躍した時代には、まだSFという名称はなく、ウエルズの作品はサイエンス・ロマンスと呼ばれた。しかし名称はなくても、たしかにSFは生まれていたのである。概念に先行して、あたかも存在しない未来そのものを生み出すかのようにして、SF概念以前にSF作品が生まれていたことを、私は深い感動をもって受け止めたいと思う。

だから日本SFがいつはじまったのかという問いは、日本の近代がいつはじまったのかという問いと連動している。教科書的な歴史区分では明治維新をはさんでそれ以前を近世（江戸時代）とし、以降を近代と称するのが一般的だ。だが、江戸後期には、流通システムや金融制度は幕府の規制にもかかわらず、すでに近代的な段階に達していたし、蘭学の知識や独自の発展を遂げていた和算も、近代科学のレベルに到達していた。その一方で、文学観や宗教観は、明治以降もしばらくは前近代的な価値観に支配されていた。

用語にこだわるなら、「科学小説」という日本語は明治一九（一八八六）年に造語されている。これはフランスでヴェルヌが活躍していた時代と重なるもので、実際、その後長らく、サイエンス・ノベルの訳語として、またSFを意味するジャンル名として使用された。その後、昭和七（一九三二）年には「空想科学小説」という名称が、SFとほぼ同義で用いられた例がある。さらに、ガーンズバックの運動とほぼ時期を同じくして、日本でも科学文芸運動が試みられたことがあった。日本SFは、たしかに一五〇年以上前から、同時代の世界的な政治情勢や文化事情の影響を受けつつ独自の展開をみせ、時には世界のSF潮流に先駆けて発展してきたのである。

日本でSFという語が一般読者にも定着したのは、昭和三四年の「SFマガジン」創刊によってだったが、通常は一九四五年の終戦を境にして、それ以前の作品を「古典SF」と呼ぶのが一般的である。しかし本書では、戦前SFと戦後SFの連続性にも目を向けたいと思う。実際、海野十三や大下宇陀児《うだる》は戦後も現役作家であり続けたし、戦後いち早く登場した手塚治虫や香山滋《かやましげる》は海外ＳＦからの影響以前に、戦前期ＳＦの影響を強く受けて登場した作家だった。彼らもまた古典ＳＦの作家だったのである（ちなみに「古典ＳＦ」という名称には、ジャンルが未確定だった時代に書かれ、その「存在しない概念」を呼び起こす力を持っていた作品、作家への畏敬の念がこめられている）。

本書はＳＦ史という過去に向かう旅であるが、それは同時に近代日本が求めた未来や理想や宇宙をたどる旅ともなるはずだ。私はこれから紹介する本たちにふれるたびに、自分たちが何と豊かな未来を所有していることかと、眩暈《めまい》にも似た感動を覚える。われわれはその貴重な未来を獲得し直すためにも、古典的ＳＦ作品を歴史化し、その現代につながる連続性を再確認しなければならない。

凡例

一、雑誌名、雑誌掲載作品名は「　」、単行本書名は『　』で表示し、引用文は〈　〉で示した。

二、引用文中の正漢字は新字体に改めたが、仮名遣いは原文のままとした。読みやすさに配慮して、一部、句点を補い、送り仮名を片仮名から平仮名に改めたものもあるが、語句はすべて原文どおりとした。

三、明治期の作品名の多くには角書きが付けられているが、一度は小字でこれを明記し、本文中で言及する際には概ね省略した。

四、本文中では敬称を省略させて頂いた。

五、所々、古本マニアのための情報が挟んでありますが、古本屋さんはあまり値段を吊り上げないでください。

第一章　幕末・維新ＳＦ事始——日本ＳＦは二百歳を超えている

歴史改変の試みと未来史創造——『悦贔屓蝦夷押領』

　ＳＦを定義する言葉は多様だが、本書が扱う作品は、科学的空想を加えることで改変された現実を描いたものとしたい。この「科学」のなかに、自然科学だけでなく、社会科学や人文科学（言語実験など）も含めるなら、およそ今日、ＳＦと認識されている傾向のほとんどすべてをフォローできるだろう。殊にＳＦは、昔から社会科学の影響を強く受けていた。

　近代以降、科学の進歩と社会変化は不可分であり、ウエルズやチャペックはその不可分性の理解のうえに作品を書いた。社会科学的想像をＳＦとして評価しないなら、オーウェルの『一九八四年』や近年の小川哲《さとし》『ゲームの王国』などのＳＦ的価値は半減してしまうことになる。また新感覚派時代の横光利一や川端康成らは、頻《しき》りに〝科学〟を問題にしていた。モダンな風俗や自然科学の知識を導入するだけでなく、文学独自の科学性を追求しようとしていた。この問題意識は、戦後の安部公房や現代の円城塔《えんじょうとう》にも通じている。

日本の近世を終わらせたのがペリー艦隊の来航だったとすれば、この社会的な事件に刺激された文芸作品が、同時に現れたのも当然だったのかもしれない。

だが日本近海への異国船出没は、ペリー艦隊以前から認識されていた。天明八（一七八八）年に版行された恋川春町作、北尾政美画の『悦《よろこんぶ》贔屓《ひいきの》蝦夷《えぞ》押《お》領《し》』（蔦屋重三郎刊）は黄表紙の一種だが、義経後日談の形を取った歴史改変の架空戦記であり、ペリー以前の異国襲来懸念を踏まえた当時の政治情勢から未来に向けた展望までが投影されていた。

現実の源義経は奥州衣川《ころもがわ》で、頼朝に屈した藤原泰衡によって討たれたが、この物語では義経と頼朝は実は不仲ではなく、すべては北方征服を目指した以心伝心の作戦行動だったとされている。なお義経主従は、泰衡が用意した衣川の持仏堂からの地下道を通って蝦夷の浜辺に上陸するが（だとすると全長三百キロもある地下通路）、立派にSF的ギミックもある。義経らは蝦夷でラカサンテエル・シバダンカンという異人（ロシア人？）を生け捕りにし、道案内させながら大陸部まで攻め入る。奥蝦夷は不毛の地で穀類は育たないものの、昆布、数の子、魚などは豊富だった。義経はインツウフッテエスシウレン大王の城を攻め、これを陥落させる。ちなみにインツウフッテエスシウレン大王は女王とされており、あるいはロシアの女帝エカチェリーナを念頭に置いていたのかもしれない。ラカサンテエルやインツウフッテエスシウレン大王などの名前は、「いかにも異人らしい」イメージの強調であると同時に、後者に漢字を当てて仮に「員数払底収斂大王」とするなら、松平定信治世下の緊縮財政や幕府の人材払底への風刺的意図も窺われる。ダンカンの名は「韃靼《だったん》」から来ているのかもしれない。

勝利した義経は大王（女帝）の娘を妻に娶り、義経軍の将たちもそれぞれ女官と仲良くなり、国内融和も進んだ。義経は奥蝦夷に昆布鰊子引替所を設け、さらに領民のために呉服所を作る。そもそも蝦夷は五穀が耕作できないだけでなく、織物も高いので地元の人々は昆布で衣服を整えて、北京から渡った蝦夷錦は国王ばかりが着ていたが（と本文に書かれているように、蝦夷錦が清国との密貿易品であることは江戸庶民も知っていた）、呉服所が設置されたことで、昆布などと交換で反物が手に入るようになり、蝦夷の人々も縞や小紋の着物を着るようになった。町割りも整え、蝦夷八百八町を開き、さらに町の外側に海辺で葦萱が茂った湿地帯を埋め立てて、江戸の「吉原」ならぬ「新葦原」という遊興地まで作られる。

これでめでたし、めでたしと思いきや、ダンカンが謀反を目論む。ダンカンの陰謀に気づいた義経は「いつもの草双紙のように夢でまとめては腹がない」（注：草双紙には「夢落ち」が多かったが、この一件は夢で済まさないの意。この義経のセリフはメタフィクションだ）と怒り、豊かに蓄えた蔵の中の品々から昆布、数の子で作った宮殿楼閣まですべて残らず刻み昆布にし、袋に詰めると、かつて天狗から学んだ秘術を使って（義経は鞍馬山で天狗相手に修行したし、常陸坊は仙人だったという物語がある）、すべてを雲に乗せて鎌倉に持ち帰る。こうして奥蝦夷は元の荒野に戻り、義経は鎌倉に巨利をもたらして頼朝共々、その栄を民と分かつのだった。

この物語の前提である「頼朝と義経は、実は不仲ではなかった」という虚構には、義経の生涯をハッピーエンドに書き換えようという判官贔屓の結構ばかりでなく、松平定信と以前の権力者・田沼意次は、実は不仲ではなく、北方政策を有利に展開するために秘密裡に連携していたという架空の同時代史を描く意図があった、とも見られる。本書は根拠なく滑稽な世界を描いたのではなく、社会的・科学的想像力を発揮している点で、日本初のSFと認定してよいと考えられる。とすれば、日本SFは既に二三〇年の歴史を持っていることになる。ちなみに欧米におけるSFの起源にも諸説あるが、オールディスはメアリ・シェリーの『フランケンシュタイン』(一八一八)としており、それにも先駆けてウォルポール『オトラント城奇譚』(一七六四)に近い。

儒者の聖戦――『西征快心編』

儒学者の巌垣月洲《いわがきげっしゅう》が安政四(一八五七)年に書いたとされる『西征快心編《せいせいかいしんへん》』もまた、同時代への危機意識が産んだ作品であり、日本最初期のSFと呼ぶにふさわしい性格を備えていた。

この物語は、日本をモデルにした極東の架空の島国・黄華国の副将軍・滬侯弘道《ここうこうどう》が、アジア侵略を進めるイギリスを成敗すべく、志ある武士を集うところからはじまる。ちなみに滬侯弘道のモデルは、水戸藩九代藩主(安政期には先主)徳川斉昭である。「滬」という字を分解すると、「水」「戸」「邑」すなわち水戸藩となり、斉昭が建設した弘道館は、当時、国内最大規模の藩校として知られていた。徳川斉昭は、早くから海防の必要を説き、黒船来航以前に率先して大砲の鋳造などを進め、さらには蝦夷地に西洋築城学を取り入れた城塞を建設するよう幕府に進言していた。天保一五(一八四四)年、斉昭は過激な藩政改革を咎められて致仕隠居を命ぜられたが、黒船が来航すると、幕府に嘱望されて海防参与の任に就いた。斉昭には先見の明があった反面、狷介な性格の持ち主で、開国を迫られて苦慮している幕閣に、異国と貿易するなら異国船を受け入れるのではなく、こちらから船団を組んで出貿易をするべきで、自分も百万の日本人を引き連れてアメリカに渡る——などと、実現不可能な提案をして顰蹙を買ったりした。しかし、そうした原理主義的主張が攘夷の志士から支持され、幕府の弱腰に不満を抱いていた庶民から人気を博したのも事実だ。

現実の日本では、斉昭の提案は一顧だにされなかったが、『西征快心編』では、弘道の呼びかけに応じて多くの武士が集まり、八千名の武士が「軍船十隻、火輪船四隻」に分乗して西征の旅に出る。火輪船とは外輪型蒸気船のことだ。滬侯の西征艦隊は、極東から極西に向かって進む「さかしまの黒船」だった。

滬侯艦隊は、まず阿片戦争後の領土割譲要求に苦慮する清国を救い、植民地統治下で苦しんでいるインドを助けて進み、イギリス本土に攻め入って女王を人質に取ると、遂にこれを制圧する。そして英国を四分割（イングランド、ウェールズ、スコットランド、アイルランドの連合王国であ る歴史を踏まえてのものか？）し、欧州諸国の王族中から英国王室の血縁を選び、四ヶ国それぞれの王と為し、以後、侵略行為をしないことを誓約させて引き上げるのだった……。

こうして筋だけを見ると、現代の高度な作品を読みなれた人には、稚拙なステレオタイプのシミュレーション小説という印象がぬぐえないかもしれない。

近代以降、現代に至るまで多くの架空戦記やシミュレーション小説が書かれてきた。そのなかで歴史は改変され、織田信長が本能寺で死なずに日本を統一して世界侵略に乗り出したり、太平洋戦争で日本が勝利したりする。これは日本だけの現象ではなく、韓国では古代世界で韓国が日本列島を支配していたという偽史的小説が書かれているし、欧米でも類似の作品は枚挙に暇がない。物語的想像力のなかでは、ポーランドは常にロシアを撃退して独立を保ち、アイルランドの勇者らはイギリス軍に勝利し続ける。多くの国で、自国の歴史を美化する架空史小説が書かれてきた。

しかし『西征快心編』には、現代シミュレーション小説には見られない特質があった。『西征快心編』の滬侯弘道は、世界の秩序を回復させると、領土を拡張することなく自国に戻るのだ。ここにあるのは、一所懸命の鎌倉武士や戦国武将の精神とも異なる、ある意味で非武断的な義戦、いや「義」を掲げた上杉謙信にしても、実際には領土拡張をしたのだから、「武士の義戦」以上の「儒者の聖戦」の思想である。大義を掲げて起った者が、勝利によって利を貪るような真似をしてはならないという発想。これは三百年近い〈徳川の平和〉によって培われた江戸儒学の「成果」であり、一種のユートピア思想だった。明治以降、日

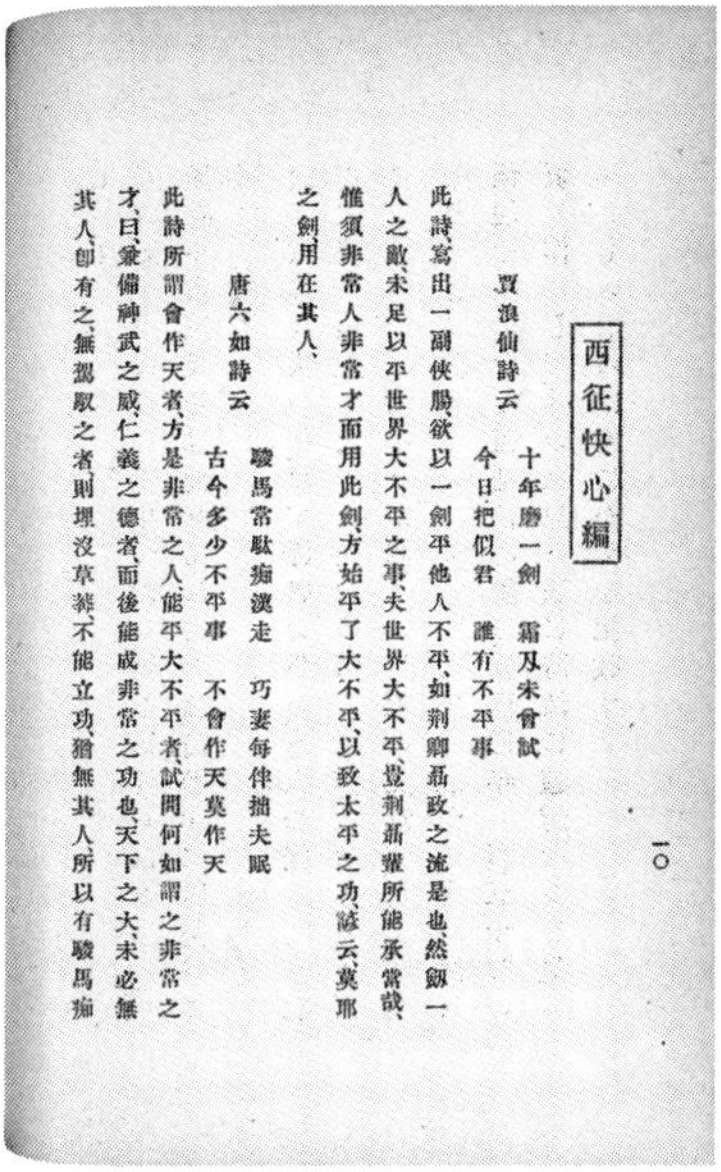

一〇

西征快心編

賈浪仙詩云　十年磨一劍　霜刄未曾試
今日把似君　誰有不平事

此詩、寫出一副俠腸、欲以一劍平他人不平、如荊卿聶政之流是也、然劍一人之敵、未足以平世界大不平之事、夫世界大不平、豈荊聶輩所能承當哉、惟須非常人非常才而用此劍、方始平了大不平、以致太平之功、該云、莫耶之劍、用在其人、

唐六如詩云　駿馬常馱痴漢走　巧妻每伴拙夫眠
古今多少不平事　不會作天莫作天

此詩所謂會作天者、方是非常之人、能平大不平者、試問何如謂之非常之才、曰、兼備神武之威、仁義之德者、而後能成非常之功也、天下之大、未必無其人、卽有之、無認取之者、則埋沒草莽、不能立功、猶無其人、所以有駿馬痴

『西征快心編』冒頭

本では多くの架空戦記、歴史改変テーマのSFが書かれてきたが、それらのなかでこのような完全に非野心的な「聖戦」を書いたものは殆どない。私はこの作品が黄華国（日本）の勝利を描いた点ではなく、侵略的欲望を全面的に退けた無償の「聖戦」を描いたという点に、強く惹かれる。

もっとも、この作品を日本SFの起源のひとつとすることに躊躇《ためら》いを覚える人もいるかもしれない。その躊躇いはもっぱら、『西征快心編』の形式をめぐって生ずるだろう。この作品は千五百字ほどの漢文で書かれている。漢文体の作品とSFのイメージは馴染まないと感じる人がいても不思議ではない。

だが近代以前の日本では、漢文学こそが正規の「文学」だと考えられていた。今日、一般的には江戸文学の代表のように思われている井原西鶴や近松門左衛門、あるいは建部綾足《たけべあやたり》、滝沢馬琴の読本なども、同時代には「文学」の範疇に入る作品とは公認されていなかった。

こうした文学観は明治期になってもしばらくは継続されていた。

夏目漱石も体験した「文学観」の維新

夏目漱石は『文学論』（明治四〇）の序において、自身が英文学を専攻するに至った理由を次のように述べている。

〈余は少時好んで漢籍を学びたり。これを学ぶこと短きにも関らず、文学はかくの如きものなりと定義を漠然と冥々裏に左国史漢より得たり。ひそかに思ふに英文学もまたかくの如きものなるべし、かくの如きものならば生涯を挙げてこれを学ぶも、あながちに悔ゆることなかるべしと。余が単身流行せざる英文学科に入りたるは、全くこの幼稚にして単純なる理由に支配せられたるなり〉

漱石は明治一四（一八八一）年、一四歳の時に漢文を学ぶために府立一中から二松学舎に転じたが、明治一六年になると英語を学ぶために成立学舎に入り直している。これは大学予備門（第一高等学校の前身）受験のためだった。明治の日本では、漢文を習得しても実利には殆ど結びつかず、栄達のためには英語を学ぶ必要があるという世情を受けての進路変更だった。ただしその時点でもまだ、漱石は英文学とは、英語で左国史漢を学ぶようなものだと、漠然と思っていたのである。

左国史漢、すなわち『春秋左氏伝』『国語』『史記』『漢書』の四書は、いずれも中国の代表的な歴史・文学書の古典で、日本でも平安朝以来、文章家の必読書とされていた。あえていうなら、天下国家のあり方にふれた『西征快心編』は、左国史漢の系譜に属しているといえる。そして夏目漱石が進学の路線を決めた明治一〇年代には『西征快心編』流の作品が、まだ「文学」のなかには生き続けていた。だからこそ、この作品を近代日本ＳＦの歴史のなかに位置づけることの意義は大きい、と私は考えている。またこの作品は、多くの日本人にとって未知のものであった異国風俗を伝え、かつ冒険奇談を描いている点で、近世の読本、たとえば遊谷子《ゆうこくし》の『異国奇談《いこくきだん》和荘兵衛《わそうべえ》』や曲亭馬琴の『夢想兵衛胡蝶物語《むそうびょうえこちょうものがたり》』の系譜を引いているともいえる。

ここには、後の政治小説にみられるようなイデオロギーとエンターテインメント性両面への試行が、すでにある。
なお、『西征快心編』は架空の近未来を描いているが、残念ながら架空の秘密兵器や未知の技術は登場しない。もっとも当時の日本では、火輪船という現実の最新技術が、殆どロケットのような実在にして未来的な技術だった。

一九世紀後半に、軍艦と並んで、未来的な実在の技術として人々の注目を集めていたのは気球だった。この気球についても、佐久間《さくま》象山《しょうざん》がSF的発想でフィクショナルに描いている。象山は安政元（一八五四）年というペリー艦隊が再航を宣言した年の新年に「甲寅初春之偶作」という漢詩を作っている。そのなかに気球が登場するのだ。この詩のなかで象山は、「悪しき異国の徒がわが国を去り、江戸の都は再び平穏を取り戻したかに見える。外敵に備える回天の備えは未だなく、どこからか優れた英雄が現れないものか」と謳う。そして、その昔、諸葛孔明が連弩（大きな石球を連続発射できる石弓）を用いた故事を引いて、大砲による防備を固めることが急務だと訴える。その上でこの詩を次のように結んだ。

〈微臣別有伐謀策　安得風船下聖東（微臣、別に伐謀の策あり、安んぞ風船を得て聖東に下らん）〉

すなわち、自分には別の戦術がある。それはどうにかして風船（気球）を得て、聖東（ワシントン）を直撃する、というのである。

ジュール・ヴェルヌが『気球に乗って五週間』を発表するのは一八六三年であり、象山の漢詩はそれより九年ほど早いものだった。単に気球を登場させた奇想冒険なら、既に嘉永二（一八四九）年に柳下亭種員《りゅうかていたねかず》作『白縫譚《しらぬいものがたり》』が出ているが、象山の漢詩は、気球の利用法への空想において、きわめてSF的だった。

『新未来記』——江戸蘭学文化の最後を飾ったSF

日本に海外の未来小説がもたらされたのも早く、慶応四（一八六六）年に近藤真琴《まこと》によってジオスコリデス著『新未来記』が翻訳されたことが、知られている。近代海外文学移入史の草創期を飾る出来事だった。

慶応四年閏四月一七日付の「公私雑報」（第七号）には、「全世界続未来記之弁」と題された記事が出ており、〈全世界未来記ハ和蘭の「ヂオスユリデス《ママ》」と云ふ人の著述なり。千八百六十五年「ウトレツク」と云地の刊行にかゝる。その表題ハ「アンノ、チウィンチフ、ホンデルト、フェイフ、エン、セスチフ、エーン、ブリツキ、イン、デ、ツー、コムスト」といふ。二百年の後には世の中のさま如何がなるべき乎《か》を記したる書なり〉と報じていた。

この原本は幕末に幕府遣欧使節団の一員としてオランダに留学した肥田浜五郎が購入して、慶応二年に日本に持ち帰ったものだった。周知のとおり、ジオスコリデスというのは古代ギリシャの博物学者の名前だが、『新未来記』はそのジオスコリデス本人の作品ではない。著者は本名ペーター・ハミルトンというオランダ人植物学者で、小説を発表するに当たって、古代ギリシャの先達に敬意を表して、その名前を筆名にしたのだった。肥田が帰国した頃は、既に世の中は洋学の時代となっており、蘭学は過去のものとなりつつあった。それでも江戸時代の長年にわたる日蘭の特殊な国交関係の最後を飾るかのようにして、幕府瓦解の間際に、未来SF

がオランダ語から翻訳されたことは興味深い。

さて本書の内容だが、舞台となっている時代は執筆当時から見て二百年後に当たる二〇六五年の正月、所はロンジアナ（未来のロンドン）である。主人公である「余」が、夢のなかでロゼル・バッコ（英語だとロジャー・ベーコン）とハンタシア（ファンタジア）という女性に案内されて、未来世界を瞥見するという筋立てになっている。

その未来世界の概要は〈蛛網地球を纏《まとひ》て万里時辰《とき》を同うし　粘土金属を生て硝子街衢《びゐどろまち》を覆ふ　写真の天画五彩を得たり　大軍の運搬一夫に任《ま》かす　文庫を開きて農工商賈書を読むを識《し》り　遺骸を留めて人獣禽魚分《わか》る所を示す　電気の妙工夜日光を現じ　伝言の奇機筐歌妓を蔵す　雄を争ひて強国武臣の職を廃し　交を結びて諸州気海の船を駕す　小人細利を競ひて和蘭の北部水底に沈み　英仏逸鳥を追ひて爪哇《ジャワ》の人民特立《どくりつ》と為る　天文の土地を相みて観象《てんもん》台を築き　博物の客書を論じて千年後を談ず〉との序章の言葉に要約されているように、科学文明が発達した一種のユートピアである。

引用文中の「蛛網」とは電信電話のことであり、それが地球全体に張りめぐらされて、世界のニュースが時差なく伝わるようになる情報化社会を予言している。「粘土金属」というのは容易に加工できる架空の金属であり、それを骨組みとして、硝子で覆われたドーム都市ができるという発想や、カラー写真、電灯の普及、さらに「奇機筐」という名称で出てきているのは、ラジオかテレビかインターネットか、いずれにしても画像や音声を瞬時に広く（かつ各個人の手元に）放送できるシステムをイメージしているらしい。本文を読むと、このほかにも自動車や飛行機、温度調節の機械（エア・コン）なども「予言」されている。

こうした機械文明の予測に加えて、政治的な変動への言及も興味深い。当時、欧米諸国は植民地獲得競争に邁進していたのだが、そのような同時代の風潮に抗して、各国が外交努力によって軍縮・軍事力放棄を進め、爪哇《ジャワ》（当時はオランダ領だった）が独立するという未来像を予言しているのは、画期的なことといっていいだろう。

またロジャー・ベーコンとファンタジアという案内人も象徴的だ。世に知られているロジャー・ベーコンは一三世紀英国のスコラ学者で、フランシスコ会派に属する修道士だったが、驚異的博士（ドクトル・ミラビリス）と呼ばれた博覧強記にして合理的思考の探求者だった。数学にも秀でており、「経験科学」という語は、このベーコンにはじまる。だが、そのために当時は異端視され、迫害も受けた。ファンタジアはいうまでもなく「幻想」の擬人化である。一九世紀の「余」は「経験科学」と「幻想」に導かれて二一世紀の科学文明ユートピアを垣間見るのだ。このような枠構造をとっているということは、この作品が描こうとしたユートピアが、単なる科学的合理性に支配された世界ではなく、西洋中世以来のグノーシス的な神秘思想への傾向も帯びていることを表しているだろう。

先に述べたように、近藤真琴はこの本を慶応四年には翻訳し終えていたが、その後、戊辰戦争などの争乱が起きたために、刊行されずに校本のまま放置されることになった。そして明治七（一八七四）年、上条信次が同じ本を訳出して『開化進歩後世夢物語』として刊行した。ただしこれは英語からの重訳だった。このことからも、この作品には、当時の人々が必要としていた知識ないしは精神が描かれていたことが分かるだろう。

肥田浜五郎は、幕府瓦解の直後には、八〇万石にまで減らされた徳川宗家にしたがって、静岡藩海軍学校学頭となったが、明治二年八月には新政府に招かれて民部省に出仕。明治四年に岩倉具視を特命全権大使とする遣外使節団に理事官として随行している。幕末と明治初頭の、二度にわたる外遊で、改めて科学文明社会のすばらしさを喧伝する必要を痛感した肥田は、近藤真琴が翻訳したものの、維新の争乱で放置されたままになっていた『新未来記』の出版を、改めて強く勧めた。近藤版は明治一一年になってようやく刊行されたが、それには三条実美(太政大臣)の題辞と肥田浜五郎の序文が付された。太政大臣の題辞が付いたSFは、たぶんこれだけだろう(ちなみに本書に付された訳者の例言では、著者名はジヲスコリデスと表記されている)。

なお、この本は単なる翻訳ではなく、原作中の科学技術や社会制度に関する、近藤真琴の評語が添えられている。その指摘の対象は、未来予測ばかりでなく、西洋の現実の文物・思想にまで及んでいる。

たとえば教育の普及、特に義務教育制度については〈篇中強て学に就かしむる一事、最も心に留む可き所となす。学を勧むるは美事なり。然れども徒らに皮相を観、遂に本末を忘れ、飢寒且免がれざるの民に強るに、徒らに其益なきのみにあらず、其弊豈言ふに絶へんや。文明序あり、開化漸あり〉と述べているのには、考えさせられる。近藤真琴は義務教育に反対しているわけではない。ただし、すべての人間に教育を施すといっても、現実には生活困窮のために子供も労働力としなければならない家庭は少なくない。それを無視して一律に「教育」を義務化し、貧困家庭から労働力を奪うことを戒めているのだ。ここには理想論を振りかざして学制を上から強要する明治新政府に対する批判が表れていると見るのは、穿ちすぎだろうか。

ちなみに近藤真琴は、福澤諭吉の慶應義塾、中村正直《まさなお》の同人社とならんで、「明治の三塾」に数えられることになる攻玉社を興した教育者として知られ、幼児教育や仮名文字運動にも尽力することになる人物だった。これらもまた、庶民にまで知識を行き渡らせるための工夫だった。輝かしい未来は、書物からはじまって現実社会を動かすようになる――そうであるべきだと、近藤は考えていたはずだ。

幕末・維新期の人々にとって、「未来小説」という手法を獲得したことに、どのような意味があったのだろうか。

未来小説を通じて、「未来」をあたかも確定した過去のようにして眺め、思い描くというこ

『後世夢物語』

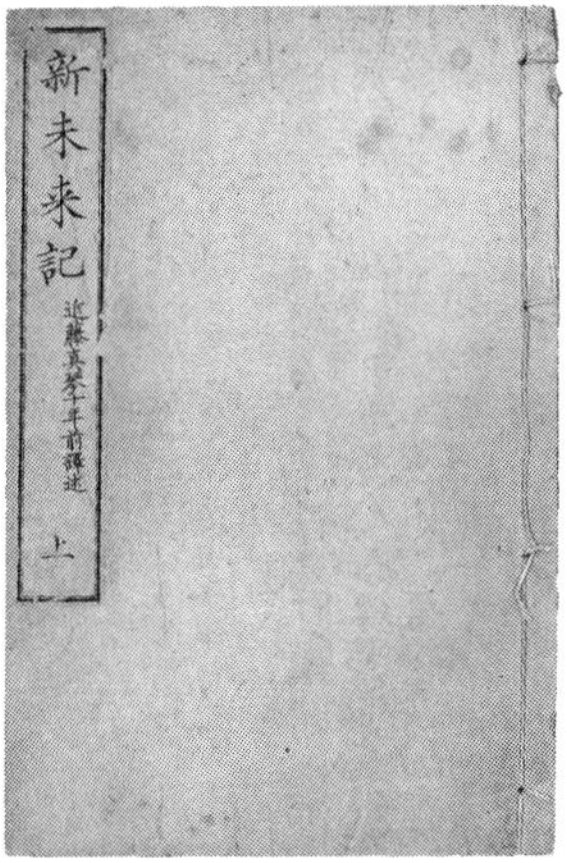

『新未来記』（近藤真琴十年前訳述）

と。それは「現在」を確固たる信念をもって統御し、生き抜く意志の表明にほかならない。古典ＳＦのはじまりに関わった当時の人々が獲得したのは、可能性は自分たちの力によって現実のものとし得るという思考であり、生き方だった。

第二章

広がる世界、異界への回路

「発見」された世界への違和感と共感

西洋近代と出会うことで日本が「発見」したのは「未来」だけではなかった。「世界の広さ」もまた、多くの民衆にとっては新時代の発見物だった。

仮名垣魯文著『万国航海西洋道中膝栗毛』（明治三〜九、初編から十一編までは魯文、十二編から十五編は総生寛による）は、この題名からも容易に察せられるように、十返舎一九の黄表紙『膝栗毛』を本歌取りした作品で、三世弥次郎兵衛と北八が横浜の豪商・大腹広蔵とともに英国ロンドンで開かれる万国博覧会見物に出かけて行くという物語。彼らが旅の途中で引き起こす数々の騒動を織り込みつつ、世界各地の文物を紹介するという趣向は、十返舎一九の作品を踏襲している。

また弥次さん北さんは英語ができないので、この珍道中には英通次郎という通訳が同行するのだが、彼の語学や西洋知識は中途半端なものにすぎず、彼が通訳すると却って事態を混乱させるというのも、当時の浅薄な自称・西洋通を揶揄したものとして興味深い。

『西洋道中膝栗毛』（三編）内扉

ただしそれだけでは、この作品をSFということはできない。作者自身は海外旅行の経験がなく、また知識も不十分なために、かなり珍奇な空想旅行記になっているというにすぎない。だが、その未知・未確認の部分を、意図的に架空の情報で埋めているという点では、一種のパラレルワールド（平行宇宙）旅行記ということができる。つまりここには、現実の西洋ではなく、西洋という異界への旅が描かれているのだ。

またこの本では〈彼土はすべて理で押してゆく国柄〉であり〈商法第一の世界になつた〉という近代社会への違和感、西洋文明への批判が語られる一方で、〈人情何処でも別段変りはねえ〉という大らかな世界観を押し通して、世界を渡って行く。それにしても弥次さん北さんは、イスラム教の寺院にアラビヤゴムで千社札を貼り付けようとして御堂を守る兵卒に捕らえられるなど、無邪気に日本流を押し通す。もっとも現代でも、世界遺産に自分の名前やら学校名を刻んでしまう愚か者がいるのだから、これも見事な「未来予言」といえなくもないのだが。

ちなみに魯文には『空中膝栗毛』(「月とスッポンチ」掲載、明治一一年一一月)という作品もある。さらに魯文には『倭国字西洋文庫《ナポレオンいちだいき》』(明治五)というナポレオン伝もあるが、これは伝記としては殆ど出鱈目な偽作品だ。何しろナポレオンはコルシカ島の鯨捕りで、妖怪退治をして立身出世するという、百足退治の俵藤太《たわらとうた》か、鬼退治の渡辺綱《わたなべのつな》のような話になっている。もちろん作者自身は、それが作り話であることを知っているわけだから、「誤った伝記」ではなくて、作為的な法螺話、パラレルワールドとしてのナポレオン一代記といえるかもしれない。「架空の伝記」「架空の歴史」という手法もまた、SFのサブジャンルだが、明治期には多くの「虚構の歴史」も人気を博した。それらについては項を改めて述べることにしたい。

時間と空間の拡張——明治のヴェルヌ・ブーム

文明開化が本格化した明治初期の日本では、明治一一(一八七八)年に川島忠之助訳『新説八十日間世界一周　前編』が刊行されて以降、ヴェルヌの作品が次々と翻訳紹介され、ブームといえるほどの人気を博した。

なかでもSF史的に注目されるのは『月世界旅行』の移入と広がりの早さだ。ヴェルヌがこの作品の完結篇を著したのは一八六九(明治二)年のことだったが、日本では明治一三年に、まず井上勤訳『九十七時間二十分月世界旅行』として分冊形式で翻訳出版された。三月から一一月にかけて、二書楼から巻之一から巻之四までの分冊が刊行され、これは同年一一月に『九十七時間二十分月世界旅行　上』として三木書楼より刊行された。これからも分かるようにまだこの翻訳は未完で、

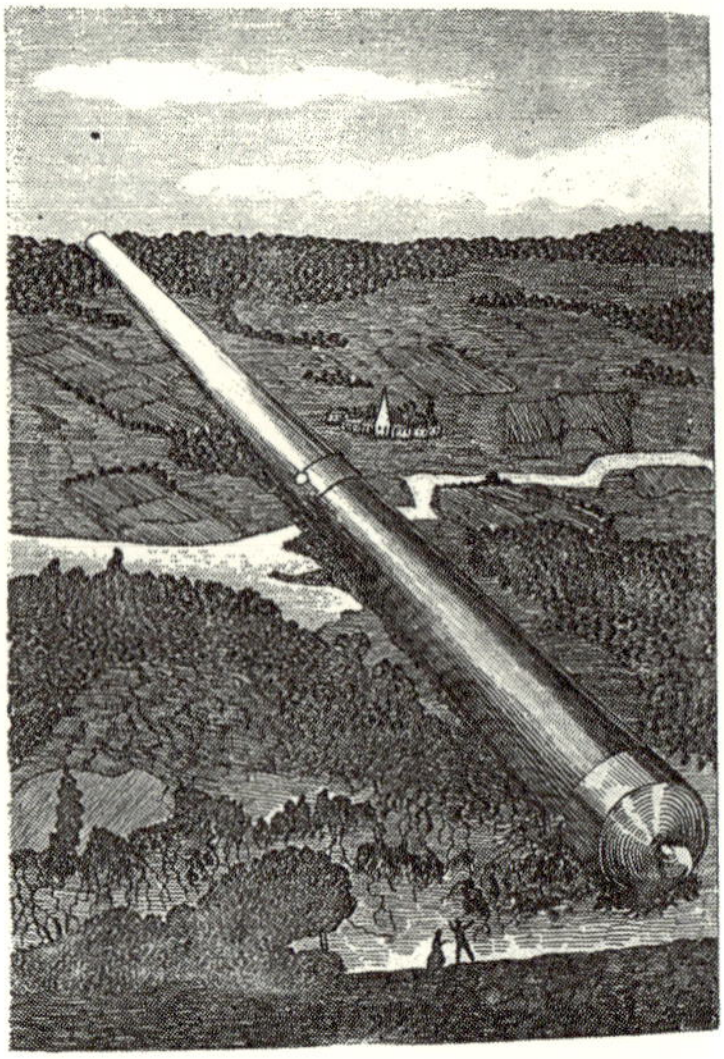

『月世界旅行』挿絵〈「マストン」氏想像ノ巨砲図〉

『空中旅行』

翌一四年三月には同書の巻之五から巻之十が二書楼から刊行され、ほぼ同時期にその合本が『九十七時間二十分月世界旅行　下』として、三木書楼から刊行された。また荻原喜七郎編『月世界遊行日記』（開成舎、明治一三年一〇月）という本も刊行されている。

ほかにも明治二〇年までのあいだに、次のようなヴェルヌの翻訳が出版されている。

『新説八十日間世界一周　前編』川島忠之助訳（丸屋善七、明治一一年五月）

『新説八十日間世界一周　後編』川島忠之助訳（慶応出版社、明治一三年六月）

『北極一周（巻之一～巻之八）』井上勤訳（小本望月誠、明治一四年）

『月世界一周』井上勤訳（博聞社、明治一六年七月）

『亜非利加内地三十五日間空中旅行　巻之一』井上勤訳（絵入自由出版社、明治一六年九月）
『亜非利加内地三十五日間空中旅行　巻之二』井上勤訳（絵入自由出版社、明治一六年一一月）
『亜非利加内地三十五日間空中旅行　巻之三・四』井上勤訳（絵入自由出版社、明治一六年一二月）
『亜非利加内地三十五日間空中旅行　巻之五』井上勤訳（絵入自由出版社、明治一七年一月）
『亜非利加内地三十五日間空中旅行　巻之六・七』井上勤訳（絵入自由出版社、明治一七年二月）
『六万英里海底旅行』井上勤訳（博聞社、明治一七年二月）

『海底旅行』挿絵〈海底ニ於テ銃猟ヲ為スノ図〉

『地底旅行』挿絵〈動物プテロダクチールの図〉

『五大洲中海底旅行　上篇』大平三次訳（四通社、明治一七年八月）
『拍案驚奇地底旅行』三木愛花訳（九春社、明治一八年二月）
『五大洲中海底旅行　下篇』大平三次訳（起業館、明治一八年三月）
『亜非利加内地三十五日間空中旅行』井上勤訳（春陽堂、明治一九年四月）
『五大洲中海底旅行』大平三次訳（覚張栄三郎、明治一九年六月）
『九十七時間二十分月世界旅行』井上勤訳（三木書楼、明治一九年八月）
『万里絶域北極旅行　上巻』福田直彦訳（春陽堂、明治二〇年一月）
『学術妙用造物者驚愕試験』井上勤訳（広知社、明治二〇年一月）
『五大洲中海底旅行　完』大平三次訳（辻本九兵衛・鎗田政二郎、明治二〇年三月）
「仏曼二学士の譚」紅芍園主人訳（「郵便報知新聞」明治二〇年三月二六日～五月一〇日）
『万里絶域北極旅行　下巻』福田直彦訳（春陽堂、明治二〇年四月）
『万里絶域北極旅行』福田直彦訳（春陽堂、明治二〇年五月）
「天外異譚」大塊生（森田思軒）訳（「郵便報知新聞」明治二〇年五月二五日～七月二三日）
「煙波の裏」独醒子（思軒）訳（「郵便報知新聞」明治二〇年八月二六日～九月一四日）
『鉄世界』森田思軒訳（集成社書店、明治二〇年九月）
「盲目使者」羊角山人（思軒）訳（「郵便報知新聞」明治二〇年九月一六日～一二月三〇日）
『五大洲中海底旅行　上・下編』大平三次訳（文事堂、明治二〇年九月）

こうして作品訳名を並べただけでも、当時のヴェルヌ人気の高さが分かると同時に、その受容のされ方も、ある程度伝わってくる。

まず目に付くのは、世界一周、月世界、海底、北極、アフリカ内地などといった空間的な広がりを示す言葉である。そして速度。八十日間での世界一周は、現在なら優雅なヴァカンス期間だが、当時としては驚異のスピードだった。そもそもヴェルヌの小説のなかでも、八十日間で世界を一周するというのは、賭けの対象となるような冒険であり、速度への挑戦だった。ちなみにトーマス・クック旅行会社が世界一周の団体観光旅行を売り出したのは、まさにこの時期だったのだが、現実のツアーの所要日数は二百二十二日間だった。ヴェルヌはそれを、小説のなかで三分の一に短縮してみせたのである。そのほかにも、「九十七時間二十分」や「三十五日間」など、時間すなわちスピードを示すキィワードがタイトルに付けられている作品が多い。

幕末に開国し、明治になって欧米との交易が盛んになって以来、日本人の意識は広く海外に向けられるようになっていった。その意味で世界は広くなったのだが、明治一〇年代のジュール・ヴェルヌ人気には、そうした広い世界に対する日本人の関心の強さが表れているといえよう。しかもその好奇心はいささか過激で、普通の世界地理を超えて、アフリカや北極といった辺境はもとより、海底や地中、さらには月世界にまで及ぶ冒険へと、強く引き付けられていた。現実の科学技術の発展度合いはさておき、好奇心のレベルにおいては、日本人は既に世界最新のレベルに達していたといえよう。

明治初期の日本人は、ヴェルヌ作品を立志実話か、近いうちに達成されるであろう科学文明のプロトコールとして受容した節がある。それは作者自身の意図に沿った読みでもあった。『月世界旅行』は、今日ではSFの古典とされているが、当時のフランスではサイエンス・ロマンスと呼ばれていた。そしてヴェルヌ自身は、これを現実の冒険や戦争などを描いたノンフィクション・ノベルを集めた長大な《驚異の旅》シリーズ中の一巻として発表している。ヴェルヌは自分が描いたことは、今現在まだ起こっていないとするならば、近い将来に起こるであろうことであり、その意味で現実がちょっとばかり未来にはみ出したものと考えていた。

ただし、日本における科学教育の普及が進むにつれて、ヴェルヌ作品の受容のされ方にも変化が現れる。その「科学性」が架空のものだと理解されるにしたがって、地底探検や月旅行を現実のものとして受け止めるような傾向は影を潜めた。それに代わって、明治二〇年代以降のヴェルヌ読者は、その「冒険性」に惹かれるようになっていく。それは日本のSF的作品の主流が、科学小説から冒険小説に変化していくのと軌を一にしていたが、これはやや後のこととなる。ちなみにヴェルヌとならんでSFの起源に数えられるメアリ・シェリーの『フランケンシュタイン』は、瓢廼舎主人訳「新造物者」（「国之もとゐ」明治二二年六月～二三年三月）として日本に紹介された。

万能なのは「科学」か「カネ」か

ヴェルヌ作品の特徴は、博物学的知識に支えられた冒険心と、発展を続ける科学に対する万能感にあるというのが、現代の読者の一般的印象だろう。読者のなかには、ヴェルヌ作品中に見られる科学に対する信頼の強さを楽観的すぎると感じたり、白人優位社会・帝国主義的な価値観の濃厚さに疑問を抱く人もいるかもしれない。

だが、当時の日本人は、ヴェルヌ作品に共感する一方で、意外な部分に違和感を抱いたらしい。明治文学研究家の木村毅《きむらき》が、明治初期に川島訳『八十日間世界一周』を読んだ栗本鋤雲《くりもとじょううん》（旧幕臣で明治初期の有名な新聞記者）の感想を記録している。

〈「兎に角変はつてゐて面白い小説だ。」そしてその変はつてゐる理由を鋤雲は次のやうに説明した。

「支那や日本の小説だと、災厄が四方に迫り、進退全く窮まるに際し、之を救ふ者は神仏の加護に非《あら》ずんば、必ず狐狸妖怪の助力である。然るに此の小説を見ると、さうした窮地を救うてゐるものは常に金である。――日本でも今後はこのやうに金が口をきく世の中にならう。」と。〉（『明治開化期文學集』「巻末解題」改造社、昭和六）

これは現代人には、ちょっと分かり難い感覚かもしれない。われわれはヴェルヌ作品を、やや ご都合主義的ではあるものの、それでも「神仏のご加護」や「前世の因縁」で説明するよりはよほど合理的で冒険的だと感じている。そして、その登場人物たちは英雄的活動家だと思う。だが『西征快心編』と比べる時、ヴェルヌ作品に登場する冒険者たちの合理精神は、たしかにいちいち、経済的裏づけと密接に結びついていることに気付く。たとえば『八十日間世界一周』ではクラブ内での賭けがすべての発端だったし、『月世界旅行』でも月を目指すための砲台作りには、派手な宣伝による資金集めのエピソードがついて回る。それがヴェルヌ作品をリアルにしている。しかし当時の日本人にとって、そうした思考法は月旅行以上に違和感を感じさせる、馴染みの薄いものだったらしい。思えば『西洋道中膝栗毛』にも「商法第一の世界」という指摘があった。

われわれがヴェルヌ作品のそうした側面を取り立てて意識しないのは、われわれが既に、ヴェルヌ以上に金がすべて――とは言わないまでも、殆どすべての問題を金で解決するような生き方を自然なものとしているためだ。実際われわれは、発明も冒険も、教育さえも、金なしでは解決できないという価値観に染まっているのだ。

そういえば明治初期には『未来之商人』『経済未来記』『未来繁盛記』といった類いの本が相当数出ている。ＳＦ史に興味を抱きだした当初、私はよくこの手の本にだまされた。古書目録で見て小説だと思って注文したら、実際には単なる経済の入門書であることが多かった。しかし当時は、新しい経済・会計知識が「未来的」に思えたのだろう。実用書に刻まれた「未来」というネーミングには、そうした当時の庶民の反応が込められている。

一九世紀後半という時期には、日本のみならず欧米でも、オーギュスト・コントやマルスラン・ベルトロらの科学万能主義が広まっていたが、ヴェルヌ自身は科学の進歩によるユートピアも、サン＝シモン主義的な「すべては産業のために、産業はすべてのために」といった経済合理主義的ユートピアも、信じていたわけではなかった。それどころか、精密に読み込んでいくと、ヴェルヌ作品には、そのような楽観主義への批判が書き込まれていることに気付く。科学の進歩と社会制度のある程度の改善を近代文明の必然的変化と見做しながら、それは決してユートピアの到来には結びつかないだろうと考えていたヴェルヌを「楽観的」としか理解しなかったのは、当時の読者が、そこに自己の願望と認識を投影した結果だったというべきかもしれない。これはその後も、多くのＳＦ作品について廻る的外れの批判と評価の基本パターンでもあった。

『星世界旅行』――異色の異世界瞥見記

ヴェルヌの影響もあってか、日本でも宇宙を舞台にした小説が書かれている。

明治初期の日本社会は、おそらく現代以上の混迷状態にあったはずだ。幕藩体制は瓦解し、海外製品が一度に押し寄せたために、国内の伝統的な産業の多くが、致命的な打撃を受けた。それにもかかわらず、この時代に書かれた小説類には不思議な楽観主義があふれている。たとえば幕末にはあれほど毛嫌いして排斥しようとしていた外国の事物についても、文明開化の名のもとに受け入れた。尊王攘夷を大義名分に掲げていた薩長を中心にした新政府が変節しただけでなく、庶民も争って舶来品を手にしようとした。

それにしても日本人の好奇心は凄まじい。明治一〇年代の日本では、まだ多くの人々にとって海外旅行すら縁のないものだったはずなのに、宇宙旅行の方法や異なる惑星世界のありさまをいくつも思い描いているのだ。

なかでも特記すべきは貫名駿一《ぬきなしゅんいち》『千万無量星世界旅行　一名　世界蔵』（明治一五）だろう。この小説は、主人公がさまざまな異星を経めぐり、それぞれの星の科学文明や生活習慣、社会制度や

『星世界旅行』挿絵〈瓦斯輪局遠望黄昏点灯之図〉

政治形態、思想などを体験するというものであり、「空中歩行器」などの「発明品」も登場する。主人公は「腕力世界」「智力世界」「文明世界」の三つの別世界を訪問する。主人公が異世界をめぐるという筋立ては、御伽草子や仏教説話でも古くから見られた形式だが、この作品の「近代性」は、そうした別世界が、地獄や島巡りといった寓話的空間ではなく、太陽系とは異なる恒星系の惑星と設定されている点にある。

　本書の凡例は〈(本書は)架空の談にあらずして、即ち我が人類世界の是まで変転遷動し来りたるの事跡上より、之を将来に推測したるものなれば、亦《ま》た是《これ》一種の大歴史とも云ふべきか〉と述べている。つまり異世界の出来事はそれぞれが、われわれ人類の将来の可能性であり、人類の未来史だというのである。さらに本書は〈大空見れば燦爛無数の星辰あり　皆是一個の別世界〉であり、〈太陽系統外に散在する千万の星辰〉のなかには〈我が世界の如きものあり　或いは人畜草木の発達せざる世界〉もあるだろうが、なかには人類社会を超えた文明世界もあれば、既に死滅した世界もあるだろう、としている。このような宇宙観・生命観は、一九世紀の日本では、かなり画期的なものだったのではないだろうか。

　ただ難点をいえば、本書では主人公が異世界に至る方法が、自己催眠による夢幻状態での霊魂離脱による精神だけの訪問として描かれており、ロケットそのほかの科学技術による肉体的移動ではないことだが、これは致し方ないかもしれない。人類の恒星間飛行は、未だに実現されていないのだから、明治人が他恒星系に行く技術を発明したという設定にしては、かえってリアリティがなく、荒唐無稽の印象を強めるだけだったのかもしれない。そういえばジオスコリデスの『新未来記』もまた、夢幻のなかで未来世界を垣間見ていた。重さを持つ肉体は、空間的にも時間的にも現実世界から離れることはできないものの、精神という不可視にして実在するものだけに制限すれば、異世界にだって飛翔し得るかもしれないというスピリチュアリズムの発想のほうが、当時の人々には「合理的」に思えたのかもしれない。そういえばデフォーの『コンソリダトール』（一七〇五）には、月に行ける飛行機械が登場するが、そのエネルギー源は精《スピリット》だと紹介されていた。

『星世界旅行』では、話者はいくつかの「世界（星）」を見て廻るが、そのなかには地球より進歩したものもあれば、遅れているものもある。「腕力世界」は、人類の原始時代に相当する暴力的な競争社会だった。そして「智力世界」は科学文明が発達した世界である。「智力世界」では戦争さえも技術的に管理され、一種のゲームの様相を呈している。また都市の遥か上方には塔が聳えており、そこに巨大な瓦斯輪灯がともされていた。この輝く人工太陽によって夜というものがなくなっている。さらにこの世界では人間は労働をせず、化学的に合成された人造人間が労働を担っている。その人造人間の監理については、次の三ヶ条の大原則が立てられているという。

〈第一条　化学的に於《おい》て生れし人は仮りに其《その》製造人を以て父と定む
第二条　製造人より購求せしものある時は買主を以て即ち父と定む
第三条　若《も》し万一にも其人にして罪悪の行ある時は政府より製造人或《あるい》は他の化学士に命じ、之を改造せしめ又は分析して其の原素に復帰せしむべし〉

ロボットというと、われわれは金属ボディーの機械的人造人間を思い浮かべがちだが、ロボットという名称の語源になったカレル・チャペックの『R・U・R』（一九二〇）中のロボットも、化学的に合成された生物型人造人間だったことを思い合わせると、本作はチャペック作品よりも四〇年も早く、注目に値する。

作家で古典SF研究家の横田順彌は、この三ヶ条をアシモフのロボット三原則に譬え、〈日本にもこんな科学技術的予測をしていた人が、明治一五年にすでに存在していたのだ。／たしかに、ヴェルヌにくらべれば、適中率は低く、科学的な描写は劣るかもしれない。しかし、その分、ウエルズを思わせるイマジネーションが、この貫名駿一という人には存在している〉（『日本SFこてん古典』）と賞賛している。

また「智力世界」では、人間の心のうちを照らし出す道具や、犯罪者を一度に大量に、しかも正確に裁くシステムも確立しているという。このように「智力世界」は科学技術が高度に発達した社会だが、その一方で裁判制度があることからも分かるように、不正も存在する社会だった。知性の向上は必ずしも道徳的向上とイコールではないのである。

これに対して「文明世界」というのは、財産がすべての人々によって共有されている社会で、貧富の差は存在せず、政府も法律もない世の中として描かれている。そうした制度や機構がなくても、犯罪は起きず、秩序が保たれているのだという。またこの世界には宗教も存在しない。それは〈智力円満なる文明世界においては神仏を仮想し、其加護冥福を祈るが如き愚人は絶へてなき所〉だという。この世界の住人に言わせれば、人間の智力が進んだといっても功利的な精神から励むだけでは、本来の知恵だけでなく悪知恵も発達し、詐欺や欺瞞はかえって蔓延するという事態になりかねない。そうした世界では、人間の欲望を制限するために、宗教が必要となるだろう。だが道徳的成長を伴った真の文明世界では、そのようなものは必要ないという。

これは今日でも考えさせられるテーゼであり、明治一〇年代に共産体制や無政府のユートピアを説いた作品が書かれていたことは注目に値する。もっとも、この「政府なき社会」というのは、トロツキー的な無政府主義とは別種のもので、おそらくスペンサーの社会思想に由来している。ハーバート・スペンサーは社会進化論で知られるが、明治一〇年代前半の日本では、個人の自由の擁護者とみられていた。明治一四年に松島剛によりスペンサーの『社会平権論』が訳出されたが、板垣退助はこれを「民権の教科書」と賞賛した。スペンサーは自由競争（明治期に好まれた言い方だと「優勝劣敗」）を重視した究極の「小さな政府（警察など、政府機構は最小限で、公的福祉などもない）」論者だったのだが、幕藩体制下の身分制度に縛られていた人々にとっては、自由に競争ができ、能力・努力によっては認められる可能性がある社会は、それだけで十分にユートピアのように思えたのだろう。

なお、ここに紹介したのは『星世界旅行』の第一編のみで、その巻末には第二編として「宗教世界」「英雄世界」「政治世界」「文学世界」「商法世界」「風流世界」「色情世界」の巻を編むという予告が出ている。ただしその刊行は確認されていない。

政治小説――ユートピアをめぐる小説の形式

『星世界旅行』は宇宙旅行の物語という形式をとっているが、当時の認識では政治小説だった。明治一〇年頃から、新政府の要職が旧薩摩藩や長州藩などの士族に独占されていることへの不満が高まり、不平士族の反乱が起こる一方で、国民の参政権要求が高まっていた。自由民権運動と呼ばれるこの風潮は、政府によって弾圧されながらも着実に広まっていった。その浸透を助けたのが、参政権、議会制度、憲法などを庶民にも分かるように小説仕立てで紹介する政治小説の存在だった。そして政治小説には、実に多くのSFがあったのである。

明治史・明治文学研究の先駆者のひとりで、『政治小説研究』の著者でもある柳田泉は、政治小説を年代によって、まず前期と後期に分けている。前期は「民権時代」であり、これを、さらに萌芽時代（明治七～一三）、民権文学時代（明治一三～一五）、政党文学時代（明治一五～二二）に分類している。後期は明治二三～四〇年で、これは「議会時代・国権時代・暴露時代・社会主義時代」だという。もっとも、個々の作品に当たってみると、前期の民権時代にも、国権的な主張を持った政治小説が書かれている。

本章では、柳田泉のいう前期の民権的政治小説のみを取り上げることにしたい。この時期の作品としては、古代ギリシャの歴史に材を採った矢《や》野龍溪《のりゅうけい》『斉武名士経国美談』（明治一六～一七）が有名だが、政治小説のなかには多くのユートピア小説、パラレルワールド小説、未来小説もあった。その一方で、後期の国権的政治小説は、SF史的に見た場合、内容的にも読者の反応からも、民権的政治小説よりもそれ以降の冒険的なSF小説に直結していると考えられる。

明治一三（一八八〇）年から二二年までに書かれた民権的政治小説のうち、SF的結構を備えている主な作品を列挙してみよう。

明治一三年
『国勢夢想記』岸甚咲（私刊本、九月）
『竜宮奇談黒貝夢物語』風頼子（風頼舎、一〇月）

明治一四年
『滑稽国会夢物語』柳窓外史（東北新報社、二月）

明治一五年
「自由之空夢」上田秀成（「鳳鳴新誌」四月号）
『自由之栞胡蝶奇談　第一編』上田秀成（温故社、九月）

明治一六年
『二十三年未来記』柳窓外史（古今堂、三月）

明治一七年
『第二世夢想兵衛胡蝶物語　前、後』服部誠一（九春社、一月）

『黄金世界新説』杉山藤次郎（古今堂・松江堂、三月）

明治一八年

『人類攻撃禽獣国会』田島象二（青木文宝堂、一月）

「夢ニナレナレ」末広重恭（鉄腸）（「朝野新聞」一一月三日〜一二月一日）

明治一九年

『二十三年未来記』末広重恭（博文堂、五月）

『内地雑居未来之夢』第一〜第十号　春の屋主人（晩青堂、四〜九月）

「雨窓漫筆緑蓑談」須藤南翠（「改進新聞」六月一日〜八月一二日）

『ドリウム氏異国回嶋奇談』加嶋斐彦（黎光堂、七月）

『政治小説雪中梅　上編』末広鉄腸（博文堂、八月）

「一顰一笑新粧之佳人」須藤南翠（「改進新聞」九月二九日〜一二月九日）

『二十三年国会未来記　第一編』服部撫松（仙鶴堂、一〇月）

『雨窓漫筆緑蓑談』須藤南翠（春陽堂・改進堂、一〇月）

『政治小説雪中梅　下編』末広鉄腸（博文堂、一一月）

『政治小説新日本　初巻』尾崎行雄（集成社・博文堂、一二月）

『寓意小説蜃気楼』神田伯山（駿々堂、一二月）

明治二〇年

『政海艶話国会後の日本』仙橋散士（欽英堂・文海堂、一月）

『政事小説花間鶯　上篇』　末広重恭（金港堂、二月）
『政治小説雪中梅　上篇』　末広政憲（福老館、三月）
『政治小説新日本　二巻』　尾崎行雄（集成社・博文堂、三月）
『明治二十三年夢想兵衛開化物語』　米巒山笑史（福老館、三月）
『明治二十三年夢想兵衛開化物語　中篇』　米巒山笑史（有益館、三月）
『内地雑居街の噂』　吸霞仙史（東京改良小説出版舎、三月）
『一顰一笑新粧之佳人』　須藤南翠（正文堂、三月）
『二十三年国会未来記　第二編』　服部撫松（仙鶴堂、四月）
『春暁攬眠痴人之夢』　須藤南翠（正文堂、四月）
『日本新世界　前篇』　牛山良助（成文堂、五月）
『内地雑居東京未来繁昌記』　大久保夢遊（春陽堂、五月）
『内地雑居経済未来記』　松永道一（春陽堂、五月）
『社会小説日本之未来』　牛山良助（春陽堂、五月）
「女子参政蜃中楼」　広津柳浪（「絵入東京新聞」六月一日〜八月一七日）
『二十三年国会道中膝栗毛』　香夢亭桜山（競争屋、六月）
『二十三年後未来記』　末広政憲（畜善館、七月）
『政治小説廿三年夢幻之鐘』　内村秋風道人（駸々堂、八月）
『女権美談文明之花』　杉山藤次郎（金桜堂、九月）

『政事小説花間鶯　中編』末広重恭（金港堂、一〇月）
『社会小説日本之未来　下編』牛山良助（春陽堂、一〇月）
『文明世界宇宙之舵蔓』硯岳樵夫訳（文盛書屋、一一月）

明治二一年

『政治小説国民の涙』久永廉三（顔玉堂、一月）
『政事小説花間鶯　下編』末広重恭（金港堂、三月）
『暁鐘一声国会之燈籠』久永廉三（駸々堂、四月）
『天賦固有腕力之権利』中野了随（永昌堂、四月）
『一顰一笑新粧之佳人』須藤南翠（春陽堂、五月）
『未見世之夢』尺寸廬主人（尚書堂、六月）
『町村制度未来之夢』雨香散史（駸々堂、一〇月）
『二十三年前滑稽議員』竹夭道人（岡安書舗、一〇月）

明治二二年

『日本政海新波瀾』佐々木龍（黎光堂、五月）
「一年後」天保子（「読売新聞」九月一〇日～九月二九日）
『女子参政蜃中楼』広津柳浪（大原武雄、一〇月）
『廿三年候補者之夢』逢水漁史（鶴鳴館、一〇月）

これらのなかから、いくつかの作品を取り上げて、民権的な政治小説にみられるＳＦ的特性について考えてみたい。

竜宮の憲法、夢のなかの議会

風頼子『竜宮奇談黒貝夢物語』（明治一三）は、民権運動の啓蒙を目指した政治小説だが、同時に竜宮という異世界に旅するＳＦでもある。その粗筋は次のようなものだ。

ある日、風頼子はフランス革命やアメリカ独立戦争の本を読んでいた。当時の民権運動家は、フランス革命やアメリカ独立戦争を自分たちの民権運動の先例と見ていた。民権派は「昔思へばアメリカの独立したるも筵旗《むしろばた》」と歌っている。しかし風頼子は、米仏の先例にも新旧支配者の交代が殺戮を呼び、やがて新政権を立てた者も旧支配者の如く腐敗したことを思って虚しさを覚え、煩悶する（この「煩悶」というのも、壮士と呼ばれた当時の自覚的青年たちの特質を表すキィワードだった）。

心を和らげてくれるものはないかと辺りを見回すと、浦島太郎の古写本が目に付く。気分直しで気楽に読みはじめたが、やがて風頼子は物語に引き込まれてゆく。気が付くと彼は、見知らぬ浜辺に立っていた。そこに浦島太郎が現れ、彼を太平洋の海底にある夢想国の首府・豚犬（「トンケン」の音は東京のパロディ）に案内してくれる。豚犬の都は文明開化を遂げており、道は煉瓦敷きで街には瓦斯灯が輝き、人力車が行き交い、鉄のレールの上を汽車が走るようになっている。聞けば竜宮夢想国にも、数年前に外国船が押し寄せて開国を迫り、王政復古がなって、新時代がやってきたのだという。さらに竜宮では議会が開かれ、それが今日の繁栄の元になっていると話は続く。この作品は第一篇しか刊行されておらず、話は完結していないのだが、おそらく風頼子はその竜宮から、土産として玉手箱ではなく憲法を持ち帰るはずだった。

上田秀成の『自由之栞《じゆうのしおり》胡蝶奇談』（明治一五）も、これと同系統の本といえる。その昔、現世の俗悪なることに嫌気がさして、深山で隠遁生活を送っていた玄道先生という人物がいた。ある日先生は、夢のなかで仙人に声をかけられ、彼の導きで不思議な世界に案内される。実はその「不思議な世界」とは当時の明治日本よりちょっと進んだ社会（近未来の日本?）であり、議会によって広く国民の意見が集められて、ますます世の中が良くなっていきつつあるというもの。

服部誠一『第二世夢想兵衛胡蝶物語』（明治一七）も、『胡蝶の夢』よろしく夢のなかで別世界を垣間見るという筋立てになっている。

夢という枠構造。異界への旅立ち。議会政治が行われている状況を眺める、あるいは理想社会を垣間見る。――これが民権期政治小説の基本構造だ。当時は讒謗律《ざんぼうりつ》などにより、反政府的言動には厳しい弾圧が加えられていた。そのため民権派の人々は、正面から民権を獲得するための闘争にはふれず、「異世界に存在しているという民権」を描くことで、読者にそのすばらしさを訴えるという戦術をとっていた。その意味で、古代ギリシャ史に材を採った矢野龍溪『経国美談』と『黒貝夢物語』は同様の文脈を持っていたといえる。

『黄金世界新説』――反社会進化論の演説小説

物語を通して議会政治のすばらしさを喧伝する作品群がある一方、もっとダイレクトに政治的主張を述べる小説もあった。演説小説といわれる形式のもので、主人公（あるいは複数の人物）が、自分の主張を延々と語り、あるいは議論を戦わせるというものである。杉山藤次郎の『黄金世界新説』（明治一七）は、典型的な演説小説だが、そこで主張されている世界観は、かなりユニークだ。まず杉山は、世間では経済が豊かになった状態や、知識が進んで文明が豊かになった状態、さらには政府がなくすべてが個人の自由になった世界を幸福と考えがちだが、それらはいずれも誤りだと説く。なかでも杉山は斯邊鎖《スペンサー》を徹底的に敵視し、「政府なき社会」を繰り返し批判している。

では、彼が考える黄金世界（理想世界）とは、どのような社会なのか。

〈黄金世界とは智識の開発道徳の改良共に其の極天に達したる真文明の状況を云ふ者にして其智徳の分量は七智三徳に在り〉といい、住民の知識・知的思考能力と道徳精神のバランスの取れた発達が、必要不可欠だとする。その上で〈黄金世界には立法行政の二府を要して司法の一府は無用なり　而して其立法府は至て小にして可なり　又行政警察と司法警察の如きも論なく皆無用にして其他も亦今日の行政府の事務に比すれば甚だ少なき者なり〉という、非管理社会としての「小さな政府」を理想に掲げている。司法・警察がなくてもいいというのは、〈道徳の改良極天に達し己れの欲せざる所諸《こ》れを人に施すことなく　人を愛する己れを愛するが如くし〉という人間性の進歩の故と書かれているが、実際には、当時の民権運動に対する司法・警察の弾圧に対する批判が込められているようにも思われる。

それでも杉山は「政府なき社会」を排撃してやまない。スペンサーを「敵人」とまで呼んでいる。このようなスペンサー観は、同じように道徳的達成を理想社会の条件にあげていた貫名駿一の『星世界旅行』とは、大きく異なっている点だった。

民権論者たちのスペンサーに対する評価は、明治一五（一八八二）年をはさんで大きく変化していた。社会進化論が知られるようになり、それまで民権的自由思想と考えられていたものが、競争の自由（極言すると弱者排除の自由）だと見做されるようになり、民権論者は動揺した。なかでも極端な「転向」を見せたのは加藤弘之だった。加藤は幕末期に逸早く立憲制度を紹介

『二十三年未来記』

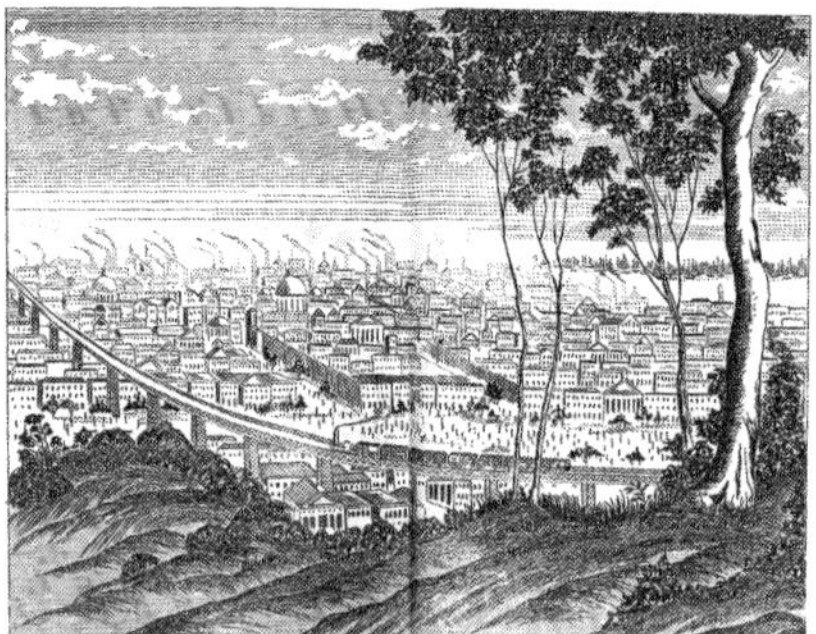
『雪中梅』（上編）挿絵〈日本帝国大繁昌之図〉

した法学者で、当初は議会制度を支持しており、穏健な民権論者とみられていた。しかし加藤はダーウィンの進化論に接し、スペンサーの社会進化説を受容した結果、明治一五年にそれまでの自著を絶版にして、新たに『人権新説』（明治一五）を発表し、民権を抑えて中央集権的な国家官僚による帝国主義的統治を支持する説を立てた。矢野龍溪は直ちに『人権新説駁論』（同）を著してこれに反論したが、以後、民権派の人々にとってスペンサーは大きな障壁となっていったのだった。

スペンサーの自由論を、制限なき自由主義、徹底的な闘争を肯定する非人道的競争を促す思想と解した杉山は、これに対して、政府が国民生活を管理／抑圧することは退けながらも、一定の調整機構としては必要だと考えた。ここには明治思想界におけるリベラリズムとポピュリズムの対立が、すでに現れていた。

末広鉄腸――民権と国権の狭間で

民権期政治小説のなかで、最も広く読まれた作品のひとつが、末広重恭《すえひろしげやす》（鉄腸《てっちょう》）の『二十三年未来記』だった。この作品は、原題を「夢ニナレナレ」といい、明治一八（一八八五）年一一月三日から同年一二月一日にかけて「朝野新聞」に連載され、翌一九年五月に博文館から刊行された。国会開設への関心が高まっていた時代の要請に合致していたためか、この作品は広く世間の耳目を集め、その人気を見て取った諸書肆から多くの海賊版が出版されたほどだった。『二十三年未来記』は、多くの民権期政治小説同様、国会開設後の社会を描いたものだが、必ずしもそれが国民の幸福に直結するとは限らないとしているところに特徴がある。話は、五年後の近未来、国会開設後にふたりの人物が新聞を読みながら、国会審議の実情を批評しあうというもの。そのなかでは、過去現在の政治が批判されている（五年後を舞台にしているので、この「過去現在」は「現在未来」である）が、自説に頑なに固執して審議を中断させる議員、政府に取り込まれる議員、目立とうとするだけの議員などの醜悪さが批判されている。

一方、『雪中梅』（上編明治一九年八月、下編明治一九年一一月）は、明治百七十三年（つまり国会開設予定の明治二十三年から見た百五十年後）の国会開設記念日当日から、話がはじまる。この日、古碑が発掘され、未来の人々が、国会開設前後の民権志士たちの苦労と成功に思いをいたすという形式をとっている。このなかで「過去（現在）」の民権派のなかには、過激な活動を疑われて獄につながれた者もいたが、基本的には穏健・愛国・建設的な人々であり、彼らの努力によって日本国は「今日（百五十年後）」の繁栄を獲得することができるようになったのだ、としている。未来の出来事を確定したものとして過去時制で表現するこの手法は、後々になって、ＳＦの特質あるいは限界を示すものと、指摘されることになる（たとえば、蓮實重彦「ＳＦ映画は存在しない」）。

ところでこの作品に関連して注目すべきなのは、本書に添えられた尾崎行雄の序文である。尾崎は民権運動の旗手のひとりであり、その後、第一回帝国議会衆議院議員に当選して以降、長く議会政治を支えることになる人物で、大正デモクラシー期には「憲政の神様」と呼ばれた。そうした人物の序文が載っているというだけでも面白いのだが、驚くべきはその内容である。

何とそこには、次のような一節があるのだ。

〈焉ぞ知らん小説（今妥当の訳語を得ざるが故暫く小説二字を以て novel に充つ以下単に小説と記する者は皆是なりと知るべし）は、近世文学上の一大発明にして、其文化を賛育せること、実に少小ならざるを。古の歴史は、荒誕怪奇にして、編者の想像に成れる者多しと雖《いへ》ども、尚ほ是れ歴史にして、小説に非ず。（中略）始めて理論上の主義を小説中に寓せるは、今世紀の初めに在り。之に尋で政治小説《ポリチカル、ナーブエル》あり、又之に尋で科学小説《サイエンチヒツクナーブエル》あり、将に万有を網羅して遺さざらんとするは、是れ近時小説の進歩に非ずや。小説決して軽視すべきに非ざる也〉

ここにはサイエンチヒツクナーブエルとルビを付したうえで、「科学小説」という語が用いられている。おそらくこれは、日本で「科学小説」という語が今日的な意味で使われた最初の用例だった。周知のとおり、科学小説という名称は、その後、昭和三〇年頃まで一般的にはSFの訳名称として使用されることになる語だが、その命名者は尾崎行雄だったのである。ちなみに坪内逍遥が『小説神髄』初篇を発表したのは明治一八年のことだったが、右の引用文からは、まだ「小説」という名称すら一般に定着しきっていなかった当時の世相も伝わってくる。「科学小説」という語は、そんな時期に、既に生まれていたのだった。

ちなみに末広鉄腸は、宇和島藩の生まれで、幕末には昌平黌で学び、維新後は新政府に出仕したが、明治八年に下野してジャーナリストとなった。鉄腸自身、新聞紙条例・讒謗律を批判したかどで入獄した経験があった。

『新日本』――憲政の神様、唯一の小説

尾崎行雄本人もＳＦ的な小説を書いていた。『政治小説新日本』（初巻・明治一九年一二月、二巻・明治二〇年三月）がそれだ。

この作品もまた理想の「あるべき日本」を描いたものだが、それを「未来はこうなる」とか「このような異世界に学ぼう」といった形で示すのではなく、明治維新直後からの歴史を書き換えるパラレルワールド物の形をとっているのが特徴だ。

中心人物は旧幕臣で商人として成功した富豪の子である秋野武蔵と、長州人で新政府に要職を得ている佐久間勇。ふたりは立場も思想も異なるものの、幕末以来の知己で、深い友誼で結ばれている。この小説中では英国と清国が軍事同盟を結んでおり、清国は英国にアジア進出の拠点を与え、その代わりに朝鮮半島から琉球に及ぶ地域の権益を自国のものにしようとしている。これに対して日本はどうすべきかというのが、本書の主題だ。実は本書は大長編になる予定のものが、二巻までで途絶えてしまっているので、結論までは分からない。だが、書かれている範囲では、いずれ日清両国の戦争は避けられず、その準備を進めねばならないという主張を帯びているようだ。民権小説であると同時に、国権小説でもあったというべきか。

なお本書では、外国からの侵略に備え、国権伸張を図るためには、国民の多くが政治参加する形に内政の改良整備をしなければならないと主張されており、さらには女性の教育充実、地位向上への言及もある。

柳田泉は〈『新日本』は、小説としては長編の発端のみという未完のものであり、従ってすべての点でそうとして見るべく、テクニク方面からは、殆んど特別にいうほどのものはないが、ただ当時出盛りかけて来た幾多の政治小説中、その政治意見の表出において、極めて個人色の強い、明白な個性を帯びたものとして、やはり明治初期における代表的政治小説のひとつと見るべき〉（『政治史小説研究　下』）と述べている。ちなみに、尾崎行雄には多くの著作があり、短歌もよくしたが、『新日本』は彼の唯一の小説だった。

政治小説の多くは、政治的理想を主張するばかりで、近代的な文学観からすれば稚拙な作品だったといわれている。しかし実際に政治小説を読んだ印象をいえば、そこには「文学」と「政治」という二者択一が、そもそもはじめから存在していない。明治前期の民権思想家にあっては、主張と行動の一致が見られるように（そのため民権運動はしばしば実力行使に発展した）、政治と文学もまた分離していなかった。文筆は技巧ではなく、思想はまた行動と一体だったのだ。そうした彼らが描いた「未来」を、われわれはもっと真剣に受け止めるべきだろう。

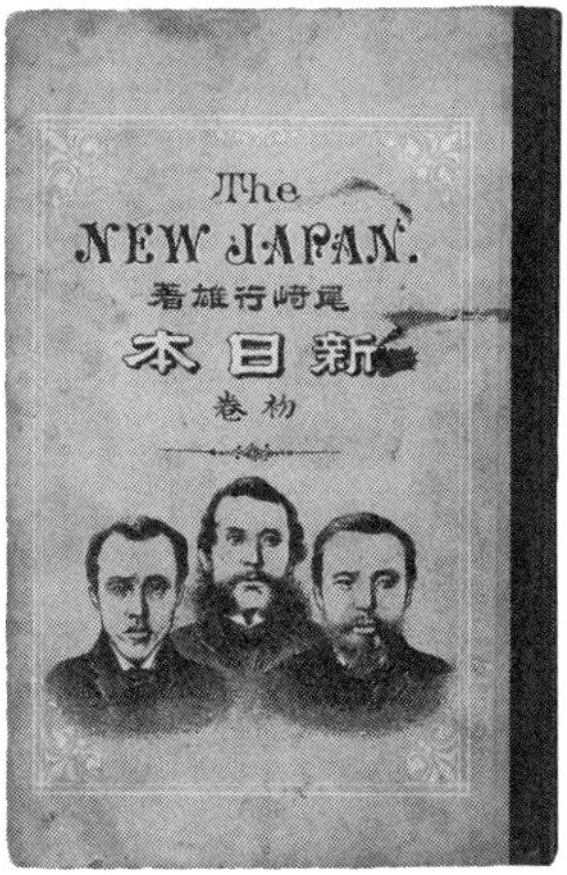

『新日本』（初巻）

『宇宙之舵蔓』――「電気気球」で月に行く「翻訳小説」

もっとも、民権系政治小説に技巧がないわけではない。ここでいう「技巧」とは、文学的技巧ではなく世俗的なそれのことだ。

たとえば硯岳樵夫訳『宇宙之舵蔓』（明治二〇）もまた、かなりの異色作だが、おそらく日本人の創作だと思われる。それが翻訳とされているのは、当時の厳しい検閲に対する一種の方便であり、出版許可を得やすくするための技巧だったと思われる。

この作品で展開される主人公の人生は、前半は儒学的な教育観を反映し、後半で示される主人公の「特異な体験」は、欧米ではさして奇異なものではない民権思想の摂取に過ぎない。一九世紀の欧米では、このような小説が書かれる必要などなかった。また本書には原著者名も出ていない。

『宇宙之舵蔓』の粗筋はおよそ次のようなものだ。少年時代から山にこもって俗世の交わりを絶ち、学問に専念していた若者が、宇宙には地球を超えた文明世界があるはずだと思いつき、「電気気球」に乗って月世界に向かう。この気球がどんな「電気的構造」を持っているのかは、残念ながら書かれていない。ともかく主人公が月に降り立つと、そこではおりしも宇宙各地から集まった文明的宇宙人たちによる星世界会議が開かれていた。主人公は会議を見学し、また進んだ月世界の文明（工場や街並み）を眺めた後、帰還するというもの。

当時、自由民権運動では、人間には生まれながらにして天から人権が授けられているというルソー流の天賦人権説がしきりに唱えられていたが、『宇宙之舵蔓』では、文字どおり人権が空からもたらされるものとしてイメージされている。議会制度や憲法を、自ら作り出すものとしてではなく、宇宙や竜宮を引き合いに出して「もたらされるもの」として描いたのは、民権小説の限界といえるかもしれない。

ちなみに、本書に付されている挿絵の「月世界都市の図」は、単なるヨーロッパの地方都市にしか見えず、「星世界会議の図」はただの会議風景で、異星人たちもみんな人間型《ヒューマノイド》であり、服装もただの洋服である。

それでも、月世界に至る技術として「電気気球」が用いられているのは興味深い（挿絵では、何と窓があるのだが、ヴェルヌの砲弾型月ロケットにも窓があった）。気球というのは、当時は最新技術であり、唯一の現実的な空中征服のための道具だった。後述するが、矢野龍溪『浮城物語』や押川春浪《おしかわしゅんろう》『海底軍艦』が『西征快心編』の延長線上に成立した〈軍艦〉系のＳＦだとすれば、『宇宙之舵蔓』は佐久間象山のワシントン気球侵攻計画の系譜を継ぐ〈気球〉系のＳＦだった。

そして気球は、上昇と進歩の象徴である一方で、今日のわれわれの感覚からすると「漂うもの」としての優雅さや暢気さもイメージされる。気球の暢気なイメージは、これが「新技術」だった一九世紀にも潜在的にあったらしい。

気球型未来社会の白眉――ロビダ『第二十世紀』

一九世紀後半になっても、未来小説のなかで、飛行機はまだ空中征服のための機関としては主流ではなかった。

多くの飛行機械を描いた作家にして画家であるアルベール・ロビダは、一九世紀フランス版の宮崎駿とでも呼ぶべき存在だったが、彼の作品では気球と飛行機が混在している。しかしやはり、主流だったのは気球だ。彼が描く気球には、正円形に近い「浮かぶための気球」と移動スピードの速さを連想させる飛行船・ラグビーボール型の流線型のそれがあるが、双方共にメタリックな機械というよりは、概して優美な姿で描かれていた。

ロビダは『第二十世紀』(一八八三)、『二十世紀の戦争』(一八八七)、『二十世紀、電気生活』(一八九二)の、いわゆる〈二十世紀三部作〉の作者として知られ、フランスではヴェルヌと並んでSFの始祖と見做されている作家だった。

今でも存在しないメカニカルな絵を描くのは難しいことだが、SFというジャンル概念が存在しなかった時代には、イメージを共有するのは、作家にとっても画家にとっても、きわめて難しかった。だから作家にして画家であるロビダの存在は、作者のイメージを忠実に視覚化し得たという点で、画期的なものだった。

たとえば『第二十世紀』は一九五七年の未来世界を舞台にしているが、そこに描かれた巨大気球によって天空に浮かぶホテルやカジノ、あるいはオペラハウスは、『天空の城ラピュタ』を思わせる。近未来の人々は、空中に設えられたそれらの施設に、自家用飛行機や空中タクシー、空中自転車、エアロランチや快速飛行艇で出かけていく。だが、その「飛行機」の構造はよく分からない。

同〈空中警察夜間ニ空中ヲ巡邏ス〉

同〈大気管船（チューブ式列車）出発ノ光景〉

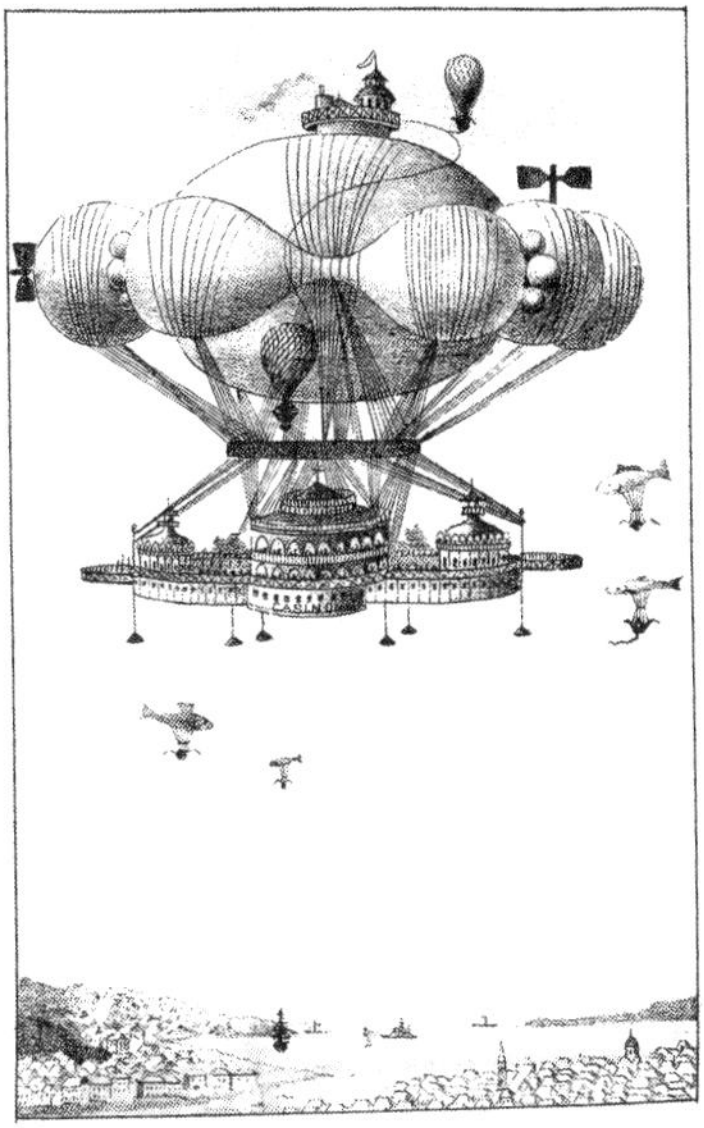

『第二十世紀』挿絵〈踏雲館（空中カジノ）ノ光景〉

ロビダの小説には、ほかにもさまざまな未来技術が登場する。たとえば「チューブ」と呼ばれる一種の高速鉄道（チューブ内の車両が圧縮空気によって高速で移動する）やテレフォノスコープ（テレビ電話）、同時多国語上演される演劇、料理会社による宅配サービス、回転する家（基礎部分の上に回転軸があり、家がゆっくりと回転して周囲の景色が楽しめる）、機械仕掛けの大統領（決して私利私欲に走らない）、発展を続けて国家を支配する産業資本、広告産業の隆盛……などなど。

ロビダの未来予測には、社会風刺が色濃く見られる。またロビダは、情報化が進んだ社会では、戦争も娯楽のように報道されるとしている。さらに観光地には広告があふれ、歴史的建造物がマンションに改装されてしまったり、けばけばしい宣伝に利用されるようになってしまうと考えた。ヴェルヌが当時の帝国主義的な進歩思想に比較的忠実で、実現の可能性が高い未来技術を作中に取り上げていたのとは対照的だが、意外と現代社会を適確に「予言」していた。

それでもロビダは、「チューブ」や「飛行機械」の発達によってスピードアップされた社会では、そのようにして生じた余剰の時間を利用して、庶民も演劇や芸術や読書に接する機会が増えると考えていた。その点では、進歩はいいものだという楽観主義が作品の根底にあった。風刺家のロビダにしても、機械化とスピード化が進行した未来社会では、人間はますます時間に追われるようになり、機械の部品のように扱われるようになってしまうとまでは、想像できなかったようだ。

ロビダ作品は、日本でも明治一〇年代から二〇年代にかけて、数種類の翻訳が出版された。その主なものは次のとおり。

『開巻驚奇第二十世紀未来誌　巻之一』富田兼次郎、酒巻邦助訳（稲田佐兵衛刊、明治一六年一二月）

『世界進歩第二十世紀』第一～第三編、服部誠一訳（岡島宝玉堂、明治一九年六月～二一年五月）

『社会進化世界未来記』蔭山広忠訳（春陽堂、明治二〇年六月）

訳者のひとりである服部誠一は『東京新繁昌記』などの筆者として当時文名が高い人物だったが、『世界進歩第二十世紀』の実際の翻訳者は、服部ではなかったらしい。柳田泉は『政治小説研究』のなかで、岡島宝玉堂版の文章は稲田佐兵衛刊版に似ていると指摘し、おそらく富田兼次郎、酒巻邦助翻訳の版権を出版社が買い取り、それを服部に依頼して文飾を施して刊行したのではないかと推定している。だが、当時はまだ著作権が明確に確立しておらず、あえて正式に版権取得をしたのかどうかは不明だ。翻訳時に参考にしたかもしれないが、岡島宝玉堂版が稲田佐兵衛刊版に直接手を入れて製作されたとは断定できない。両書の挿絵も、それぞれロビダ原著の別の挿絵を元に作られているものの、同一ではない。一方、紀田順一郎の『明治の理想』によれば、岡島宝玉堂版の本当の訳者は高田早苗《たかださなえ》（後の早稲田大学学長）だったという。なお、服部誠一（号・撫松）自身、『第二世夢想兵衛胡蝶物語』（明治一七）、『二十三年国会未来記』第一～二編（明治一九～二〇）、『二十世紀新亜細亜』（明治二一）、『支那未来記』（明治二八）などの政治小説・未来小説を数多く書いており、単に名義を貸しただけではなく、こうした作品に強い関心を持っていたのも事実だと思われる。

『第二十世紀』と女権ＳＦ

ロビダ『第二十世紀』における未来予測の特徴は、気球による空中文明の発達や広告過剰社会だけではない。ロビダは作品のなかで、多くの「未来ファッション」も描いている。とはいえ、それはわれわれ現代人の眼からは実際の一九世紀後半フランス・ファッションと区別がつかないものが多い。相変わらずコルセットで腰を締め上げており、帽子も必需品だ。もっとも、被服史に詳しい知人によると、女性のスカート丈は当時としては非現実的に短いという。

しかしファッション以上に斬新だったのは、「女性の社会進出」を描いたことだ。

ロビダ作品のなかでは、女性がふつうに大学に進学し、弁護士や証券仲買人となり、あまつさえ選挙権・被選挙権も得て、男性候補を抑えて国政に参加する様子が描かれている。今日では誰も不思議に思わないが、一九世紀的な基準によれば、女性は経済面ではさておき、政治的には男性と対等な権利を持たないとされていた。これは「進歩的」な欧米でも同様だった。アメリカでは、南北戦争の後に黒人男性にも参政権が認められたが、黒人女性には選挙権が与えられなかったし、女性は白人でも、まだ参政権がなかった。アメリカの婦人参政権運動は、男性だというだけで黒人にも参政権が与えられたのを契機として、激しく燃え上がった。ロビダの時代、フランスでも女性の権利運動が高まり、一部には不穏な空気さえ漂っていた。

当時、女性に参政権が与えられないのには、一応の理屈があるとされていた。それは主に、国民の最大の責務とされた兵役が、男性のみに課せられていたことによる。国家が戦争を決定すれば、兵士は命を賭けて戦わなければならない。元々フランスでも参政権は納税額によって制限されていた(これは、一定額以上納税した者だけが、その使い道を決める政治に参加できるという義務・権利の意識に由来していた)が、近代国家が国民皆兵制を導入していく過程で、次第に普通選挙運動が広まっていった。それでも「国民皆兵」の「みんな」というのが男に限られていたため、選挙権も男性だけに認めるにとどまったという流れがあった。

しかしロビダは、自分の作品のなかで女性たちに女性義勇軍を組織させる。女たちは自分の権利のために男性と渡り合い、自ら戦うことによって、対等な権利を獲得するのだった。あるいはこうした「強い女性」への感覚は、ロビダが画家としてファッション界に深く関与していたこととも関係があるのかもしれない。そこでは多くの女性たちが、男性と変わらずに働いていた。ところでロビダ作品では、イギリスはモルモン教の国になっており、一夫多妻制が布かれているという設定になっていて、アメリカは中国とドイツに分割され、そのあいだに細々とモルモン共和国があるということになっている。どうやらロビダは、モルモン教にかなり関心が強かったらしい。ロビダの風刺の筆は四方八方縦横無尽にふるわれている。

女性参政権をめぐる女権運動は、明治前期の日本にもあった。明治維新前後には、少数ながら女性の志士もいたし、日本では江戸時代から女性の識字率も高かった。さらに明治初頭には、かなり先進的な欧米の自由思想も日本に入ってきており、それらによって女性参政権に対する「理解」が、かなり広まっていた。

紀田順一郎の『開国の精神』によれば、日本における女権思想は、ミルの『婦人の隷属』(一八六九)が『男女同権論』として明治一一(一八七八)年に訳出されて以降、理論上も充実した女権拡張論時代が訪れたという。もっとも、民権運動によるラディカルな社会革命のムードがしぼんでゆくにつれて、女権拡張論も改良主義的な妥協の方向へと転換を余儀なくされたという。参政権ではなく、教育を受ける権利や社会進出の提唱といった、穏健な主張が「女権」として唱えられるようになったのだった。あるいはそれが、民権論者を含む当時の男性知識人の限界だったのかもしれない。

改進党系の民権思想家だった須藤南翠は「新粧之佳人」(明治一九)のなかで、女子教育の必要性は説いたものの、欧化風潮に乗って社会進出を図る女性の「軽挙妄動」を戒めているし、広津柳浪も、処女作である「蜃中楼」(明治二〇)のなかで、ひとりの女学士が女子参政権のために奔走するものの、虚しく狂死する悲惨な話を、女子参政権は蜃気楼のようなものだと、やや冷ややかな視点から描いている。

　これに対して、杉山藤次郎の『文明之花』（明治二〇）は、真正面から婦人参政権を主張した作品である。もっとも、全篇が演説調で、小説としてはあまり面白くはない。それでも、東京の議会で婦人参政権運動に反対する演説をした議員が、

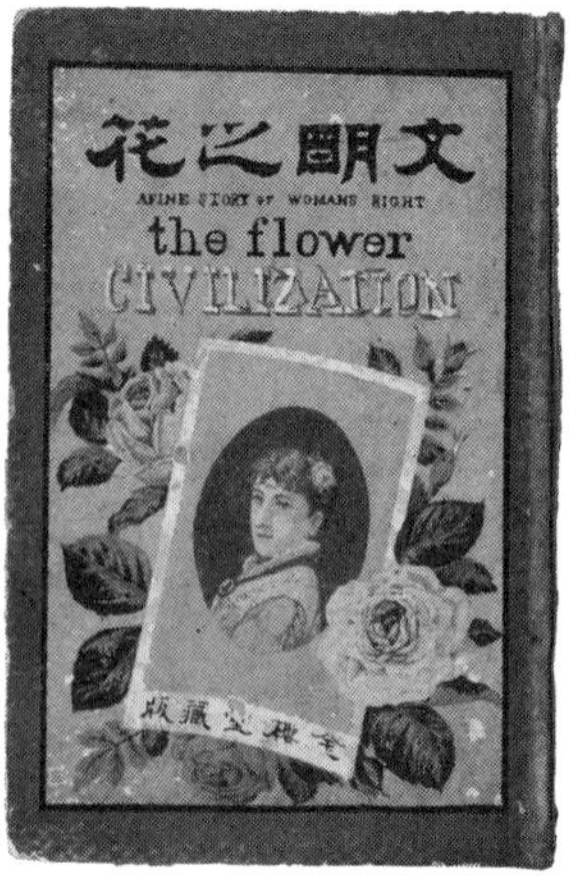

『文明之花』

帰郷して家に帰ると奥さんから厳しく叱責されるなど、大正デモクラシー期の「かかあ天下」ブームを先取りした感もある。本書は〈五州列強の政治を顧慮するに未だ一国の女子に参政権を与ふるものなし。（中略）実に偏頗不公平の至りなり〉と指摘し、〈女子を愛せんと欲する者は必ず其の権利を仲暢せん事こそ務む可けれ。否、是レ先覚なる一般男子の義務責任なり〉と結んでいる。ちなみに日本で婦人参政権が認められるのは一九四五年、この作品が書かれてから六〇年近く後のことになる。

　明治前期の空想的政治小説は楽観主義に過ぎると見られがちだ。実際、政治小説は現実の民権運動の挫折に伴い、自己の姿をロシア虚無党の敗北などに重ね合わせる悲惨小説の系譜と、現実を離れて理想の到来と達成を語る未来小説の系譜へと分離してゆく。だが、後者を軽薄と決めつけるのは誤りだろう。理想的社会を達成されたものとして描く未来小説形の政治小説は、

そのような「甘い世界」を描くことで、現実の欠落を際立たせる。そこには、たとえば現代SFにおいて、筒井康隆が『美藝公』で示したような、美しい世界を描くことを通しての強烈な現実批判、切ない希望への回路を、それなりに刻んでいたのだと私は考えている。

第三章　覇権的カタルシスへの願望――国権小説と架空史小説

世界への躍進を目指して――国権的政治小説の萌芽

明治二二（一八八九）年二月一一日。この日、日本では大日本帝国憲法が発布され、近代的立憲国家としての体裁が整えられ、翌年七月には第一回衆議院議員選挙が実施された。かくして明治二三年一一月には「明治二十三年ヲ期シ議員ヲ召シ国会ヲ開キ」という明治十四年の国会開設の詔勅が約束したとおり、第一回帝国議会が召集される運びとなった。

柳田泉は帝国議会の開会を、政治小説の潮流が民権小説から国権小説へ変わった分岐点としている。SF的な視点からいえば、民権的な政治小説の多くは未来小説に属しており、国権的政治小説は冒険小説・シミュレーション小説の系譜に連なると私は考えている。国権小説というのは、日本が国力を展ばして、幕末に欧米諸国から押し付けられて以来の諸外国との不平等条約を撥ね退け、海外に国土を拡張して行くといった筋立てを基本構造としている。

たとえば、天台道士（杉浦重剛）立案・福本誠（日南）筆記『樊噲夢物語　一名新平民回天談全』（澤屋、明治一九）は、日本国内で不当な差別を受けていた人々を比律賓《フィリピン》に移民させ、そこに新天地を開こうという物語だった。当時、フィリピンはスペインの植民地であり、独立運動を図る人々をアメリカが支援していたものの、そのアメリカもまたこの地に領土的野心を抱いているといった状況があった。共に欧米の圧迫に苦しむ東アジアの民である日本人にも、独立派のアギナルド将軍のシンパは少なくなかった。山田美妙《びみょう》には『将軍アギナルド』全二一（明治三五）という著作がある。

なおこの本は、後に杉浦重剛立案・福本日南筆記『樊噲夢物語』（東半球協会、昭和一八）として復刻されている。この時の復刻は、大東亜戦争の戦時下という時局柄、この作品を大東亜共栄圏構想の先駆を為すものとして評価してのことだが、注目すべきは「杉浦重剛立案」とあることだ。杉浦は、昭和天皇の教育に関与した人物であり、また『西征快心編』の巌垣月洲の門弟でもあった。ここにはたしかに、ひとつの精神的系譜があった。

東洋奇人『世界列国の行末』（金松堂、明治二〇）も、早い時期に書かれた国権的政治小説であり、ＳＦ度も高い作品。時は二十六世紀、地球は七大強国によって分割され、なかでも、波羅的《バルチック》専制国と合衆共和国が、世界の二大勢力となっていた。このうち、波羅的専制国は侵略的な覇権国家で、合衆共和国は比較すると平和主義的な体制である。

一方、日本は極東の小国ではあるものの、近隣諸国と友好関係を築き、軍備も整えて、そのような世界情勢のなかでも独立を保っていた。しかし波羅的専制国による侵略の危機が迫ってくる。合衆共和国に援助を求めるが、自国の利益ばかりを重んずる共和国の協力は、容易には得られない。波羅的専制国が欧州でも戦争を引き起こすに至って、ようやく合衆共和国は動き出すが、すでに波羅的専制国はアジア大陸を占領し、簒奪をほしいままにしていた。日本は東アジアの同胞たちを助けるべく、抵抗運動を繰り広げる。シャンハイで日本人ゲリラが専制国軍を襲ってこれを敗走させ、また共和国で義勇軍を結成したタチハナら日本人が欧州側から専制国を攻撃するなどして、波羅的専制国の野心を打ち砕くという地政学的展開が見所だ。

ロシアの後嗣と思われる波羅的専制国と、アメリカの後嗣である合衆共和国という米ソ対立の図式を思い描き、正義や理想では動かない国際政治の実態を描こうとした点で、注目すべき作品である。

ちなみに『世界列国の行末』には、『西国立志編』で知られる中村敬宇《けいう》が序文を寄せている。また著者の東洋奇人の本名は高安亀次郎といい、茨城県鹿島郡の出身で、ほかに『政界情波寝やの月』（明治二〇）、『英国革命姿之夜桜』（明治二二）などの政治小説や、やや後になるが日露戦争記録『日露大戦争史附軍国名誉鑑』（明治三八）などの著作がある。

須藤南翠——小説界の巨星と呼ばれた南進論小説家

こうした前史を経て、いよいよ本格的な国権的冒険小説が登場することになる。

再び柳田泉の分類にふれると、柳田が民権小説も国権小説も政治小説として総括したのには理由があって、それはこれらがいずれも国家のあり方を論じているばかりでなく、同一作者が明治一〇年代には民権小説を書き、二〇年代には国権小説に転じた例が少なくないことにもよっているだろう。その代表格が須藤南翠であり、矢野龍溪だった。

南翠はまず、『旭日美譚』（明治一六）や『天誅組誉之旗挙』（明治一七）など、主に歴史小説のなかに民権的主張をにじませるという作品を書いていた。未来が舞台になるのは「緑蓑談」（明治一九）頃からだろうか。この作品は、帝都一極集中の現行制度が地方を圧迫し、人民の自治権をないがしろにしており、国家のためにもならないので、地方分権により国土全体を活性化させ、人民の自立的活力を高めることが国益になるという主張を帯びた民権小説だった。「新粧之佳人」（明治一九）も、近未来を舞台にしている。そこでは既に議会政治が行われ、二大政党の対立や政党内閣制が自明のことになっている。衣食住の欧化も進んでおり、男女同等の権利が主張されてもいる（ただし、この点については行き過ぎた欧化として批判的なまなざしも導入されている）。この小説は民権小説であると同時に、外国人の内地雑居を受けて、いっそうの法整備や周辺諸国に対抗するための海軍拡張論も展開されている。

南翠が国権的主張を前面に押し出したのは『春暁攪眠痴人之夢』（明治二〇）辺りからだ。この小説では清国が琉球の領有権を主張して日本を挑発し、日清間に衝突が起きることが想定されている。この頃、現実に清国の海軍増強が進み、日本にとっても脅威となっていた。改進党は海軍拡張を唱えるようになっており、南翠はそのイデオローグのひとりであった。

『旭章旗』（原題「曦の旗風」として「改進新聞」明治二〇年七月九日～九月二五日、単行本は春陽堂から上巻・二二年一二月、下巻・二三年一月刊行）は明治二九年という近未来を舞台としている。この頃、東シナ海の権益をめぐってロシアが策動し、清国も軍備を強化していた。東南アジアから太平洋地域にかけて植民地を有するオランダ、フランス、イギリスなども油断のない動きをみせている。そうしたなか、行方不明になっていた軍艦畝傍（畝傍の失踪は実際の出来事）の乗組員たちは、発見した孤島を「日の出島」と名付け、密かに日本のために独自の備えをしていたのだった……。この作品には、現実の政府の軍備不足、弱腰外交への批判が強くにじんでいる。ちなみに現実の日本は朝鮮半島での利権拡張を狙う北進（大陸進出）的政策を取って行くことになるが、国民的人気は圧倒的に「北守南進」路線に向いていた。それには南翠らの作品の影響も大きかったのかもしれない。

幸田露伴は、須藤南翠のことを饗庭《あえば》篁村《こうそん》と並ぶ明治初期小説界の二巨星と賞賛し、その作風を〈（南翠は）能《よ》く読者心理を合点してそれに応じて物語の展開や結構を定めるだけの智を有してゐた人であり（中略）南翠氏は、その智謀に於て社会の視聴を寄せさせ、色々の人々をして其小説を耽読せしめむだけの技倆を有して居られた〉（「早稲田文学」大正一四年六月号）と高く評価している。

南翠作品のほかにも、小宮山天香《こみやまてんこう》「冒険企業連島大王」（「改進新聞」明治二〇年一一月一九日～二一年三月二八日）や遅塚麗水《ちづかれいすい》『南蛮大王』（春陽堂、明治二七年一月）など南進論小説は数多い。

『浮城物語』――明治中期冒険小説の白眉

南進論小説で須藤南翠以上の成功を収めたのが、矢野龍溪だった。そもそも龍溪は明治一六（一八八三）～一七年に『斉武名士経国美談』を著し、民権運動に大きな弾みをつけた人物だった。

龍溪は佐伯藩士の家に生まれ、明治三年に父が葛飾県知事になったのを機会に上京、慶應義塾に学び、明治八年には慶應義塾大阪分校で教鞭を執った。明治一一年に福澤諭吉から大隈重信大蔵卿（当時）に推薦されて大蔵省に入り、以後、太政官大書記官などを歴任する傍ら、私擬憲法を起草するなど穏健な民権論者として文筆も行っていた。明治一四年の政変で大隈が下野すると、龍溪も共に官界を去り、以前から関係のあった「郵便報知新聞」の社長となる一方、犬養毅・尾崎行雄らと共に立憲改進党結成に参加した。

『経国美談』は古代ギリシャのセーベを舞台に、寡頭政治のもとで迫害されていた真の愛国者たる市民たちが民政を回復する物語で、後編ではその民政国家が軍事大国スパルタを迎え撃ち、独立した都市国家群からなるギリシャの盟主になるまでが描かれている。これが幕藩体制を脱して統一された日本の、「あるべき理想の未来」を示した作品であることは自明であり、明治一〇年代の民権派有志のバイブルとなっていた。

この本の印税によって龍溪は洋行した。そしてフランスやイギリスでは立憲議会政治を視察したのだが、それと同時に人種差別を体験し、貧富の差の大きさや植民地の窮状に衝撃を受けて帰国した。龍溪は、憲法や議会制度を備えた欧米の文明国が、同時に侵略をほしいままにする軍事大国である事実をしっかりと胸に刻んだ。帰国後に連載した「報知異聞」（「郵便報知新聞」明治二三年一月一六日～三月一九日）には、そのような見聞が生かされている。

この小説には、それぞれに「文」と「武」を象徴するふたりの人物、作良義文と立花勝武が登場し、その指揮の下、集まった志士たちが海王丸という船を仕立てて南方に向かう。その途中で海賊と戦い、逆に船を奪って浮城丸と名付け、インド洋方面で活躍するという筋立てで、南進論的な国権拡張小説だった。

連載終了後、この小説は『報知異聞浮城物語』として刊行されたが、ベストセラーになる一方で、物議を醸すことにもなった。

『浮城物語』

この小説に対して、激しい批判が起こった原因のひとつに、ここに書かれた龍溪の主張を、彼の民権から国権への打算的な「転向」と見做す人々がいたという事情があった。もっとも、このような「移動」は龍溪だけがみせたものではなかった。穏健な民権論者は、憲法が制定されて帝国議会も開かれたことで、一定の民権獲得は達成されたと考えた。これから先の日本人民の権利拡張のためには、不平等条約で奪われている日本人・日本国の権利を回復することが不可欠で、つまり民権拡張のためにも対外的な国権拡張を進める必要があるというのが、矢野龍溪、須藤南翠、そして尾崎行雄などにも共通する認識だった。

このような政治的読みからの批判のほかに、もうひとつ、「文学」の価値は何か、そもそも「文学」は何を目指すものなのかという文学観が、ちょうどこの時期、大きく転換しようとしていたことからくる議論があった。近代的な文学観を唱え出した人々にとって、『浮城物語』は旧文学の象徴のように見られ、激しい攻撃の的となった。いわゆる『浮城物語』論争である。

「上の文学」の終焉、「悦び」の非主流化

『浮城物語』には森鷗外が序文「報知異聞に題す」を寄せている。その文章を鷗外は、〈報知異聞、既に出でたり、之を評するもの曰く、武談に似たりと、武談とは彼欧洲「ロマンチック」の胚胎せし所にしてマンチヤの貴公子が愛玩して心を喪ふに至りしものか、之を評するもの又曰くジユール、ヴエルヌが稗史に似たりと、ジユール、ヴエルヌが稗史とは彼、自然学の事を藉りて結構をなし流俗の眼を驚かしたるものか〉と書き出す。そして〈今の欧洲の文学者は大抵皆ジユール、ヴエルヌを卑めり其之を卑む所以は蓋《けだ》しヴエルヌが其小説の主人公を駆て或は蒼天の上に上らしめ或は瀛海の下に下らしむる〉と、自然主義的な文学観からは低く見られていることを確認したうえで次のように述べている。

〈或は云く小説は詩なり報知異聞は果して詩として価値あるべきかと、嗚呼、小説は実に詩なり、叙事詩なり而れども其境域は決して世人の云ふ所の如く狭隘なるものにあらざるなり（中略）報知異聞は今、僅に其初篇の出でたるのみなれば未だ其全局を覗ふに由なしと雖《いへど》も其詩天地の間に於て一版図を開くべきは余の毫も疑はざる所なり〉

これは日本最初のＳＦ擁護論といえる。さすがは星新一先生の大伯父（祖母・小金井喜美子の兄）だ。また徳富蘇峰や翻訳家の森田思軒も、この作品を賞賛した。しかし内田魯庵や石橋忍《にん》月《げつ》は、痛烈な批判を浴びせかけた。

矢野龍溪は『浮城物語』の自序において〈野史小説の要は人を悦《よろこ》はしむるに在り、憂る者を

楽しましめ、窮する者は之を達せしめ、悶を遣り、欝を洩らさしむれは、読者乃ち悦ふ、堅艦巨駁向ふ所前無く、雄略壮図異域に横行し、理科学術世人の未た為し能《あた》ハさる所を為し、遠航貿易遺利を海外に収む、是れ此書の記す所なり、邦人若《も》し之を読て大いに悦は丶其の悶欝の在る所亦《ま》た知るへきのみ〉と述べている。この自序は小説の価値を読者を悦ばせることに置くと宣言している点で、エンターテインメント宣言とも読める。

これに対して、不知庵主人こと内田魯庵は、まさに「野史小説の要は人を悦はしむるに在り」という点を強く批判した。そして〈余は考ふ、小説は人間の運命を示すものなり、人間の性情を分析して示すものなり。而《しか》して最も進歩したる小説は現代の人情を写すものにして、此以外に小説なしと云ふも可なり。（中略）所謂《いわゆる》英雄譚或は寓意小説等はフイクシヨン（仮作物語）の範囲に属すべしと雖も決してノーベルと云ふを得ざるなり〉（「『浮城物語』を読む」其一、「国民新聞」明治二三年五月八日）と自説を展開した。

また石橋忍月も〈（小説は）人間生活を写すを以つて目的となさざる可ならず、（中略）人間生活を目的とせずんば、関係なき人事を附造して結構の眩爛を喜ぶとせば、是れ小文人の拙技のみ、吾人は報知異聞が「美」の約束を守らざるを悲しむ、人間生活を目的とせざるを悲しむ〉（「國民之友」明治二三年四月三日）として、龍溪作品を痛撃している。

このため『浮城物語』論争は、純文学的文学観と大衆読物的文学観の対立と解されることが多い。また敏感なＳＦファンなら、一九六〇年代以降、数十年にわたって繰り返しＳＦに浴びせられた批判と同質のものを、ここに感じ取るだろう。日本では長年にわたって、「人間が書けていない」という批判が、ＳＦに対して発せられ続けた。

ところで「人を悦はしむる」といっても、龍溪が考えるその「悦び」とは、雄大な理想に啓発される悦びである。国権的な冒険小説は単なる娯楽読み物ではなく、読書を通じて行動に向かっていくことを促す政治小説なのである。

『浮城物語』が前近代的な文学観を引きずっているのは確かだ。だが、それは必ずしも『浮城物語』が前近代の読本・稗史の系譜を引いていることを意味しない。

民権小説であれ国権小説であれ、政治小説は小説の結構を借りながら天下国家を論じているという点で、左国史漢の系譜に属するということができる。つまり文体的には明治の言文一致体で書かれていても、その精神は前近代の漢文学に通じている「上の文学」だった。前近代の戯作や読本は、卑俗な人情や風俗を描いたものとして、前近代の価値観では「文学」とは見做されない「下の文学」だった。ところが、その人間の情念や日々の営みを描くことこそが人間の本質に迫る文学の正道であるという思想が、西洋からもたらされた。矢野龍溪批判の論陣を張った内田魯庵は、ドストエフスキーに感銘を受けて、近代的な文学観に急速に引き付けられていたひとりだった。

『浮城物語』論争を契機として明確になった変化は、それまで文学の本流視されていた「上の文学」「下の文学」といった価値観が後退し、代わって「純文学」「大衆読物」という区分け（まだ、そのような名称は確定していないものの）が、作品の評価基準として確立することになったということだ。これより後、「上の文学」的な明確な主張やカタルシスを持った小説の多くは、大衆小説と見做されるようになっていく。

ところで「上の文学」から「純文学」へと引き継がれた価値観も、ないわけではなかった。それは主人公の煩悶である。もちろん「上の文学」では、人々は天下国家のために煩悶し、悲憤慷慨し、そして行動した。これに対して、純文学で好んで描かれた煩悶はもっと内面的なもので、多くの場合、主人公はその懊悩を自己の内部に抱え込んだまま、カタルシスは訪れない。

「文学」は「想像」を排除するのか、SF百年論争の起点

『浮城物語』をめぐる〝文学派〟と作者・矢野龍溪の隔たりは、これが娯楽小説に過ぎないか否かという問題だけではなかった。SFに対する、より本質的で後々にも繰り返し問題視されることになる論点が、別にあった。それは小説内の設定時間に関する制約である。

近代文学の総合理論として、坪内逍遥の『小説神髄』（明治一八～一九）は、当時、大きな位置を占めていた。内田魯庵も石橋忍月も、この『小説神髄』の論理を背景にして自説を展開していた。逍遥はこの本で、「小説すなわち那ベル」を仮作物語の最高の進化形態と規定した上で、小説というものは現実を直接観察して妙想を得た作品でなければならないとした。つまり未来を描くことは不可としたのである。

思えば文学を進化論的に捉え、小説のタイプを系統発生的な進化序列の枠組みで論じていること自体、一種の科学主義的急進思想なのだが、そのような思想に基づいて、未来に想像を馳せる小説が、小説ではないと断じられたのは、皮肉なことだった。なお、逍遥は後に『小説神

髄』中の、小説の「進化」を「進歩」という表現に改めているが、文学の趣向が時代と共に進化／進歩する（あるいは「すべき」）ものであるとの主張は変えなかった。これに対して、夏目漱石の『文学論』は、文学の時代思潮が推移する原因を「倦厭」という概念で説明し、〈推移の必ずしも進歩を意味せざる〉と述べている。

坪内逍遥は『浮城物語』出現以前に、「未来記に類する小説」（「読売新聞」明治二〇年六月一四日、一五日）を書き、未来小説批判を展開していた。逍遥はまず、明治前期に現れたSF的な小説を〈第二十世紀とかいふ小説あり新未来記とかいふ訳書もあり　其外表題は申さずとも読者が御存知の諸稗史ありいずれも現在を遥かに離れて未来を映さんと試みたるものなり〉と規制する。そしてウベルネ（ヴェルヌ）の作品は未来記の傑作と認めたうえで〈ウベルネの主眼とする所は学術の進歩を示すにあり　有形の社会の星霜の変化したる様を示すにあり　故に真成の小説の如くに強《あなが》ち妙想を写さんとはせず外部の現象を写し得ればそれにて十分に満足したる者にて　云はば変則の小説にして所謂哲学の同胞にはあらで理学の解釈例証に過ぎざるものなり更に語を換へて之を言へば理学の将来を想像して進歩の極点を描きたる迄なり　有形物の進歩を想像したるまでなり　無形の妙想を写したるには有ず　人情の進化を描たるには有ず　其結構こそ相異なれ〉と主張した。

つまり未来がどのようなものか、実際に経験したように分かっている者はおらず、分からないことを仮定して小説を書くのは不当だというのである。それなら、分からない他人の心のなかをあれこれ想定して小説を書くことも不当で、自分のことしか書けないということになりかねない。実際、私小説の理論は、そうした文学観によっているだろう。『小説神髄』には一九世紀の写実小説への強い傾斜が見られるが、ヨーロッパの文学でも伝統的な語りの形式は三人称によるもので、一人称ナレーションが増えはじめるのは、この時代の特徴だった。しかし一人称で書かれているからといって、真実の告白というわけではなく、それもまたフィクション的手法のひとつなのだが、日本の写実主義―自然主義の文学観は、文芸上のひとつの技法を精神として受け入れたのである。それにしても、同時代のこと、自分のことなら真実を写し得るのかというのは、きわめて大きな命題である。ＳＦでは後に自己の内的宇宙《インナースペース》を主題とする作品が数多く書かれるようになるが、そこでは私小説的リアリズムとは異なる、しかし真摯な人間探究が試みられた。

捏造される「歴史」

『浮城物語』は近未来における日本の海外進出（南進論）を示唆する物語だった。これに対して、大陸への進出を示唆する北進論的物語は、未来小説ではなく、過去の歴史のなかに架空の権利を見出す方向で打ち立てられる傾向があった。いわゆる偽史運動にもつながっていく「義経＝ジンギスカン説」的な小説群である。

偽史については以前『偽史冒険世界』（筑摩書房、一九九六）という本にまとめたことがあるので詳細は略すが、日本では外地に領土を拡張していく場合、何らかの歴史的請求権を主張するのが前近代からの伝統になっていた観がある。これは何も日本に限ったことでなく、西洋でも領土や王位継承権を唱える際には、些細で疑わしい系図上のつながりや古文書を持ち出すのが、むしろ通例だった。ただ日本の場合、怪しげな古文書どころか、架空の物語を作り出すことによって、民衆ぐるみで侵略を失地回復の物語として納得する傾向が顕著だった。

その典型が、中世の「御曹司島渡」に起因する蝦夷地帰属説話であり、琉球にまつわる為朝伝説の喧伝である。「御曹司島渡」は御伽草子の一種で、牛若丸が修行のために魔界と地続きの蝦夷島に赴き、さまざまな修行をして帰還する物語で、後の〈義経＝ジンギスカン説〉とは異なる。だが、この物語が蝦夷に住まう日本人のあいだで広まり、江戸初期には奥州平泉で死ななかった義経主従が蝦夷に渡り、当地の支配者となったという話に転化した。そして寛文一〇（一六七〇）年、林羅山らがまとめた『本朝通鑑』に、義経が蝦夷に渡ったとする説が記載されるに至る。それは奇しくも、アイヌによる最後の大規模な抵抗、いわゆるシャクシャインの戦いの翌年のことだった。その後、義経伝説は物語と「史書」（偽文書）の両方で逸話が拡大を続けた。『悦贔屓蝦夷押領』もこの文脈上で書かれている。さらに義経が大陸に渡り、その子孫が金国の将軍になったという物語は、満州族の出で清国の皇帝となった愛新覚羅氏も義経の子孫だといった話へと膨らんだ。その影響はシーボルトにも及び、彼の『日本誌』には、韃靼には義経を祀った祠が現存するという記述があるほどだった。

こうした「義経、大陸移動説」は、明治以降、新たに強化されて、微妙に近代的イデオロギーを加味しつつ書き継がれ、拡大してゆくことになる。

明治一八（一八八五）年に出版された内田彌八『義経再興記』（上田屋）は、義経が大陸に渡り、

『義経再興記』

遊牧騎馬民族の大勢力を為して、その子孫が清国建国にまでつながっているとの物語を展開。おりしもイギリスに留学中だった末松謙澄《けんちょう》は、同時期に、日本人の偉大さを宣伝する目的で、「義経＝ジンギスカン説」を主題とする論文を英国で発表した。

さらに日本国内では、義経主従による蝦夷地統一物語である永楽舎一水《えいらくしゃいっすい》『義経蝦夷勲功記』（金盛堂、明治一九）、内田の著作を軍記物として増補した清水米州『通俗義経再興記』（東京文事堂、明治一九）などが続々と出版された。これは大正期に出版されてベストセラーとなる小谷部全一郎《おやべぜんいちろう》『成吉思汗ハ源義経也』（大正一三）の種本となった。また、源為朝が琉球王となる物語を書いた高木親斎『為朝再興記』（金鱗堂・真盛堂、明治二〇）なども、同系統の本ということができるだろう。

先に前近代までの東アジアでは、文学の王道は歴史書だったと述べたが、歴史書にもいくつかの種類がある。正確な歴史、国家が威信をかけて編纂した歴史書は正史とされ、在野の史家による編纂、巷間に伝えられたいささか怪しげな説を含むものは野史と呼ばれた。これに対して稗史といえば稗官が世間の噂や細事を歴史風に記したものであり、転じて小説と同義で用いられた。『浮城物語』論争に関連して引用した森鷗外や坪内逍遥の文中で、ヴェルヌ作品が稗史と呼ばれていたが、明治初期にはノベルの訳語として稗史を充てた事例も少なくない。中島勝義『稗史小説ノ利益ヲ論ズ』（明治一四）、三木愛花『稗史小説ノ結構及ビ功用ヲ論ズ』（同）などといった論考もある。

では、偽史とは何か。明らかに虚構の話を歴史として押し通そうとするのが偽史である。ところで「これは事実である」「このような記録が見つかった」という書き方は、近代小説でもしばしば使われたものだ。そもそも近代文学は私的な、内面の真実の告白を描くものという考え方があるが、デフォーの『ロビンソン・クルーソー』（一七一九）が記録文学を装い、ゲーテの『若きヴェルテルの悩み』（一七七四）が書簡体で書かれていることからも分かるように、近代文学は本当の私的告白ではなく、当初から「告白らしさ」「真実らしさ」を装った虚構だった。この装いは私小説や現代文学どころか、テレビの「アウターリミッツ」や「ウルトラQ」の「これは真実の記録です」といったようなナレーションにまでつながる基本技法となった。

だとすれば偽史は、歴史ではなく文学（前近代の左国史漢的「文学」ではなく、真実の記録を装うフィクションとしての近代文学）として論ずべき「作品」だ。読者は偽史を「信じる」ことがあるかもしれないが、〈偽史〉の作者はそれが事実ではないことを知りながら書いている。偽史は厳密にいえば歴史ではなく、文学が扱うべき対象だと考えるのは、そうした作者のメンタリティへの認識からだ。私小説が私的真実を装った小説であるように、偽史は史的真実を装い、未来への欲望を過去形で語る倒錯した未来小説なのである。

偽史のパロディとしてのシミュレーション小説

偽史が歴史を装っているのに対して、明確にフィクションの形をとりながら、同様の架空史を娯楽小説として描いてみせたのが、杉山藤次郎（号・蓋世）だった。前章で紹介した『黄金世界新説』『文明之花』の著者だが、彼は多くの架空史小説を書いている。

その代表作、『軍書狂夫午睡之夢』（明治一七）の粗筋は、およそ次のようなものだ。ナポレオン・ボナパルトが、現実の歴史では失敗したシリアのサン・ジャン・ダルク要塞攻撃戦に勝利し、ここにアジア征服の拠点を得たという設定ではじまる。ここでナポレオンは欧米の古今の英雄豪傑に檄文を送り、自分の許に結集して世界征服に立つよう求める。この呼びかけにアレキサンダー大王やジュリアス・シーザー、クロムウェルなど、時代も違う英傑たちが応ずる。ナポレオン軍はトルコからインドに向かって進撃。先鋒を務めるアレキサンダー大王はインド諸王が率いた象部隊を殲滅させ、ナポレオン軍はヒマラヤを越えて中国へと攻め入る。

これに対抗しようと、中国でもアジアの古今の英雄豪傑を結集して陣営を整える。ジンギスカンやティムールが駆けつけ、諸葛孔明が軍師に就いた。孔明は日本にも援軍を求めたが、徳川家康は即答せず、やはり古今の英雄豪傑を集めて対応を協議した。この時、豊臣秀吉は東洋軍、西洋軍のいずれが勝つにしても、疲弊は免れない。日本は今回の戦いには参戦せず、辛くも勝利を得た側を叩いて、自ら世界征服をすればよい、と主張した。楠木正成は、これを武士にあるまじき奸計と批判するが、多くの武将が秀吉に同調したため、涙ながらこれに従うことになった。もっとも、日本の計画どおりにはことは進まず、西洋軍、東洋軍、そして日本軍の三つ巴の戦いが展開することになる。その戦いぶりは、それぞれの有名な戦略、歴史的戦役のパロディになっていて、この時代の小説としてはかなり面白い出来になっている。ただし、これはすべて軍記物語に熱中する作者が見た夢の話であり、作者が目覚めてみたら僅か三分しか経っていなかったという枠構造で、物語は閉じている。

同じく杉山の『仮年偉業豊臣再興記』はタイトルからも分かるように、一見すると『義経再興記』『為朝再興記』のような偽史系小説のように見える。しかしその内容は、『午睡之夢』同様の壮大な架空戦史ファンタジーであり、作者も読者も、これを歴史として扱ったとはとうてい思えないものだ。

『午睡之夢』

『豊臣再興記』は、日本統一を果たした豊臣秀吉が世界を統一する物語だ。秀吉は唐渡陣（大陸出兵）に勝利して、朝鮮や明国を征服するが、それだけでは満足せず、さらにシャム、インド、ルソンなどを攻め落とし、トルコ、アラビア、シベリアの同盟軍も打ち破り、慶長五（一六〇〇）年正月（開戦から四年半）にはアジア全土を統一する。しかし秀吉はこれでもまだ満足せず、ヨーロッパ侵攻の準備をはじめ

『豊臣再興記』挿絵〈秀吉百丈の大銅像　両亜欧洲三大洲を睥睨す〉

る。その最中に体調を崩した秀吉は薨去するが、冥界で孫悟空に出会い、「猿」同士のよしみで閻魔大王にねじ込んでもらい、寿命帳を改竄、不死身となって現世に戻ってくる。そして全ヨーロッパを征服し、地球大皇帝となる。それでも秀吉の野心は止まらず、今度は孫悟空と共に地獄までも攻め取ろうとする。さすがに見かねた仏様がやってきて念仏を唱えたので秀吉も抵抗できず、筆者の筆も動かなくなった――というところで、ようやく話は終わる。

SF、ことに日本SFにはユーモラスな風刺精神を備えた名作が多いが、杉山藤次郎はその先駆者といえる。

ところで杉山自身は、自分の作風をどのように考えていたのだろうか。彼は『豊臣再興記』の〈凡例〉で、次のように述べている。

〈文章の美妙巧緻能く読者の心目を娯楽しむるにあり　故に其記す所は寧《むしろ》普通社会の人情を離れて科学小説若しくは兵事小説をもて面白く可笑《おか》しく楽しく喜ばしく又武《たけ》く勇ましく奇《く》し

く妙へなる愉々快々の筆をもて書き或は読者の精神を天外に飛揚《とびあが》らしたるを厭はず斯く論《あげつら》ひ来れば世の学者先生或は云はん　是れ奇異譚にして小説にあらずと　夫《そ》れ或は然らん　然りと雖ども余は其奇異譚たると小説たるを問はず苟《あたか》も仮作物語を綴らん者は必ず面白味を第一の精神骨髄となすこそ其有効の主眼と信ずるなり〉

尾崎行雄が「科学小説」の語を提示したのが明治一九（一八八六）年で、本書の刊行は二〇年。科学小説というジャンル概念の定着ぶりが窺われると共に、杉山によって娯楽小説としてのSF的小説が提唱されたことを銘記しておきたい。ちなみに、引用文中にある「学者先生」は、おそらく坪内逍遥乃至《ないし》はその同調者を指している。

杉山は『午睡之夢』自序中でも〈人情話の書類を渉する人は何時となく度量狭小なるべく常に軍談戦記に眼を晒せるの人は自然度量濶大なるべし〉と述べている。これは、人情の機微を描く小説こそが（あるいはそれのみが）小説だと説く文芸思潮への意識的な批判の言葉だった。

第四章　啓蒙と発明のベル・エポック

『造化機論』から『人身体内政事記』へ

〈科学小説〉と呼ばれるものには、今日のSFに直結するような未来小説がある一方で、科学知識の普及を目指した啓蒙小説もあった。たとえば明治初期のベストセラーのひとつに『造化機論』という本がある。江戸後期の蘭学以来、「開化」的知識の先駆であった医学分野の啓蒙書だが、その実態は解剖図入りの性の通俗解説書という側面を持っており、科学的興味とは別種の関心から、広く読まれた節がある。

また、幕末から明治初期にかけて、日本では何度かコレラの大流行があり、伝染病に対抗するための衛生知識普及も急務とされていた。コレラとの戦いは、文字どおり命がけの戦いであったために、しばしば戦争のイメージで語られた。図説入りの衛生書では、薬は砲弾に譬えられ、予防は「黴菌軍」と「衛生軍」の戦いとして説かれた。こうした擬人化表現を用いた物語仕立ての〈科学小説〉は、啓蒙書であると同時にSFだともいえる。しかもこの手の作品は、啓蒙書としては失敗しているほうが、ＳＦ史的には「トンデモ本」的で面白いという、微妙な地点に立っている。

灘岡駒太郎『衛生鏡人身体内政事記』（豊盛堂、明治二二）は、こうした微妙な本の典型である。この本は、人体組織を社会行政システムに譬え、擬人化（擬社会化）することで、読者に分かりやすく説明しようという意図を持って書かれた本である。今でも、こうした構成をとった科学啓蒙書は少なくない。食べ物が消化器官を通ってゆく様子を旅行に譬えてたどったり、食物連鎖や自然の循環を物語で説明したりするのは、児童向けの科学解説では、定番になっている。

　こうした科学解説の物語化という伝統は、ヨーロッパではルネサンス期にはすでにみられたものだった。科学的な発見を詩に読み込んだり、合金の生成や薬剤の調合による化学反応の様子を、シンボリックな物語に仮託して示すというのは、当時の最先端知識（自然科学は、当時はまだ錬金術や神智学と境界があいまいだった）をいっそう貴重に見せ、神秘的なものとして特権化するのにも有用だった。

　また物質の性質を理解したり、薬品の調合手順を記憶するためにも、物語は役立った。もっとも、そうした表現上の工夫が、かえって事実を誤認させる原因になることもあった。科学哲学者のガストン・バシュラールによると、デカルト時代には水に何かが溶けるという現象は、海綿が液体を吸い込むことを比喩として説明されるのが定番だったが、この比喩があまりに多用されたために、雲から雷が発生するとか、金属を溶かして合金を作った場合の性質まで海綿の比喩で表現しようとしたり、さらには海綿という物質がオカルト的な神秘の力を持っている

『人身体内政事記』挿絵〈内務技師土木工事ヲ働ク図（天然治療）〉

かのように誤解される結果を招いたという。

どうも『人身体内政事記』には、そうした「トンデモ本」的傾向が見て取れる。

この本においても、「毒軍ノ暴行」に対して「薬兵ノ武勇」が強調されていたり、人体の各器官の働きが、近代国家の行政機構に譬えて解説されている。

このような方法は、けっして珍しいものではない。だが、本書の示す人体器官の擬人化（擬社会組織化）は、なんとなくバランスが悪い。

『人身体内政事記』が示す〈体内諸器官〉と〈近代国家機構〉の照応関係では、「精神」が天皇に譬えられ、「脳脊髄」は体内物理大臣、「神経感受作用」は司法省、「神経中枢」は逓信省、「血管神経」は内務省というように、神経系が特権的に強調されている。なかには「呼吸神経」が外務省などという分かりにくい譬えも出てくる。このほか、「造児局（生殖器）」という別枠の一章があり、「男帝造児局（男子生殖器）」「精虫太子ノ参宮（交接）」「女帝造児局」などについて説明されている。このあたりは『造化機論』以来の「知的伝統」というべきなのだろうか。

それにしても『人身体内政事記』の譬えは迂遠すぎる。どう考えても、科学知識を分かりやすく説明・理解させるための書物という本来の目的からは、大きく逸脱している。「不随意筋」が「近衛兵」で、「骨勒帯」が「国民兵」という譬えは、一体どういうことなのかと、むしろ軍隊組織のあり方のほうに興味が向いてしまう。譬え話の物語に比重が行き過ぎて、科学的正確さも犠牲になっている。そうした意図せざる物語性の過剰の故に、この作品は単なる科学解説書ではなくSFになっているのだ。

むしろ、人体と政治を対比しながら、比喩的に捉えた事例としては、伊藤博文が憲法制定準備のためにドイツのシュタインに学んだ際、作成した人体的政治機構図のほうが、ずっと科学的合理性があるように思える。伊藤は、天皇を頂点(脳神経)、内閣を心臓とし、各省庁を手足の如く配した中央集権的行政システムを、人体システムに沿って構想・理解したのだった。天皇を国家の最高機関と見做す天皇機関説(最高機関である一方、絶対的なものではないという限定を含む)は、実は明治憲法制定時からの常識だったのだが、国家機構自体が有機的構造を持つこともまた、当初から夢見られていたのである。思えば明治の国家構想自体が、多分にSF的なものだった。

科学詩・科学物語を賛美した人々

「科学する心」というのは昭和戦前期の標語だが、科学への憧憬の強さという点では、明治前期の啓蒙時代のほうが、ずっと強かったように思う。それは詩歌の世界にまであふれていた。

たとえば明治一五(一八八二)年に出版された『新体詩抄』には、外山正一による次のような作品も収められている。

〈宇宙の事は彼是の/別を論ぜず諸共に/規律のなきは有らぬかし/天に隠れる日月や/微かに見ゆる風とても/動くは共に引力と/云へる力のある故ぞ/其引力の働きは/又定まれる法ありて/独りに引ける者ならず〉

この詩について、学匠詩人・日夏耿之介《ひなつこうのすけ》は〈今日見れば滑稽な感じしか与へなひが、当時は粗雑な中に多少の新鮮味だけは感じられたので、それはそれ迄に歌はない社会学といふ学問の概念を説明するのに、当時としては比較的やさしく俗語調に近い言葉を使つたからに他ならぬ〉(『日本近代詩崖見』)と評価している。

夏目漱石の『吾輩は猫である』には、苦沙彌先生が「巨人引力」という引力を擬人化した新体詩を草する場面がある。これは初期の日本近代詩壇を諷したのか、それとも英国で見知った「科学詩」を真似たものか、微妙なところだ。というのも科学詩は、欧米では何ら不思議なものではなく、一九世紀の科学書には、科学者自身の作品あるいは詩人から寄せられた詩が付されている例は少なくなかった。漱石の『文学論』第三編には科学詩への言及がある。ちなみに、科学詩の伝統は今でも生きているらしく、時々、一般向けの科学解説書などに詩が付けられているのが見受けられる。

ゲーテもある時、地質学を題材にしたイギリスの詩(ジョン・スカーフ『石炭王の接見』)を話題にし、それを即興で物語風に翻訳して、友人たちに披露している。それは石炭王を主人公にしたもので、その側には黄銅鉱王妃がひかえ、花崗岩公爵、石盤石侯爵、斑岩伯爵夫人など、多くの鉱物がそれぞれにふさわしい称号や性格で擬人化されていた。

〈「こういう詩は、」とゲーテはいった。「世間の人びとをたのしませるよう十分に計算されているね。それと同時に、本来だれにとってもなくてはならない有益な知識をたくさん普及してくれる。そのおかげで、上流階級の中に科学に対する趣味が起る。こんな冗談半分の雑談のようなものから、やがてどれほど多くの良いものが生まれてくるものか、だれもわかっていない。多くの聡明な人たちは、たぶん、身辺を自分で観察するようになるだろう」〉（エッカーマン『ゲーテとの対話　下』、山下肇訳）

理学博士・戦々道士著『化学者の夢』（明治三九）は、おそらくゲーテなら面白がったかもしれない作品だ。ある時、話者は不思議な世界に迷い込むが、そこは「元素」たちが暮らす世界。たとえば黒い喪服の老婦人は〈この人こそ夥《おびただ》しき眷属の母として敬ひ貴まるる炭素未亡人なる（中略）未亡人が亡き良人の冥福を祈らんと手にて爪繰《つまぐ》る金剛石の数珠玉は、室内の電機灯に輝きて……〉といった具合。また〈身には銀色の衣服をつけ、容貌白く、立ち居振舞活発に、室内を左右縦横に駆け廻り、頻りに周旋の労を執る者、これぞ水銀〉といった記述もある。これは、ダイヤモンドは炭素でできているとか、水銀は白粉の原料だったということを知っていれば、擬人化なのだ、と確かに分かる。しかし元素の特性を知らない人が、この本で勉強しようとしても、かえって混乱するだけなのではないだろうか。

ちなみに著者の戦々道士は、本名・久原躬弦《くはらみつる》といい、帝国大学教授、第一高等学校校長などを歴任し、明治期の理学界をリードした化学者だった。だからこれが真面目な目的で書かれた「善意の著書」であったことは間違いない。

加藤弘之――恒星間移民を示唆した明治の法学者

科学的な夢想を語ったのは自然科学者ばかりではない。明治期には社会科学の分野でも、過激なまでにとっぴな想像力を発揮した学者がいた。法学者の加藤弘之である。

加藤は天保七（一八三六）年に出石藩士の家に生まれ、佐久間象山門下に学び、幕府の蕃書調所に出仕、幕臣となった。慶応三（一八六八）年に「鄰艸《となりぐさ》」を著し、日本に逸早く立憲政体を紹介したのも彼だった。幕府瓦解の折には江戸城に立て籠もると唱え、「自分はそんな義理はない」と言い切った福澤諭吉を裏切り者呼ばわりした逸話は有名だ。だが福澤はその後、請われても新政府に出仕しなかったのに対して、加藤は直ぐに新政府に仕えている。

維新後、加藤は『立憲政体略』『真政大意』『国体新論』などを著して、天賦人権説を広めた。しかし明治一五（一八八二）年になると、ダーウィンの進化論、スペンサーの社会進化説を全面的に受け入れて、それまでの自著をすべて絶版にしたうえ、『人権新説』を著した。この『人権新説』に矢野龍溪が反論を加えたことについては、すでに民権小説の展開に関連して先に述べたとおりだ。

加藤は東大総理、総長を経て、やがて貴族院議員、枢密顧問官、帝国学士院長などを歴任することになる。だからといって彼が栄達のために自説を曲げて国家に奉仕したということにはならない。彼は本心から、優勝劣敗の国家間競争に勝ち抜くためには、「自由」だの「民権」だのと甘いことを言っている場合ではなく、中央集権的な帝国主義体制をとって国力を総動員することが必要だと信じるに至ったのかもしれない。

加藤弘之には『二百年後の吾人』（明治二七）という未来予測書があるが、そのなかで加藤はまず、人類の歴史は闘争の歴史であり、優勝劣敗は動物界から人間界にまで共通する自然的法則だとする。その上で加藤は、日本人は優勝劣敗の競争に勝ち残らねばならないと主張した。彼のいう「戦い」は、今現在の欧米列強との競争だけにとどまるものではなかった。彼は未来の競争、未来社会で危惧される危機にも、思いを馳せている。たとえば次の一文は、エネルギー危機に関する考察だが、一九世紀の日本で、代替エネルギーについて真剣に考えていた学者（しかも科学者ではなくて法学者）がいたかと思うと、愉快だ。

〈石炭は地層発達の第一代石炭紀の遺物にして後代更に新に生ずべきものにあらざれば決して無尽蔵と称すべからず（中略）石炭の欠乏するに至るときは山岳より洋海に注入する流水、海浪、瀑布、気流若《も》しくは太陽熱等を利用し、熱力を起して石炭に代用するの術を得るの望みありとの説あり。将来、物理学化学の進歩によりて遂に能く此《この》偉業をなすに至らば吾人の幸福此上はあらざるべし〉

さらに食糧問題も心配している。農産物の生産向上は既に限界だと危惧し、水産資源の養殖などによる増産に〈無尽蔵的に増殖する人口を養ふに足らざるは勿論なれども、併し陸産食料の欠乏を補ふことは決して少からざるべしと思はる〉と、切実な期待を寄せている。さらに住宅問題も心配し、〈大洋海中に住居の出来得べきことにあらされば是亦限りあるは勿論なれども併し幾分か陸上住地の欠乏を補ふの効なきに非さるべし〉と述べている。

しかしなんといってもすごいのは、やがて太陽系の寿命が尽き、地球という惑星の寿命が尽きてしまうという遥か未来の可能性まで、気にしていることだ。加藤によると〈千万年か若くは二千万年の後に至り、天文ー物理的に（地球が）滅亡に帰すべしとの学説に至りては明々白々敢えて疑うべからざるもの〉だという。では、人類はどうなるのか。

〈此地球の滅亡より数億万年の後にも他の或る天体には必ず生ずべきことなるべければ、この地球の人類即ち吾人が今より千七百万年乃至二千万年の後若くは更に早く全く滅亡に帰することあるも吾が同胞は此宇宙間何《いず》れの天体に乎、必ず生存して永遠全く滅亡するの期はあらざるべしと思はるるなり〉

加藤は、人類（特に己が同胞である日本人）の二千万年後の生き残りについて心配している。そして彼は、日本人が生き残るためには、母なる地球を捨てて恒星間移住を目指すべきだ、とする。ここに至って、私は加藤の「本気」を信じざるを得ない。地球滅亡の先まで人類の生き残りを心配する加藤にとって、幕府滅亡の危機に城に立て籠もるのは「本気」の発想だったのだろう。そしてその幕府が滅亡してしまえば、急いで新政府に乗り換えて生き残りを図るのも、当然の「努力」だっただろう。日本人が欧米列強に互して生き残っていくための闘争もまた、彼にとっては切実だった。その危機を乗り越えるためには、変節といわれようとも、強者の側に立つための努力を欠くことはできない……。それは加藤が本気で信じた人の「自然」だった。

ちなみに加藤は自分の学説の骨子を次のような狂歌で表現している。

自然てふ人形遣ひにつかはれて
良くも悪しくもなるぞはかなき

村井弦斎――発明と恋愛による社会改良

加藤弘之が優勝劣敗を人類進歩の必然的事象と考えたのに対して、文明の進歩はそのまま人類の道徳的向上にもつながると信じた作家もいた。村井弦斎《げんさい》（本名・寛）である。

弦斎は文久三（一八六四）年の生まれで、東京外国語学校魯語科に学んだが、体調を崩したために中退。その後、サンフランシスコに留学した。この時は、英語が不案内だったためにロシア人の家庭に住み込んだという。この米国時代に、ちょうど欧州から帰国する途中の矢野龍溪の知遇を得たといわれている。帰国後は「郵便報知新聞」の非正規記者となり、記事や小説を書くようになった。

弦斎の初期作品「加利保留尼亜《カリフオルニア》」（「日本之時事」明治二一年四月二五日〜八月一五日）は、貧しい学生が苦学の末に渡米し、理想の天地を切り開くというユートピア小説だったが、この校閲を須藤南翠が務めていた。この龍溪―南翠―弦斎というラインは、単に新聞社内の人事としてだけでなく、明治中期のＳＦ思潮の中核をなす人脈だった。弦斎は明治二三（一八九〇）年に「郵便報知新聞」の正社員となった。同紙は立憲改進党の機関紙だったが、議会開設が成ったことで、今後は党利に偏らずに公正な運営を行うと広告している。龍溪が社務を監督し、森田思軒

『芙蓉峰』挿絵（美女と富士山サーチライトの図）

が編集責任者となっていた。森田思軒はヴェルヌの『十五少年』やユゴーの翻訳などで知られ、当時の言文一致運動にも大きく貢献していた。そんな思軒の下で、弦斎はまもなく、遅塚麗水、原抱一庵《はらほういつあん》、村上浪六《なみろく》と共に「報知の四天王」と称されるようになった。

　弦斎は歴史小説や伝記小説なども含めて数多くの小説を書いたが、いずれの作品でも自分なりの社会理想を込めようとしており、SF的な志向を強く持っていた。そうした弦斎作品の特徴を一言で表現すると、「発明」であり「恋愛」だった（二言になってしまったが）。

　たとえば『町医者』（明治三一）は、ある若い女性の顔の痣を治すために研究にいそしむ貧乏青年医師を主人公にしている。彼は彼女を、たとえ顔に痣があっても心根が美しい女性として愛している。だから単純に考えればふたりのあいだに障害はない（男の貧乏を除けば）。しかし彼は、彼女の気持ちを晴らすために痣を治したいと苦心し、その治療法の開発を通して経済的な成功にも近づいてゆくのだった。また『芙蓉峰』（明治三〇）は、恋人を驚かせるために、発電事業の延長で富士山頂に巨大サーチライトを据え、東京を照らすという物語である。

　弦斎作品には軍事的な発明は殆ど登場しない。それが弦斎SFの特徴である。日ロ間の緊張を主題とした『桑之弓』(明治三一)でも、シベリアに日本とロシアの緩衝地帯となるような独立国を築くというアイディアを提示している。もちろん現実にはシベリアはロシア領であり、そこに新国家を築くという発想はロシア側から見れば侵略と何等変わらないものだが、弦斎はこれを恋愛によって達成するという物語を描いた。主人公は当初、ロシアに渡って革命派を支援することでその国力を削ごうとするのだが、やがて日本人とロシア人の結婚を進めることを目指すようになる。そして両国民の混血が進み、両国を愛する子供たちのために「緩衝地帯」が設けられ、戦闘ではなく愛情によって侵略への備えがなされることになるのだった。

ところで『桑之弓』には、東京外国語学校魯語科時代の弦斎の思い出が投影されているのではないだろうか。『桑之弓』の主人公はロシア語を学んだのだが、父は彼に向かって「お前にロシア語を学ばせたのは、日本だけでなく周辺諸国にも脅威であるロシアに対抗させるためだ」と語る。これは現実に二葉亭四迷がロシア語を学んだ動機と同じものだった。四迷は魯語科では弦斎の先輩に当たる。こうした危機・国防意識は弦斎世代の青年にはある程度共有されていたものらしい。さらに余談をいえば、四迷が学生だった頃、日本人女性とロシア男性の結婚を進めて、その子供を「日本人の母」が教育することで親日家を増やそうという「股座計画」を友人と語り合ったと述べている。この発想もまた魯語科学生たちのあいだでは、以前から語られていたのかもしれない。

さまざまな発明や奇想を語る弦斎作品だが、その規模からしても圧巻なのは、明治二九年七月八日から三四年四月二一日という長期にわたって「報知新聞」に連載された大巨編『日の出島』だ。その粗筋はというと、巨万の富を相続したふたりの富豪が互いにどちらが世の中の役に立つかを競おうと、それぞれ発明協会を設立して、有能な研究家を援助するという物語で、みんなが努力と協力の競い合いを繰り広げるうちに、すばらしい発明が次々と生まれ、社会は良くなり、人々は精神的にも向上していくという、まことにおめでたいユートピア小説である。太陽エネルギーで動く船や、戦争人気を当て込んだ「軍艦染め」などの実用商業アイディアが百出するこの作品は、これといった筋はないものの、話題は豊富で、科学・発明ばかりでなく、経済、政治、教育、文学から結婚・恋愛など、幅広いテーマが扱われていて、今読んでもなかなか面白い。

『日の出島』にはユーモラスな場面も多いのだが、私がいちばん好きなのは、財界人が料亭で酒を酌み交わしながら「芸者を呼ぶなんてもう古い」といって科学者を呼び、化学実験を見せてもらって盛り上がるというエピソードだ。科学者の実験が見たいなら、そもそも会合を料亭で開く必要はなく、弦斎の感覚はちょっとズレているとは思うものの、しかし未だに料亭やクラブに出入りして喜んでいる政治家や事業家よりは、ずっといいズレ方だと思う。

驚いたことに、当時この小説は大いに受けたらしい。『日の出島』が「報知新聞」に連載されていた期間に、「読売新聞」には尾崎紅葉が『金色夜叉』『多情多恨』などを連載していたが、両者の人気は伯仲していたという。健全で前向きな弦斎の小説は、特に教育者のあいだで人気が高く、「尾崎紅葉の『多情多恨』を一遍読み下すよりは、『日の出島』を三回読む」(「女学雑誌」明治三〇年一二月号)という意見が出たほどだった。

『食道楽』も社会進歩のため

だが、何といっても弦斎人気の頂点は『食道楽』だった。『食道楽』は、名前だけ聞くとグルメ案内のようだが、れっきとした小説だ。

弦斎は明治三〇年代に入ると、〈百道楽〉シリーズを構想。『食道楽』はそのひとつだった。〈百道楽〉シリーズは、さまざまな道楽をテーマに、それが個人の生活や社会のあり方にどのような影響を与えているのかを小説仕立てで描くという壮大な試みだった。あるいはバルザックの『人間喜劇』シリーズを意識したものだったのかもしれない。

『食道楽』は、料理についての該博なる知識と腕前を持つ中川兄妹を中心に、その妹に好意を抱く大原青年、進歩的な広川子爵とその妹などが登場、例によってラブ・ロマンス含みのユーモラスな話運びのうちに食生活の改良が説かれ、ひいては家庭生活全体のよりよいあり方、教育のあり方、食育などについて論じたものだった。

この作品は春・夏・秋・冬の四巻から成り、後には増補巻も出た大著だが、小説仕立てのうちに、和・洋・中華の料理百般はもとより、病人食や小児食、老人食の具体的な作り方などの実用的な知識(レシピ)もふんだんに盛り込まれていた。それどころか、台所道具の説明から衛生設備、食材となる野菜の育て方、汁をこぼした際の洗い方までが書かれている。そうした細事を書き込みながら、ともかく小説としても面白くなっているのだから、弦斎はやはり只者ではない。

弦斎の小説は、それまでもよく売れていたが、『食道楽』は記録的なベストセラーとなった。その評判の高さを、意外な作家が記録している。夏目漱石である。漱石は『琴のそら音』のなかに、次のような場面を書いている。

〈白暖簾の懸つた坐敷の入口に腰を掛けて、先つきから手垢のついた薄つぺらな本を見て居た松さんが急に大きな声を出して面白い事がかいてあらあ、よつぽど面白いと一人で笑ひ出す。

「何だい小説か、食道楽ぢやねえか」と源さんが聞くと松さんはさうよさうよさうかも知れねえと上表紙を見る〉

面白い本といったら『食道楽』。その評判は、漱石が皮肉交じりに自作に書き込みたくなるほど高かったのである。

ところで、これがなぜSFなのかというと、やはり社会改良の小説だからだ。弦斎は発明による合理的で衛生的な生活向上と、向上心を持ち自立した男女が恋愛（責任ある自由意志）に基づく結婚を果たし、相互に尊敬しあう対等な関係を基礎として新家庭を築いていくことが、民権や国権の拡張でも達成できない真のユートピア建設への近道であり、着実な方法だと考えていた。『食道楽』のSF的価値は、その楽観主義的な真剣さにあると私は考えている。

ところで弦斎は、現実の発明とも無縁というわけではなかった。弦斎は若い頃、小平浪平という少年の家庭教師を務めたことがあった。浪平少年は弦斎を尊敬していて、東京帝国大学に進んでからも、しばしば弦斎のもとを訪れた。彼は工学を修めるつもりだったが、そのなかで造船、機械、電気などのうち、どの分野を専攻すべきかで迷い、弦斎に相談している。すると弦斎は、将来の気運及び国家の発展のために、電気工業の充実が重要だと説いた。これによって小平は電気工学科に進み、卒業後は久原房之助が経営する日立鉱山に就職した。やがて小平は国産初のモーターを製作、独立して日立製作所を起こした。後年、弦斎は小平に招かれて日立鉱山を見学して「この見聞を役立てて小説を書く」と満足気だったという。

晩年、弦斎は動脈瘤で倒れたが「この病気を克服して、人々に闘病記を読んでもらうのだ」と苦しいなかで詳細な日記を書き続けた。だが、病は癒えず、昭和二（一九二七）年七月三〇日、不帰の客となった。

科学小説・冒険小説好きだった幸田露伴

村井弦斎は科学の進歩に、まっすぐな希望を抱いていたが、同時代作家のなかでは幸田露伴が、科学の進歩を積極的に主題としながら、同時に科学を理解しない世相への批判もこめた作品を書いている。

露伴の『ねじくり博士』は、明治二三（一八九〇）年四月八日から四月二〇日にかけて「読売新聞」に連載されたオムニバス作品『日ぐらし物語』中の一篇だが、偏屈な科学者が取材にやってきた新聞記者を相手に〈宇宙は螺旋くれている〉という独自の宇宙論を展開して煙に巻く話だ。この作品には現代日本SFを特徴づけているホラ話への傾斜、ユーモラスな風刺精神があふれているが、露伴はことのほか「冒険」や「科学」が好きな作家だった。

『大探険』口絵

明治二五年には露伴・瀧沢羅《ら》文《ぶん》訳「宝窟奇譚」（「国会」八月一一日〜八月一七日）が出ているが、これはハガードの『ソロモン王の洞窟』の翻訳である。ハガード作品は既に明治二一年に紅葉舎にしき訳「文明怪談堀氏自筆不可思議」（「みやこ新聞」一一月一六日〜一二月三〇日）で移入されていたが、露伴訳も最初期翻訳のひとつだ。ちなみに露伴・羅文訳「宝窟奇譚」は明治三〇年の「文藝倶楽部」七月号にも掲載されている。その前後のハガード作品翻訳に次のようなものがある。

宮井安吉訳『大宝窟』（博文館、明治二七年五月）
菊池幽芳《ゆうほう》訳『大探険』（駸々堂、明治三〇年二月）
菊池幽芳訳「探検家亜蘭」（「大阪毎日新聞」明治三〇年四月二〇日〜八月七日）
露伴・瀧沢羅文訳「宝窟奇譚」（「文藝倶楽部」明治三〇年七月号）

露伴はその後も科学小説、冒険小説を書き続けた。『弓太郎』（明治二三）はヒロイックファンタジーそのものだし、「滑稽御手製未来記」（「実業少年」明治四四年一月号〜一二月号）や「小説共食会社」（「実業少年」明治四五年一月号）のような発明小説も書いている。

「滑稽御手製未来記」（のちに「番茶会談」と改題）は、将来、立派な実業家になることを夢見ている少年たちがグループを組んで読書会・情報交換会を催していたが、やがて自分たちだけで話をしていても知識が広がらないことに気付き、近所の老人から色々な話を聞かせてもらうという設定で展開する。本書の眼目となっているのは、その老人が語る未来社会の予想で、「実業少年」という掲載誌に配慮して、平易に、かつ近未来に可能性の高い発明や制度改革を提案している。たとえば電力を電線で送電するのではなく、電波に変換して無線で送電できれば未来はどう変わるだろうか、という提案。あるいはエレベータで動くプラットホーム（つまり、動く歩道）、単軌鉄道（モノレール）、排気ガスを出さない電気自動車などのアイディアも提示されている。こうした発明のほかに、日曜も営業する「常灯銀行」ができると商業界全体が刺激されてますます発展するとか、保険会社と警備保障会社が提携して新しい盗難保険を設けたらどうかなど、商売のアイディアも豊富に語られている。

元々、露伴は電信修技学校を卒業し、中央電信局に勤務したこともある技術者出身の作家だったから、電気関係のアイディアが鋭いのは納得だが、商売の工夫もなかなかで、露伴が本気を出したならば実業家としても成功したのではないかと思えるほどだ。

思えば露伴の『五重塔』（明治二四～二五）は、塔建設をめぐる技術者たちの戦いを描いた作品だった。天を目指して屹立する塔は、いうまでもなく技術による自然の克服、進歩の象徴であろう。あるいはこの作品テーマには、一八八九（明治二二）年のパリ万博時に建設されたエッフェル塔の評判が影響を与えていたのではないか、とも考えられる。また『一国の首都』（明治三三）では、幼稚園の増設、道路や下水道の整備、公園の充実など、近代的都市としての東京の未来図を縦横に論じているが、そこには「今現在」を否定して、「あるべきはずの、もうひとつの世界」を希求する思考がはたらいている。それは、あらゆる場面に「もしも……」という仮定を持ち込んで相対化するＳＦ的な「ｉｆ《イフ》の精神」にも通底するものだった。

第五章

新世紀前後——未来戦記と滅亡テーマ

対ロシア未来戦記の系譜

明治初頭のSF的作品の特徴を形容するキィワードが「進歩と世界の広がり」、一〇年代が「民権ユートピア」、二〇年代が「国権的冒険」そして「発明小説」だったとすれば、一九世紀から二〇世紀への変わり目を含む明治三〇年代を特徴づけるのは「未来戦争」であり、「世界の滅亡」だった。

戦争小説というと、ふつうは戦時中あるいは戦後の回想として書かれた戦記文学がイメージされる。だが、SF的な戦争小説は戦時下に書かれるとは限らない。むしろ現実の戦争がはじまる前に、戦争の可否を含めて、来るべき（あるいは、避けるべき）戦争を描くことが、SFの役目だろう。

日本では、幕末の『西征快心編』以来、英・米・独・露などの欧米列強を向こうにまわしての架空戦記が、数多く書かれてきた。また日清戦争（明治二八）に先行して、尾崎行雄が日清両国の戦争を匂わせた『新日本』（明治一九、未完）を書いたことは、第二章で見たとおりであり、開戦後、架空の戦況予測を含んだ徳冨蘆花「日清戦争夢物語」（「国民新聞」明治二七年九月一一日～九月一四日）、服部撫松『支那未来記』（明治二八年三月）、原抱一庵「夢幻弾丸」（「東京日日新聞」明治二八年四月二三日～四月三〇日）なども書かれている。

しかし明治期に書かれた未来戦記で、最大の「仮想敵国」とされていたのはロシアだった。特に日清戦争後、三国干渉や南下政策への反発から、対ロシア戦争が国民に広く意識されるようになると、対露未来戦記もいちだんと数を増した。なかでも比較的早い時期に書かれた作品に、次のようなものがある。

「世界将来之海王」露国海軍士官某著、内田成道訳（「水交社記事」明治二九年五月号付録↓同年六月、春陽堂より刊行）

「東洋の大波瀾」J・モリス著、大町桂月訳（「太陽」明治三一年五月二〇日～八月五日↓『東洋之大波瀾日露戦争未来記』と改題して同年九月、博文館より刊行）

『桑之弓』村井弦斎（春陽堂、明治三一年九月）

「日露戦争未来の夢西伯刺亜鉄道」G・サマロフ著、中内蝶二訳（「太陽」明治三三年一月～六月）

『軍事小説東洋の大波瀾』無名氏（兵事雑誌社、明治三三年五月）

「日魯海戦未来記」海軍大尉〇□生（「太陽」明治三三年一一月増刊号）

『壮絶快絶日露戦争未来記』不二山人（法令館雑誌部、明治三三年一一月）

この時期に書かれた日露戦争未来記には、日本が敗れる未来を予測したものが少なくない。

ロシア側で書かれた作品の翻訳・翻案ばかりでなく、日本人の作品にも、こうした傾向が見られる。

明治三五年一月に刊行された平田仙骨著『帝国海軍之危機』もそのひとつだ。この作中の「日露戦争」では、短期での戦争終結を目論む日本海軍が緒戦で大連湾を攻撃し、ロシアの東洋艦隊との決戦を試みるが、ほぼ刺し違えに終わり、戦線は膠着状態に陥る。陸軍も旅順を攻めあぐねて長期戦を強いられる。そんななか、ロシアのバルチック艦隊がシンガポール沖を通過したとの情報がもたらされる。これを迎え撃つべく出動した日本艦隊は、山東半島沖でバルチック艦隊と東洋艦隊の挟み撃ちに合い、逆に全滅させられる。この結果、日本の海岸線はロシア艦隊の蹂躙するところとなり、戦争は日本の敗北に終わる——というものである。

もちろんこの小説は、日本の敗戦予測を喜んで描いているわけではない。著者の意図は〈嗚《あ》呼《あ》日本艦隊の敗績は戦者の罪にあらずして即ち為戦者の罪たる也〉〈臥薪嘗胆、今より鋭意海軍拡張に従事し彼に対し優勢の位置を占むるに及で断行すべし〉といった主張にあって、いずれ避けられないであろう対ロシア戦争の備えとして、海軍増強への予算措置（そのためには増税も必要）を説いているのである。ようするに広義の軍事宣伝小説といえる。

羽川六郎の失地回復運動

日露戦争勃発の三ヶ月前に出版された東海散士《とうかいさんし》著『日露戦争羽川六郎』（有朋堂、明治三六年一一月）は、数ある架空戦争小説のなかでも傑出した作品だ。東海散士（柴四朗）は『佳人之奇遇』（明治一八）で知られる作家・民権思想家であり、政界でも活躍して明治三一（一八九八）年には農商務次官を務めたこともある人物だ。

『羽川六郎』は日露戦争を二つの側面から描き出している。ひとつは日本国内の経済情勢や世論、更には国際社会の力学をも踏まえたグローバルな視点からの同時代史としての「日露（未来）戦争」。もうひとつは主人公である羽川六郎の一家三代にまつわる「樺太奪還物語」だ。

旧会津藩士である羽川家と樺太の関わりは、六郎の祖父の時代まで遡る。現実に文化三（一八〇六）年九月、ロシアの艦船が樺太を砲撃する事件が起きているが、この小説では六郎の祖父は〈文化年間露西亜人の唐太（樺太）を侵略せし時、一隊の長として彼地なる『クシンコタン』に渡り、防備の運営に力を尽す折節、風土病に冒されて歿した〉という設定になっている。つまり六郎にとって、樺太は祖父の墳墓の地なのである。さらに六郎の父・羽川束は、戊辰戦争で佐幕派に属して、榎本武揚に従って函館（箱館）まで来る。さらに榎本が薩長軍に下ると、彼は少数の有志らと共に樺太に新天地を求めた。作中、その経緯は〈函館に於て事破れぬる上は、奥蝦夷へ入り、奥蝦夷に於て猶志業覚束《おぼつか》なくば、満洲に渡り、源九郎の故智を襲ひ候も、亦甚だ面白かるべき旨頻りに論争致候へども、榎本を始め、衆議相同ぜず、因て拙者等のみにて其意を果すべく決心致し、同志合して五十三人、暗夜に乗じて函館を出走致し、千辛万苦を重ねて丸木舟に打乗り、蝦夷人を監励して遂に唐太島に渡り申候〉と語られている。

つまり、羽川束の樺太渡りの背景に、義経の蝦夷入り伝説があったという設定になっているのだ。こうした偽史が明治前期に大衆的人気を集めていたことは、既に述べた。「そこはかつて日本人の土地だった」あるいは「彼らとわれわれには同じ血が流れている」という伝説に基づく架空の失地回復請求は、侵略ではない大陸進出という自己正当化の根拠を、日本人に物語的に植えつけていた。

ところで現実の樺太をめぐっては、一九世紀前半にはほぼ日本の領有権が認められていたにもかかわらず、幕末に樺太・千島諸島を日露両国の共有地とされ、さらに明治八（一八七五）年の樺太・千島交換条約によって、国力の弱い日本は樺太の領有権を放棄することになった。これが羽川六郎の「臥薪嘗胆」だった。臥薪嘗胆という語は、日清戦争後に三国干渉で山東半島を清国に返還させられて以来、国民の合言葉になっていたが、羽川六郎のそれは、もっと根深い歴史的悲願として設定されているのだ。

飛行機と国際連盟──『羽川六郎』の予言

『羽川六郎』中では、日露戦争は現実のそれより数ヶ月早くはじまり、欧州ではドイツとフランスが親ロシアの態度を取る。特にドイツは艦隊を東洋に派遣し、日本に干渉する構えを見せる。当時、日本はイギリスと同盟を結び、ロシアはフランスと同盟していた。もし日露二国間の戦争に第三国が参戦すれば、同盟国にも参戦する義務があり、日露戦争は世界大戦の引き金となる可能性があった。

日本軍は膠着状態を脱するために、羽川六郎が開発した新兵器「飛行機」を投入、空から大連のロシア陣地を攻撃し、砲台の破壊に成功する。その後の総攻撃によって大連湾を完全に占領した日本軍は、海戦でも勝利。ドイツは日本側有利と見て態度を変更し、厳正中立を表明する。さらに飛行機の活躍で要塞都市・旅順の全貌を把握した日本軍はこれを陥落させ、日本の勝利が国際社会で認定された。

ちなみに、この小説が書かれた時点ではまだ飛行機は現実のものとはなっていない。ライト兄弟が初飛行に成功するのは一九〇三年一二月七日で、現実の日露戦争がはじまる直前のことだった。つまり実際の日露戦争開戦時には飛行機は実在したが、小説『羽川六郎』では、まだ存在しない飛行機が新兵器として描かれているのだ。

もっとも「飛行機」の実現は、有識者のあいだでは時間の問題とされていた。この小説の真価は、飛行機を登場させたこと以上に、戦争終結の講和工作は戦闘と同じくらい重要であり、それを有利に運ぶためには国際世論の動向が大きく影響するという視点が、あたかも歴史ノンフィクションのような緊迫感あふれる筆致で描かれている点にあった。

特に優れているのは、戦後処理をめぐる国際会議への想像力だ。現実の日露戦争はアメリカのルーズベルト大統領の仲介で講和が成立するが、『羽川六郎』ではアメリカとイギリスが中心となって列国会議が開催され、講和条約が締結されるという筋立てになっている。

さらに、日露戦争が両陣営の同盟国を巻き込んで拡大すれば「世界大戦」になりかねなかったという反省から、日英米が呼びかけて東京で列国平和会議が開催され、軍縮ならびに後進国への経済援助を決定するまでが描かれる。この列国平和会議は定期的に開催されることも決まる。いわばこの小説は、国際連盟構想を提唱するものでもあった。

押川春浪『海底軍艦』、その後の進路

冒険小説界をリードすることになる押川春浪が『海島冒険奇譚海底軍艦』を文武堂から刊行して本格的にデビューしたのは明治三三（一九〇〇）年一一月のことだった。

『海底軍艦』の粗筋は、次のようなものだ。主人公の柳川竜太郎は世界漫遊を終えて日本に帰国する途中、インド洋で海賊船に襲われる。柳川は船内で知り合った日出男少年を助けて無人島に流れ着くが、そこには帝国海軍士官の服装をした桜木大佐以下の人々がいた。彼らは日本国籍を離脱して、この無人島の地下に秘密造船所を作り、新兵器・海底軍艦（今日でいう潜水艦）を建造していたのだった。この海底軍艦・電光艇は未来的な流線型のフォルムを有し、鉄艦の装甲をも破壊するドリル（敵艦衝破器）や新式並列旋廻水雷発射機などの新兵器を備えているほか、特殊な薬品を燃料とする新発明の動力装置で動くという秘密兵器だった。このあたり、春浪はかなり機械技術に関するマニアックな記述をしており、「日本SFの祖」と呼ばれるだけのことはあると感心させられる。彼らは無人島を国際法に則って正式な日本領と宣言し「朝日島」と命名、さらに幾多の苦難を乗り

『海底軍艦』口絵〈夜の怪と冒険鉄車〉

越えながら海底軍艦を完成させる。そして、日本軍艦「日の出」と共に海賊船団を壊滅させると、日本への帰途に就いたのだった……。

『海底軍艦』は南進論系の冒険小説であり、ヴェルヌの『海底二万リーグ』や矢野龍渓『浮城物語』などの影響を受けながらも、さらにエンターテインメントとしての洗練度を高めた作品だった。世の中は次第に対ロシア戦争（北進論）に動いていたが、春浪作品は多くの読者をひきつけ、ベストセラーとなった。後に春浪は、この小説は三ヶ月間で書いたものだと述べている。だが、「海国少年」明治三一年一月号に、怪雲山人「神出鬼没海底軍艦」という作品が載っており、これは春浪自身による習作だったと推定されている。本格的に執筆されたのは明治三三年だったのかもしれないが、『海底軍艦』の腹案は数年前には着想され、一部は執筆されてもいた。だが、この作品が完成形で世に出るには、明治三三年を待たねばならなかった。

そういえば、かつて石川喬司は次のように述べていた。〈泉鏡花の幻想回帰小説「高野聖」が「海底軍艦」と同じ年（明治三三年）に発表されているのは、偶然の一致とはいえ、暗示的である。現代SFを〝S（サイエンス）派〟と〝F（ファンタジイ）派〟に大別するとすれば（実際は、両者を止揚した「スペキュレイティヴ・フィクション」が現代SFの正体なのだが）、前者はF派の、後者はS派の、それぞれ明治期における最大の収穫だからである〉（「日本SF小史」、「國文學」昭和五〇年三月臨時増刊号）と。S派にせよF派にせよ、こうした作品を受け入れる態勢が準備されたのが、この時期だったといえるだろう。ちなみに夏目漱石は「倫敦塔」（明治三七）、「一夜」（同）などによって、当初、鏡花とならぶ幻想小説家と見做されていた。また『吾輩は猫である』

（同）を指してSF的擬人小説とする見方もあり得る。

閑話休題。『海底軍艦』は単独の作品として書かれたものだが、売れ行きがよく、書肆の求めもあってシリーズ化された。第二作以下は次のとおりだ。

『英雄小説武侠の日本』（文武堂、明治三五年一二月）
『海国冒険奇譚新造軍艦』（文武堂、明治三七年一一月）
『戦時英雄小説武侠艦隊』（文武堂、明治三七年九月）
『英雄小説新日本島』（文武堂、明治三九年六月）
『英雄小説東洋武侠団』（文武堂、明治四〇年一二月）

このシリーズは、次のように展開する。海賊船団を全滅させた「日の出」と「電光艇」が日本へ向けて航行していると、日本の国力増進を妬むロシアの水雷艇の奇襲を受け、「日の出」は沈没させられてしまう。桜木大佐はロシアへの復讐を誓うが、事件が明るみに出ることでかえって日本が窮地に立たされることを懸念し、再び地下にもぐる。やがて柳川竜太郎の実兄で空中軍艦の発明者である一条文武を仲間とし、フィリピン独立派のアギナルド将軍らとも協力関係を結んで、朝日島を拠点に活動を開始する。

やがて桜木大佐率いる「武侠団体」のほかに、失踪した軍艦「畝傍」の船員たちが組織した結社「東洋団結」も登場。彼らは白人の支配からアジアを解放するための民族闘争を助けようとしていた。こうした有志たちが、次第に協力関係を結び、アジアの目覚めを促す。

さらに『新日本島』では老英雄閣下（西郷隆盛）まで登場。西郷は西南戦争では死なず、密かにフィリピンに渡って独立運動を助けていたのだが、米国の奸計に陥って捕らえられ、ロシアに引き渡されてシベリアに幽閉されていたのだった（この筋運びには、南進小説を時局にあわせて北進の物語にした経緯がうかがわれる）。「武侠団体」や「東洋団結」の有志たちは、それぞれに西郷と連絡を取るための行動に動き出す。そして『東洋武侠団』では、春浪が生んだ最大のヒーロー段原剣東次が青面怪塔に殴りこむ。彼はロシア軍の守備隊百余人を相手に大立ち回りを繰り広げ、西郷隆盛を救出する。桜木大佐は、かつて奸計によって「日の出」を撃沈したロシアの軍艦を、策略を用いて奪い取り、「武侠団体」と「東洋団結」が協力して、アジアの未来のために戦うことを約束して、海底軍艦シリーズは完結する。

　この海底軍艦シリーズには、サイド・ストーリイとして『日欧競争空中大飛行艇』（大学館、明治三五年三月）、『続空中大飛行艇』（大学館、明治三五年九月）、短編の「絶島通信」（「少年世界」明治三六年九月号〜一一月号）もあった。こちらのサイド・ストーリイでは、タイトルからも分かるように飛行機が重要な役割を果たす。作中ではアメリカから大西洋を横断してアフリカ内陸部へと至る飛行機レースの勝負が描かれるのだが、明治三五年にはまだ現実には飛行機は存在しなかったし、ライト兄弟が飛んでからもしばらくは、飛行機は別名「芝刈り機」と呼ばれたほどで、地面のうえを飛び跳ねる程度の道具に過ぎなかった。したがって明治期の「飛行機小説」は現代なら恒星間ロケットが出てくるハードSFのようなものだったのである。

　このように明治三〇年代から四〇年代にかけて、現実の日本の海外拡張に関連して架空戦記、特に対露戦争小説が流行し、日露戦争後になると対米戦争小説（あるいは英米との技術開発競争物）

がしきりに書かれ、その多くで飛行機が大きな役割を担うことになった。

『宇宙戦争』に『暗黒星』――世界は何度も滅亡する

ところで、明治三〇年代は西暦でいえば一九世紀から二〇世紀への変わり目を含んでおり、欧米の世紀末ブームに影響を受けた終末論的SFが日本にももたらされた。とはいえ、この時期の日本社会は日清戦争と日露戦争のはざまにあって、文明の進歩への信頼がまだ強い一方、世紀末的退廃を楽しむには未成熟だったので、翻訳小説はもたらされたものの、日本独自の終末小説が展開を見せるのは、主に日露戦争後の社会不安が広まってからだった。

一八九七（明治三〇）年の四月から一二月にかけて英・米の雑誌で、火星人による地球侵略を描いたH・G・ウエルズの『宇宙戦争』が同時連載された。これも世紀末の世相を反映した滅亡テーマのSFだが、日本SF史的に特筆すべきなのは、この作品がまだ完結せずに英・米で雑誌連載中だった時期に、無名氏訳「天来魔」（「世界之日本」明治三〇年七月～一〇月）として日本に翻訳紹介された事実だ。今日、日本は米英に匹敵するSF大国で、海外SFへの目配りも鋭いが、そうした体質の萌芽は、既にこの頃からあった。

中川霞城《かじよう》『世界滅亡』（明治三二）は、オーストリアの天文学者ルドルフ・フェルプの地球滅亡説を受けた作品だ。フェルプは一八九九年三月一三日に、大彗星が地球に衝突するとの説を発表していた。『世界滅亡』では、彗星衝突の発表を受けて社会が大混乱に陥るなか、一部の人々が新素材アルミニウム（当時は新素材だった）で特殊飛行機を製作して人類の生き残りを目指すという物語だ。

劇作家として知られる松居松葉《しょうよう》の『亡国星』(明治三三)もフェルプの彗星衝突説を踏まえた作品だが、ヒュームの翻訳であり、彗星衝突の被害は予測されたほどの惨事とはならず、かえってマッド・サイエンティストがばら撒いた病原菌を殺菌して、人類は救われる。

ところで彗星衝突説といえば、ハレー彗星騒動が有名だが、一九世紀から彗星は密度が低く地球に接触しても問題はないという説が有力だった一方、フランスの天文学者カミーユ・フラマリオンなどが有毒説を唱えて物議を醸していた。アメリカの天文学者シモン・ニウカムが書いた『暗黒星』(黒岩涙香訳、「万朝報」明治三七年五月六日〜二五日)は、一定の軌道を持たない謎の暗黒星が、まもなく太陽に衝突し、その影響で太陽は一時的に数千倍に膨張して、地球上のすべてが焼き尽くされるという物語。それを察知した科学者たちは、第二のノアとなるべく、地下百尺に建設された研究所をシェルターに改造し、食料や植物の種を運び込む……。〈滅亡テーマ〉は、同時に〈再生テーマ〉でもあり、基本的には科学と人類の共同体への信頼に裏付けられていたことが分かる。

どうもこの時期の天文学者には人騒がせな人が多いが、その実相はメディアの取り上げ方の問題であり、天文学者が指摘した僅かな可能性を誇張して報道したり、科学知識の不足から誤解して報道したりしたものも少なくないようだ。もっとも、天文学者のほうでもサービス精神からか、極端な学説を好んで唱える人がいたのも事実だ。有名なフラマリオン博士には『此世は如何にして終るか』(一八九四)がある。彼の仮説は、日本では明治二六(一八九三)年に一部が徳富健次郎（蘆花）編『近世欧米歴史之片影』に収録され、長田秋濤《おさだしゅうとう》訳「百万年後の地球」（「太陽」明治三三年八月〜九月）として抄出された。

『此世は如何にして終るか』の全体は二部構成になっている。第一部は近未来が舞台で、彗星は大きな被害をもたらしたものの人類の屋台骨は揺るがなかった。しかし一千万年後を舞台にした第二部では、人類文明は頂点に達したものの、太陽系自体が死滅へと向かい、人類の生殖力も低下し、地球生命も衰退してゆく。進歩は止まり、すべては静かに終わりへと向かってゆく……。加藤弘之が恒星間移民を提唱していたことを思い合わせると、フラマリオンの世界観・想像力は悲観的にすぎるとも思われる。あるいはこの背後には、『聖書』の記述に従って、人間が神から賜ったのは〈この地の隅々まで〉すなわち地球だけであり、他の天体に移住することはできないというキリスト教的倫理観があったのかもしれない。『月世界旅行』を書いたヴェルヌも、『蒸気で動く家』（一八八〇）では、主人公に「人間は、ただ地球の住人であり、その境界を越えることは出来ない」と語らせている。なお、日本で高橋毅による全訳『科学小説此世は如何にして終るか』が改造社から刊行されたのは大正一二（一九二三）年四月、関東大震災が起きる五ヶ月前のことだった。

第六章　三大冒険雑誌とその時代

「冒険世界」創刊

日露戦争中の日本では、いくつもの戦争報道雑誌が発行された。それらには多くの作家や画家が関係していた。国木田独歩は「戦時画報」の編集人を務め、同誌は画家の小杉未醒《みせい》を戦地に派遣した。田山花袋は博文館の従軍記者として「日露戦争実記」に記事を書いた。博文館は「日露戦争写真画報」というビジュアル中心の雑誌も発行し、押川春浪はその編集助手を務めていた。戦争が終わると、役目を終えた戦争報道雑誌の多くは廃刊になったが、「日露戦争写真画報」は「写真画報」と改題して、グラフ雑誌へと転換した。その際、春浪は正式に編集長になっている。さらに明治四一（一九〇八）年一月、「写真画報」は新たな雑誌へと転進した。押川春浪が主筆を務める雑誌「冒険世界」である。

明治四〇年代は、この「冒険世界」を中心にして、〈冒険小説〉の全盛期となる。この場合の〈冒険小説〉とは、もちろん『浮城物語』や『海底軍艦』のような作品が本流だが、そればかりではなかった。

「冒険世界」の第一号の巻頭には、次のような創刊の辞が載っている。これは「冒険世界」の編集方針を告げているだけでなく、二〇世紀初頭の日本におけるエンターテインメント文芸のあり方を告げたものとして貴重だ。やや長いが全文を引用しておく。

〈冒険世界は何故に出現せしか、他無し、全世界の壮快事を語り、豪胆、勇俠、磊落の精神を鼓吹し、柔弱、奸佞、堕落の鼠輩を撲滅せんが為に出現せしなり。

冒険世界は鉄なり、火なり、剣なり、千万の鉄艦鉄城を造り、五大洲併呑的の壮図を語る事もあらん、猛火宇宙を焼尽すが如き、破天荒の怪奇を述《のぶ》る事もあらん、又た抜けば玉散る三尺の秋水、天下の妖髡を鏖殺するの快談を為すこともあらん。

夫れ二〇世紀は進取的、奮闘的勇者の活舞台にして、広き意味に於て、冒険的精神を有する者即ち勝つ、最も広き意味に於て観察すれば、汽車に乗る事も冒険なり、市街を歩む事も冒険なり更に〳〵極言すれば、人間が此地球上に住ふ事すでに一大冒険ならずや、何時地球は彗星と衝突して微塵となるやも知るべからず、何時大地震の為に我等の住める都会は焦土となるやも知るべからず、或意味に於て我等は常に地雷火上に立てる決死隊に似たり、若し太陽系以外、斯かる憂慮なき場所より何者か忽然来つて此地球上に住はば、これ程危険に感ずる事は無かるべく、我等この危険を思ふて戦々兢々たらば、一日も地球上に平然として生存する能はざらん、然るに天地開闢以来、何人も地球上に生存するを左程恐ろしき事と思はず、泰然自若たるを得るは何故か、他無し、日常その危険なる境遇に馴れ、自然に心胆の修練を経て、確信と覚悟とを生じ、天命に安んじ得るに至りしが故なり。

茲《ここ》に於てか知る、人間は如何なる境遇にあるも、其心胆を修練し、確信と覚悟とを生じ、天命に安んじ得るに至らば、天下何者か我を恐怖せしむるに足らん、この何時大地震の来るやも知るべからざる陸上にあると、彼の何時難破するやも知るべからざる船中にあると、沈思すれば五十歩百歩の差のみ、此覚悟をもつて事に当らば、蛮境に入るも泰然自若たるべく、死地に臨むも莞爾たるを得ん。

冒険世界は敢て諸君に無謀の冒険を勧むるものに非ず、寧ろ之れを制止せんとす、然れど諸君一旦志を立てて事に当らば、剣難を恐れず、辛苦に僥《たゆ》まず、奮闘し、活動し、猛進せん事を切望して止まず、此有為の精神を鼓吹せんとて出現せしなり。

思ふに冒険に二種あり、一は真善美の冒険なり、ほかは偽悪醜の冒険なり、真善美の冒険は個人を進歩せしめ、国家を盛栄ならしめ、偽悪醜の冒険は個人を堕落せしめ、国家を滅亡せしむ、健児志を立てて険難を冒し、国家に貢献するの偉業を為すも冒険なれば、蕩児色に溺れて花街に出没し、猛獣よりも恐るべき病毒の巣窟に陥落するも亦た一種の冒険なり、冒険世界は真善美の冒険思想を鼓吹すると同時に偽悪醜の冒険に向つては極力猛撃を加ふ、而して本誌は豪胆、勇侠、磊落なる諸君の親友たらんとて出現し、今後千変万化の壮快事を語るべければ、諸君亦た本誌を親友と為し、非あらば遠慮なく忠告を加へ、取るべきあらば長く賛助を与へられよ、冒険世界は諸君が将来無限に発達するが如く、此地球の存在する限り、無限に活動進歩せんと希望するなり〉

ようするに冒険小説とは、あらゆる健全な面白さを内包するものだという主張が、ここにはある。実際、「冒険世界」は冒険・探検などをはじめとして、各種のスポーツや最先端の科学知識案内、各種の学校案内など、若者が好奇心を抱きそうなものは何でも旺盛に取り上げた。小説も、いわゆる冒険小説だけではなく、英雄豪傑の伝記小説や、戦争武勲譚、科学小説、怪奇小説などを載せた。さらに各種スポーツ記事や本当の探検記、海外情報（欧米事情やアジア情勢、移民情報など多岐にわたる）、幽霊話や怪奇現象などに関する記事など、今日にも通用するようなサブカルチャーの諸ジャンルを、巧みに取り入れていた。

「冒険世界」の多様な誌面戦略

これ以外にも「冒険世界」は、読者を惹きつけるために、読者を巻き込むさまざまな工夫を凝らしていた。主なものとして、

A　テーマ投稿、スポーツや同時代の冒険の成否などの予想を、懸賞付投稿で募集。
B　小説の結末をクイズ形式で募集。読者手記・創作の募集。掲載小説にちなんだ投稿募集。
C　読者参加イベントの実施。

などが挙げられる。

Aの「投稿」というのは、明治中期以来、他の少年雑誌でもよく見られたが、「冒険世界」ではアンケート形式の設問に短文で答えを募り、優秀作を発表しただけでなく、「金牌銀牌」といった懸賞を出した。設問も「家庭内の最大の冒険とは何か？」「諸君は百万円を如何に使

用するか?」など、それまでの青少年雑誌の真面目な出題傾向に比べて、ひねりの効いた娯楽性の高いものになっている。さらに「字当て」としてクロスワードパズルがあったり、「大相撲東西・勝星負星予測」「野球大会順位予測」「振武大競争会勝者予測」などスポーツ・イベントの順位予測も多く、ファン心理を巧みに掻き立てた。その一方、一歩間違うとスポーツ賭博になりかねない面もあった。そうしたワルノリも、この雑誌の魅力だったのかもしれない。

Bの「結末投稿」は作家が小説の前半を書き、その後の展開を、読者が自由に創作して投稿するもの。たとえば「冒険世界」明治四一年二月号に掲載された「幽霊妖怪奇譚」にたいしては三千七百五十六通の答案が寄せられ、同年四月号に優秀作七篇が掲載されている。このほか、読者自身の冒険小説や冒険実話の募集も行っている。

さらにCのイベントというのは、「天幕旅行大運動会」や「全国学生大競争会」など、宿泊込みで、ショーアップされた「運動会」を、誌上で参加者を募ったうえで開催したもの。観客も大勢つめかけて、にぎやかな催し物だったらしい。その様子は誌上で大きく報道されているが、ボート競走や娯楽的な競技もさまざまあるばかりでなく、「冒険世界」という雑誌を通して人々が仲間として知り合う機会でもあり、合宿ではテーマごとの討論やファンの集いのようなものも行われたらしい。どうやら体育会系版のSF大会のような趣があったようだ。

「冒険世界」の体裁はB5サイズで、毎号アート紙の写真版と三色刷口絵が付いていた。口絵の多くは小杉未醒が描いている。小杉は洋画も日本画も描いたが、彼が同誌で見せたのは、欧米の雑誌からヒントを得たような劇的でロマンチックな画題が多かった。「冒険世界」は質実・剛健など、バンカラな価値観を推奨してはいたが、「淫風（不真面目な恋愛や悪所での遊び）」以外の健全な娯楽はどしどし取り入れていた。また、青少年向けということもあって、大学案内（各校の寮生活やサークルなど、主に勉学以外のこと）や学生文化に関する記事も多かった。それは実際には上級学校に進学できない少年にとっても、憧れの世界を垣間見ることができるものだった。その一方で「冒険世界」は、学歴がすべてではなく、冒険心や型に嵌らない「自分らしさ」が大切だというメッセージも強く打ち出した。「冒険世界」の編集手法はかなり洗練されており、雑誌文化史から見ると、ビジュアル面でもハイカラを超えてモダンですらあった。

冒険雑誌の老舗「探検世界」、特集「月世界」

ところで冒険雑誌としては、「冒険世界」に先行して、「探検世界」があった。博文館はこれをモデルにして、春浪を主筆に据えて「冒険世界」を出させたのだった。

「探検世界」は明治三九（一九〇六）年五月、成功雑誌社から創刊された冒険雑誌で、「冒険世界」に先行する斯界の老舗だった。編集長は村上濁浪《だくろう》。

濁浪は幸田露伴に師事し、春陽堂の編集者などを経た後、自宅を発行所として成功雑誌社を起こし、明治三五年にアメリカの雑誌「サクセス」を踏襲した雑誌「成功」を創刊していた。「探検世界」は日本人の海外発展を奨励する記事を掲げ、実際にも白瀬中尉の南極探検をバックアップするなどの活動も行った。大隈重信が会長を務めた南極探検後援会では濁浪が幹事を務め、その本部も成功雑誌社に置かれていた。

同誌も多くのＳＦ的作品を載せているが、特に注目すべきなのは、「探検世界」明治四〇年一〇月増刊号として刊行された〈月世界〉特集号だろう。同号には、堀内新泉「月世界探検隊」、町田柳塘「青年月世界巡遊記」、米光関月「青年立志月世界旅行」、江見水蔭「月世界跋渉記」、西村渚山「月世界案内記」、押川春浪「月世界競争探検」、石井研堂「月世界独力探検」、天空海闊道人「月世界新婚旅行」といった作品が載っている。他にも月に関する記事が満載で、一冊まるまる月の話題で占められていた。

特集「月世界」挿絵〈月世界探検隊の月世界高山到着光景〉

「月世界探検隊」の堀内新泉は、以前から「探検世界」に「水星探検記」（明治三九年九月号）、「月世界探検記」（同年一〇月号）、「金星探検記」（明治四〇年五月号）、「続金星探検記」（同年六月号）などを載せており、宇宙探検に強い興味を抱いていたＳＦ先駆者のひとりだった。

全篇がＳＦの「世界未来記」

「冒険世界」にも、全篇がＳＦ特集といえる増刊号がある。明治四三年四月増刊号「世界未来記」がそれだ。

押川春浪「鉄車王国」、浅田江村「英独戦争」、海底魔王「海底戦争未来記」、冒険記者「破

天荒の大飛行機」、閃電子（三津木春影）「神力博士の生物製造」、虎髯大尉「日米戦争夢物語」などのほか、黒面魔人「官営しるこ専売局」などというユーモア未来予測小説も載っている。上方落語の系統に「ぜんざい公社」という演目があるが、「官営しるこ専売局」はその原形と思しい。現代でも、ＳＦ作品が新作落語に仕立て直されることがあるし、戦後の一時期、ＳＦ作家として立つ前の小松左京は、漫才台本を書いていたことがあったが、ＳＦと「笑い」の結びつきは百年前から深かったのである。思うに「笑い」は、受け手の許容度を豊かにする。したがって書き手としては、「笑い」の表現を用いることによって、より過激な構造や思想を表現することが可能となる。それが両者の結びつきを、必然のものとしたのではないだろうか。

押川春浪「鉄車王国」口絵（小杉未醒筆）

ところで増刊号「世界未来記」中、最も重要な作品は春浪の「鉄車王国」だろう。この作品は、白人対有色人の人種戦争を描いており、日本人有志らが「天下無敵鉄車」という秘密兵器を建造して、白人たちの侵略を撥ね退けるという筋立て。この鉄車は単なる大きな戦車ではなく、「動く要塞」あるいは「動く戦闘都市」といった規模を持ち、そのなかで軍団が生活している。ラジウムよりも効率のいい高放射性物質イターナルを動力として動き、海上も航行できて、そのまま敵国に上陸し、街を踏み潰し、あらゆるものを放射線で破壊するという最終兵器である。この規模は、まだキャタピラで動く戦車すらなかった時代のものとしては、やはりとてつもない想像力だ。小杉未醒の口絵もすばらしい。

「探検世界」廃刊と「武侠世界」誕生

「探検世界」は、その後も小川蛍光「火星地球戦争」（明治四一年七月号）、江見水蔭「探検小説空中快遊船」（明治四二年一〇月号）などのSFを載せているが、「冒険世界」の隆盛に押されて苦戦し、明治四四年九月号をもって廃刊となった。

一方、「冒険世界」のほうは創刊時から春浪の「冒険小説怪人鉄塔」（明治四一年一月号〜一二月号）を連載したほか、木村小船「火星奇譚」（明治四四年一月号）、激浪庵「潜航艇夢物語」（同年五月号）、閃電子「未来戦争飛行艦隊日本襲来」（明治四二年二月号）、黒面魔人「怪奇小説世界最後の大悲劇」（明治四三年五月号）、髭の少尉「時事小説日米の危機」（同号）、火星隠者「驚天動地火星軍隊の地球襲来」（同年六月号）など、続々とSF作品を載せて、人気だった。

なお、この頃から、はっきりとアメリカを次の仮想敵国とした小説が増えてくる。これはカリフォルニア州で排日移民運動が盛り上がっていることへの反発と、太平洋や中国での利権をめぐる日米対立が次第に露わになってきた現実を反映していた。

ちなみに虎髯大尉、激浪庵、黒面魔人、髭の少尉などはいずれも阿武《あぶ》天風《てんぷう》の別号である。天風は、元海軍士官で、日露戦争に従軍した経験を持っていた。

順調にみえた「冒険世界」に思わぬ躓きが生じたのは、明治四四（一九一一）年のことだった。

この頃、学生のあいだには野球熱が高まっており、「冒険世界」もしきりにそれを応援していたのだが、この傾向について、学業が疎かになり、ひいては青少年の健全な育成が妨げられるという非難が出された。「野球害毒論」である。これに対して春浪は、繰り返し痛烈な反論を加えたが、そのことが世論を気にする発行元・博文館経営陣の不興を買った。

このため、春浪は明治四四年一一月に博文館を去り、翌四五年一月、興文社から「武侠世界」を創刊して、自らその主筆となった。編集者の何人かは、彼と共に「武侠世界」に移った。ただし春浪は、自分が創刊させた「冒険世界」の存続も図り、そちらには主筆として阿武天風を残していった。以後しばらく、「冒険世界」「武侠世界」の競合時代が続く。

この二誌ならびに、先にあった「探検世界」を加えた三誌を、一般に明治の三大冒険雑誌と呼ぶが、発行時期は微妙にずれており、三誌が同時に書店に並ぶ機会はなかった。

その後、大正三（一九一四）年一一月一六日に押川春浪が亡くなると「武侠世界」の主筆は針重敬喜《はりしげけいき》が引き継いだ。一方、「冒険世界」のほうは、大正六年七月に主筆が長瀬春風に代わり、さらに大正八年一月から最後の編集長（責任者の名称が主筆から編集長に代わっている）森下雨《う》村《そん》へと引き継がれた。

江見水蔭、羽化仙史など――忘れられたSF作家

明治後期から大正前期には、春浪のほかにも、多くのSF的作品を書いた作家がいた。

江見水蔭もそのひとりである。水蔭は杉浦重剛《じゆうごう》の称好塾で学んだが、そこで巌谷《いわや》小波《さざなみ》、大町

桂月らと知り合い、明治二一（一八八八）年には小波の紹介で尾崎紅葉の門に入り、硯友社の同人として文筆生活に入った。彼は明治三〇年前後から、雑誌「少年世界」「探検世界」などに探検実記や冒険小説を書き、SF系の作品としては『空中飛行器』全二（青木嵩山堂、明治三五）、「空中飛行絶島探検」（「実業少年」明治四三年一月号）、「水晶の家」（「朝日新聞」同年一〇月二二日～四四年二月二八日）、「怪人の発見」（「実業少年」明治四四年一月号）、「探検小説世界第一艦」（「少年世界」同年三月号～八月号）などを残している。このほか、水蔭は捕鯨船に乗ってその実録を書いたり、趣味として行っていた考古学の発掘に想を得て、発掘に関する小説や太古の世界に材を採った小説も多い。江見水蔭は濁浪に招かれて、一時、「探検世界」の主筆を務めてもいて、その意味でも春浪のライバルといえる作家だった。

一方、はっきりと春浪を意識していたといわれるのが、羽化仙史《うかせんし》（本名・澀江保《しぶえたもつ》）である。羽化仙史はもともと本名や別号で、博文館などから数多くの実用書、歴史実記、それに催眠術・奇術関係の書籍を出していたが、日露戦争が終わった頃から、冒険小説に熱心に取り組むようになった。その小説は主に大学館という出版社から刊行され、『冒険小説新海底旅行』（明治三八）、『冒険小説月世界探検』（明治三九）、『冒険小説空中電気旅行』（同）、『冒険小説食人国探検』（同）、『冒険小説北極探検』（明治四〇）、『冒険小説海底奇談』（同）、『冒険小説男神女神』（明治四一）、『英雄小説蛮カラ博士』（同）など数多くの冒険小説も出している。ちなみに羽化仙史は澀江抽斎の継嗣で、森鷗外が史伝『澀江抽斎』を執筆する際には原資料を提供したばかりでなく、鷗外の同書後半（抽斎没後）は、ほとんど保本人の評伝といってもいいようなものだった。鷗外は〈保が〉最も大いに精力を費したものは、書肆博文館のためにする著作翻訳で、その刊行する所の書が、通計約百五十部の多きに至つてゐる。其書は随時世人を啓発した功はあるにしても、概皆時尚を追ふ書估の誅求に応じて筆を走らせたものである。保さんの精力は徒費せられたと謂はざるを得ない。そして保さんは自らこれを知つてゐる。畢竟文士と書估との関係はミユチユアリスムであるべきなのに、実はパラジチスムになつてゐる。保さんは生物学上の亭主役をしたのである〉（『澀江抽斎』）と述べている。しかし鷗外は、保が提供した資料を使いながら、そこに記された彼の小説リスト（おそらく保は、この大文豪に小説そのものも贈ったと推定される）を黙殺した。明治二〇年代の『浮城物語』論争では、これを擁護した鷗外だったが、大正期になると冒険小説を文学として評価するのを避ける態度を取った。ある意味で、売れ筋の本を書かせようと保に寄生した出版社以上に、鷗外の態度は保を傷つけるものだったのではないだろうか。

『月世界探検』口絵

　今日、澀江保は、一般的には『澀江抽斎』の作中人物ないしは資料提供者として記憶されている。そういえば江見水蔭も、多くの小説を残したにもかかわらず、文学史的には『自己中心的明治文壇史』以外は、あまり記憶されていないのは残念だ。

三津木春影も「探検世界」「冒険世界」双方にSF的作品を書いていた作家だが、大正期になってからも、『怪奇小説空魔団』（大正三）、『怪奇小説間諜団』（大正六）、『怪奇探偵海魔城』（大正七）などを書いている。春影には明らかにSFへの嗜好があったが、そうした傾向の意味を理解する読者は、当時はまだ多くはなかった。

永代《ながよ》静雄《しずお》もまた、作品はあまり多くはないが、個性的な作品を残している作家だ。彼は大正元（一九一二）年に、明治の大ベストセラー『不如帰』の後日談という設定で『小説終篇不如帰』を書いているのだが、そのなかには当時はまだ存在しなかったヘリコプターが登場する。また『透視液』（大正七）、『外相の奇病』（大正八）なども、探偵小説の流行以前に書かれた探偵小説系SFとして興味深い。ちなみに彼の本業は新聞記者で、田山花袋『蒲団』のヒロイン横山芳子の恋人・田中のモデルだったことでも知られている。

「科学小説ラヂューム」と新元素「ニッポニウム」

「探検世界」「冒険世界」「武侠世界」はいずれも誌名に「世界」が入っているが、「〇〇世界」という誌名の雑誌はほかにもあった。

そのひとつ、「科学世界」は明治後期に創刊されたポピュラー・サイエンス雑誌だが、時々、科学小説も載せている。明治四二（一九〇九）年には〈科学小説懸賞募集〉も行っていた。ここでいう「科学小説」とは、〈科学的趣味を題材とし余り深遠ならざる範囲に於て学理的の記述其応用更に進で科学的基礎に拘る想像等を含ば可なり〉と規定され、その範囲はかなり広い。

また募集広告文のなかには〈清新にして健全なる科学趣味を配したる小説を投稿あらんことを祈る、或は諸君の中に東洋のジュールベルヌを見出すことを得んか〉とも謳われており、啓蒙的な科学解説小説ではなく、ＳＦ作品を期待していたことがうかがわれる。つまりこれは、日本で最初のＳＦコンテストだった。

当選作となった船本新吾「科学小説《かがくしょうせつ》ラヂユーム」は、「科学世界」明治四一年八月号に掲載された。これはラジューム発見以前に、日本人がこの新元素を発見しており、そこから特殊なエネルギーを抽出して不老不死の薬を作ろうと自分の体で実験したところ、思わぬ副作用が現れ、発見者は自宅を吹き飛ばして自殺。すべてのデータも失われてしまったという筋になっている。ちなみにこの小説は、話者が悄然と「ラヂユームの第二の発見者は誰であろうとも構わぬが第一の発見者は我が泉野武義君であるのだ」と語るところで終わっている。この「我が」というのは「我が友」とも読めなくはないが、前半でも「ラヂユームの発見は日本人の功に帰するのであつたに、惜しい事であつた」という科白があり、やはり「我が国」と解すべきだろう。ここには、科学上の発明・発見をめぐる国家間競争が反映されている。

実際、発見者の母国にちなんで命名された原子は少なくない。キュリー夫人が祖国ポーランドにちなんでポロニウムを命名したことは有名だが、ゲルマニウムも一八八五年、ヴィンクラーが母国ドイツにちなんで命名したものだし、後のフランシウムやアメリシウムも、同様の愛国的命名だ。こうなるとニッポニウムが欲しくなるのが人情だ。

そんななか、明治四一年に東北帝国大学教授の小川正孝が新元素を発見したと発表。これをニッポニウムと命名した。小川はこれを、当時空欄だった原子番号四三に該当するものと考えた。しかしこの元素は、小川以外の者が分離しようとしても、どうしても発見されず「幻の元素」となってしまう。実は小川は、たしかに新元素を発見していたのだが、それは原子番号四三番ではなく、原子番号七五番に該当する物質で、今日、レニウムが当てられている。レニウムが発見されるのは小川の発表の一七年後のことだった。これこそ「日本人が発見したのに惜しいことだった」事例である。

ちなみに、船本新吾「科学小説ラヂユーム」は、まもなく盗作だったことが判明し、当選が取り消された。元になっているのはアルデンの「新元素」という小説で、日本でも「大阪朝日新聞」（明治四〇年二月三日、二月一〇日）に翻訳が掲載されており、せっかくの日本初の科学小説コンテストが、これまたきわめて残念な結果といわざるをえない。

ジャンルとしての科学小説（SF）が確立されるには、なおしばらくの時が必要だった。

第七章

大正期未来予測とロボットたち

馬鹿をも治すクスリの力

明治は四五年で終わり、元号が大正と変わった。しかしその後もしばらくは、世の中には明治の風潮が強く残っていた。SF的作品のあり方についてみた場合、それが決定的に転換するのは、第一次世界大戦も終わりに近づいた頃からだったと私は感じている。だが、その転換の内容を明確にするのは難しい。まずは具体的に作品を見てみることにしよう。

大正新時代的な作品のひとつに星一《ほしはじめ》『三十年後』（新報知社、大正七）がある。この作品は次のような話だ。

大正三十七年、明治・大正期の大政治家で、南洋の無人島で隠遁生活をおくっていた嶋浦太郎が、三十年後に日本に戻ってきて、その進歩した社会に驚くという趣向をとっており、その構成自体は明治の政治小説を彷彿とさせる。ただしその文章には、大正期らしいユーモラスでモダンなセンスがあふれている。

「大正三十七年」には、汽船による旅行者は珍しい。殆どの旅行者は飛行船や飛行機を利用しており、港に集まった記者には、埠頭で取材するのははじめてという人間もいる。嶋浦翁が港に着くと、その映像は無線を通じて、新聞社の写真部に送られる。

三十年後の世界では、不老回春の薬が開発されており、嶋浦翁のような白髪白髭の老人はおらず、皆若々しい姿をしている。未来の東京市街には電柱が一本もなく、皆地下を通っている。外出には飛行機や地下鉄を使用することが多くなったために、自動車も少ない。代わりに各家庭の屋上には自家用飛行機の発着場が設けられている。

街には警官の姿もみえなかった。人々は銘々に秩序を維持するので、警察は不要なのだという。家庭は電化が進み、調理設備や冷暖房も整い、しかも国民の富は平均化・向上化が進んだので、どの家庭でもそのような設備がある。

また「夢枕」という装置があって、寝る前に装着すると、その日のニュースや種々の知識を吸収できるという。今や世界は、全体に豊かになり、誰もが健全な肉体と精神を所有するようになったために争いがなくなり、戦争もなくなったので、近く軍隊も廃止されるという。

食生活も変化していた。今では健康的でヘルシーな日本食が世界中で食べられるようになっており、それも「米炊会社」「味噌汁会社」から温かな食事が各家庭に届けられるようになった。また感情も薬剤でコントロールできるようになり、あまりに興奮して危険な行為に及びそうになると、警察の代わりに巡視官が駆けつけてきて、測頭機で頭の検査をして、薬を飲ませて興奮を冷ます。

このような社会にも問題はあって、一時期、工場や汽車から盛んに排出された煤煙のために、都市部では樹木が枯れるという公害が起きてしまった。しかしこれも、動力を太陽エネルギーに切り替えるなどの対策を進めており、いずれ克服できるだろう……。

このユートピアのような世界を作り上げた人物は、さまざまな発明をし、それらを生産する会社を興しながら、匿名で隠遁生活をおくっているのだが、実は『三十年後』の著者である星一こそ、そのユートピア建設者なのだった――というオチである。

著者の星一は星製薬の社長で、実際に新薬開発に従事していた。また代議士も務めたことがあり、星薬科大学の創設者としても知られている。さらに戦後ＳＦ界を主導した星新一の父でもあり、そういう点でも彼の存在は後の日本ＳＦに大きな影響を与えた。

『空中征服』が警告する格差社会

賀川豊彦《かがわとよひこ》『空中征服』（改造社、大正一一）もまた、この時期を代表する重要な未来小説だ。物語は冒頭から、かなり人を食ったはじまり方をしている。主人公は作者である賀川豊彦自身で、貧民窟に住んでいた彼が、突然、大阪市長に就任したところからはじまる。彼は戸惑いながらも、公害対策に着手する。大阪には工場が多く、林立する煙突から吐き出される煤煙のために、市民の健康は危険にさらされていたからだ。賀川は煙突廃止運動に取り組み、市議会で演説して煤煙征服を訴えるが、市議会議員たちは工場を所有して儲けている資本家たちが多いので、妨害されて会議は思うようには運ばない。その一方で、賀川市長排斥運動も画策され

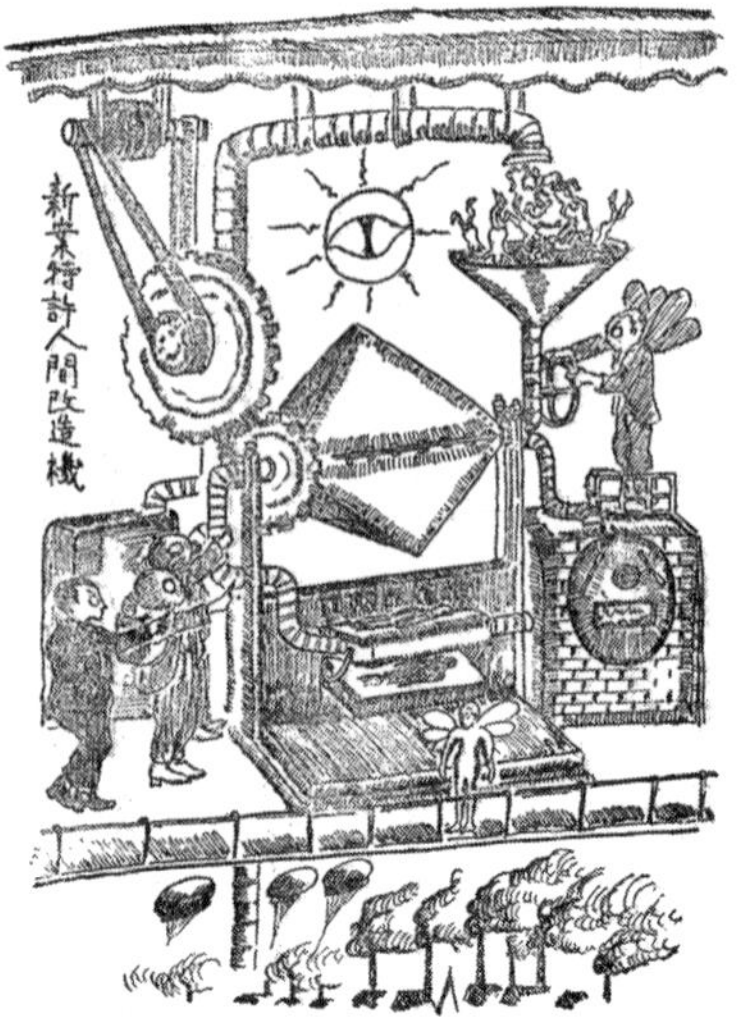

『空中征服』挿絵〈新案特許人間改造機〉

る。

そんななか、賀川市長は街を歩いていて反対派に刺されて倒れ、住まいの貧民窟に担ぎこまれる。一命は取り止め、寝込みながらも公害対策への情熱は冷めない。しかし、彼がどんなにがんばっても、資本家たちの力は強く、事態は進展しない。

失意のなか、大阪を離れて田舎で散歩していると、賀川は小川のなかのメダカに誘われて水中国を訪れる。そこで人間世界を客観的に見つめる目を養った賀川は、人間界に戻ってくるが、川辺には過去の自分もいる。「過去の自分」と「達観した自分」のふたりとなった賀川は、協力して事態を収拾すべく立ち上がる。

彼に共鳴する発明家も現れる。発明家は人間の体重をなくしてしまう「人間改造機」なるものを作る。そして賀川が断行したのは、大阪上空に体重がゼロになった貧民たちを移住させる空中楼閣を建造し、そこにユートピアを作るという計画だった。しかしこの「空中征服」も達成間近なところで資本家・既成権力者らの手で粉砕されてしまう。

ついに、地球に自分たちが住むべきところはないと見切りをつけた六千人の仲間たちは、アインシュタインの相対性原理を利用して発明された光線列車で火星へと向かう。火星には火星人たちが住んでいて共和制を布いていたが、彼らは地球からの難民を温かく歓迎してくれる。その一方、地球では「過去の賀川」が十字架で処刑されようとしている……。

賀川豊彦はキリスト教社会運動家で、明治四〇（一九〇七）年九月、神戸神学校に進んだが、在学中から自ら貧民街に住んで伝道活動を行った。大正三（一九一四）年にはプリンストン大学に留学。帰国後は再び貧民街に住んでの布教生活を続ける一方、労働組合運動も援助した。一般的に知られている代表作は、貧民街での活動を小説化した『死線を越えて』（大正九）で、これは大正期最大のベストセラーとなっている。

『空中征服』で賀川が取り上げた公害や階級格差といった社会問題は、実際に彼が取り組んでいたものだった。キリスト教徒であった彼は、社会主義者とはいいながら、革命や労働者の実力行使といった暴力的手法は避けつつも、貧民には住むべき場所がない現状を痛烈に批判した。体重をゼロにしなければ行き場がない人間というのは、つまり生きながら死んでいるということであり、ユーモラスでありながら切ない。この作品はある意味、その作品構成も作者の精神構造も、明治前期の民権的政治小説と通底しているといえよう。思えばプロレタリア文学は、一種の政治小説であり、大正期にマルクス主義的文学観の観点から、私小説や教養主義的小説は「ブルジョワ的」「退廃的」だとする批判が沸き起こったことは、政治小説の側からの純粋文学への反撃という側面があった。

大正期の未来小説・未来予測を特徴づけるのは、科学の進歩への確信や、その逆の公害問題、

『赤い星』挿絵

社会主義的未来像――などではない。鉱山の煙害については明治期から知られていたが、都市の公害問題が表面化するのは、たしかにこの時期からだ。A・A・ボグダノフ、大宅壮一訳『赤い星』（大正十五）も、社会主義とモダニズムが交錯する、この時代らしい作品である。だが、社会主義的未来像というだけなら、明治四〇年にD・M・パリー、一貧乏訳者訳『くらげ』前後編（俳書堂籾山書店）や矢野龍溪『新社会』（明治三五）などがあった。昭和に入ってからだと、ジム・ドル、広尾猛訳『革命探偵小説メス・メンド』1～5（世界社、昭和三）が知られている。

むしろこの時期を特徴づけるのは、ユーモアの顕在化という表現の質的変化だ。社会・政治についての思想では大きな差がある星一と賀川豊彦の共通項はそこにあり、そうしたユーモアやアイロニーを許容するようになってきたのが大正～昭和初期社会の特徴だった。漱石の幻想短編の系譜を継ぐ芥川龍之介や内田百閒の夢想的小説群にも、やはりユーモア感覚が宿っている。

ＳＦの宝庫――『現代ユウモア全集』

だからこの時期、ユーモアをキィワードとした全集が編まれたのは、偶然ではない。小学館・集英社内におかれた現代ユウモア全集刊行会から刊行された『現代ユウモア全集』（第一期、昭和三〜四）は、昭和初頭版『ＳＦバカ本』とでも呼ぶべきもので、どの巻にも多少はＳＦ的な作品が含まれており、ユーモアとＳＦの親和性を印象付ける。

第一巻『坪内逍遥集　後生楽』
第二巻『堺利彦集　桜の国・地震の国』
第三巻『戸川秋骨集　楽天地獄』
第四巻『長谷川如是閑集　奇妙な精神病者』
第五巻『生方敏郎集　東京初上り』
第六巻『佐々木邦集　明るい人生』
第七巻『岡本一平集　手製の人間』
第八巻『正木不如丘集　ゆがめた顔』
第九巻『近藤浩一路集　異国膝栗毛』
第十巻『大泉黒石集　当世浮世大学』
第十一巻『高田義一郎集　らく我記』
第十二巻『牧逸馬集　紅茶と葉巻』

『見物左衛門』挿絵

第十三巻『田中比佐良集　涙の値打』
第十四巻『水島爾保布集　見物左衛門』
第十五巻『細木原青起集　晴れ後曇り』

未来への夢想を文学に取り入れるべきではないと主張した坪内逍遥は、実は政治小説『内地雑居未来の夢』（明治一九）を書いたほか、「回春泉の試験」「ある富豪の夢」なども書いていた。

高田義一郎は「人造人間」「人間の卵」「扁桃先生」などSF指向が強く、水島爾保布《におう》もロボット物を書いている。この時期は、ユーモアと共に、ロボットの時代でもあったのだ。

ロボットの時代

ロボットという言葉は、カレル・チャペックの戯曲『R・U・R』（一九二〇）に由来している。この作品は日本でも大正一二（一九二三）年に、宇賀伊津緒《うがいつお》訳『人造人間』（春秋社）として刊行された。またこの作品は、大正一三年七月一二日から一六日にかけて、築地小劇場で「人造人間」の題名で日本初演された。その一方、同年五月には鈴木善太郎訳『ロボツト』（金星堂、

〈先駆芸術叢書〉も刊行されている。

ちなみにF・T・マリネッツィ「電気人形」は、神原泰《かんばらたい》が翻訳し、「人間」大正一〇年三月号に掲載された後、大正一一年に下出書店から単行本が刊行され、さらに大正一三年に金星堂から再刊された。これは鈴木善太郎訳版『ロボット』と同じ叢書中の一冊としてだった。

ダルコ・スーヴィンは『SFの変容』のなかで〈チャペックのSFは、「現在支配的な科学上の概念、未来に関する予測、テクノロジーの大盤振舞い」から生ずる「大きな社会的利害と社会集団の精神的問題」を題材にして書かれることになる——現代の大量生産の爆発的増大がちっぽけな人間におよぼす破壊的脅威を彼は見極めようとしたのだ〉（大橋洋一訳）と述べている。これは『R・U・R』だけでなく、チャペックのほかの作品、『虫の生活』（一九二一）、『山椒魚戦争』（一九三六）などにも当てはまるだろう。

『ロボット』

『虫の生活』は擬人化した昆虫をとおして、人間の倫理観や社会行動を痛烈に風刺している。蝶は享楽に耽る有産階級の若者に、黄金虫や蟋蟀は功利的で感傷的なプチ・ブルに、そして蟻は軍国主義的に画一化される大衆になぞらえられた。この作品は日本では『世界文学全集38　新興文学集』（新潮社、昭和四）に収録された。なお同書にはエレンブルグ『トラストD・E』も収められている。

また『山椒魚戦争』は、知性を有する山椒魚が発見され、これを一種の奴隷として労働に従事させる話である。そうした人類の驕りと他者の搾取は、『R・U・R』同様に反乱と破局という結末へと至る。余談ながら本書には、日本が有色人種の代表として、肌の黒い山椒魚の代理・管理権を主張する場面がある。

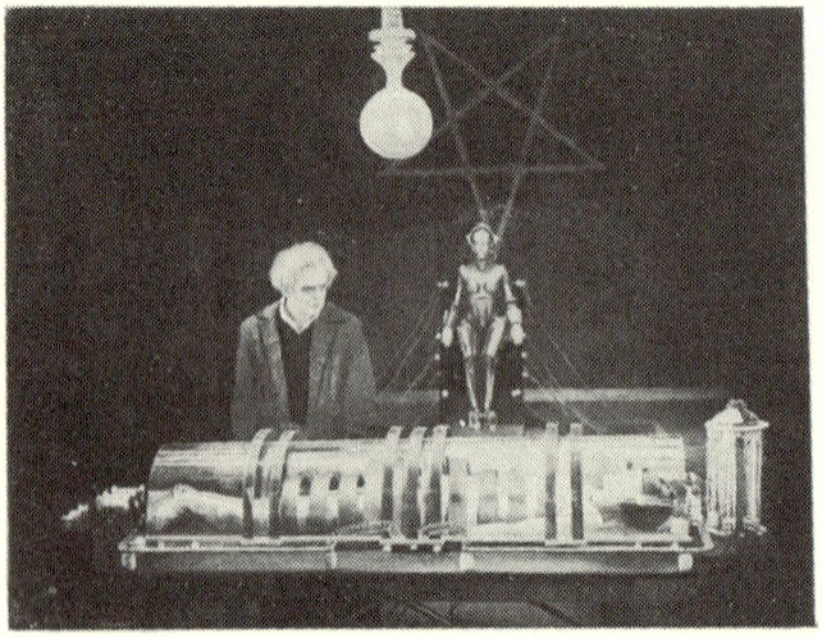

『メトロポリス』口絵写真（映画『メトロポリス』より）

ロボットというと、もうひとつ忘れてはいけないのは映画『メトロポリス』（ドイツ、ウーファ社）である。ドイツで一九二七（昭和二）年一月一〇日に公開されるや、世界的なブームとなった作品で、日本では昭和四年四月三日に封切られた。この間、T・V・ハルボウ、秦豊吉《はたとよきち》訳『メトロポリス』（改造社、昭和三）も出版されている（余談ながら秦豊吉は『西部戦線異状なし』の翻訳者としても知られ、丸木砂土の筆名でエロ・グロ・ナンセンス時代にさまざまな活動をした）。

日本でも、映画『メトロポリス』はヒットを記録したが、公開前後から映画雑誌などが大きな記事を載せているほか、雑誌「新潮」昭和四年八月号が特集〈人造人間幻想〉を組み、川端康成「人造人間讃」、新居《にい》格《いたる》「クリスタリンの人生観」、東郷青児「義手義足空気人形」、村山知義「人間征服」、北村喜八「夢と人造人間」などを載せている。

ちなみに『R・U・R』の「ロボット」は機械ではなく生命体であり、その意味ではフランケンシュタインの系譜に属する。一方、『メトロポリス』はメタルボディの機械であるにもかかわらず、人間の恋愛感情を激しく刺激する対象として描かれていた。そういえばリラダンの『未来のイブ』（一八八六）に登場するアンドロイドも、エジソン博士が発明した機械であるにもかかわらず、理想の恋人として人間の感情を刺激する。

その後の名称の浸透・用例を見ると、人造生命体だったはずのロボットが「人型機械」として、メタルボディだったはずのアンドロイドが「柔らかな肌を持った人造人間」というイメージで用いられるようになっていくという倒錯がある。あるいはもしかしたら、当時の人々にとっては、金属の滑らかな質感は、老化していく生物の肌よりも美しい、永遠の生命をイメージさせるものとして感受されていたのかもしれない。森川嘉一郎は、現代のおたくが「萌え」の対象とする美少女キャラの肌の質感を「セル画肌」と表現し、その嗜好の起源を手塚治虫マンガに遡って説明しているが、アンドロイド美女は一九世紀には既に「つるつる肌」を輝かせていたのだ。ちなみに『未来のイブ』は、日本では昭和一二（一九三七）年に渡辺一夫訳が白水社から刊行されている。また北園克衛《きたぞのかつえ》は「レグホン博士のロボット」（昭和七）で、蘭郁二郎《らんいくじろう》は「人造恋愛」（昭和一三）が機械式美女への恋情を描き、川端康成も「人造人間讃」（昭和四）、「水晶幻想」（昭和六）などでロボットを話題にしている。

円本ブームと高踏書物出版熱

大正後期から昭和初期（西暦でいえば一九二〇年代）の出版状況を考えるうえで重要なのは、円本ブームの存在だろう。

『露西亜現代文豪傑作集3』（大倉書店、大正九）にはソログーブ「毒の園」（昇曙夢訳）が収録されているのはやや古い例だが、前述の『メトロポリス』は円本のひとつ〈世界大衆文学全集〉から刊行されている。同全集には『海底旅行（ヹルヌ）・宇宙戦争（ウエルズ）』やハガード『洞窟の女王・ソロモン王の宝窟』といった巻もある。『現代ユウモア全集』も円本の一種だった。

円本ブームは日本の経済発展につれて急速に増加した新中間層を中心にした人々の、教養主義的要求に合致して成功した。これに対して、本当の知識人を自任する人々のあいだでは、プライベート・プレスによる高踏的出版熱が高まった。その代表のひとりに日夏耿之介がいる。

英文学者で詩人の日夏は、大正六年に第一詩集『転身の頌』（光風館書店）を刊行したが、ゴシック趣味の薫り高い作品が多く収められている。ところがこれは限定百部の実質的には私家版出版であり、戦前から稀覯本として名高かった。同じく幻想怪奇の芳香高い詩集『咒文』（昭和八）は限定百七部、ポー『大鴉』の翻訳出版（昭和一〇）も限定百三十部である。

さらに日夏が関係した雑誌も、読者を選ぶタイプのものが多い。大正元年から同四年まで出した「聖盃」（途中から「仮面」と改題）や、大正一三年から昭和二年にかけて出された「東邦芸術」（途中から「奢灞都」と改題）などもそうだが、極め付きは昭和に入ってから出された「遊牧記」全四冊（各号六百数十部を超えず、うち局紙本三十五部、贈呈用本若干部、他は無漂白の木炭紙本）と、「戯苑」全二冊（巻之一・限定三百部、巻之二・限定二百部）だろう。これらの雑誌は、その内容はもちろん、活字の種類や字組、用紙に至るまで、日夏の美意識を強く反映している。余談ながら中井英夫の『虚無への供物』には「遊牧記」の局紙本が五冊、机の上に載っているという記述があるが、四・五号は合併号なので四冊で揃いである。

どうして、こんな薀蓄を書いているかというと、「戯苑」「遊牧記」などには、日夏耿之介が企画する幻の出版案内がはさまれていて、そのラインナップが驚異的だからだ。たとえば〈荒唐奇譚叢書目録〉には、ホレス・ヲルポオル『オトラント城』、同『母公秘罪（院本）』、ヰリヤム・ベックフォード『哈利発ヴデック伝』、クララ・リイブ『古英国男爵』、アン・ラドクリフ『双城記』、同『獅子里亜綺譚』、同『林中記』、同『ウドルフォ城怪異譚』、同『伊国人』、同『ガスコ・ド・ブロンドヸユ』、同『聖オルバン寺』、法師ルウイズ『桑門』、同『恠異譚歌集』、タマス・ダ・クインジイ『クロステルハイム』、チャアルズ・ブロックデン・ブラウン『モルモオス漂泊録』、タマス・ホオプ『アナスタシウス』、フランシス・マリヤット『幽霊船』、リットン卿『ザノオニ』、アマデウス・ホフマン『悪魔の霊液』、ドラ・モット・フウケエ『ウンディイネ』、ジャン・パウロ『カツエンベルゲル博士浴泉記』、ジャック・カゾット『恋の悪魔』、シャルル・ノディエ『トリルビイ物語』ほか、数十冊の書名が並んでいる。

これこそ幻想文学への薀蓄を傾けた、学匠詩人の面目躍如たるものだろう。ちなみにこの内容は、個々の本は戦前に出されたものもあるが、全体としては戦後もだいぶ経ってからの牧神社や国書刊行会の『世界幻想文学大系』や『ゴシック叢書』によって、ようやく実現されるものだ。それらの企画に携わった紀田順一郎・荒俣宏は、平井呈一《ていいち》を媒介者として、精神的にも人脈的にも戦前の英国怪奇文学趣味と結んだ、その正統な後嗣だった。

ついでに愛書趣味的余談を記しておくと、日夏耿之介や堀口大學の戦前限定出版本には発送用の外箱が付いていることがあり、たとえば『大鴉』のそれには〈これは輸送用の函です。お手元に届きましたら廃棄してください。御家蔵に当つては桐箱などを御造りになつて下さい〉という張り紙がしてあった。戦後の早川書房が刊行した〈ハヤカワ・ミステリ〉〈ハヤカワ・SF〉の函にも〈お手元に綺麗なままの本をお届けしたくこんな簡単な函をつくってみましたいわば包装紙がわりです　お買上げ後には捨てて下さい〉と書かれていた。リアルタイムで本を買い、この指示に従って素直に函を捨ててしまったために、後になって「あーっ」と叫んだオールドSFファンは多い。

現代ではオタク文化が隆盛で、その経済的価値が政府からも注目されるに至っている。その中心にはアニメやゲームなどが位置しているが、もともとはSFファンの活動が基盤にあったことは、オタク第一世代にとっては体感的に記憶されているところだ。そして、さらにその源流をたどると、大正・昭和初期の愛書趣味とダイレクトにつながるラインがあったのである。これはまた、大正教養主義と現代オタク文化の底流に、共通の日本的心性を探るヒントを提示するものでもあるだろう。

横光利一の惑星間飛翔、川端康成の子宮移植術

モダニズム文学運動からの科学小説への接近は、シュルレアリスムや探偵小説からの刺激を柔軟に受け入れた新感覚派、新興芸術派において特に顕著に見られた。

新感覚派という名称は、横光利一の小説「頭ならびに腹」に対する千葉亀雄の評論に由来するが、同作が掲載されたのは「文藝時代」創刊号だった。「文藝時代」は横光や川端康成、中河与一《なかがわよいち》、片岡鉄平らがはじめた同人文芸誌で、大正一三年一〇月号から昭和二年五月号まで三二冊が出ている。途中から稲垣足穂《たるほ》も参加した。同誌は編集も同人の持ち回りで行われたが、稲垣は自分の編集担当回に〈怪奇幻想小説号〉（大正一五年八月号）を出した。

同誌の別号にもSF的作品がしばしば掲載された。横光の「園」（大正一四年四月号）には、死病を抱えた青年が人間の霊魂が木星に飛翔するまでの時間を計算（彼の推定ではそれは準光速度で運動する）する場面があり、川端の「青い海黒い海」（「大正一四年八月号」）にはシュルレアリスム風の表現実験が見られる。そこでは時間軸がずれて過去と現在が重なって出現したり、人間の大きさが香水壜のように縮む場面が出て来るが、こうしたイメージには当時話題になっていた四次元空間や相対論的な時空の歪みの影響が感じられる。川端の幻想小説は心霊主義との関連で論じられることが多いが、川端自身は自分の想像力は新しい科学の延長上にあると自任していた。それどころか当時、文芸評論家としても活躍していた川端康成は「芸術派・明日の作家」（「読売新聞」昭和六年四月三日～一〇日）などで、「科学」を作家や作品を評価する際の基準としている。ある作家に対しては〈近代的な力学、また科学のある彼の感覚が、広い振幅と、視覚の多彩とでのびのびと育つならば、なるほど恐るべきかもしれぬ〉と書き、また別の作家についてに〈科学的教養がある〉と評価し、さらに他の新人を鼓舞するに〈「新科学的な表現」は、その内容にもきびしい科学を向けねばならないだらう〉と述べているといった具合だ。現代の

ＳＦ評論でもこれほど「科学」が連呼されるのは希だろう。

一方、「文学時代」は昭和四年五月に創刊され同七年七月までのあいだに三九冊が発行された。「文藝時代」の版元は金星社、「文学時代」は新潮社だが、中心となった執筆メンバーはかなり重なっている。後者の中心となったのは新興芸術派の作家たちだが、その多くが数年前まで新感覚派と呼ばれた人々だった。そこに龍膽寺雄《りゆうたんじゆう》や吉行《よしゆき》エイスケ、それに堀辰雄が加わっている。また甲賀三郎、大下宇陀児、水谷準、北村小松、国枝史郎、浜尾四郎、夢野久作、江戸川乱歩、横溝正史、城昌幸《じようまさゆき》らの探偵作家も多く作品を寄せた。

小酒井《こさかい》不木《ふぼく》の絶筆「鼻に基く殺人」は同誌創刊号に載ったもの。「文藝時代」創刊号には村山知義「探偵趣味の映画」という論考も出ている。また同誌では、佐藤春夫「古びた黄色の本」、尾崎士郎「幻想の拷問室」、堀辰雄「手のつけられない子供」、川端康成「花ある写真」など、非探偵作家も積極的にミステリを書いた。

なかでも川端の「花ある写真」は、子宮の移植手術と、それに伴う超能力の発現を扱っており、不木の「人工心臓」と並ぶ医療ＳＦという側面を持っていた。もちろん当時、そのような技術は存在しなかった。また同誌掲載の直木三十五「夜襲」は、『一九九九年の事件』と題する長編科学小説の一部を構成するはずのものだった。

このほか、モダニズム文学に携わった作家にはＳＦ・ファンタジー的作品が少なくなく、特に稲垣足穂の天文ファンタジーはよく知られているが、「科学」に引かれたのは彼ばかりではなかった。新興芸術派の花形作家だった龍膽寺雄に至っては、『放浪時代』（昭和五）で、〈アインシュタインの学説が日本の学界を騒がす前、俺はふと、二つの物体が平衡して同じ方向に同じ速度で走っているとき、速度が光線のそれと等しくなると、一方の物体から一方の物体は見えなくなる（中略）しかも、このことは、物理学の根底のひとつをなしているニュートンの運動の法則と背馳する、という奇怪な事実を発見し〉ていたと主張しているほどだ。

アヴァンギャルドの諸相とモダニズム

二〇世紀初頭のアヴァンギャルドの諸相は、美術から演劇や音楽、文学までジャンル横断的に展開したばかりでなく、世界各地で同時多発的に、さまざまな芸術運動となって広まっていた。ロシアのフォルマリズム、ドイツのノイエ・ザハリヒカイト（新即物主義）にはじまる魔術的リアリズムや表現主義、イタリアでマリネッティらが唱えた未来派、第一次大戦下の厭戦逃避者トリスタン・ツァラらによってチューリッヒではじめられたダダイズム、パリ・ダダと連動する形でブルトン主導に広まったシュルレアリスムなどである。これらは大戦後には日本にもたらされ、さらにアメリカニズムな機械主義と共に、日本でもモダニズム文化が都市部を中心に広まっていた。

モダニズムは機械的、科学的に進歩した新たな現実をリアルに表現するための手法であると共に、大戦後の喪失感や虚無感を表現あるいは克服したいとの思いも背負っていた。モダニズム文学が持つ「浮遊性」「幻想性」は、単なる「軽さ」ではなかった。

日本では大戦による直接の被害は少なかったものの、日露戦争以降続いていた虚無感や大戦景気の反動としての不況、関東大震災の惨禍などの影響もあり、不完全ながらモダニズムとの共振が見られた。そもそも芥川龍之介や谷崎潤一郎、豊島與志雄《とよしまよしお》、内田百閒、佐藤春夫らは探偵小説や幻想小説に積極的だったし、中河与一、久野《くの》豊彦《とよひこ》、吉行エイスケ、龍膽寺雄、十一谷《じゅういちや》義《ぎ》三郎《さぶろう》などは、川端いうところの「科学的」な文芸への傾向を持っていた。尾崎翠の「第七官界彷徨」（昭和六）に登場する話者のふたりの足が、分裂症を研究する心理学者と植物の恋愛感情を研究する農学者なのは、単なる思い付きではない。

　また堀辰雄は「ジゴンと僕」や「魔法のかかった丘」などのファンタジーのほかシュルレアリスム風コントを書いている。やや後の作品だが、中島敦の「文字禍」は、八〇年の時を経て円城塔や飛浩隆《とびひろたか》の作品に援用されており、昭和モダンの作家たちと現代ＳＦの心性は、一般に理解されているよりも遥かに近い。思弁的ＳＦを考えるうえで、大正後期から昭和初頭の文学を検証し直すことが必要だ。

第八章

「新青年」時代から戦時下冒険小説へ——海野十三の可能性

「冒険世界」から「新青年」へ

大正期のＳＦシーンにとって最大の出来事は雑誌「新青年」の創刊だった。江戸川乱歩をはじめとする探偵作家たちをデビューさせ、一九二〇年代の都市文化をリードしたことで名高いこの雑誌は、「冒険世界」の後継雑誌として創刊された。

大正八（一九一九）年一月に「冒険世界」編集長に就任した森下雨村は、当初からこの雑誌の全面リニューアルを考えていた。そして一年後の大正九年一月、「新青年」を創刊する。ただし当初は、「冒険世界」の系譜を引いて、都会派雑誌というよりは地方青少年を主な読者対象とした雑誌で、移民情報や翻訳小説などを載せていた。そのなかで、特に探偵小説が人気を集めたことが、「新青年」が探偵雑誌・モダン・ボーイのための雑誌となってゆくきっかけだった。ところで雨村は、当初から探偵小説のみを強く推奨していたわけではなく、科学小説にも関心を寄せていた節がある。創刊号に桐野声花「長篇科学小説世界の終わり」、樋口麗陽《れいよう》「第二次世界大戦日米戦争未来記」を連載させていることからも、その嗜好が感じられる。この時期はまだライバル誌「武侠世界」が出ており、「冒険世界」以来の読者を引き付けておきたいという希望もあったのかもしれない。探偵小説が人気になってからも、C・フェザンディの科学小説を載せたり、ウエルズ作品を積極的に紹介したりしている。

「新青年」が本格的に探偵小説を前面に押し出すようになるのは、日本人の書き手が登場するようになってからだった。「新青年」は大正九年に懸賞小説の募集を行い、同年四月号に当選作として八重野《やえの》潮路《しおじ》（西田政治）「林檎の皮」を掲載した。以後、「新青年」の成功に刺激されて探偵小説雑誌・同人誌（「新趣味」「秘密探偵雑誌」「探偵文芸」「探偵趣味」「猟奇」など）が創刊されたこともあって、ファンが急速に増えていった。それと同時に、各誌は次々に懸賞小説募集を行い、多くの作家が誕生した。

その主な作家・デビュー作・掲載誌を列記すると、横溝正史「恐ろしき四月馬鹿」（「新青年」大正一〇年四月号）、角田《つのだ》喜《き》久《く》雄《お》「毛皮の外套を着た男」（「新趣味」大正一一年一一月号）、水谷準「好敵手」（「新青年」同年一二月号）、江戸川乱歩「二銭銅貨」（「新青年」大正一二年四月号）、松本泰《たい》「P丘の殺人事件」（「秘密探偵雑誌」同年五月号）、甲賀三郎「真珠塔の秘密」（「新趣味」同年八月号）、葛山《くずやま》二《じ》郎《ろう》「噂と真相」（「新趣味」同年九月号）、大下宇陀児「金口の巻煙草」（「新青年」大正一四年四月号）、城昌幸「脱走人に絡る話」（「探偵文芸」同年四月号）、夢野久作「あやかしの鼓」（「新青年」大正一五年一〇月号）などが挙げられる。数年のあいだに、今日までその名を轟かせている大家たちが続々とデビューしており、ジャンル勃興期の探偵小説の勢いには、改めて驚かされる。

探偵小説の歴史については、すでに多くの優れた研究書があり、本書ではとてもその全貌にはふれられないので、特にSFに関連の深い作家、作品について述べるにとどまるが、まず確認しておきたいのは、本格探偵小説を指向した作家たちによっても、科学小説は比較的好意的に受容され、創作も試みられていたということである。

かつての「冒険世界」は、冒険小説だけでなく、科学小説や怪奇小説など、面白いものなら何でも取り込む意欲と度量を持っていた。「新青年」が拓いた大正中期以降の探偵小説もまた、本格物だけでなく、変革探偵小説という形で、怪奇・幻想・科学・観念など、既成の純文学からも大衆文芸からもはみ出す異端的な表現を、すべて受け入れる自由度を持っていた。それがジャンルとしての探偵小説を限りなく豊かなものとしたのだった。思うに勢いのあるジャンルというものは、さまざまな周辺ジャンルを巻き込み、内包することで、優れた才能がますます引き寄せられ、時代をリードする潮流を形成することになる。それが明治後期には冒険小説だったわけだが、大正中期から昭和初期にかけては、探偵小説がその役割を担うことになった。もっとも、多様な可能性を引き寄せた結果、多民族国家としての「帝国」がそうであるように、豊かな文化を生み出す一方、常に拡散の危機を抱えることにもなる。だから探偵小説界では、しばしばジャンルの中心をめぐる議論が戦わされることになった。初期の探偵文壇では、健全派対不健全派がいわれ、後には本格派対変格派、さらに本格派対芸術派のあいだで活発な議論がなされた。

これは戦後のSF界で、ジャンルが確立・浸透していく過程で見られた現象とよく似ている。

おそらくこうした議論は、ジャンル確立期には必要なものなのだろう。そして議論はジャンルの中心を決定するためではなく、議論を通してジャンルをさらに活性化させるという点でこそ有意義なものだった。また各作家たちは、議論を通して、自分たちが築きつつあるジャンルについて深く思いを致す一方、自分で自分のイデオロギーを超える作品を書くようにもなっていった。江戸川乱歩にしても、理論的には本格探偵小説を重んじながらも、自身の資質は怪異な耽美趣味の方向を向いており、そのジレンマに悩み続けることになる。その乱歩が、「不健全」な戦前探偵小説のイメージの産みの親となった。戦前の探偵小説界だったからこそエロ・グロ・ナンセンスの世界をも許容され、他の小説ジャンルでは見られない実験を、多くの作家たちが繰り広げることが可能だったのである。

ところで、乱歩のデビューに当たっては、小酒井不木がこれを強く推薦した。東北帝国大学医学部教授だった不木は、犯罪学や和洋の異端文献に詳しく、初期の「新青年」に多くのエッセイを書いていた。編集長の雨村は、乱歩作品の完成度が高いことから、海外作品の盗用を心配して不木に読んでもらった。不木はこれがオリジナルであることを確認すると同時に、乱歩の才能に驚愕した。それまで不木は、日本はまだ創作探偵小説が本格的に生まれる土壌はなく、海外の優れた作品を紹介する時期だと考えていたが、乱歩の出現で、その認識を改め、やがて自身も探偵小説を書きはじめる。こうして探偵小説には、新しい気運が生まれた。

この時期、探偵小説には「純粋探偵小説（本格かつ純文学的で少数の理解者を読者対象とする）」か「大衆的探偵小説」か、という路線問題も生じていた。当時は文壇全体にとっても、純文学か大衆文芸かという問題があった。大正教養主義によって、知的選良の純文学指向は強まったが、その一方でデモクラシー、社会主義の理念にしたがえば、大衆との連帯（平準化）は文学にも必要不可欠なはずだった。後者を指向した小酒井不木は、多くの読者を獲得して、その趣味を向上させることが、探偵小説の基盤を固めるために必要だと説いた。不木に兄事していた乱歩も、これにある程度同調した。大正一四（一九二五）年四月には乱歩、不木、甲賀三郎、水谷準、横溝正史、西田政治らが集まり「探偵趣味の会」が生まれ、同年八月には機関誌「探偵趣味」が創刊された。また同年一〇月、長谷川伸《しん》、白井喬二、直木三十五らが大衆文芸運動のためのグループ「二十一日会」を組織し、機関誌「大衆文芸」を発行したが、探偵小説関係者では小酒井不木と国枝史郎が創設時から参加、ややあって乱歩も、不木に誘われて加盟した。

　不木は「大衆文芸」創刊号（大正一五年一月）に「人工心臓」を発表し、「新青年」大正一五年一月号に「恋愛曲線」を載せた。これらはいずれも、科学としての医学の進歩が人間の幸福に結びつかず、むしろ人間感情との齟齬から悲劇が生まれる様子を描いた作品だった。

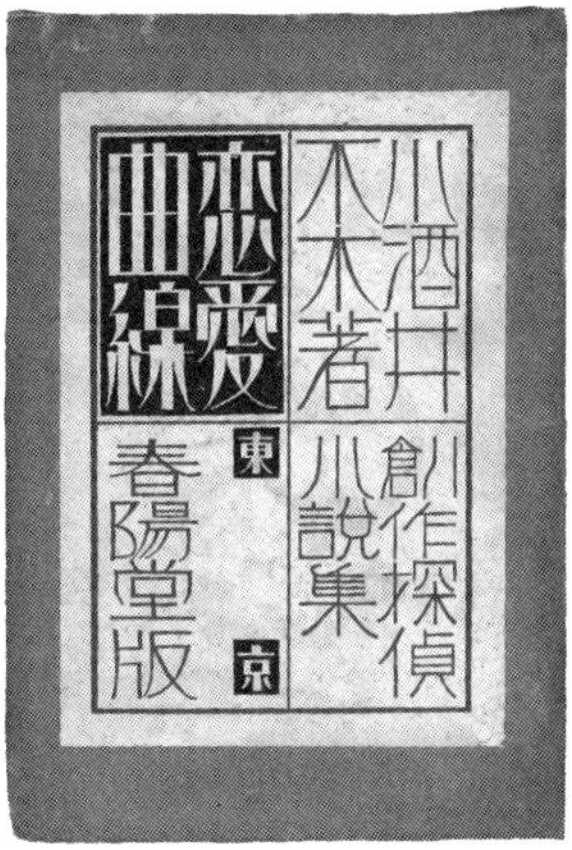

『恋愛曲線』

電気雑誌――もうひとつのＳＦ雑誌の系譜

　探偵小説が急速に発展をしつつあった時期に、それとはまったく別の方面でも、新しい文芸運動がはじまろうとしていた。海野十三（本名・佐野昌一）らが企画した〈科学大衆文芸運動〉である。

大正一四年七月、日本放送協会東京放送局（JOAK）のラジオ本放送がはじまり、その影響もあって、科学雑誌、ラジオ雑誌が続々と創刊されていた。

海野は早稲田大学理工学部の出身で、学生時代から本名のほかにさまざまなペンネームを用いて、各種の雑誌に科学解説や科学マンガ（多くは一コママンガ）を描いていたが、昭和二（一九二七）年、早稲田時代の先輩である槇尾赤霧《まきおせきむ》、早苗千秋《さなえちあき》と共に、科学雑誌「無線電話」誌上に「科学大衆文芸欄」を設け、科学小説の執筆・普及を図る運動を展開する旨、宣言したのだった。

実際に「大衆科学文芸欄」に発表された作品は、次のとおりだ。

・昭和二年三月号
「或る科学者の清談」槇尾赤霧
「地下の秘密」早苗千秋
「遺言状放送」海野十三（注：海野十三の筆名で活字になった最初の科学小説）
「興太特許審査室」栗戸利休（注：これも海野十三の別名）
「無線標金事件」関口英三

・同年四月号

「霊は漂ふ」早苗千秋
「三角形の恐怖」海野十三
「大学教授多和田と死人」槇尾赤霧
「火星の人」(三)ラルフ・ストレンガー、村松義永訳
・同年五月号
「エリック・アーデンの臨終」槇尾赤霧
「科学者の凶務」早苗千秋
「火星の人」(四)ラルフ・ストレンガー、村松義永訳
・同年六月
「人間創造」早苗千秋
「火星の人」(五)ラルフ・ストレンガー、村松義永訳

この運動は、日本で最初の組織的な科学小説普及活動だった。ただし残念なことに、「科学大衆文芸欄」はわずか四ヶ月で終わってしまった。海野十三は後年、〈科学大衆文芸はどういふ反響があつたかといふと、「そんな下らない小説にページを削くのだつたら、もう雑誌の購読は止めちまふぞ」とか、「あんな小説欄は廃止して、その代りに受信機の作り方の記事を増して呉れ」などといふ投書ばかりあつて、僕はまだ大いに頑張り、科学文芸をものにしたかつたのであるが、他の二人の同人たちがいづれも云ひあはせたやうに後の小説を書いてくれずに

なつて、已むなく涙を嚥んで三ヶ月で科学大衆文芸運動の旗を巻くことにした。実に残念であつた〉（『地球盗難』作者の言葉）と述懐している。しかし実際には運動は四ヶ月続き、またこの創作欄での活動に限って言えば、先に手を引いたのは海野のほうだったように見える。

短期間で終わりはしたものの、この運動の意味は大きい。また海野十三が書いた二つの初期作品は、それぞれSF史上意義深い内容のものだった。「三角形の恐怖」は、三角形という図形への観念的恐怖を扱っているが、そこにはアヴァンギャルド芸術運動の影響が見て取れる。空間と意識をめぐるテーマは、同時代的にはモダニズム文学とSFをつなぐものであり、SF史的には戦後の安部公房において開花する作風の祖形と見ることができる。そして「遺言状放送」は原子力の平和利用（不老不死をもたらす生命エネルギーへの変換）の開発が失敗して、制御不能となって核爆発を招き、ひとつの惑星が滅亡する有様を描いている。新元素・新技術が不老不死を目的に開発されるという図式は明治期の『科学小説ラヂューム』と共通しているが、平和的核開発もまた惑星滅亡規模の惨劇を招くという内容は、世界的なSF史のうえからも注目すべきものだ。

ちなみに、あとのふたりの同人も創作をやめたわけではなく、早苗千秋は戦後に至るまで断続的に探偵小説を発表しており、槇尾赤霧はこの運動の前後にも科学小説の創作や翻訳を発表している。レイ・カミングス「電波科学小説征服者タラノ」（「無線と実験」大正一五年一〇月号〜一二月号）であり、ウエルズ作品の翻案「透明人間」（「キング」昭和三年一〇月号〜一二月号）などである。

槇尾赤霧はカミングス「四次元の世界へ」の翻訳も「発明」（昭和二年二月号〜一二月号）に連

載しているが、この作品はカミングス著、田中掬水訳「科学小説第四元の中へ」として「無線と実験」（昭和三年六月号～一二月号）にも連載されている。四次元という概念は、アインシュタインが一九〇五年に発表した特殊相対性理論のなかで、絶対的な時間や絶対的な空間という古典物理学の考え方に疑問が生じた過程で提示したものだった。その後、数学者のミンコフスキーが「四次元時空」として、はっきりと提唱し、科学者はもちろん、モダニズムの思想にも決定的な影響を与えていた。海野十三の「三角形の恐怖」にも、その影響を読み取ることが可能かもしれない。

　ここでモダニズム文学と科学小説の関係についても一言、付け加えておきたい。一九二〇年代の文化に詳しい海野《うんの》弘《ひろし》は、モダニズム文学について〈都市生活の描写と都市文明へのアイロニカルな批評の部分において、今日なお意味を持っていると思う。さらにモダニズムは、新しい都市風景を描く文体を持とうとした。その新しい表現は、文学的なものにとどまらず、科学、経済学、社会学、ルポルタージュの方法に対して開かれていた〉（『モダン都市東京』）と述べている。実際、モダニズム文学の旗手・龍膽寺雄には「乙女を誘拐した人造人間の話」（昭和四）という作品もあり、両者の関心は確実に重なっていた。

　科学小説というと、当時は（今も？）情緒のない即物的で機械的な描写ばかりの、非文芸的な小説ジャンルだと思われがちだが、実態はその逆なのではないか、と思うことがある。たとえば海野十三が「成層圏」とか「音速」と書く時、それは単に地学的・数学的な記述ではなく、その実態への豊かな体感的想像を帯びた、その意味ではロマンチックな響きすら持っていたは

「子供の科学」昭和７年９月号

ずだ。それが科学的想像力の乏しい読者には共有されず、科学小説の描写を即物的なイメージでしか感受されなかったのではないだろうか。私は自分の科学的空想力の限界を反省しつつ、そのように思うのである。

〈大衆科学文芸〉運動にやや遅れて、科学雑誌「科学画報」が、〈探偵味に堕しない純科学的なもので、而かも文藝味豊かな革命的創作を望む〉という主旨の下、懸賞科学小説募集（昭和二年一一月一五日締切）を行った。その結果は同誌の昭和三年一月号に発表され、入選作の木津登良《きつとら》（後の那珂《なか》良二《りょうじ》）「灰色にぼかされた結婚」、島秋之介「呪われた心臓」、北井慎爾「第二世界戦争」が掲載された。海野十三もこのコンテストに応募したが、その作品「壊れたバリコン」は選外佳作にとどまった。

ところで小酒井不木は、アメリカで「アメージング・ストーリーズ」が創刊（一九二六）されるや、早速これを取り寄せている。そして日本でもＳＦ専門誌を発行する計画を、当時、「科学画報」「子供の科学」などの発行人を務めていた原田三夫と共に練った。不木と原田は、中学以来の友人だった。不木は原田から海野十三という新人のことを教えられ、新雑誌が創刊できたら、彼を参加させることを考えていた。しかしこの計画は、昭和四（一九二九）年四月に不木が亡くなったために立ち消えとなってしまった。もしこの時、ＳＦ専門誌が創刊されていたら、日本のＳＦ史はまったく違ったものとなっていただろう。

なお「科学画報」は昭和五年にも懸賞科学小説募集を行った。同誌の昭和五年九月号に掲載された入選作には、稲垣足穂「Ｐ博士の貝殻状宇宙に就いて」、伊藤整「潜在意識の軌道」、中河与一「数学のある恋愛詩」、龍膽寺雄「軽気球で昇天」、小《こ》関茂《せきしげる》「物質と生命」、那珂良二「イザベラの昇天」、阿部彦太郎「バチルスは語る」と、そうそうたる名前が並んでいる。石川喬司は、これを〈ＳＦ史を語る上で洩らせないエピソード〉（『ＳＦの時代』）と指摘している。

一方、海野十三は、科学雑誌に書いた別の作品で横溝正史に注目され、「電気風呂の怪死事件」を「新青年」昭和三年四月号に発表して、本格的な作家デビューを果たした。以後、海野はしばらく同誌を中心に、理化学的なトリックを用いた探偵小説の書き手として活躍するようになる。

江戸川乱歩は、海野がミステリーではなくサイエンス・フィクションを指向していることを、かなり早い時期から正確に理解していた。乱歩は昭和一〇年の『日本探偵小説傑作集』序文のなかで、海野十三について〈処女作のほかに「麻雀殺人事件」「省線電車の射撃手」「爬虫館事件」などを主要作品と見るべく、その大部分は理化学的トリックを中心とするものであつた。彼は一方ではウエルズ風の空想科学小説に犯罪小説あるいは探偵小説を結びつけたと見るべき多くの作品を発表してゐる点で、唯一の異色ある作家であつて、その主要作品としては「振動魔」「俘囚」「キド効果」「赤外線男」などをあげることが出来る〉と述べている。ここで乱歩が、従来から使われていた「科学小説」ではなく、「空想科学小説」という新造語で海野を評価したことは重要だ。欧米の最新小説事情に詳しかった乱歩は、海野の作品が世界的水準の先頭に立つSFであることを看過しなかったのである。

海野は執筆の舞台を、大衆雑誌や少年誌に広げながら、「防空小説空襲葬送曲」「地中魔」「火葬国風景」「人間灰」など、探偵小説の要素を帯びながらも、本格SFから幻想SFまでの多様なSF的技法を駆使した作品を描き続けた。しかし一般読者には、まだ空想科学小説＝SFは理解され難く、海野十三は変格探偵作家として位置づけられることになった。

それでも、戦後のSF第一世代は、少年期に海野作品を読んでSF的思考の面白さに目覚めたといい、大江健三郎や北杜夫も、海野の『火星兵団』などに熱中したと述べている。

百花繚乱の探偵小説界

話題を昭和四年に戻すと、この年の四月一日に小酒井不木が亡くなったが、探偵小説界は翻訳・創作共にますます活況を呈した。この年だけでも、平凡社が『ルパン全集』『世界探偵小説全集』を出し、改造社は『小酒井不木全集』を出したほか、『日本探偵小説全集』を刊行、春陽堂も『探偵小説全集』を出している。乱歩は『孤島の鬼』『蜘蛛男』などの成功で、大衆的な人気も高まり、その作品はよく芝居やラジオ劇にもなった。探偵小説は、ラジオと相性がよかったらしく、乱歩以外の作品もよくラジオ劇になった。ちなみに浜尾四郎の『博士邸の怪事件』は、探偵小説であると同時にSFでもあるが、この作品は日本放送協会東海の開局記念放送のために書き下ろされ、「犯人当て」の懸賞が出された。この本の初版は、一般的には昭和六年九月の新潮社版だと思われているが、それに先立って同年六月、日本放送協会東海支部から刊行された文庫版が元版である。浜尾四郎は第四章でふれた加藤弘之男爵の息子として生まれ、浜尾子爵家に養子に入った人物で、元検事・弁護士らしい法律の知識に加えて、理工学トリック、さらには空想科学的なトリックにも関心を持っていた。

昭和八年頃から、探偵小説界に新しい気運が動きはじめた、と乱歩は回想している（『探偵小説四十年』）。京都で純探偵小説同人誌「ぷろふいる」が同年五月に創刊された。同人誌とはいえ、この本は書店に並んだ。新たな、有力な書き手も登場した。前述の浜尾のほか、木々《きぎ》高太郎《たかたろう》、久生十蘭《ひさおじゆうらん》、小栗虫太郎、夢野久作などが相次いで登場したのだ。

木々高太郎は本名を林髞《はやしたかし》といい、本業は慶応大学医学部教授（生理学者）だった。木々が小説に手を染めたのは、海野十三の勧めによる。ふたりは雑誌「科学知識」の発行元でもあった科学知識普及会の会合で知り合った。木々のデビュー作「網膜脈視症」は精神分析と視覚異常を扱った作品であり、後に「或る光線」「消音器」『緑の日章旗』などの科学小説を書いた。

久生十蘭は昭和四年に渡仏して、パリ高等物理学校と国立パリ技芸学校に学んだ変わり種で、帰国後は新劇活動に取り組む傍ら、旧友の水谷準の誘いで「新青年」の常連寄稿家となった。そして昭和一〇年の『黄金遁走曲』を皮切りに、『金狼』『魔都』などの名作を連発した。久生作品にはたいていSF的香りが漂っているが、特に「地底獣国」（昭和一四）は明確なSFであり、「黒い手帳」（昭和一二）などには、後の荒巻義雄の初期作品にも似た味わいが感じられる。

しかし昭和一〇年前後の探偵文壇の話題をさらったのは、小栗虫太郎『黒死舘殺人事件』と夢野久作『ドグラ・マグラ』だろう。これらは共にロンブローゾが提唱した生来性犯罪者説を下敷きにした作品である。現在でも、犯人の人物像を統計的に割り出すプロファイリングが犯罪捜査に利用されているが、生来性犯罪者説は逆転したプロファイリングであり、「このような人間は犯罪者になりやすい」という予見を合理化する学説である。誤った偏見を生む恐れがあるとして、一九二〇年代には医学界では否定されていたものだが、犯罪学者の一部には、根強い支持者が残っていた。

小栗も夢野も、これが疑似科学であることを承知のうえで小説のモチーフとして利用した。『ドグラ・マグラ』では、生来性犯罪者説は、個人を抑圧する「近代知」の象徴として扱われている。またこの小説は、小説が円環的構造をとっていることに加えて、作中人物のありようもまた漂泊的もしくは円環的であり、中心を欠いている。そもそもこの作品中では、人間精神の中枢系による抹梢・末端支配を否定し、すべては相互の循環・円環的構造であるとする仮説理論が語られる場面があり、近代合理主義・集権支配への違和感を強く打ち出していた。

夢野久作は大正一五（一九二六）年に「あやかしの鼓」で「新青年」に登場して以来、「押絵の奇跡」「死後の恋」「瓶詰地獄」など、幻想怪奇的色彩の濃厚な作品を多く手がけ、「人間レコード」のような明確なSFも書いている。

一方、小栗虫太郎は本格的なトリックで才気を発揮する一方、「有尾人」「大暗黒」「天母峰」「畸獣楽園」などの〈人外魔境〉シリーズや「地軸二万哩」『成層圏の遺書』『成層圏魔城』などの冒険SFも得意とした。

このほか、渡辺啓助の『聖悪魔』や赤沼三郎の「悪魔黙示録」など、探偵小説でありながらSFとしても高く評価したい作品には、枚挙に暇がない。

こうした華麗とも混沌とも言い得る多様な作風の林立状況は、本格志向の強い作家からは苦々しく見えたとしても不思議はない。甲賀三郎は昭和一〇（一九三五）年に「ぷろふいる」誌上で「探偵小説講話」を連載し、本格探偵小説擁護論を展開したが、〈その論調は偏狭に失し、「本格作家以外のものは探偵小説壇から退場せよ」というような口吻すら感じられたので、探偵文壇全体として同感よりはむしろ反感を感じたものの方が多かった〉（乱歩『探偵小説四十年』）という。甲賀の批判は乱歩にも及び、乱歩は評論「芸術派本格探偵小説」でこれに応じ、やがて甲賀三郎と木々高太郎のあいだで本格・芸術論争が繰り広げられることになった。

この探偵小説の全盛期には、商業誌と同人誌の中間に位置するような形態の探偵小説専門誌が、いくつも生まれた。前述の「ぷろふいる」（ぷろふいる社、昭和八年）に加えて、昭和一〇年「探偵文学」（探偵文学社）、「月刊探偵」（黒白書房）、昭和一二年「探偵春秋」（春秋社）などが、しのぎを削った。

このうち、「探偵文学」は蘭郁二郎、中島親《なかじましたし》、大慈《だいじ》宗一郎《そういちろう》らが発行していた雑誌で、創作では主に蘭の幻想的作品が注目を集めた。

蘭郁二郎は、平凡社版『江戸川乱歩全集』（昭和六〜七）が月報型付録としてつけた「探偵趣味」の〝掌編探偵小説募集〟に応募した「息を止める男」でデビューした。これは息を止めて死の淵に遊ぶマゾヒズムを描いた作品で、乱歩から〈陶酔のある点で、蘭君の作に最も好意を感じる〉と評価された。また蘭の最初の長篇小説「夢鬼」は、サーカスの空中ブランコの少年が、不思議な予知夢に操られるようにして、自分を弄んだ美少女を殺害し、さらにそのなきがらと共に空中から飛び降りる物語で、暗黒的な幻想味あふれた作品だった。当初、蘭は探偵作家のなかでも幻想派として注目された。

ところで「探偵文学」は同人誌の常で、まもなく財政難に陥り、昭和一〇年三月号から一一年一一月号まで発行して終刊となった。ただし蘭がいろいろと奔走して、一二年一月からこれを「シュピオ」と改題し、海野十三、木々高太郎、小栗虫太郎の三人が編集して継続することになった。蘭も編集助手として残り、やがて共同編集者に名を連ねることになるが、ここでの活動を通して、蘭の作風は、それまでの幻想的なものから、科学小説へと転換する。蘭を指導したのは、主に海野だった。「シュピオ」は昭和一三年四月号で終刊となった。

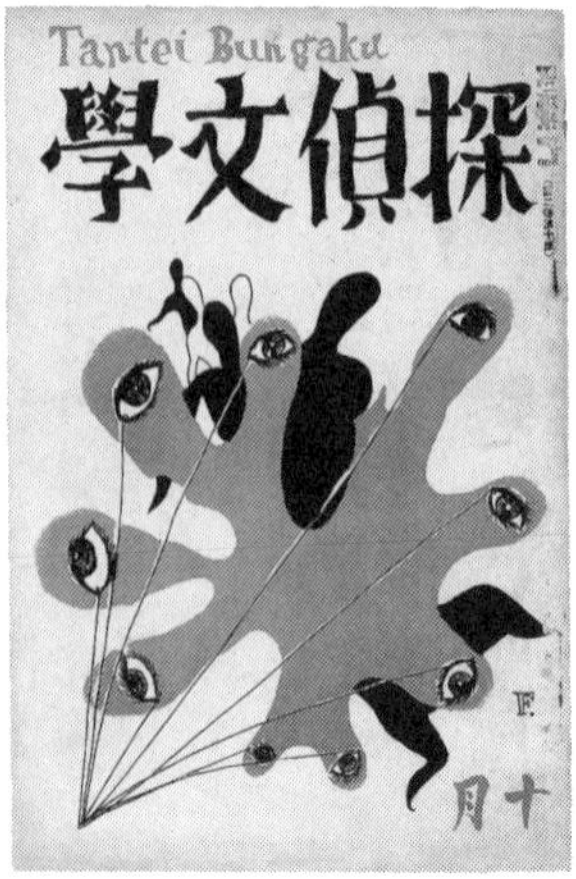

「探偵文学」昭和11年10月号

「シュピオ」昭和12年1月号（改題創刊号）

軍事科学小説とSFへの模索

江戸川乱歩は『探偵小説四十年』(昭和一三年三月)の項で、次のように書いている。

〈「シュピオ」四月号にて廃刊。(註、以下貼雑帳に書いてあるままをしるす)一、二年前には四種をかぞえた探偵小説専門雑誌も、これを最後として全滅した。時勢のためである。「新青年」もこのころから探偵小説誌の色彩を益々薄め、やがて十六年度あたりからは、全誌面から探小の影を見ぬに至ったのである〉

たしかに大陸で戦火が拡大するにしたがって、探偵小説は次第にふるわなくなっていった。この間の事情を大下宇陀児は〈探偵小説は今度の事変で大きな影響を受けた。即ち取材の範囲が狭められ、従来の探偵小説を可なり濃厚に特徴づけていたところの或る種のデカダン性が排撃されたため、作家の仕事は相当窮屈になつた。一例を挙げれば、江戸川乱歩は今年は筆を断つて休むと云つてゐる〉(「探偵小説界」、「日本読書新聞」昭和一五年三月一日号)と書いている。

第二次近衛内閣が成立し、国家総動員法が施行されると、文学や美術といった表現の分野にも、国益にしたがっての統一的活動が求められた。そんな風潮のなかでは、探偵小説は犯罪を取り扱う退廃的で遊戯的な小説であり、最も「旧体制」的だと断じられた。探偵作家の多くは、防諜(スパイ)小説や戦争小説、冒険小説、科学小説などに転じ、また大政翼賛会下に組織された文芸振興会に所属して、従軍記者となる者もいた。

探偵小説に代わって隆盛したのが、軍事冒険小説だった——と一般には信じられている。乱歩も〈中にも海野十三君が最も出色であった。彼は「新青年」に日米未来戦という風の科学戦争小説を書いて大いに世評を博し、又、少年科学小説で甚だふるった。私の少年ものは影をひそめ、探偵作家の少年ものでは海野君が最も歓迎せられ、それについで蘭郁二郎君の少年ものがよく読まれた。そういう戦争ものなどを書いていた関係から、探偵作家のうちでは、海野君が軍部などに対して、最も発言力を持っているようであった。探偵作家の従軍を斡旋したのも海野君であったように感じている〉（『探偵小説四十年』）と書いている。

しかし探偵小説の禁止や総動員体制促進が、直ちに軍事冒険小説の隆盛につながったわけではない。大衆文学研究家の會津信吾は〈旧憲法下では、「出版法」「新聞紙法」にもとづく内務省の検閲が認められていた。検閲の対象は「安寧」と「風俗」に二分され、前者の基準には「戦争徴発の虞《おそ》れある事項」が含まれている。未来戦記はこの項目に照らし合わせチェックされる〉（『昭和空想科学館』）と指摘している。軍事小説もまた、軍部から睨まれていたのである。

海野十三は昭和七年に、すでに「防空小説空襲葬送曲」を著し、東京が空襲に見舞われる場面を描いたが、これが軍部に不評で、増刷禁止（事実上の発禁処分）になっている。この作品で海野は、最後に秘密兵器を登場させ、日本の逆転勝利で物語を閉じている。しかしその取ってつけたようなハッピーエンドは、現実にはそのような乾坤一擲の逆転勝利など起こり得ないことを、かえって強く読者に印象づける。このように、「ある世界」を書くことによって、その逆の状況をイメージさせるのは、日本ＳＦが得意とする手法だった。

また海野十三が軍事科学小説を熱心に書いていたのは、探偵小説が禁じられた近衛新体制以降ではなく、それ以前の時期だったことにも注意しなければならない。海野は『爆撃下の帝都』（昭和七、「空襲葬送曲」改題改稿）、「空襲下の日本」（昭和八）、「空ゆかば」（同）、「愛国防空小説空襲警報」（昭和一一）、『流線間諜』（同）、「機械兵士」（昭和一二）、「軍用鮫」（同）、『軍用鼠』（同）、『東京要塞』（昭和一三）など、主に国土防衛を主題にした作品を、探偵小説の全盛期に執筆していた。そして大陸での事変（実態は戦争）が、さらに拡大の様相を濃くしていくにしたがって、海野の冒険科学小説は、現実の戦争よりもヴェルヌ的な空想やウエルズ的な空想の方向に向かっていく。それが「大空魔艦」（昭和一三）、「怪塔王」（同）、「火星兵団」（昭和一四）、「第四次元の男」（昭和一五）、「人造人間の秘密」（同）、「地球盗難」（同）などだった。昭和初期に日本の敗戦や空襲の危険性を描いた海野は、戦時体制が強まるにしたがって、来るべき日米戦の戦意高揚ではなく、宇宙や異次元との戦いを描くようになっていたのである。

「人造人間の秘密」（『［科学冒険］地球要塞』偕成社、昭和16年所収）挿絵

一方、より現実的な軍事冒険小説で人気を集めた平田晋策《しんさく》や山中峯太《みねた》郎《ろう》も、戦前の時期には発禁にならないよう、配慮しながら作品を書いていた節がある。

平田晋策は大正期には左翼活動に従事して暁民共産党事件で検挙され、その後軍事ジャーナリストとなった人物で、昭和四年頃から、対米戦争を念頭に置いた軍事評論をしきりに発表していた。小説では『昭和遊撃隊』（昭和九）、『新戦艦高千穂』（昭和一〇〜一一）がよく知られている。

山中峯太郎は元陸軍士官で、大正二年に軍籍を離れて大陸にわたり、中国の第二革命に参加した人物だった。『敵中横断三百里』で人気を博し、『亜細亜の曙』『大陸非常線』『空襲機密島』『大陸動員令』など、多くの軍事冒険小説を書いている。『万国の王城』（昭和六〜七）とその続編『第九の王冠』（昭和八）は、義経＝ジンギスカン説を取り入れた軍事SF伝奇小説である。この時期、大陸と日本をつなぐ血族が登場する伝奇小説が、いくつか書かれている。そういえば平山壮太郎（蘆江）の『13対1』（昭和七）は日本・ユダヤ同祖説を取り入れた伝奇SFだった。

昭和一〇年代には、近未来予測型の軍事冒険小説が数多く書かれた。それらには秘密兵器や地政学的空想、あるいは戦争の「隠された意図」などをめぐって、多少ともSF的要素が見られる。しかしこの時期、軍事冒険小説以外にも、少数ではあるが注目すべき動きがあった。ひとつは直木三十五がSFに強い関心を抱いて、そのジャンルを開拓しようとしていたことであり、もうひとつは杉山平助が現実社会への批判を秘めた風刺SFを書いたことである。

直木三十五は菊池寛の友人で、直木賞は文藝春秋の菊池が、早世した友人を記念して設けたものであることは周知のとおりで、戦後SFはしばしば直木賞の候補に挙げられながら、遂に受賞に至らなかったこともまたよく知られている。しかしその直木三十五自身は、「一九八〇年の殺人事件」（昭和四）、「夜襲」（昭和五）、「科学小説第一課」（同）、『太平洋戦争』（村田春樹名義、昭和六）、「ロボットとベッドの重量」（同年）などの科学小説を著し、晩年には科学小説をライフワークにしようと考えていたのである。

また杉山平助は「文藝春秋」や「朝日新聞」で、長らく時評や人物評を書いていた人物で、鋭い風刺には定評があった。杉山の『二十一世紀物語』（昭和一五）は、太平洋戦争が間近に迫った時局に書かれたとは思えない、人を喰った作品である。主人公は現代（当時）の社会に受け入れられない作家の卵と女優志望のダンサー。ふたりは百年後になれば、世の中が自分たちに追いつくだろうと考えて、時間旅行を試みる。その方法は、カメを助けて竜宮に行き、ウラシマ効果で未来に行くというもの。ユーモアで相対性理論を活用しているあたり、侮れないものがある。百年後の二十一世紀にやってきてみると、第二次世界大戦は終わっているものの、間もなく第三次世界大戦がはじまりそうな世相で、今度の大戦では地球滅亡が危惧されていた。そんななか、世界中の科学者たちが北極に集まり、兵器以外の純粋な科学研究を行うための科学都市を建設していた。科学都市の人々は、過去から来たふたりを囲んで、百年前の社会についてあれこれ質問するが、ふたりは賢くないので過去（当時の「現代」）についてロクな説明ができない。そこで科学者たちは、ふたりに馬鹿を治す薬を飲ませる……。このほか、食糧問題解決のために鯨の養殖場があったり、透明人間の侵入を防ぐために竹の棒で空中を叩いて歩いたりと、どたばたの要素が多いものの、〈太陽系の二三百ぐらゐのものが、一時に生卵を砕くやうに、滅茶々々にされてしまふ〉ような「宇宙震」などというアイディアも登場して、SFとしての水準も高い。杉山自身は、この作品はH・G・ウエルズ型の小説ではなく、ジョナサン・スイフト流の風刺小説だとしているが、この自作解説からは逆説的に、社会風刺だけを目的にしているわけではなく、やはりSFを意識していたことが窺われる。

戦時下の科学小説──原子爆弾と宇宙へのまなざし

昭和一六(一九四一)年一二月八日、遂に太平洋戦争がはじまったが、開戦から一年程度のあいだは、戦況は日本に有利に進んでいると多くの国民は信じていた。この間、国策に基づいて、日本精神を賛美する声は一段と高まった。

「文学界」昭和一七年一〇月号誌上では「近代の超克──文化総合会議」と題する座談会が行われ、西洋物質文明への漠然たる超越が語られた。この座談会の司会は河上徹太郎で、西谷啓治・小林秀雄・林房雄・亀井勝一郎・三好達治らが出席していた。その席上、科学哲学者の下村寅太郎は「機械を作った精神を問題にせねばならぬ」と述べたが、その真意を理解した読者は少なかっただろう。昭和初期から戦時中にかけて、政府はしきりに「科学する心」という標語を唱えていた。しかしその内実は科学精神とは無縁な、国策遵守の質素節約、代用食料や代用生活品の勧めにすぎず、科学的合理性に基づいて不合理な政策や軍事・行政システムを批判することなど不可能だった。

戦時中、海野十三は海軍報道部後援組織「くろがね会」の理事に名を連ね、従軍記者として南方を旅して、『赤道南下』などの従軍記を書いた。また「ビスマルク諸島攻略記」「若き通信兵の最期」などの戦争実話も書いている。したがって海野十三の戦争協力を指摘するのは誤りではない。しかし、それにもかかわらず、純粋な小説としての国策翼賛的な軍事科学小説を書いていないことは、重要である。

その代わりに海野が書いたのは、〈金博士シリーズ〉であり、「宇宙戦隊」だった。〈金博士シリーズ〉は、国籍不詳の天才的奇人科学者の軍事的発明が巻き起こす珍騒動を、ブラックユーモアを交えて描いたものだった。そして「宇宙戦隊」は、人類が宇宙人との戦いのために協力し合う物語だった。これは戦時下の制約を考えれば、精一杯の「自由な表現」だった。

大下宇陀児は『百年病綺譚』を書いているが、これは日本戦勝の百年後を舞台にした物語である。それは端なくも、太平洋戦争の勝利が想像できないことを告白するものでもあった。海野も大下も愛国者だったが、冷静に考えれば日本に勝ち目がないことを知っていたのである。

蘭郁二郎も『太平洋爆撃基地』（昭和一七）、「熱線博士」（同）、「超潜水母艦」（同）、「海底兵団」（同）、「姿なき新兵器」（同）、「海底紳士」（同）、『太陽の島』（昭和一八）、「新日本海」（同）、『南海の毒盃』（同）、「爆発光線」（同）などの科学小説を続々と発表したが、昭和一九年一月五日、台湾で飛行機事故に巻き込まれて死亡した。

これらのほか、戦時中に発表された重要な作品にふれておくと、竹村猛児《たけじ》「試薬第六〇七号」（昭和一七）、那珂良二『海底国境線』（同）、『非武装艦隊』（同）、耶止説夫『大東亜海綺談』（同）、『太平洋部隊』（同）、寺島柾史『海底トンネル』（昭和一八）、南洋一郎《みなみよういちろう》『海底戦艦』（昭和一九）、伊東福二郎『要塞島出撃』（同）、南沢十七《みなみさわじゅうしち》『海底黒人』（同）などが挙げられる。異色なところでは、戦後に「不思議小説」で知られることになる三橋一夫が、昭和一六年に掌編小説集『第三の耳』『抜足天国』『帰郷』の三冊を自費出版している。これは出征前に、戦死することを考えて、自分が生きた証を残そうとしたものだったという。

ところで戦時中の科学小説には、しばしば原子爆弾が登場している。なかでもよく知られているのは、北村小松『火』上・下（昭和一七、初出は前年）だろう。小松左京はこの作品をリアルタイムで読んでおり、当時の印象を後に〈北村小松さんがねえ……戦争が始まる直前に、小学生新聞で「火」というあれを書いたんです。あの中に原子爆弾という話が出てくるのです。マッチ箱ひとつくらいのもので富士山を一つ吹き飛ばせるという。〉（「SFマガジン」昭和五三年八月号、矢野徹との対談）と回想している。

当時の日本では、日本軍が密かに新兵器「原子爆弾」を開発しているという噂が流れていた。実際、軍の指令を受けた理化学研究所などが研究を行ったが、資源・資金が不足しており、机上の検討の域を出るものではなかった。

それでも小説のなかでは、耶止説夫『青春赤道祭』（昭和一七）、立川賢「桑港けし飛ぶ」（昭和一九）、守友恒《もりともひさし》「無限爆弾」（同）などが、原子爆弾を描いている。そして現実には、原子爆弾は日本ではなくアメリカによって開発され、想像を絶する惨劇をもたらすことになった。

第九章

科学小説・空想科学小説からＳＦへ

海野と乱歩は対立したのか

原子爆弾という科学技術による途方もない破壊の後、太平洋戦争は日本の敗戦で終わった。終戦の際、海野十三や大下宇陀児が自殺を考えたことが知られている。彼らは日本が勝てないことは予測していたはずだが、それでも自国が他国の占領下に置かれるのは受け入れがたかったのだろう。もっとも、海野も大下も、まもなく執筆活動を再開した。みんな生きなければならなかったし、戦後の日本にこそ「科学する心」ではない本当の科学精神が必要だった。

敗戦直後の科学小説では、海野の活躍が突出していた。戦前作品が仙花紙本（粗悪な紙による廉価版）で続々と復刊されたのに加えて、『地球発狂事件』（一九四六）、『火星探険』（同）、『四次元漂流』（同）、『ふしぎ国探検』（四七）、『金属人間』（同）、『三十年後の世界』（四八）、『超人間X号』（同）、『少年探偵長』（四九）、『未来少年』（同）、『美しき鬼』（同）、「地球最後の日」（同）、「少年原子艇長」（同）など、主にジュヴナイルの意欲的な新作が生み出された。ジュヴナイル

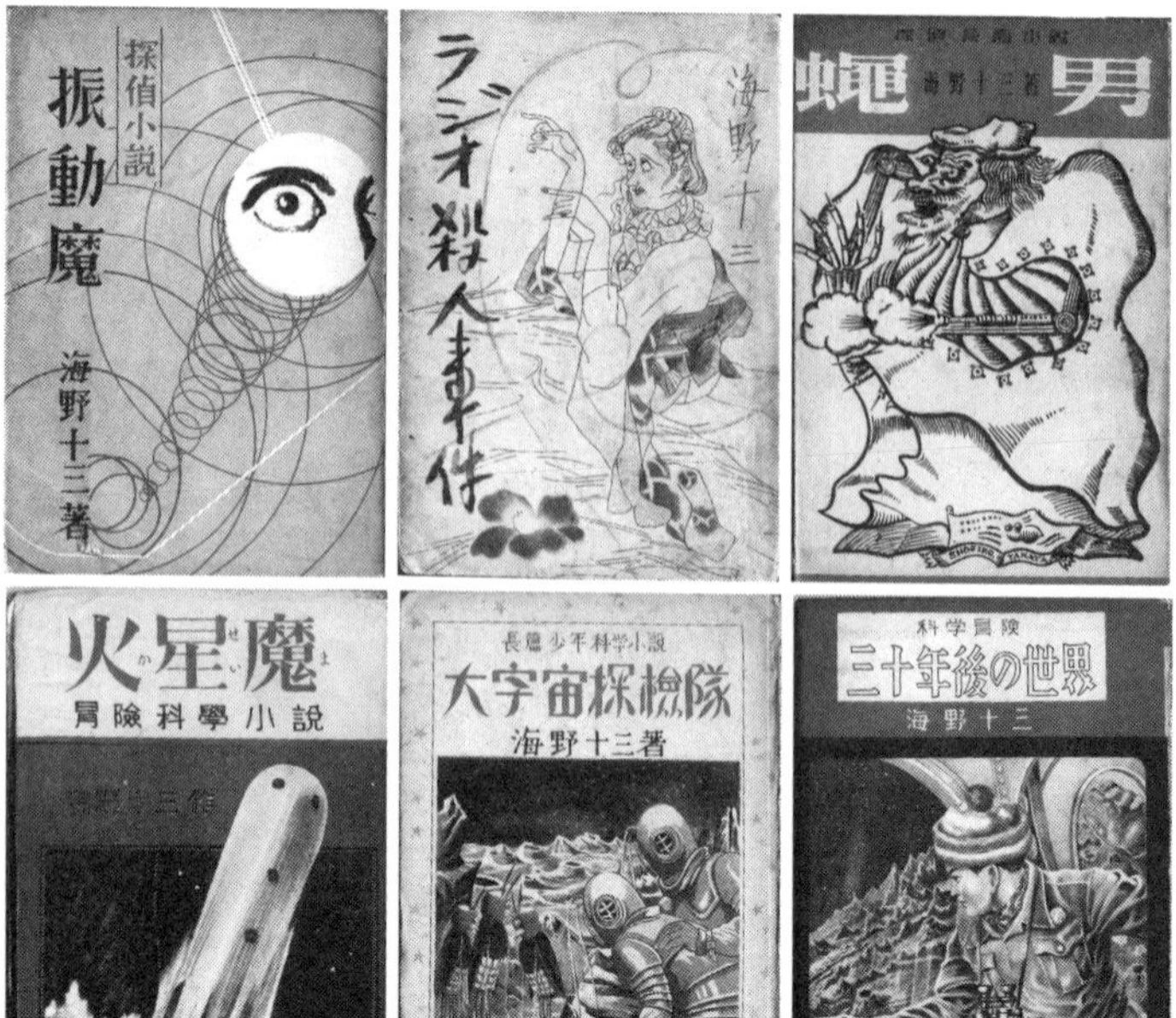

海野十三の戦後仙花紙本

分野で海野に次いで活躍が目立つのは南沢十七だった。南沢は戦前、「新青年」などに怪奇幻想的な短編を書き、戦時中には『海底黒人』（四四）を書いていたが、戦後は『緑人の魔都』（四八）、『湖底の魔城』（同）、『怪人魔境』（同）、『雷獣境』（同）など多くの秘境冒険ファンタジーを書いている。

また飯田幸郷《ゆきさと》『少年科学小説原子力宇宙船』（四八）は、原子力による恒星間宇宙飛行や宇宙人と交流する未来世界を描き、千田力『怪奇冒険Q星怪光線』（四九）には空飛ぶ円盤、光速を超える宇宙航法、未知の生物や未来都市が登場する。このように原子力は、占領下日本では平和利用によって人類に飛躍的進歩をもたらす夢の技術という面が強調された。

さらに山中峯太郎『地球え来た電人』（四八）、南洋一郎『海の兇賊黒星・ブラックスター』（同）、伴大作『怪獣国探検』（同）、砦小二《とりでこじ》郎《ろう》『人間タンク』（同）、北村小松『X島の秘密』（同）など、SF的な作品がかなり書かれている。また小松崎茂や山川惣治《そうじ》による絵物語にも、SF・伝奇ロマン的な作品が多かった。当時のジュヴナイル作品では、科学的夢想は、秘境ロマンスと二大潮流を形成していた。この二つの傾向は戦後の大衆文学にも広がってゆく。ずっと後のことだが徳間書店が一九七九年に創刊する雑誌「SFアドベン

『原子力宇宙船』 唯一の被爆国でありながら、日本では占領期から既に原子力に未来を夢見る作品が数多く書かれた。

チャー」は、SFと冒険小説という二つの傾向を統合するエンターテインメントを目指すものだった。

戦後、これら以上に活況を呈したのはミステリだった。戦時中は隠遁状態にあった江戸川乱歩も、戦争が終わると疎開先から東京に戻り、執筆活動を再開した。乱歩邸には探偵作家志望の若者や愛好者たちがしきりに訪れるようになり、個人の家では手狭になったために、一九四六（昭和二一：本書では戦中までを元号主体、戦後は西暦主体で表記する。それが時代の精神を表しやすいと思うからだ）年六月、「宝石」の発行元・岩谷書店の事務所があった川口屋銃器店二階広間を会場として、第一回の同好者の集まりを開いた。翌月の会に出席した大下宇陀児が、土曜に開くのだから土曜会としてはどうかと提案し、「土曜会」が発足した。やがて土曜会の事務所は交詢社ビルのイブニングスター社に移り、東洋軒を会場として継続し、一九四七年六月に探偵作家クラブへと発展した。会長は江戸川乱歩、専任幹事・水谷準、会計幹事・海野十三、渡辺啓助（発足時には会計が決まらず、会長兼任となったが、間もなくこのふたりに委嘱された）、幹事には大下宇陀児、横溝正史、野村胡堂《こどう》、延原謙《のぶはらけん》、木々高太郎、城昌幸らが名を連ねていた。「新青年」初代編集長で作家の森下雨村は名誉会員の称号を得た。

土曜会の時代からガリ版刷の会報「土曜会通信」が発行されていたが、それも「探偵作家クラブ会報」へと発展・継続された。

そのクラブ会報第六号に、海野十三が寄せた「探偵小説雑感」は、ちょっとした物議をかもした。

〈本格探偵小説を尊敬するのは結構だが、面白くない探偵小説は一向に結構でない。そのような作品ばかり読まされては、たまったものじゃない。そういう風潮を薦めているものがあるとしたら、それは探偵小説というものを見誤っている者だろう。（中略）そういうことが分っていながら、若い作家たちを、そういう方向へ追い立てるような者があったら、その人は変態男であるといわれても仕方があるまい〉

これは本格物を推奨していた乱歩に対する、明らかな批判だった。

海野十三が、どのような意図でこの文章を草したのか、判断を下すのは難しい。探偵作家クラブそのものが、乱歩の私邸での集まりから発展したことからも分かるように、当時、乱歩の人気・権威は絶大だった。また会報に載せた以上、当然、乱歩自身が読むことを前提にしていたはずだ。

空想科学小説の発展に情熱を燃やしていた海野としては、探偵小説が本格一辺倒になり、変格物が発表の場を失うことに危機感を感じていたのかもしれない。また海野は、乱歩の魅力は怪奇幻想・異端耽美の変格的作品にこそ最大限に発揮されると考えていたので、乱歩自身がそうした作風を敬遠して、本格物の、しかも創作ではなく、分類や評論といった仕事に労力を費やしていることを残念に思い、あえて挑発的な書き方をしたのかもしれない。さらに想像をたくましくすれば、あらかじめ乱歩にも打ち明けたうえで、探偵小説の方向についての議論を盛り上げるために仕組んだものという可能性もある。探偵作家やＳＦ作家は、人間的に信頼している相手にこそ、鋭い舌鋒で真剣な議論を挑む傾向がある。

いずれにしても、この批判はふたりの仲を裂くものとはならなかった。戦前から結核の持病を抱えていた海野は、一九四九年に亡くなった。江戸川乱歩は葬儀委員長を務め、心のこもった長文の弔辞を送っている。

手塚治虫――戦前と戦後の橋渡し

蘭郁二郎亡き後、海野十三は自分が夢見てきた空想科学小説を大成させ得る才能として、手塚治虫に大きな期待をかけるようになっていた。自分が健康だったら、この青年に東京に来てもらって自分が持っているすべてを与えたい、と妻に語っている。

一九四九年に海野が亡くなったため、海野と手塚は直接の師弟関係を結ぶことはなかった。しかし手塚は海野十三に私淑し、その作品から強い影響を受けていた。伴俊男《ばんとしお》によれば〈少年時代の手塚は〉（『手塚治虫物語』）火星兵団が連載された時などは、食事も忘れ学校に行くのも忘れて読みふけった〉といい、手塚自身も〈田河水泡《たがわすいほう》と海野十三とは、ボクの一生に大きな方針をあたえてくれた人〉（『わが思い出の記』）と述べている。具体的には、「鉄腕アトム」が備えた七つの能力の多くは海野の「人造人間エフ氏」の設定と重なっており、手塚「火星博士」のピイ子は、海野十三「地球盗難」のアンドロイド・オルガ姫に影響を受けていると、手塚自身が発言している（『手塚治虫対談集3』）。なお、手塚における海野十三の影響関係については、霜月たかなか編『誕生！「手塚治虫」』収録のしおざき・のぼる、會津信吾の論考に詳しい。

奇しくも後に、日本ＳＦが隆盛し出した頃、石川喬司はその様子を次のように表現した。

〈漫画星雲の手塚治虫星系の近傍にＳＦ惑星が発見され、星新一宇宙船船長が偵察、矢野徹教官が柴野拓美教官とともに入植者を養成、それで光瀬龍パイロットが着陸、福島正実技師が測量して青写真を作成……。いち早く小松左京ブルドーザーが整地して、そこに眉村卓貨物列車が資材を運び、石川喬司新聞発刊、半村良酒場開店、筒井康隆スポーツカーが走り、豊田有恒デパートが進出、平井和正教会が誕生、野田昌宏航空開業、大伴昌司映画館ができ、石原藤夫無線が開局、山野浩一裁判所が生まれ、荒巻義雄建設が活躍――〉（この評語にはいくつかのバリエーションがあるが、ここでは小松左京『ＳＦへの遺言』より引用）

ＳＦ界全体がひとつの「惑星」に譬えられているのに対して、手塚治虫はひとりで「星系」であるあたりに、草創期ＳＦの規模が表現されている一方、手塚ワールドと戦後ＳＦのつながりの深さが偲ばれる。

日本版「アメージング・ストーリーズ」

戦後になると、戦前の科学小説とは断絶した形で、主にアメリカＳＦの移入から、本格的な日本ＳＦ準備期間に入った。アメリカの占領軍兵士が持ち込んだパルプ雑誌やペーパーバックのＳＦが大量に放出され、『怪奇小説叢書　アメージング・ストーリーズ』（昭和二五）なども出た。戦後ＳＦは戦前の科学小説とは断絶して、こうした米英ＳＦの影響下で生まれた――と考えられがちだが、実際にはＳＦ第一世代は戦前の海野作品などの面白さに気付いていたし、手塚治虫を架橋として、海野の精神と戦後ＳＦはより明確につながっていたのである。

「宇宙と哲学」と科学小説創作会

もっとも、戦前の科学小説と精神的基盤でつながりを持った戦後ＳＦが誕生するまでのあいだに、いくつかの別系統の「科学小説」創設の試みがなされた。

その代表が、科学哲学協会の運動だった。科学哲学協会は、信濃毎日新聞社の援助を受けて、雑誌「宇宙と哲学」を一九四六年三月に創刊し、科学小説の創作を促そうとした。以下に、その会則を紹介しておく。

〈日本科学哲学会・科学小説創作会〉（会則）

第一条　本会ハ「日本科学哲学会・科学小説創作会」ト称ス

第二条　本会ハ東西哲学一般・科学哲学・科学思想普及及ビ科学小説ノ研究並ニ普及ヲ図ルヲ目的トス

第三条　前条ノ目的ヲ達スルタメ左ノ事業ヲ行フ

（一）「科学哲学研究所」ヲ設立スルコト

（二）研究会・講演会ヲ開催スルコト

（三）自然哲学・理論物理学・数学・天文学・理論生物学等ノ理論ヲ主題トスル「映画フイルム」ヲ製作スルコト

（四）「ロゴス学園」ヲ設立シ哲学・科学・数学・芸術等ヲ教授スルコト
（五）「ロゴス自由大学」通信教授ヲ行フコト
（六）雑誌『宇宙と哲学』ヲ刊行スルコト
（七）単行本ヲ出版スルコト〉

日本科学哲学会の仮事務所は、長野県下高井郡中野町の上田光雄の自宅に置かれており、東西哲学・科学哲学・科学小説を教授する通信講座などを行い、文学士・理学士の資格を授与し得る本物の大学を目指す「ロゴス自由大学」も設けていた。「宇宙と哲学」には、〈通信教授で大学卒業の資格〉といった広告や、〈文部省で近く通信教育に学校と同一の資格を与へるといふ。ロゴス自由大学では、クロマゴグといふ特殊の指導を施すことは既に発表されてゐる通りであるが、こんど其の教授法を校内教授と同一の効力あらしむるため接触ゼミナリ式と云ふ新しい通信教授法を実施することに決定、近く開講する初頭からこの方法を採用することにした〉といった宣伝も出ている。

こうした壮大な理想を掲げた雑誌発行、通信講座機関には、本物の理想主義のほかに、往々にして詐欺まがいの商売というケースがあるのだが、幸い上田の試みは前者だった。

上田光雄は科学者で、戦火を避けて長野県に

「宇宙と哲学」第6号・7号・8号合併号

疎開したまま、一九四六年になってもまだ疎開先から動けずにいた。当時は、このように地方に疎開した作家や学者が地方の文化活動や同人誌を指導したり、進歩的思想を伝授する場面がよく見られた。上田は旧体制が崩壊したこの時期に、思想・科学・文学に跨る新たな文化運動を起こそうという理想を抱いていた。

ただし「宇宙と哲学」は長くは続かず、上田光雄はやがて大阪市立大学教授として関西方面に移ることになる。ちなみに上田は、矢野徹の義兄に当たる人物でもあった。昭和二〇年代後半には、矢野徹と上田は互いに刺激し合いながら、SFへの夢を培ったという。「宇宙と哲学」の寄稿者には湯川秀樹、石原純、桑木《くわき》厳翼《げんよく》、下村寅太郎、賀川豊彦といった一流の科学者、思想家が名を連ねているが、これも上田の人脈、人柄を伝えているだろう。

「宇宙と哲学」第三号・四号・五号合併号には、海野十三が新たに顧問に加わる旨の消息が出ており、続く第六号・七号・八号合併号には海野の長篇科学小説『青い心霊』の原稿を受け取ったと記されている。ただし雑誌自体の休刊により、海野作品の掲載は実現しなかった。

それでも、上田の試みは貴重なものだった。創刊号に載っている上田の随筆「科学哲学とは何か」から、彼の科学観がうかがえる部分を引いておく。

〈「科学哲学」（Wissenschaftsphilosophie）とは何であるか。我々は科学哲学といふ語を二つの意味に用ひる。その一つは、「自然科学的認識一般の哲学的批判の学」の意であり、その二は「自然に通ずる根本的原理の学」の意である。（中略）武運拙く「軍国」日本は壊滅したが、今や我々は文運強き世界一の「文化国」日本を建設して文化に勝たねばならない。従つて今後の日本青年は、従来の科学よりも一段と次元の高い原理に基づく新科学を創出せねばならぬところの要請に駆られてゐる。この時に当り、科学哲学を学んで、高次元の新科学開拓に邁進することこそ若き文化戦士に課せられたる最大の責務でもあらうと思はれる〉

このように考える上田が求める科学小説は、具体的には物理学者・朝永振一郎の「光子の裁判」（「基礎科学」第十一、十二号、一九四九）のような作品だったと思われる。戦後「科学小説」運動には、SF志向と科学啓蒙小説志向とが、まだ混在していた。

「星雲」創刊と日本科学小説協会

「宇宙と哲学」に次いで創刊され、戦後のSF専門誌第一号と呼ばれているのが、一九五四年に発行された「星雲」だ。発行人の太田千鶴夫は医師で、警察医を務めたこともあり、戦前から「科学ペン」などに小説や随筆を書いていた。「星雲」の発行元である森の道社の事務所は、太田の自宅に置かれていた。

「星雲」創刊号

「星雲」創刊号には〈米ソ科学小説傑作集〉（表紙では〈世界科学小説傑作集〉）と題して、ハインライン「地球の山々は緑」（雅理鈴雄訳）、クリス・ネビル「ヘンダーソン爺さん」（矢野徹訳）、ジュディス・メリル「ああ誇らしげに仰ぐ」（レイモンド・吉田訳）、

S・アレフレイヨーフ「試射場の秘密」（西原濂史訳）が並んでいるほか、地球緑山「失われた宇宙爆弾」、横堀純夫「虹の入り江」、千代有三「白骨塔」といった創作、香山滋らの随筆も載っていた。

また創刊号には、次のような「趣意書」も掲載されており、その意気込みが伝わってくる。

〈日本科学小説協会誕生

米国では数千人の会員をもつ科学協会があります。日本でも十月に協会が発足しました。ここにその趣意書を掲載します。

原子核分裂の成功は国際政治、産業、文化生活など地球上のいっさいのものに一大変化をもたらした大革命でありました。

科学に対する関心は一層切実なものとなりました。自然科学はさらにその進歩を停止しないでしょう。その躍進は人類想像力の無限のエネルギーによつて、さらに驚異となるでありましよう。やがて宇宙旅行が現実に行われ、人造人間は人類に奉仕する日がやつてくるでしよう。これは単なる夢想ではないと信ぜられてきました。

今日、日本において従来の小説が古いマンネリズムの環境感情と人間関係のなかのみに主題を求めているとき、あたらしい科学世界に基礎をおく科学小説がその開拓の領域を提供していることは当然といえましよう。

日本においても、従来科学小説が生まれながら、ついに文学上の伝統をこしらえ得なかつたのは全く悲劇といえましよう。日本が明治時代の革命的進歩精神を徐々に固定化し、ついに世界の国際的文化から落伍したのは、太平洋戦争の敗北が実証しているとおりであります。科学小説が単なる少年読物に堕したことも日本民族の精神の衰弱化のあらわれであるといっても過言ではありません。

諸外国、ことにアメリカ、ソビエットロシア、イギリス、スエーデンなどにおいては現在厖大な科学小説の作品量を制作し、そのあまたの諸傑作が読者人を瞠目させておりますことは、すでに御承知のとおりであります。科学小説を制作せんと志を同じくする者、相集りて日本科学小説協会を相結びたいと存じます。

何卒御参加下さるよう御願申し上げます。暗澹として絶望感さえ巷に漂っている現在、日本の窮乏国において、希望ある輝かしい科学小説が出現するなら、それは民族の誇りであり、やがて民族をいきいきとよみがえらせ、世界の科学小説への参加であり、かつ我々同志の誇りであると信じます。かさねて御参加を期待します。

役員

顧問　林　髞

　　　隅部　一雄

　　　高野　一夫

副会長兼理事　木村　生死

理事長　太田千鶴夫

理事　高松　敦

参与

竹本　孫一
菅井　準一
山田健三郎
原田　三夫
矢野　徹
鈴木　幸夫
長島　礼
竜胆寺《ママ》　雄〉

ここには戦前から、探偵小説やモダニズム文学などさまざまな立場から、SF的手法に関心を寄せていた人々が名を連ねていた。

また木村生死は「文学としての科学小説」という論説を寄せ、自身のSF観を展開した。

木村はまず、当時厳しくいわれていた純文学と大衆文芸の区別の論拠を、哲学の有無におく。大衆文芸にも哲学がないわけではないが、それは最大公約数的に誰でも一応承認できる倫理観であり、〈大衆文芸の哲学は受動的であって、読者に考えさせるような能動的なエレメントは故意にか、自然にか、避けてあるもの〻ように感じられるかもしれない〉とする。そのうえで、〈ところが、文学というものを一層高い見地から眺めると、この『純』とか『大衆』とかの区別は読者というものを勝手に二分したおかしな、キザな分類法だともいえる。芸術作品は名作か駄作か二つに分ければい〻ではないかとも云える〉と批判に転ずる。

そして当時、科学小説を「子供の読み物」視していた人々を想定して、〈哲学を含む小説が『文学的』だと感じる人たちも、科学を含む小説は『深み』がないと云うかも知れない。宗教的苦悩の描写は『純文学』で、科学的発明に脳漿をしぼるのは皮相な問題でしかないと感じるかも知れない。しかし、こうした感じは文化系統の教育しか受けていない、伝統的哲学しか知らない文学青年の偏見でしかないのである〉と断ずる。さらに木村は、ハンス・ライヘンバッハらの科学哲学研究を引きながら、「科学」の思想的意味について語り、〈内容の空疎な、知性のない生活ばかりが小説の材料と見る偏見を捨てて、科学の無限の発展性を取り入れた偉大な小説の出現を持つ《ママ》ことが現代文学の道だとさえ思われるのである〉と結んでいる。「星雲」の意気込みは凄まじかったが、残念ながら営業的には不振で、創刊号を出しただけで頓挫してしまった。

文学・芸術サークルと五〇年代日本ＳＦ

このようにＳＦという概念が、まだ多くの日本人に知られていなかった時期に、日本にはすでに世界的に見てもきわめてハイレベルのＳＦ作家が存在していた。安部公房である。安部公房は、「ＳＦマガジン」創刊後に続々とデビューするＳＦ第一世代に先行して、たったひとりでＳＦゼロ世代を形成していたといってもいい存在だった。

安部公房の文学活動は、まず詩のジャンルからはじまった。一九四七年五月に自作の詩をまとめたガリ版刷りの詩集『無名詩集』をまとめて五〇円で売ったが、ほとんど売れなかった。

しかし安部は文筆活動をあきらめず、同年九月に小説『終りし道の標べに』の「第一のノート」に相当する部分を書き上げると、高等学校時代の恩師である阿部六郎に見せた。阿部自身はこの作品を評価し切れなかったが、こうした傾向に理解がある友人の埴谷雄高《はにやゆたか》を紹介してくれた。この作品は埴谷の推挽を受け、四八年一〇月に真善美社から刊行された。

それと相前後して、安部は「夜の会」に参加している。「夜の会」の前身は、戦時中から花田清輝が組織していた「文化再出発の会」で、来るべき時代の芸術活動の可能性を模索していたものだった。「夜の会」は花田と、戦前にフランスで暮らしてバタイユと交流し、神秘主義的秘密結社の色彩を帯びた組織「無頭人（アセファル）」に関わった経験を持つ岡本太郎が中心になって組織し、椎名麟三、佐々木基一、埴谷雄高、池田龍雄といった文学者や芸術家などが集まったグループだった。「夜の会」は四八年二月から活動をはじめ、東中野駅前のレストラン「モナミ」を会場にして定例会が持たれた。

安部公房はそこで知り合った中田耕治、関根弘らと語らい、二十代の作家たちだけで別のグループを作ろうと考えた。埴谷雄高に相談すると「エポハ（ロシア語で「世紀」の意）だね」といわれたので、それにちなんで「世紀の会」と名づけられたという。この会は五〇年九月から一二月にかけて、ガリ版刷りの薄冊「世紀群」叢書七冊と『別冊世紀画集』を刊行している。安部公房の『壁』の一部を構成する「魔法のチョーク」「事業」は、それぞれその一冊として世に出たものだった。他は花田清輝訳「カフカ小品集」、鈴木秀太郎「紙片」、ピエト・モンドリアン著、瀬木《せぎ》慎一訳「アメリカの抽象芸術」、関根弘「詩集　沙漠の木」、ア・ファーデエフ著

「文芸評論の課題について」（訳者名記載なし）であり、別冊世紀群「世紀画集1」には勅使河原《てしがはら》宏《ひろし》、鈴木秀太郎、大野斉治《せいじ》、桂川寛、安部公房が絵画作品を載せていた。なお、この会は宮本治（いいだもも）が加入してから急速に左傾化した一方、針生《はりう》一郎、瀬木慎一らもおり、安部や瀬木など美術指向の強いメンバーが中心となって「アヴァンギャルド芸術研究会」も同時並行的に営まれていた。さらに「世紀の会」は、当時、読売新聞の記者だった渡邉恒雄、森本哲郎を仲立ちとして、目黒書店から出ていた雑誌「世代」（のちに書肆ユリイカ発行）同人らと合流して、「二十代文学者の会」へと発展した。この会には三島由紀夫も名を連ねたが、一度も出席はしなかった。中野正剛《せいごう》の遺児である中野泰雄が参加したこともあった。ここには政治的にも文化的にも、多様な可能性と大きなうねりがあった。

　通説では、安部はこうした活動を通して知ったシュルレアリスムの方法を、小説の主な表現手段に選んだといわれている。安部がはじめてシュルレアリスムの手法を全面的に用いて執筆したのは「デンドロカカリヤ」（「表現」四九年八月号）だとされている。

　安部のシュルレアリスム理解は、パブロフの条件反射理論を援用した独自のものだった。日本にパブロフ理論を導入したのは慶応大学医学部教授の林髞、つまり探偵作家の木々高太郎だった。安部は条件反射学会に参加するなどしたが、当初から条件反射を「言葉」を科学的に捉える方法として援用することを考えていた。安部は夢の非合理性を条件反射の第一系に、言語イメージが展開する抽象的世界を第二系になぞらえ、これを自分なりに生理学的に理論付けていた。パブロフ本人は言語機能と反射第二系の関係を示唆したものの、詳細に論ずるには至らなかった。安部はパブロフの実験を継承すべく、自らも犬を飼って反射の実験を試みている。しかし安部は、自身の反射理論を着想する以前から、作品にシュルレアリスムの方法論を取り入れていた。それは同時にSF的な表現・思考の模索でもあった。

たとえば「名もなき夜のために」(「綜合文化」四八年七月号〜「近代文学」四九年一月号)の〈結晶が出来はじめていた。いや、僕自身が結晶しはじめていたのかもしれない。少しずつ、時計の砂時計よりも静かなほどであったが、その結晶は成長しつづけていた。ゆっくりと、しかしどこまでも成長を続け、やがて狭い僕の部屋にはもう収まりきらぬのではあるまいか〉、あるいは「薄明の彷徨」(「個性」四九年一月号)の〈これはきっと時間の流れが遅くなったのか、それとも俺の歩きかたが速すぎるかどちらかだな〉といった表現。こうした発想の転換は、当時はアヴァンギャルド芸術の思想と呼ばれたが、だとすれば彼が実践したアヴァンギャルドとはSFにほかならない。政治的革命思想としてのアヴァンギャルドは、ブルジョワ的常識からの転換という意味で唱えられたが、安部公房は発想の転換を思想の転換にまで高めた。安部にとってそれは当初からヒューマニズムすら人類のエゴと看破するレベルまで推し進められており、それが人間と物質を等価にみる彼独自の変身テーマに結びついたものと思われる。

なお、日本SF界では、後に「SFマガジン」が創刊する際、福島正実《まさみ》編集長はSFイメージを表す画家としてクレー、シャガール、キリコ、ミロ、ダリ、エルンストを想像した。〈彼らを、新らしい現実を捉えようとして幻想的手法をとったシュールレアリストたちと考えたならば、新らしい現実を空想の中に求めるSFに、最もふさわしいはずだ〉(『未踏の時代』)と考えたのである。これも安部の嗜好と共通している。

実際に五〇年代には、安部は殆どまだ存在しない日本SFをひとりで体現するかのような作品を、続けざまに発表した。

「R62号の発明」（「文学界」五三年三月）、「盲腸」（「文学界」五五年四月号）、「鉛の卵」（「群像」五七年一一月号）などは、SFとして読むのが最も自然だろう。さらに「ノアの方舟」（「群像」五二年一月号）、「鉄砲屋」（「群像」五二年一〇月号）、「イソップの裁判」（「文芸」五二年一二月号）などは寓話的な構造に鋭い風刺を利かせた作品だが、そこには七〇年代日本SFでは主流となる疑似イベント的なずらしや歴史・神話の偽造といった手法が先取りされていた。

たとえば「ノアの方舟」では、多くの役職を兼任して民衆を支配しているノアに啓示を与え、その支配権に裏づけを与えた神エホバの「神話」が語られているが、それは創世記を踏まえながら次のような皮肉な「合理化」が施されている。

〈はじめに何ものもなし。むろん上下もなく左右もなかった。ところがあるとき、その虚無の中にふわりと二つの物体が浮び出たのである。それはエホバ様と、その親しき友にして対立物なるサタン様であった〉

こうして生まれたエホバとサタンは協力し（あるいはエホバがサタンをだまして労働させて）、太陽を創造

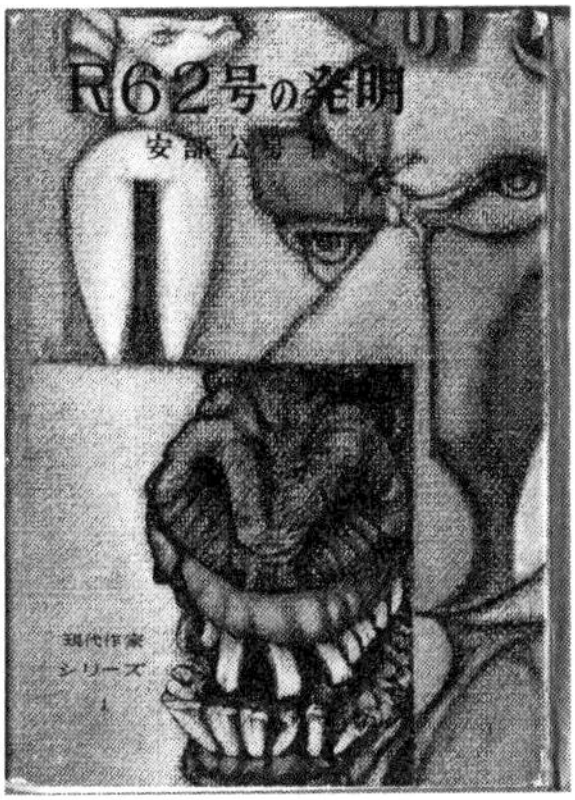
『R62号の発明』

し、地球を作り、人間を生んだ。そしてエホバは天と地上を支配し、地下と死後の魂はエホバが支配するものと分割が約束される。この「ホラ版　創世記」には〈摂氏六〇〇〇度、直径百三十九万六百キロメートルの巨大な燃える物質をおつくりになった。これがすなわち太陽である〉〈諸君は人間が死んだらCやCaやPや、その他様々な原素に分解してしまうことを知っている。だが、魂などという原素は御存じない。これは化学というものである〉といったような説明が挿入されている。だがこの作品が「SF的」なのは、こうした科学的（？）ないしは唯物論的（？）な説明のためではない。この寓話的でありながら現代文学である性質そのものが、私には「SF的」だと感じられるのだ。

普遍寓話としての安部公房作品

安部公房の寓話は、固有名詞によって明示された対象に限定されるものではない。「ノアの方舟」もキリスト教を批判しているわけではない。この作品から私が連想するのは、日本神話からはじまっていた戦前・戦中の国史教育と国家体制であり、ノア村長のごとき将軍様が支配する隣国の現状であり、詭弁巧みに自国の国益を正義に摩り替えてみせる大国（この「大国」にはアメリカでもロシアでも中国でも代入可能）だった。

「闖入者」（「新潮」一九五一年一一月号）は、一見紳士的な態度で訪れた闖入者によって住いを乗っ取られる話だが、私がまず連想したのは白人によるアメリカ大陸侵攻だった。安部公房自身は、ある座談会で梅崎春生《はるお》から「アメリカ人が入ってきて……ということの暗喩があるわけですね」と問われ、「つまり国連制度というようなものを一応頭に置いたわけですね」と答えている（座談会「切実なもの――今日の文学者」五二年八月）。しかし考えてみると倭人が蝦夷地を支配するようになった過程も同じようなものだったろうし、「闖入者」には汎用性があった。「闖入者」は安部公房自身の手で、「友達」という題名で戯曲化された。この作品はヴラスタ・ヴィケルヘーフェロヴァーによってチェコ語に翻訳されたが、同地では一九六八年のソ連軍のチェコ侵攻のイメージで捉えられた。当局もそれを察知し、出版社も心配したが、翻訳者は「冗談言わないで下さい。これはベトナムにおけるアメリカの問題です」と憤然としてみせて、うまうまと検閲を通ったという（ただし、後に再び問題視され翻訳者は弾圧されることになる。当局はソ連が「闖入者」だと「公認」したのだった）。

こうした安部公房の初期作品、寓話的作品群は、しかし当時も現在もSFとして論じられることは稀だ。

たしかに安部作品は、当時日本に移入されつつあったアメリカSF――特に黄金の四〇年代の作品群――とは断絶したところで書かれていた。しかしそれらの作品は、七〇年代の日本SF隆盛期の作品群のなかに置いてみてもまったく違和感がなく、紛れもなく日本SFの最良の部分のひとつと確認できるはずだ。

それに、火星人を自称する男との堂々めぐりの議論を描いた「使者」（「別冊文藝春秋」五八年一〇月号）は、後に早川書房の〈日本SFシリーズ〉から刊行される長編『人間そっくり』（六七年）の原型であり、後者をSFとする一方で前者をそう呼ばない理由はない。

文学青年だった小松左京は、五〇年前後には早くも安部公房に注目しており、『壁──S・カルマ氏の犯罪』（五一年）が芥川賞を受賞したときは、興奮して文学仲間の高橋和巳らに向かって「どうだ、どうだ」とわがことのように喜んだという。

アリス・コンプレックスの起源としての『壁』

ところで安部公房は、『壁──S・カルマ氏の犯罪』は『不思議の国のアリス』に触発されて四十時間ほどで一気に書き上げた作品だったと述べている。またそこにはシュルレアリスム、特にダリの影響も濃厚に刻印されている。これには直接の背景があり、画家の桂川寛から見せられたアルゼンチンの雑誌「LYRA」一九四八年一、二月号のダリ特集がヒントになったという（「壁」のなかでS・カルマ氏が診療所の待合室で見ているのは、この雑誌だ）。また安部公房自身、初期作品へのリルケやカフカからの影響を認めており、カレル・チャペックの影響もあったという。さらに安部はある座談会で「ぼくなんか、もともと、空想科学小説なんかがすきなほうで」（「科学から空想へ」五八年一月）とも発言している。だが、残念なことに安部公房を評価する文学者の多くは、これをSFと考えなかったし、SF界もまた安部公房に敬意を表しつつも、その存在をSF内で捉えることにためらいを感じ続けている。

安部公房の初期作品の「空想科学性」は、あるいは当時彼が関心を寄せていた唯物論の徹底から生まれたものだったのかもしれない。政治的イデオロギーとしてのマルクス主義は、ヒューマニズムに帰結するが、唯物論を徹底するなら、人間中心の発想は欺瞞に過ぎない。安部公房の「仮説の文学」は、人間をふくむ生物と無生物を同等視する乾いた着想を得て、現実主義という思索の不徹底を超えた真の唯物論文学を目指す方向へと進んでいった。それこそは真にSF的な発想のひとつであり、日本独自の現代SF創生だったと私は考えている。

ところで、『壁』への影響にも見られるようにSFからオタク文化に至る想像力のなかで、「アリス」は特権的な位置を占めていた。数学者でもあったルイス・キャロルの作品は、幻想の背景に数学的論理性を持っており、人間の無意識的な想像力にきわめて明快な輪郭を与えてくれる。ナンセンスな理論こそは、SF者を引き付けてやまないものだ。

日本のオタク文化の大きな柱となるロリコンは、元々はSF・幻想ファンの、こうした「アリス」への論理的興味から起きたのではないかと私は考えている。日本における「SF的ロリコン」の具体例については、折々に述べてゆくことになると思うが、その実態は、むしろアリス・コンプレックスと呼ぶべきものだった。実際、『アリス』へのオマージュ作品は数多いが、『ロリータ』をモチーフとしたSF・幻想文学はほとんどないのではないか。繰り返すが、アリス幻想の根幹にあるのは性的関心よりも、むしろ非性的関心であり、単なる少女愛好ではなく、非日常的なセンスへの指向も同時に必須要素として含んでいた。少女性は侵犯の対象ではなく、柔軟性の象徴であり、侵犯不能（脱日常）の象徴だった。

つまり厳密にいって、非実在の二次元存在への関心を前提としたSF的ロリコンは、実在少女への性的関心としてのロリータ・コンプレックスとは異なる、脱現実嗜好の表現だった（性的なアリス・コンプレックスは、後に吾妻ひでおや寺山修司によって一般化された）。

非日常的感覚への跳躍といえば、安部公房は五七年に「特集文藝春秋」が行ったアンケート「もしも貴方が月世界旅行第一陣に選ばれたら喜んで参加しますか」という問いに対して、〈今回、月世界旅行第一陣に、多くの参加希望者のなかから、とくに私をえらんでいただいたことを、心から感謝いたします。えらんでいただいた以上、それなりの理由――などがあってのことだと思いますから、当然おひきうけすべきだろうと考えています。なお、日程の詳細など、至急お知らせください〉といった想像力とサービス精神にあふれた回答を寄せている。こういう真面目なユーモア精神もまた、現代ＳＦに通底している。

ＵＦＯ研究と戦後的空想力

シュルレアリスムやアリス的想像力が、もっぱら観念的な想像力を刺激するものだったとすれば、より即物的な騒動もまた、戦後の民衆の想像力を大いに刺激した。

戦後世界の宇宙への関心は、一方ではミサイルや人工衛星の開発競争によって掻き立てられたが、大衆レベルでは「空飛ぶ円盤」ブームの影響が、何といっても大きかった。

一九四七年六月二四日、アメリカのワシントン州で、ケネス・アーノルドが未確認飛行物体（ＵＦＯ）を目撃し、それを「フライング・ソーサー」と形容したことから空飛ぶ円盤＝ＵＦＯのブームははじまった（いわゆるアーノルド事件）。その後、アメリカ空軍のトーマス・マンテル大尉がＵＦＯ追跡中に墜落したと伝えられ、米ソ両国が密かにＵＦＯの研究をしているといった風説も広まった。

世界的なＵＦＯブームが起こり、日本でも五五年七月一日に日本空飛ぶ円盤研究会（ＪＦＳＡ）が発足した。会長の荒井欣一《きんいち》は、戦時中は学徒出陣で陸軍航空隊将校となり、戦闘機搭載レーダー整備任務に従事した経験があるという人物で、戦後は大蔵省印刷局に勤務していた。ＪＦＳＡは北村小松・糸川英夫・石黒敬七・徳川夢声《むせい》・穂積善太郎らを顧問に、荒正人《あらまさと》・新田次郎・畑中武夫らを特別会員に迎え、機関誌「宇宙機」を発行していた。一般会員にも三島由紀夫、黛《まゆずみ》敏郎、石原慎太郎、黒沼健、平野威馬雄《いまお》、星新一らがおり、その例会は先端科学からスピリチュアリズムまで、さまざまな話題が飛び交っていたという。

同年八月二八日、朝日新聞が空飛ぶ円盤特集を組み、日本空飛ぶ円盤研究会の存在を紹介すると、新たな会員が増えた。そのなかに柴野《しばの》拓美《たくみ》もいた。

荒井は必ずしもＵＦＯを信じてはいなかったが、おおらかな性格で、ＪＦＳＡにはその実在を信ずる者（コンタクト派）、否定する者（アンチ・コンタクト派）、奇想を楽しむ者など、さまざまな立場の人々が混在していた。よく知られているようにＪＦＳＡの例会に集まった人々のなかから、ＳＦ同人誌を発行する動きが起こるのだが、それはこの会の、そうしたおおらかな性格があってはじめて成立したものだった。

一方、一九五六年頃には松村雄亮《ゆうすけ》も独自に空飛ぶ円盤研究グループを立ち上げ、同年一一月にはＪＦＳＡメンバーの高梨純一が近代宇宙旅行協会（ＭＳＦＡ）を結成した。五七年にはほかにも京都大学空飛ぶ円盤研究会や日本ＵＦＯクラブなどが誕生しており、ＪＦＳＡが呼びかけてＵＦＯ研究グループの横の連絡会として、全日本空飛ぶ円盤研究連合（全円連）が五七年七月に組織された。大映「宇宙人東京に現わる」が公開されたのは、ブーム最中の一九五六年だった。ちなみにヒトデ型の宇宙人〝パイラ人〟をデザインしたのは岡本太郎である。

しかし、この頃から円盤をめぐって、コンタクト派とアンチ・コンタクト派の対立が激化する。前者の筆頭は松村であり、後者の代表は高梨だった。同年八月、松村は久保田八郎らと宇宙友好協会（CBA）を結成した。これは宇宙人との交信を目的とする団体であり、五八年になると松村は宇宙人とのコンタクトに成功し、幾度かのコンタクトの後、巨大宇宙船に招かれ、「宇宙連合」という地球の国連のような組織の長老に面会して地球の大変動に関する機密を伝えられたと称するようになる。その機密とは、地球滅亡の危機についてであり、松村は宇宙人から地球救済の任務を託されたという。やがてこの「機密情報」は、CBAにも参加していた平野威馬雄によって外部に漏れてちょっとした騒ぎになる。その後も松村は「宇宙人とのコンタクト」を重ねたといわれ、CBAでは心霊主義者や新新宗教関係者との権力闘争を経て、松村独裁体制が整い、独自の「宇宙観」を深めてゆく。彼らは次第に外部に自分たちの考えを公表することを避けるようになり、どことなく後のオウム真理教に通じるような秘儀性を感じさせる秘密結社的団体になっていった。

これに対して柴野拓美は、「子供の科学」（六三年七月）に円盤信仰批判を書き、「科学的空想に基づく空想科学小説の創作」は「妄想科学」と袂を分かつことになる。しかし、自ら信じることはないものの、奇抜な着想に対する興味というスタンスでの「円盤趣味」「妄想科学愛好」はSFファン内部に持続し続け、それが後の『空想科学読本』などにつながってゆくし、疑似科学を笑いにする『トンデモ本』にもつながっている。ようするに五〇年代の時点では、「空飛ぶ円盤」をめぐって、と学会的な観察者と、「トンデモ本」を書くような人が席を同じくして楽しんでいたわけである。

ドキュメンタリとシュルレアリスム

対立概念とみられているものを直結される理論は、五〇年代に安部公房によって精力的に追究されていた。それはドキュメンタリとシュルレアリスム精神の連結だった。ふつうこの二つは水と油のように思われがちだが、安部公房は、五〇年代にはドキュメンタリ、ルポルタージュの手法に対して強い情熱を抱き、果敢な挑戦を繰り返していた。

安部の考えるドキュメンタリは、世間一般がイメージするそれとは異なっていた。彼は五〇年代初頭には既に、〈アヴァンギャルドはある条件におけるリアリストの立場であり、その克服の方向も、必然的にリアリズムを追求する方向であり、それこそもっとも今日的な要求に応えうる実践的なものだ〉(「アヴァンギャルド文学の課題」)という意識を明確にしていた。リアリズムの文学というと、日本では自然主義とほぼ同義に考えられており、その延長に位置する私小説が幅を利かせてきた。しかし安部は、自然主義リアリズムだけがリアリズムではないとし、ことに人間の無意識を意識化する努力を欠いた安易な主観的現実把握は非リアリズムだと批判した。安部は〈ルポルタージュ運動によって、自然主義の根深い影響をうけている私たちの文学の欠陥を、少しでもおぎなう方法をみつけてみようというのです〉(「まず解剖等を」)と述べ、ルポルタージュこそは常に新しい方法を追求し続けるべき分野だと主張している。そして安部によれば、最も重要なのは、自然主義的リアリズムの克服としてシュルレアリスムを探求し、意識下の領域に切り込む科学的手法で現実の真の姿をルポすることだという。それは決して観念的な探求であってはならず、実践的視点によってこそ、真に獲得されるとした。彼は〈作家はもしリアリストであろうとすれば、彼はかならず実践的視点に立って、自分の中にある自然主義的部分を勇敢に、そして徹底的に破壊しなければならないと思う。そして、繰り返すようだが、実践はそれ自身決して「絶対者」なのではなく、認識と結合してのみ、唯物論的な行動になりうるものである〉(「文学における理論と実践」)とも書いている。これもまた、安部公房ならではの認識だった。安部公房ほど、自己の政治的欲望を離れて、理論と実践の結合を高次に結ぼうとした作家は、五〇年代日本にはいなかった。それは彼の活動を、孤立へと導いてゆくことにもなったのだが。

それでも安部自身としては、シュルレアリスム的に意識を覚醒させたドキュメンタリこそは、真の社会主義リアリズムへの道を開くと考えていたようだ。多くの政治的人間が、既に存在する結論としての共産主義・社会主義にしたがってルポを行おうとするのに対して、安部は自覚的ルポによる真実の探求が、結果として共産主義・社会主義へと向かうはずだと考えていた。この順序は断じて譲れないものであり、政治的人間との決定的断絶を生むことになるのだった。

安部公房はルポルタージュの実践を、「現在の会」の活動を通して組織的に行おうと考えていた。四〇年代末に安部が「世紀の会」「二十代文学者の会」「アヴァンギャルド芸術研究会」

に関わっていたことは先に触れたが、五〇年代には、共産党の文化芸術運動に関わりながら、「現在の会」を組織している。この会は一九五二（昭和二七）年三月、安部が真鍋呉夫《くれお》、戸《と》石泰《いしたい》一《いち》、小山俊一らと共に発起人となってはじめたもので、主に安部の勧誘によって島尾敏雄、阿川弘之、庄野潤三、三浦朱門ら「第三の新人」系の作家たちも参加した。ただし真鍋らの指導によって急進左翼色が強まると、「第三の新人」の多くは去って行った。

「現在の会」は鉄鋼業や漁業などの職場別のルポを出版した。共産党系文化人にとって、それはオルグ政策ならびにブルジョワ批判の方法だったが、安部は近視眼的な政治実践を越えて（安部自身も共産党を支持しており、これを否定するものではなかったが）、より高次の文化的・政治的・実存的課題の克服を目指すものとしてあった。共産党は、芸術活動は政治指導のもとで行われるべきだと考えていたが、安部は真の革命は革命指導者や革命政党自体の意識革命をも求めるものであり、革命政治と革命芸術は、究極的には一致すると考えていた。したがって短期的なズレが生じたからといって抑圧すべきではなく、批判を圧殺するところに革命はないというのが、安部の信念だった。だから安部は、「現在の会」活動の末期には、詩人の長谷川四郎や、政治思想的には中道ないし保守である村松剛《たけし》、佐伯彰一も誘っている。

その頃の共産党は、六全協以降、芸術活動への干渉を強めており、「新日本文学会」も古くからの社会主義リアリズムの芸術観が支配するところとなった。このため、花田清輝、野間宏らは安部と語らい、「新日本文学会」を離れて、「現在の会」と合流して、新たに「記録芸術の会」を作ろうと考えた。ところが安部は村松や佐伯を加えようとし、武井昭夫と対立した。村松を入れるのなら参加できないと、吉本隆明、奥野健男も批判した。「記録芸術の会」は五七年春に発足したが、その発会式でも政治思想をめぐって議論が起こり、その場で退席する者も現れた。

「記録芸術の会」は、安部公房が編集長を務めた雑誌「現代芸術」を発行したが、参加者の多様性に違和感を覚えた共産党系の人々は次第に遠退《とおの》いていった。

第十章　空想科学からSFへ

人工衛星と未来的社会像

ＵＦＯ騒ぎがまだ続いていた時期である一九五七年の一〇月四日、ソ連が世界初の人工衛星スプートニク一号の打ち上げに成功した。さらに六一年四月一二日、やはりソ連によって人類史上初の有人宇宙船ウォストーク一号が打ち上げられた。宇宙飛行士ガガーリンが発した「地球は青かった」という言葉は流行語にもなった。

スプートニク打ち上げは、思想的な意味でも事件だった。安部公房は人工衛星をめぐる一連の出来事を、大衆にとってもルポルタージュと想像力を接合する好機と捉えた。「世界」五八年一月号には、荒正人・埴谷雄高・安部公房・武田泰淳《たいじゅん》による座談会「科学から空想へ――人工衛星・人間・芸術」が掲載されているが、そのなかで各人が示した反応は、それぞれが抱えている課題が何かを浮き彫りにしているようで、興味深い。

埴谷雄高は〈（人工衛星が地球の外に出た直後、ソ連が革命四十周年で何かの新しい発表をするというので）遂に人類というひとつの概念に達した。そういう一種の人類の宣言が人工衛星の上に立ってなされるんじゃないか、と考え、またしてほしいと希望をもったのです。そのときにももちろんこれまでの科学的な苦心談を入れて、今後の成り行き、月世界旅行、火星旅行はこうなるだろう、階級社会は地球の三分の二に残っているけれども、ついに止揚をされる段階にある、そういうことをのべると同時に技術の公開と軍事目的からの絶縁を宣言する。ところが、それはぼく一人の考えになってしまった。それどころか、人工衛星の意味を受け取るほうでもソヴィエト側でも軍事的な面を強調している〉との夢想と失望を語っている。

武田泰淳も、人工衛星によって〈地球に残った衆生を外側から見られる。だから平等論が一歩進んだから、そういう意味で人工衛星は宗教的な仕事である〉と述べている。

一方、安部公房は〈ぼくなんか、もともと空想科学小説なんかが好きなほうでまた技術の問題としても、いつかはかならずありうることだし、つねにそういう前提で現実を考えなきゃならない〉〈もう少したてば、人工衛星なんか、すこしも不思議ではないというときが必ずくる〉と語り、ソ連がアメリカに先んじて人工衛星打ち上げに成功した背景については〈（人工衛星の開発費が）四十兆億ですか、そういう巨大な金をかければ、ソヴィエトないしは共産圏の諸矛盾を内部だけで解決しようとすれば解決しえたはずである。それを内部矛盾として耐えなければならないような国際矛盾があったから、急速に人工衛星を具体的に飛ばすという結果に行き着いた〉と分析しているのが興味深い。つまりソ連は国民経済を犠牲にし、国家威信のために人工衛星開発を進めたと述べているのである。安部はこの時点で既に社会主義体制の矛盾に明確に気づいていた。それに対して他の発言者は、当時の進歩的文化人らしく、ソ連の「正しさ」を前提としており、それが今読むとかえってSF的空想に見えてしまうのも皮肉だ。

人工衛星ブームは〝宇宙バカ〟と呼ばれるほどの宇宙マニアたちを生んだ。文壇では荒正人、中島健蔵が〝宇宙バカ〟の代表として揶揄された。彼らの関心は天文学や純粋に宇宙開発に関わる航空工学にあるわけではなく、もっぱら宇宙空間開発競争、あるいは宇宙空間をめぐる米ソ対立へ向けられていた。そうした人々の関心のあり方が、一九五六年代後半の日本におけるSF定着を後押しする一方、日本SFが本格的にはじまる以前から、偏見のまなざしが注がれるという弊害をも生んでしまった。文壇には、「科学」を文学の対立概念と信じて疑わないような勢力がある一方、「社会科学」という名のイデオロギーの信奉者のなかには、唯物論以外の「科学」を分派工作と見做しかねないかたくなな者もいた。

科学創作クラブとおめがクラブ

一九五〇年代後半になると、いよいよ日本にもSF同人誌を作ろうという気運が盛り上がってきた。しかも二つの異なるベクトルのなかから、同時進行的に発生している。そのひとつはUFOに関心を持つ人々のあいだで起きた運動であり、もうひとつは変格探偵小説のプロ志望者たちの集まりからだった。

五五年に日本空飛ぶ円盤研究会（JFSA）が発足したことは前章で述べたとおりだが、その例会に集まってくる仲間のあいだでは、アメリカの科学小説もよく話題になった。当時のU

ＦＯ情報の供給源は主にアメリカの雑誌だったが、そうした雑誌にはＳＦ小説もよく載っていた。海外のＳＦ専門誌を読んでいる者も何人かいて回し読みされた。「科学小説の雑誌をはじめませんか」と言い出したのは柴野拓美だった。逸早く参加を申し出たのは星新一。たちまち同好の士が集まった。機は熟していたのである。ＪＦＳＡは機関誌「宇宙機」を出しており多少は同人誌発行のノウハウがあった。また「日本宇宙旅行協会」も、このＳＦファングループ結成に力を貸した。

日本宇宙旅行協会は、戦前に「科学画報」などを発行し、海野十三と小酒井不木をつないで日本版「アメージング・ストーリーズ」を創刊しようとしたこともある原田三夫が遊び心をもって組織していたものだった。同協会の事務所は、銀座尾張町ビルにあった巴里会（戦前に巴里留学した知識人・芸術家の集まり）事務所に間借りしていた。その発足時、巴里会メンバーの徳川夢声が「宇宙人、銀座に現わる」とのデマを飛ばして宣伝し、明るいニュースに飢えていた新聞社も喜んで宣伝してくれた。同協会は火星の土地の権利書などを発行するというシャレも行った。ちなみに早川雪洲《せっしゅう》、石黒敬七、藤原義江《よしえ》、東郷青児、猪熊弦一郎らは巴里会の常連で、彼らも日本宇宙旅行協会のイベントに顔を出したり、ＪＦＳＡに関わったりした。

ＳＦ同人誌創刊の話は、柴野拓美、星新一、斉藤守弘らが中心になって進め、当時既にＳＦファンのなかでは名の知られた存在だった矢野徹を同人筆頭に据えて、約二〇名で五七年五月一五日「宇宙塵」を創刊した。ちなみに誌名は「宇宙人」とする予定だったが、製作過程で柴野が「〝人〟より〝塵〟のほうがいいのではないか」と考えて変更したものだった。「宇宙塵」

は当初、謄写印刷だったがほとんど月刊ペースで発行された。第二号所載の星新一「セキストラ」が「宝石」同年一〇月号に転載されたこともあって、会員数も順調に伸びて、年末には百人を超えた。これより後、長年にわたって「宇宙塵」は日本のＳＦファンダムの中心的存在であり続けた。

一方、五六年には探偵作家・渡辺啓助を顧問とするおめがクラブも結成されており、従来の探偵小説とは一味違う新しい別の何かを創出することを目指していた。クラブの発足という点では、こちらのほうが科学創作クラブに先行していた。ただし、資金不足と発行実務が滞ったため、なかなか雑誌が出せずにいた。同人のひとりだった今日泊亜蘭《きょうどまりあらん》によると「皆集ると飲んじゃうので、資金がたまらない。それにだれも実務を面倒がってやらねえんだ。『おめえがやれ』って言い合ってばかりいて。だから〈おめがクラブ〉のおめがは、『おめえがやれ』のおめがなんだ」という具合だったという。おめがクラブのメンバーは探偵小説などに時々作品が載るセミプロ的若者で、元々は大坪砂男を中心に集まっていた。今日泊は、戦前の人気画家・水島爾保布の息子で、かねてから佐藤春夫門下で文学修業をしていたが、佐藤から大坪を紹介され、彼に兄事するよう勧められた。しかし「天狗」などの作品で注目されて兄貴格だった大坪も、この頃は家庭的な問題もあって雑誌発行どころではなくなってしまい、同人誌発行以前に離脱していた。この間、雑誌のメインになる看板として香山滋を担ごうとしたことが、大坪の気に障ったのも一因だった。しかし香山は今日泊らの依頼に応えず、けっきょく戦前から「悪魔派の詩人」といわれた探偵作家・渡辺啓助を担ぐことになった。メンバーは当初、渡辺には名前を借りればいいと思っていたのだが、渡辺は積極的に関わり、例会や編集作業を渡辺邸で行うようになった。

けっきょく、おめがクラブの「科学小説」第一号が発行されたのは五七年一二月だった。「宇宙塵」創刊に遅れること七ヶ月。ただしこちらは活版印刷だった。

なお、柴野は「宇宙塵」創刊以前に矢野徹の仲介で今日泊と会っており、今日泊も「宇宙塵」に参加している。また柴野もおめがクラブに入った。文芸同人誌の経験が深い今日泊は、柴野に同人誌運営の苦労話を伝え、同人誌で起こりやすいトラブルについてレクチャーした。実際に「宇宙塵」が動き出してからも、今日泊は清濁併せ呑む態度で同人同士の感情対立を収め、柴野は作品のもっぱら科学技術面について淡々とアドバイスする姿勢をとることができた。

二つの同人誌は、SF的想像力を駆使した新しい小説を目指すという点では共通していたが、そのコンセプトは大きく異なっていた。

「宇宙塵」はSFファンによる雑誌を目指し、創作のほかにSF愛好者の憩いの場たることを目指していた。これに対して「科学小説」は新しい小説を売り込むための見本市という位置付けを持っていた（参加者の多くは既に何らかの形でマイナーデビューをしていた）ため、両者は基本的に競合するものではなかった。

「科学小説」に参加していた丘美丈二郎《おかみ》は、「翡翠荘綺談」で四九年の「宝石」懸賞小説募集第三席を得ており、SF味のあるミステリを執筆していた。また彼は東大工学部を卒業した後、陸軍航空部隊に所属して、戦後は進駐軍勤務を経て航空自衛隊パイロットをしていた異色の経歴の持ち主でもあり、後に東宝特撮映画「地球防衛軍」（五七）、「妖星ゴラス」（六二）の原作を執筆した。

「科学小説」第一号が出た直後に、雑誌「実話」臨時増刊号（一九五八年一月一五日発行）が〈特集・宇宙攻撃は開始された〉を組み、夢座《ゆめざ》海二《かいじ》、渡辺啓助の作品が掲載された。その後、「科学小説」は第二号を出しただけで、第三号は原稿が集まったものの刊行されなかった。例によって編集が面倒だったのと、同人たちが次第に商業誌に作品を載せられるようになったことから、「見本」提供の必要がなくなったためだった。

一方、「宇宙塵」では五八年一月から編集委員会を設け、主に星新一宅で月例会を行うようになっていた。元々は事務作業もするはずだったのだが、実際の業務は殆ど柴野ひとりに任せられ、もっぱらＳＦ文学論や科学的空想をめぐる談笑がメインになっていく。星、柴野、矢野、今日泊のほか、瀬川昌男、光瀬龍《みつせりゅう》、斉藤守弘、宮崎惇《つとむ》らが当初から参加し、まもなく野田宏一郎（昌宏）、森優《もりゆう》らが加わった。「宇宙塵」は六〇年一月からタイプ印刷になり、月例会も全会員の自由参加に開かれたものとなった。

六〇年六月には大阪で新たに「ＮＵＬＬ」というＳＦ同人誌が創刊した。これは筒井康隆、正隆、俊隆、之隆《これたか》兄弟による家族同人誌で、その珍しさも話題になったが、内容的にも優れていた。創刊号掲載作品のうち三篇が「宝石」に転載され、二号に載った康隆「帰郷」も「宝石」に転載。俊隆の「死後」も「消去」と改題されたうえで「ＳＦマガジン」六一年二月号に転載された。

「性的未来像」から『人造美人』へ

　彼らのなかで、最初に頭ひとつ抜けたのは星新一だった。「宇宙塵」第二号に掲載された「セキストラ」が、江戸川乱歩が責任編集を務めていた「宝石」に転載されたのは一九五七年一一月のことだった。「宝石」では、掲載作品に乱歩によるルーブリックが付けられることが多かったが、この作品には「性的未来小説」と題したそれが付いていた。力のこもった紹介なので、少し長いが引用したい。

〈大下宇陀児さんが、「宇宙塵」という科学小説の同人雑誌にのっている「セキストラ」を読めといって、しきりに推奨するので、わたしも一読して非常に感心した。大下さんはいい作品を教えてくれた。もしその注意がなかったら、わたしは気づかないままに終るところであった。

　わたしは科学小説にはおおいに関心をもっているのだが、現在の科学小説のマニヤには、まだなれないでいる。多くを読んだわけではないが、二、三卒読した西洋の作品が、わたしを満足させなかったからである。どうも小説が下手だと思った。ヴェルヌやウエルズのような上手な科学小説が現われなくてはだめだと思った。もっとも、現代最上の作品を、わたしはまだ読んでいないのかもしれないが。

「セキストラ」を読んで、これは傑作だと思った。日本人がこういう作品を書いているということが、わたしを驚かせた。いろいろな記事をつなぎあわせて、一篇の小説を作り上げた手法も面白い。冒頭と結末の照応も気が利いている。わたしは世界連邦主義の賛成者だが、この奇抜な電気性処理器の出現によって、たちまち世界連邦が出来上がる空想は、とても愉快だ。

フロイトは人間行動のすべてが性に帰着すると説いたが、その重大な性生活そのものの不思議な処理によって、地球上に平和時代を出現するという性的未来小説の着想は面白いとおもった。しかも、いかにももっともらしく感じとれるところ、作者の凡手でないことを證している。なお作者は昭和二十三年東大農学部農芸化学科を出られ、現在星製薬に勤務していられる。

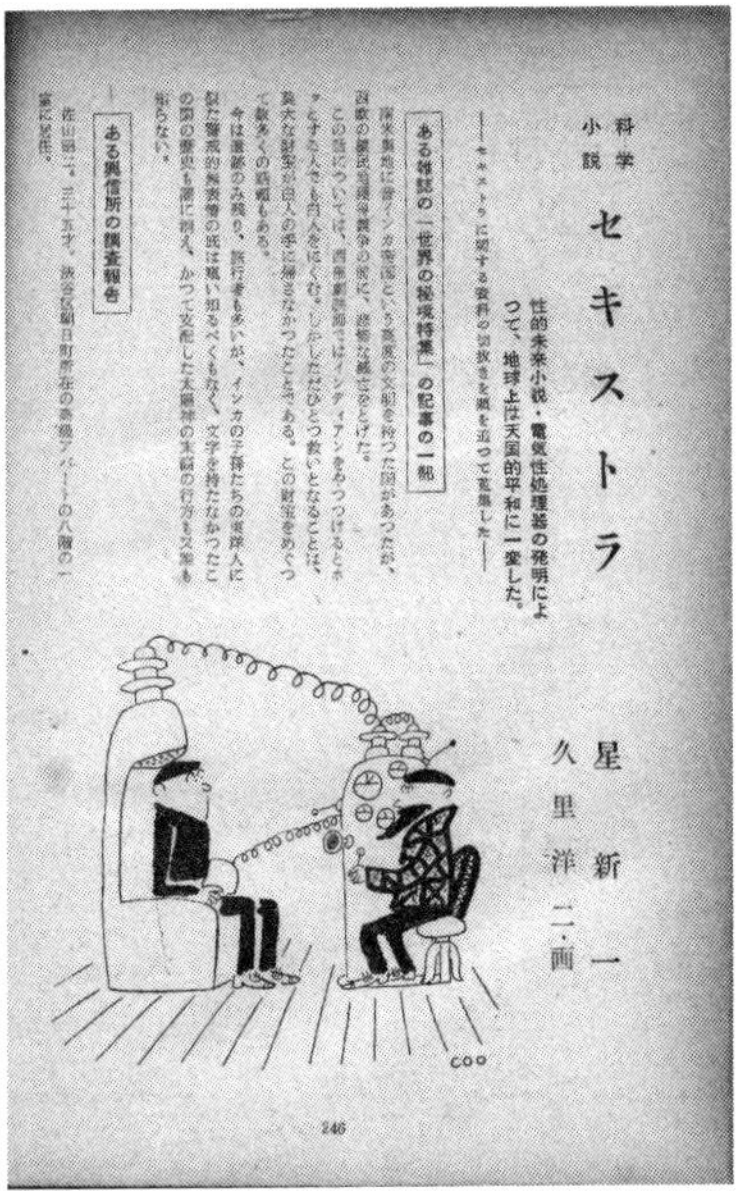
科学小説
セキストラ
性的未来小説・電気性処理器の発明によって、地球上は天国的平和に一変した。
――セキストラに関する資料の切抜きを順を追って編集した――
星新一
久里洋二・画
ある雑誌の「世界の秘境特集」の記事の一部
ある興信所の調査報告
246

転載された「セキストラ」（「宝石」昭和32年11月号）

わたしは声を大にして、「宝石」の読者諸君に一読をおすすめします〉

なお、文中には大下から教わったとあるが、本当は乱歩自身も「宇宙塵」を読んですぐに目を付けたらしい。しかしこのような紹介文になったのは、柴野が大下に以前から師事していた関係もあり、大下の顔を立てるという事情があったためかもしれない。

その後、星新一は「宝石」その他の商業誌に直接、作品がとられるようになっていく。もっとも、需要があったのは短いものばかりだった。それを逆手に取るようにして、星はショートショートの手法を確立してゆく。星は六一年に第一創作集『人造美人』を上梓。直木賞候補に挙げられた。

それにしても、乱歩に「性的未来像」と紹介され、最初の本が『人造美人』とは、性的場面を書かなかった星新一にしては不思議なデビューの仕方だった。SFを大人に読ませるにはエロティックなところがあったほうがいいというのは、後に福島正実がしきりに提唱したことだが、星の売出しにもまた、そうした戦略がはたらいていたのだろうか。

海外作品で広がるSFの世界

SFはまず翻訳作品から読者が広がったが、それもジュヴナイルが先に定着した。一九五五年、石泉社（銀河書房）から〈少年少女科学小説選集〉の刊行がはじまったが、そこにはジョーンズ、クラーク、アンダースン、レッサーなどの作品が並んでいる。翻訳者のなかには福島正実、中田耕治の名前も見られ、後のSF人脈が既に活動していたことが分かる。

続いて五六年七月から講談社が〈少年少女世界科学冒険全集〉の刊行を開始した。そこにはハインライン、イーラム、マルチノフ、ブレイン、べリャーエフ、アップルトン、レッサー、ジョーンズらの海外SFに混じって、那須辰造『白い大陸南極へ』、瀬川昌男『火星にさく花』、原田三夫『ぼくらの宇宙旅行』など、日本人作品も入っていた。もっとも純粋な創作は瀬川作品だけで、あとの二作はノンフィクション、科学解説的未来予測だった。ここではまだ、SFとしての科学小説と科学解説としての科学小説が混在していたのである。

大人向けの本格的なSF全集としては、五六年四月に刊行がはじまった元々社版〈最新科学小説全集〉が注目に値する。早い時期の刊行というだけでなく、ハインライン『人形つかい』、フレデリック・ブラウン『発狂した宇宙』、レイ・ブラッドベリ『華氏四五一度』、『火星人記録』、シェクリイ『人間の手がまだ触れない』、アーサー・クラーク『月世界植民地』、ヴァン・ヴォーグト『新しい人類スラン』など、優れた作品を一挙に翻訳紹介した功績は大きい。その翻訳についてはそれ難があるといわれているのだが、私の感覚ではそれほどひどいとは感じられない。むしろSF用語が日本語になっていなかった時期ならではの工夫と苦労が見て取れる。〈最新科学小説全集〉は、刊行途中で挫折したともいわれるが、当初一二巻の予定で刊行され、好評を受けて第二期一二巻を増補した。元々社はこの第二期六冊を刊行したところで倒産するが、それは以前から負債が嵩んでいたためで、SF出版自体は好調だったらしい。

残った六冊の企画は東京ライフ社に持ち込まれ、〈宇宙科学小説シリーズ〉全六冊として出版される旨予告されたが、二冊を出しただけで中絶した。

その後、日本初の本格的SF叢書は、早川書房から刊行されることになる。この頃、早川書房は既にペーパーバック・タイプのミステリ叢書、ハヤカワ・ミステリ（通称ポケミス）を出していたが、五七年一二月に同形態の叢書ハヤカワ・ファンタジイを創刊し、ジャック・フィニイ『盗まれた街』（福島正実訳）、カート・シオドマク『ドノヴァンの脳髄』（中田耕治訳）の二冊が刊行された。

この新シリーズを立ち上げたのは都筑道夫と福島正実だった。両人はこの時期、早川書房の社員だったが、海外ＳＦの魅力に逸早く気付き、企画を練っては自社のみならず他社にも大人向けのＳＦ出版をはたらきかけていた。この頃の早川書房は給料が安かった代わりに、社員による自社出版物の翻訳に翻訳料を支払っていたほか、他社の翻訳や企画に関わることも黙認していた。このため早川の社員は、ＳＦやミステリ、あるいは怪奇物など、各人が愛好するジャンルの発展のために会社の枠を超えて関わる者が、その後も少なくなかった。都筑・福島は、以前にも社内でＳＦ叢書の企画を提出していたが、その際は見送られていた。以前は通らなかった企画が今回承認されたのは「ＥＱＭＭ（エラリー・クイーンズ・ミステリ・マガジン）」やポケミスの成功で、都筑が社長から信頼を得ていたことが大きい。また完全な成功とはいえなかったものの、ジュヴナイルに続いて前述のように元々社版〈最新科学小説全集〉がそれなりの成果を挙げるなど、ＳＦ定着の兆しが見えていたためだろう。さらにスプートニク一号成功で、宇宙ブーム、科学ブームが起きていたのも追い風になった。

だからほぼ同時期になって、以前、都筑・福島が講談社に出していたＳＦ企画が〈Ｓ・Ｆシリーズ〉として実現したのは偶然ではなかったろう。機は着実に熟しつつあり、慧眼の編集者にはそれがきちんと見えていたのである。講談社版〈Ｓ・Ｆシリーズ〉は一九五八年八月、フレデリック・ブラウン『星に憑かれた男』（田中融二訳）、ジョン・マントレイ『恐怖の27日間』

（亀山竜樹訳）、アレクサンドル・ベリャーエフ『人工衛星ケーツ』（木村浩訳）の三冊が出、翌月にはハインライン『夏への扉』（加藤喬《きょう》訳）が出た。ちなみに加藤喬というのは福島正実のペンネームである。

一方、ハヤカワ・ファンタジイがハヤカワ・SF・シリーズへと叢書名を変更するのは六二年四月、三二冊目のレイ・ブラッドベリ『太陽の黄金の林檎』（小笠原豊樹訳）からだったが、同書の初版では背のマークは〈SF〉ではなく〈HF〉のままだった。それにしても『太陽の黄金の林檎』は、SF、ファンタジーだけでなく、「ニューヨーカー」に発表された「二度と見えない」などの写実的な現代小説もふくむ短編集で、ブラッドベリ自身はSFにこだわらない多様な活動を示したいという意向でまとめたものだったといわれており、これがポケットSFの第一号になるあたりがまた、日本SFの幅広い感受性を証しているようにも思われて興味深い。

「SFマガジン」創刊のインパクト

日本初の本格的SF専門誌「SFマガジン」の企画が動き出したのは、一九五九年の春頃だった。「EQMM」の成功を踏まえて、ミステリに続いてSFでも、海外作品中心の新雑誌で潜在読者の開拓をしようと考えたのである。したがって会社の方針は、海外SF誌の日本版という位置付けで、幾つかの雑誌を検討した結果、「ファンタジー&サイエンス・フィクション」との契約が結ばれた。しかし編集長に内定して準備段階から奔走していた福島正実は、当初から単なる〈日本版〉ではなく、SFとSF的ノンフィクションが両立する雑誌にしたいと目論んでいた。SF的ノンフィクションとは、超常現象やUFOや超古代史や未確認生物などのことで、そういった怪しげな話題と最新科学の両方に関心がある層を、読者に想定していたのである。ここには既にオタク的心性が潜んでいた。

「SFマガジン」創刊号（六〇年二月号）が店頭に並んだのは五九年一二月のことだった。内容はブラッドベリ「七年に一度の夏」、A・C・クラーク「太陽系最後の日」、シェクリイ「危険の報酬」、アシモフ「やがて明ける夜」など海外作品九篇のほか、糸川英夫「宇宙ロケット」、荒川秀俊「気象の人工制御」などの科学解説エッセイが並び、連載として日下実男《くさかじつお》「地球物語」、岡俊雄「SF映画展望」もあった。

これを手にした小松左京はシェクリイを読んで大きな衝撃を受けた。とかく敬遠されがちな社会的テーマも、SFの手法で表現すれば、従来にはない鋭さと面白さの両立が可能だと考えた。また中井英夫は、「SFマガジン」創刊号を手にした当時の状況と心情を〈その中綴じの瀟洒な雑誌に飛びついた！　文字どおり狂喜してむさぼり読むくらい飢え渇いていたので、発行日を待ちかねて書店をうろうろし、買ってくると半日足らずで読んでしまい、またひと月をおちつきなく過ごすというくらいの熱狂的ファンだったが、それはもっぱらフィニイやシェクリイやブラッドベリなど、かつて知らぬ新しい輝きに充ちた世界に対してであって、日本の作家にはほとんど関心を持たなかった。持ちたくても星新一のほかには、これという人がいなかったのだから仕方がない〉（小松左京『牙の時代』角川文庫版・解説）と回想している。

中井はその後幻想文学の泰斗となるが、その短編はブラッドベリや星新一に通じる味わいが感じられなくもない。ちなみに中井は、五六年六月から角川書店の雑誌「短歌」編集長を務めており、春日井建、浜田到《いたる》、寺山修司らを世に送り出すことになる。また推理小説への関心も既に明確になっており、五七年から翌年にかけて、〝影の会〟の世話人も務めていた。この会は、松本清張、有馬頼義《よりちか》が発起人となり、井上靖、梅崎春生、遠藤周作、大岡昇平、小沼丹《おぬまたん》、小山《こやま》いと子、椎名麟三、柴田錬三郎、曽野綾子、武田泰淳、中村真一郎、久生十蘭、福永武彦、藤原審爾《しんじ》、三浦朱門、向井啓雄、安岡章太郎、吉行淳之介らを会員とする推理小説の研究会だった。中井が塔晶夫《とうあきお》名義で『虚無への供物』を書くのは六二年のこと。『悪夢の骨牌』『幻想博物館』『銃器店へ』など、中井作品にはSFの風味漂う短編も多い。

「ＳＦマガジン」創刊号

一方、澁澤龍彦は「日本読書新聞」六〇年一〇月一〇日号の「推理小説月旦」で〈近年、疑似科学主義的合理性と小市民的首尾一貫性への徹底的な愚弄によって、探偵小説にまったく新しい次元を切り開いてきたのは、ジョン・コリアやサキの系統を引く「奇妙な味」の作者たちと、ある種のSF作家である〉と、SFへの期待を語っていた。SF周辺には、具眼の士が集まりつつあった。澁澤は八〇年にも、幻想文学における幾何学精神の必要性を唱えている。

初期「SFマガジン」が翻訳中心だったのは、海外SF誌の「日本版」という位置付けに加えて、SFの新しさを強調する戦略を取った福島が、既成の「科学小説作家」とは一線を画そうとしていたためだ。しかし日本人作家の育成・起用には、当初から熱心だった。五月号（第四号）では早くも〝日本作家特集〟と銘打って、安部公房「完全映画（トータル・スコープ）」、都筑道夫「機嫌買いの機械」、高橋泰邦「〝白鯨〟応答せず」を載せている。

しかし当時、日本にはSFを書ける作家がほとんどいなかった。同人誌「宇宙塵」には既に優れた書き手が集っていたが、当初、福島は同人誌とは距離を置こうとしていた。また古い「科学小説」「怪奇小説」のイメージと結びつく作家も敬遠した。福島が積極的に認めていた既成の「SF作家」は、安部公房と星新一ぐらいだった。ほかに北杜夫、新田次郎、倉橋由美子、高木彬光《あきみつ》、佐野洋《よう》などに原稿を依頼したいと考えていたが、新雑誌ではすぐには原稿を得られそうもなかった。

福島は以前から自分で翻訳をするだけでなく、早川書房社員の翻訳指導をするなど、後進の教育にも熱心で、「SFマガジン」で日本人作家を育てたいという希望を持っていた。しかし新人賞を実施するには費用がかかる。そこで映画原作としてのSFに関心を持っていた東宝株式会社とも相談して、「SFマガジン」と東宝の共同主催事業としてSF小説の新人募集を行う段取りをつけた。

「空想科学小説コンテスト」とＳＦ第一世代

第一回「空想科学小説コンテスト」は一九六〇年一二月三一日を締め切りとして作品募集された。詮衡委員は安部公房、半沢朔一郎《さくいちろう》（朝日新聞科学部長）、藤本真澄《さねずみ》（東宝常務取締役）、田中友幸、円谷《つぶらや》英二、ＳＦマガジン編集部と、活字組・映像組が三人ずつの構成だった。当初は反応を危ぶむ声もあったが、ふたを開けてみると応募総数五百八十余篇と盛況で、「ＳＦマガジン」六二年六月号で入選作品を発表する予定だったのが、作品詮衡が間に合わず、五月号には六月号では入選作の発表のみ行い、作品掲載は七月号になる予定と訂正したものの、さらに六月号では発表を七月に延期する旨が告知された。その七月号にも一次、二次の詮衡を経て最終審査に残った一三編が報告されるにとどまった。実際に入選作品が発表されたのは八月号誌上においてだった。結果は入選作該当なし。代わりに佳作第一席として「地球エゴイズム」山田好夫、第二席・「下級アイデアマン」眉村卓《まゆむらたく》、第三席・「時間砲」豊田有恒《ありつね》の三作、そして努力賞として「地には平和を」小松左京が発表された。

ちなみに他の候補作を見ると、平田自一《よりかず》「行くもの」、篠原靖忠「第三の天才」、平井和正「殺人地帯」、徳納晃一「死者還る」、小隅黎《こずみれい》（＝柴野拓美）「宇宙都市計画」、豊田有恒「他の世界から」、小野耕世《こうせい》「ナポレオンの帽子」、野町祥太郎「宇宙艇発進せよ」、淵上襄「十八年後」といった名前が並んでいる。今では有名な名前がかなり入っていて、充実ぶりがしのばれる。光瀬龍も応募していた。こういう高水準だったから、かえって突出した作品を選び出すことができず、詮衡に時間がかかり、また票が割れて入選作が選べなかったのではないだろうか。

佳作第一席の「地球エゴイズム」は「ＳＦマガジン」六一年九月号に、「下級アイデアマン」は一〇月号に掲載されたが、「時間砲」は掲載されなかった。そうかと思うと、六二年四月号には小野耕世「ナポレオンの帽子」が載っていたりする。

実は「時間砲」は長編のアイディアをコンテストの枠にあわせて短編にしたため、詰め込みすぎて小説というよりはほとんど梗概のようだった、と豊田自身が回想している。そのため福島は気に入らなかったが、東宝の田中が「映像的で面白い」と推したのだという。この作品は後にジュヴナイル長編『時間砲計画』（六七）として出版される。

なお、「地には平和」は「地には平和を」と改題改稿されて「宇宙塵」に掲載された。平和な戦後日本と、本土決戦後もゲリラ戦を続ける日本がダブるその世界には、小松左京の戦争体験が投影されている。この作品を読んだ野田昌宏（当時学生）はすぐに手紙を書いた。それは小松が受け取ったはじめてのファンレターだった。

ところで第二回のコンテスト実施発表時になって、第一回コンテスト応募作のうち、最終詮衡に残りながら佳作等にもれた全作品、さらに宮崎惇「何かが後からついてくる」、加納一朗「アミーバ作戦」、光瀬龍「シローエ２９１９」、島内三秀《みつひで》（桂千穂）「私は死んでいた」にも奨励賞が贈られることが発表された。その経緯には不明の点もあるが、このコンテストが本当にプロになる人間を選び出すことを目的にしていた様子が窺われる。宮崎、光瀬、加納は「宇宙塵」で、島内は慶応大学ミステリ研などで、それぞれ作品を発表しており、編集部からコンテスト応募作以外でも注目されていたのではなかったか。

第二回からは「ＳＦコンテスト」と名称が改められたが詮衡委員、応募規定は同じだった。今度も六二年一〇月号で入選作発表予定のところ、中間報告として候補作一三篇を挙げるに止まり、本発表は一二月号、詮衡後評は六三年一月号に載った。入選は一席、二席がなくて第三席に小松左京「お茶漬けの味」、半村良《りょう》「収穫」が選ばれた。他に佳作として筒井康隆「無機世界へ」、朝九郎「平和な死体作戦」、山田好夫「震える」、豊田有恒「火星で最後の……」。なお最終候補には残らなかったもののこの時、広瀬正も応募していた。

こうしてみると、第一回とかなりメンバーが重なっていることが分かる。彼らはＳＦこそは自分が目指していた文芸ジャンルだという思い入れがあり、書くことに貪欲だった。豊田は第一回、第二回共に二作を応募しており、それらすべてが最終候補作に入っていた。また小松左京は第一回で努力賞になったのをきっかけにコンテスト応募以外にもしばしば作品を「ＳＦマガジン」編集部に投稿するようになっていた。

小松は第二回での入選確定前の六二年一〇月号に、既に「易仙逃里記」が掲載されていた。福島は送られてきたこの作品を読んで気に入り、また詮衡過程で「お茶漬けの味」が優れていることも認識していた。さらに、それまで小松はラジオ番組の台本制作で収入を得ていたが番組打ち切りで困っているといった事情もあったので、早々のデビューとなったのだった。

コンテストの第一回、第二回にはいろいろと変則的なことがあったが、それだけ活気があったともいえる。戦後日本文学の現状に飽きたらず、真に新しいものを生み出したいと考えていた才能が、SFというジャンルに押し寄せてきたのだった。

ところが第三回SFコンテストは、やや趣が変わってきたらしい。例によって入選発表となるはずの六三年一二月号では編集部から〈本来なら、本号で最終審査結果を発表しなければならなかったのですが、諸般の事情によって……〉と延期が告げられているのだが、これまでが応募多数、詮衡困難の嬉しい悲鳴だったのに比べると〈応募数も減少しましたが、一般に比較的月並みなアイデアをつかったものが多く、質的にもあまり芳しい成績ではないようです〉とトーンダウンしているのだ。それでも応募総数二五八篇のなかから候補作一五篇が挙げられていた。ただし編集部は、〈類型的〉との苦言を強調するかのように、それらを(a)宇宙テーマ、(b)モンスター・テーマ、(c)時間・次元テーマ、(d)恐怖テーマと分類して発表した。手厳しい反面、教育的でもあった。

入選作品発表は六四年五月号までずれ込んだ。入選作はなく、佳作第一席に吉原忠男「太陽連合」、第二席・松崎真治「プログラムどおり」、第三席・永田実「黒潮」が選ばれた。他に努力賞として岩武都「金色の蟻」、二瓶寛「昆虫都市」、西崎恭「宇宙艇307」、小川俊一「海底より永遠に」、奨励賞として津田道夫「復活」、古帆里麻「望郷の国」、栗山豪「太陽系の子ら」、丹土真紀「孵化」、渡辺晋「幻想肢」、武藤紘幸「黒い死」、美留町明「化石」、今保川登志夫「植物戦争」が挙げられている。

応募者たちの情熱が低下したとは思えない。思うに、この時期になるとマニアの間ではSFが定着してきた一方、「SFとはこういうもの」というイメージが固まり、新人たちを縛るようになってきたのかもしれない。SFコンテストはこの第三回で中断し、一九七四年まで行われず（このとき田中文雄、かんべむさし、山尾悠子らが登場）、ハヤカワSFコンテストとして本格的に再開するのは七九年を待たねばならない。しかし第三回で名前が挙げられた人々は、作家としては第一回、第二回の候補者ほどには成功しなかったかもしれないが、SFファンダムで長く活躍している人の名前も見受けられる。たとえば渡辺晋は、後にファンダム賞を受賞している。彼らのSF熱は本物だった。

SF第一世代の人々は、「SF」を書こうとしたのではなかったと思う。星新一も小松左京も筒井康隆も豊田有恒も眉村卓も光瀬龍も、漠然とではあったが「新しい文学」をそれぞれに手探りで捜し求めていた。各人の自分にとっての新しさの追求が、日本SFになっていったのである。

星新一は、周知のようにショートショートで一般文芸誌やPR雑誌などから引っ張りだこになっていくが、それは星の「分かりやすさ」への努力の成果だった。SFはそもそも前衛的なジャンルだが、前衛的な内容を前衛的な文体で表現しては、読者が限定されてしまうというのが、星の持論だった。それは六〇年前後に並んで批評されることもあった安部公房との差異化をはかる戦略でもあったかもしれない。

その安部公房は「世界」五八年七月号〜五九年三月号に『第四間氷期』を連載し、五九年七月に講談社から単行本化されていた。これは「SF長編」と銘打った日本人初の作品だった。

六〇年代初頭には、SF作品の需要はまだまだ短編中心だった（ハヤカワSFシリーズでは六三年八月に光瀬龍『墓碑銘２００７年』、小松左京『地には平和を』、星新一『宇宙のあいさつ』の三冊の短編集が同時に刊行されて以降、日本人作家も同シリーズから出るようになるが多くは短編集だった）が、六二年八月に「東都ミステリー」の一冊として今日泊亜蘭『光の塔』が出版された。原発テロを扱った未来ＳＦだった。東都書房で同書の担当編集者だった原田裕《ゆたか》は、続けてＳＦに特化した叢書「東都ＳＦ」を企画し、六三年五月に眉村卓『燃える傾斜』を刊行した。ただし「東都ＳＦ」は原田の部署異動のために継続されず、これ一冊で終わってしまった。

一方、小松左京は六四年に書き下ろし処女長編『日本アパッチ族』（カッパ・ノベルス）を出版する。貧困の中で鉄を喰いはじめた人々が「人間」とは分化した新人類を形成し、やがて旧人類との対立を深めてゆく話で、ベストセラーになった。この時期、福島正実は小松左京に書き下ろしＳＦ長編を依頼しており、他社に先を越されたことにショックを受けた。小松は光文社からの依頼が先だったことを告げ、『日本アパッチ族』は自身の戦後文学派的テーマに連なる変格ＳＦだが、早川書房のためには本格ＳＦを書き下ろすと約束した。そうして書かれたのが〈日本ＳＦシリーズ〉の第一巻として刊行された『復活の日』だった。

〈日本ＳＦシリーズ〉は以降、光瀬龍『たそがれに還る』、星新一『悪魔の標的』、眉村卓『ＥＸＰＯ’87』、安部公房『人間そっくり』、佐野洋『透明受胎』、小松左京『エスパイ』、筒井康隆『48億の妄想』、眉村卓『幻影の構成』、小松左京『果しなき流れの果に』、光瀬龍『百億の昼と千億の夜』、豊田有恒『モンゴルの残光』、筒井康隆『馬の首風雲録』、平井和正『メガロポリスの虎』、多岐川恭《きょう》『イブの時代』、別冊として福島正実編『ＳＦ入門』、野田昌宏『ＳＦ英雄群像』が続く。同シリーズは第一世代の実力を世に知らしめる記念碑的叢書となった。ここに収められている作品は、今日に至るまでSFファンに愛され続けている（ただし同シリーズはコレクター泣かせで、奥付には重版記載がないのに重版だったり、後帯の色が違うケースがある。たとえば『モンゴルの残光』の帯は茶色だが、紺色の後帯もあるといった具合）。

SFイデオローグとしての安部公房

安部は一九六一年六月三日付「朝日新聞」に「仮説の文学」を書き、SFを積極的に推奨した。

当時、「朝日新聞」に論評を書けるSF関係者は安部ぐらいだった。彼のそうした姿勢が草創期SF界にとって大きな支えになったことは間違いない。しかも安部のSF論は、かなり進んでいた。SFに理解のある批評家も、まだ科学解説小説とSFの区別がついていないような時代にあって、安部はSFを「仮説の文学」の進化形と捉え、文学主流の地位奪還をアジテーションした。安部によれば、現実というものは、本能的に追求すれば怪談的となり、知的に探求すれば科学的（SF的）になるものであって、日常をそのままなぞったような自然主義、特に私小説的方法では、現実の本質は捉えられない。同様に、真の科学精神も既成の科学知識のなかではなく、むしろ怪談と共通性が高いような疑似科学的思考それ自体のなかに、真に未来を開く科学的精神、思考の展開が形づくられるのだ。しかもSFは、文学の伝統においては主流中の主流に位置しているという。

安部は〈ある文芸評論家は、それがあまりにも疑似科学的であり、怪談的であると非難していたが、私は一向に、それが否定の理由になるとは考えない。私のイメージのなかにある、空想科学小説は、べつに科学技術の発達にともなってうまれた通俗科学啓発小説のたぐいなどではなく〉、古典文学の大胆で多様な空想を引き継いでおり、仮説を持ちこむことでむしろ日常から安定の仮面を剝ぎ取り、「現実」に新たな光を当てるものだと主張する。

〈見方によれば、この仮説の文学の伝統は、自然主義文学などよりは、はるかに大きな文学の本流であり、根元的なものであり、空想科学小説の興隆も（そういう現象があると仮定して）単なる風俗的現象以上のなにか本質的な意味を持っているのではあるまいか〉（同前）

また安部公房は「ＳＦの流行について」（「朝日ジャーナル」六二年九月二三日号）のなかで、〈「正しい空想」だとか、「誤った空想」だとかいう、固定観念から飛躍してこそ、ＳＦのＳＦたるゆえんも生じてくるのではあるまいか？〉とも述べている。当時は、社会主義イデオロギーを基準にして「正しい空想」「誤った空想」といった議論があったのである。それは「社会科学」という「科学」ドグマに起因するものだった。

日本の共産党は、戦後の再建当時から国際共産主義をとるコミンフォルム（共産党情報局）に統制されていたが、五〇年代半ばまでは、必ずしもソ連の指令によらない日本独自路線も存在した。共産党中国の延安から帰国した野坂参三は「愛される共産党」と唱え、大衆にアピールすることで勢力拡大を図ったが、大衆から「愛される」ための具体的路線は、武力をもって独占資本やアメリカ帝国主義と戦うという暴力主義だった。物騒な愛され方だ。しかし青年労働者や学生の間では、そのような急進的方法が望まれていた面があった。五〇年代前半の共産党には、武力革命のための地下組織があったといわれていた。

ところがこうした状況は、一九五五年の第六回全国協議会（六全協）で全否定される。共産党執行部では国際派と所感派が妥協を図り、「極左冒険路線」は自己批判された。これ以降、党による思想統制が強化された。シンパ学生などを中心に、個人の自由な思考を否定する共産党組織への失望が拡がった。そうしたなかで唱えられた「正しい科学」とは、極言すれば、党中央の指令に適合した科学の意であり、「誤った科学」とは党の行動方針にあわないものということだった。五六年、東欧を訪れた安部公房はソ連の東欧支配の実態にふれ、帰国後に苛烈なスターリン批判、共産党の教条主義批判を展開し、党を除名されていた。

第一回SF大会と「一の日会」の誕生

SFファンは孤立していた。ある意味でその孤独は、共産党員よりずっと深刻だった。肩を組んで労働歌を歌う機会もなかった（今はみんなでアニソンを歌っているが）。

だからこそ、SFファンは仲間と出会いたいと熱烈に希望した。そんななかで一九六二年五月二七日に、「宇宙塵」と「SFマガジン同好会」が中心になって第一回日本SF大会が目黒区公会堂清水別館で開催された。愛称はMEG－CON。命名者は実行委員長となった柴野拓美だった。豊田有恒は「別館で開催するからBEKKANMEG－CON（べッカンコン）ではどうか」と提案したが、対外的なことも考えて、今回は冗談抜きでやろうということで却下された（それでも密かにベッカンコンという呼び方もファンの間ではなされた）。

ところでMEG－CONの告知が出された直後から、海外のSF関係者などから、「東京で開催するコンベンションなのにTOKONでないのはなぜか」「TOKONとすべきだ」といった質問や意見が寄せられた。第一回日本SF大会が、なぜTOKONではなくMEG－CONと命名されたかは不明だが、当時のSF界の状況からして、東京以外での大会開催は考えにくかったため、毎回TOKONでも仕方ないので、目黒ならMEG－CON、銀座ならGIN－CONというように命名すればいいと考えていたのではないかと推測される。しかし海外のSF関係者の指摘を受けて、翌年はTOKONという名称で開催されることに、MEG－CONが開催される前から決まっていた。つまり日本SF大会ははじめから単発の行事としてではなく、年一回の開催継続を前提にはじまったのだった。

大会当日、探偵作家・渡辺啓助は来賓挨拶のなかで「探偵小説では盛り切れないものが社会に生まれた。それに対するフラストレーションから、これまでにない新しい文芸としてSFが盛んになってきたのは必然的なこと」と述べている。他に大下宇陀児、手塚治虫、星新一、福島正実、矢野徹、石森章太郎、筒井康隆、眉村卓、石川喬司、加納一朗、光瀬龍、斉藤守弘らが出席した。今見るときわめて豪華なメンバーだが、戦前から活躍していた渡辺、大下、マンガ家の手塚、石森は別格として、この時点でSFの単行本を商業出版していたのは星新一だけだった。それだけに若いジャンルに懸ける若い書き手たちの熱意は強かった。

主催者代表の柴野は、大会のはじめに「周りにいるのはみんなSFファンです。もう孤独ではありませんよ」と呼びかけた。ＳＦ読者がまだ少なく、その概念も理解されていなかった時代、ＳＦファンは各地で（東京であっても学校や職場や家庭といった日常生活の場で）孤独感を味わっていたのである。第一回日本ＳＦ大会には二百人近いファンが集まった。十六ミリ映画の上映や石川喬司の配慮で毎日新聞社からサイダーの差し入れなどもあって、孤独だったファンたちはその反動として饒舌と高テンションの中でＳＦ三昧の時間を過ごし、大会は成功裡に終わった。

　ＭＥＧ－ＣＯＮは、創設五周年を迎えた科学創作クラブ（「宇宙塵」の発行元）が主催して開催されたが、その席上でＳＦマガジン同好会の発足が宣言された。

　ＳＦマガジン同好会は、「ＳＦマガジン」の「てれぽーと」欄（読者欄）に載った志摩四郎の呼びかけがきっかけで誕生したグループだった。六二年二月に発起人会が開かれ、志摩のほか、柴野拓美、紀田順一郎、伊藤典夫らが集まった。紀田は慶応大学推理小説同好会で勇名を馳せ、同窓の大伴昌司《おおともしょうじ》、桂千穂と共に「恐怖文学セミナー」という研究会を作って同人誌「THE HORROR」（その別冊として「ＳＦの手帖」も）を発行し、ミステリ愛好家サークル「ＳＲの会」でも知られた存在だった。柴野の仲介によって「ＳＦマガジン」編集部に連絡を取るなど、ＭＥＧ－ＣＯＮまでの間に発足準備を整え、大会で発足を宣言し、同時に会誌「宇宙気流」を発行したのである。

　「宇宙塵」が創作中心のグループだったとすれば、「ＳＦマガジン同好会」はファン同士の交流に比重を置いていた。ＭＥＧ－ＣＯＮの翌月には第一回例会を開き、ＳＦセミナー「ＳＦと恐怖小説の関連性」（講師・紀田順一郎）、「SFマガジン」の合評などを行った。またこのとき、会長・志摩、副会長・紀田、理事・織田邦雄、豊田有恒、黒野正和といった役員が決定した。はじめは月に一度例会を行うことになっていたが、まもなく豊田の提案により、それ以外にも一の付く日には所定の喫茶店に来られる会員だけでも集まりました、会員以外のSF読者の来訪も歓迎して、SFについて話せる場所にしようということになった。一の日会のはじまりである。

何しろみんな話が長いし騒がしいので、会場にされた喫茶店は迷惑がり、当初は新宿の喫茶店「ロン」で行っていたのだが、断られたので渋谷の「カスミ」に移った。迷惑がられたといえば、「SFマガジン」の合評では、当然ながら賛辞だけでなく批判的な意見も出る。それを「宇宙気流」に載せたところ、「SFマガジン」編集長・福島正実からクレームが出た。「SFマガジンファンクラブなら貶すな」と怒られ、『SFマガジン』という名前の使用を許可しない」とも言われた。そのため同会は六三年一一月から「SFM同好会」と名前を変えて現在に至っている。

拡張するSFファンダム

第二回SF大会、TOKONは一九六三年一〇月二六、二七日にわたって毎日ホールで開催され、三百人のファンが集まった。実行委員長は柴野拓美。翌年の第三回はDAICONではじめて関西で開かれた。会場は大阪府立厚生会館で、実行委員長は神戸在住の気鋭作家・筒井康隆が務めた。そして第四回は再び東京でＴＯＫＯＮ２。実行委員長はやっぱり柴野だった。参加者は四百人。確実に増えていた。

六五年の第四回日本ＳＦ大会（ＴＯＫＯＮ２）では、全国各地に生まれたＳＦ同人誌グループの交流を図るために、日本ＳＦファングループ連合会議が結成された。またこの時、ＳＦ界に貢献したプロ作家並びにビッグ・ネーム・ファン（ＢＮＦ）に贈られる賞として、ファンダム賞が制定された。その第一回贈呈式でプレゼンテーターを務めた野田宏一郎（昌宏）は「賞の副賞として美人のキスを付けます」と発言。しかし贈呈役の女の子に拒否された。野田は説得・懇願に努めたもののダメで、受賞者のひとりである矢野徹が野田に苦情を言う一幕もあった（もちろん双方シャレである）。

ちなみに第一回ファンダム賞は矢野のほかに星新一、柴野拓美、福島正実、ロイ・タケットが受賞している。その後、同賞は七〇年の第六回まで続き、小松左京・光瀬龍・手塚治虫・野田宏一郎・伊藤典夫（以上、二回）、円谷英二・牧村光夫（三回）、眉村卓・平井和正・豊田有恒・石原藤夫・松崎真治・石川駿（四回）、石川喬司・佐々木宏・渡辺晋（五回）、森優・荒巻義雄・根本斐沙子（六回）が受賞している。作家とファンが同等の資格で受賞する賞というのはきわめて珍しいが、ここにも従来の文壇とは異なるＳＦ界の特殊性が見受けられる。以前から文学界には同人誌はあったし、同人誌出身の作家も多かった。五〇、六〇年代は純文学の世界でも同人誌の黄金時代で、雑誌「新潮」は毎月、同人誌推薦作を載せ、年間ベスト作には同人誌賞を贈っていた。また戦前にも泉鏡花の水鏡会のように作家のファンクラブもあった。だが

ＳＦ界では、プロ作家になった後も同人誌に参加し続けるものも多かった。またファン側も、大会運営や同人誌発行などで私費を投じ、読者の裾野を広げるための献身的努力を継続して行う人々が少なくなかった。ＢＮＦは単に有名なファンといった存在ではなく、ジャンルの支え手だったのである。

やがて翻訳家・作家となる野田昌宏はＢＮＦで、ＴＯＫＯＮ３以来、ファン拡大の戦略と称してＳＦ大会で「戦略的ファン活動論」を行った。これは賛否両論渦巻く人気企画になった。名称は堅苦しいが中身は単に大会に参加した女性たち皆に壇上に上がってもらい、あれこれ質問したり、さらには各同人誌・サークルの代表たちが彼女らに自分の会をアピールし勧誘するというもの。当時、女性のＳＦファンは少なくて、全員が舞台に上がれるくらいの人数しかいなかったし、彼女らに長くファンでいてもらいたいという気持ちから出た企画だが、当然ながら嫌がる女性もいた。なかには「ボク、男の子だよ」と言い張って壇上に上がらなかった女性もいたが、それはそれでウケた。

ところでＳＦ大会の企画・参加者共に増大し、会期も二日にわたるようになってくると、合宿も用意されるようになった。合宿では夜中まで騒ぐものだから近所から苦情が出るのも、恒例のことだったようだ。なかにはゆっくり話そうと合宿場から抜け出して喫茶店を探す人々もいたが、当時は遅くまで開いている店は少なく、夜の街を歩いていると警官から職務質問をされたという。若い参加者も多かったので、補導されそうになった人もいた。ＴＯＫＯＮ３が開催されたのは六七年、ＴＯＫＯＮ４は六八年。思えば安保闘争に向かって学生運動が盛り上がりをみせている時期だった。警察は神経を尖らせており、髪の長い男子はそれだけで過激派と疑われ、昼間の銀座を歩いていても取りあえず職質をかけられるような時代だった。

そのような時代状況を念頭におくと、一部現代美術の人々（私は勝手に「笑撃的芸術」と呼んでいる）が、反骨精神あふれるパフォーマンスに向かっていった理由が、何となく分かる気がする。

第十一章

戦う想像の現場——騒乱と創造と裁判沙汰

読売アンデパンダンという自由運動

本章ではＳＦを離れて、現代美術、アングラ演劇、異端文学方面での想像力／創造力の展開を見てゆきたい。中心になるのは赤瀬川原平、唐十郎《からじゅうろう》、寺山修司、澁澤龍彦ら。もちろん彼らの仕事は戦後日本の想像力のなかで、ひときわ大きな意味を持つものだったし、人脈的にもＳＦと交差していた。そしてなにより、彼らのたくらみと行動はきわめて面白い。

五〇年代から六〇年代にかけて、美術界では、従来の美術概念には収まらないような「作品」が次々と生み出されるようになっていった。三〇年代のマルセル・デュシャンやシュルレアリスム運動、あるいはその影響を受けたフランスのヌーヴォー・レアリスム、アメリカのネオ・ダダの影響を受けながらも、そうした「反芸術」の美術理論性は希薄で、より衝動的で物質的に表現された日本のそれは、主に「読売アンデパンダン展」を舞台にして繰り広げられていくことになる。

アンデパンダンとは無鑑査という意味だが、戦後日本には大きな二つのアンデパンダン展があった。ひとつは読売アンデパンダンであり、もうひとつは日本アンデパンダンだ。歴史的には、まず一九四七年に日本美術会による第一回「日本アンデパンダン展」が開催されたが、翌年には開かれなかった。一方、読売新聞社は四八年にアンデパンダン展を開催する旨の告知をし、翌四九年に「日本アンデパンダン展」という名称で開催した。これに対して日本美術会が抗議。同会によるアンデパンダン展が再開され、後者は「読売アンデパンダン展」と改称して、継続されることになった。

　ちょうどその頃、日大法学部に在籍していた山口勝弘は、文化学院の美術講習会を受講している。そのなかにモダンアート研究会があり、講師に阿部展也《のぶや》、植村鷹千代、岡本太郎ら、生徒に北代《きただい》省三、福島秀子らがいた。その研究会から発展した七耀会に山口も参加している。またその頃、東大赤門前の喜福寺でアヴァンギャルド研究会が開かれ、そこには岡本太郎、勅使河原宏、山口勝弘といった美術関係者ばかりでなく、安部公房、針生一郎、花田清輝など文学関係者も来ており、分野を横断した交流が持たれていた。山口は読売アンデパンダン展にも積極的に参加したが、そこには岡本太郎、古沢岩美《いわみ》、向井潤吉、鈴木信太郎、片岡球子《たまこ》、東郷青児など既に名のある画家や文学者も出品していた。また星新一の本の挿絵でSFファンにも馴染み深い真鍋博は、池田満寿夫《ますお》らと「実存者」という創作グループを組んでおり、読売アンデパンダン展にも毎年のように出品していた。

　もっとも、著名画家の出品（当初は主催者からの依頼もあったと思われる）は数年経つと数が減り、

第七回（一九五七）頃になると〈この展覧会が送りだしたといってよい一群の新人、利根山光人《とねやまこうじん》、藤松博、河原温《かわらおん》、山口勝弘、毛利武士郎《もうりぶしろう》といった作家たちは落ち着いた歩みぶりで、仕事の困難さを知り、自己の世界を地道に発展させようとしているようだ〉（瀧口修造、「読売新聞」一九五七年三月一日）と書かれるようになる。しかしこの後、アンデパンダンでは瀧口を戸惑わせるような変化が急速に生ずることになった。

元々、読売アンデパンダン展は民主的な運営を唱え、特定の作風傾向にとらわれない自由な創作を奨励していたが、それは日本アンデパンダン展も同じだった。とはいえ六〇年前後になってくると、二つの展覧会には明らかにそれぞれの傾向が生じてきた。それは美術上の概念というよりも、もっと直接的な社会性に由来していた。

当時の日本では、現実的な国会の党派としては保守勢力の優位が続いていたが、若者たちにとっては共産主義・社会主義の優位性は自明と考えられていた。知識人や学生、芸術家の、大衆・労働者の力に対する憧れは強く、運動の支持は必須の責務と考えられていた。それは芸術表現でも示された。日本アンデパンダン展には、そうした社会的思想をリアリズムの手法で表現する作品が増えていった。具体的にいうと、それを最も端的に表していたのは、工場や農村を背景にした労働者群衆の姿を描いた絵画であり、大きな拳を振り上げた労働者像といった作品だった。絵のなかの拳は、年毎に大きくなっていったという。

これに対して、読売アンデパンダン展は「大資本」がバックについているので、何となく労働者礼賛表現を出品するのはそぐわないと感じられるようになっていった。別に排除されるわけではないが、「政治的意識が高い」表現者は出品をためらうようになったのである。しかしそのためにかえって、政治的プロパガンダとは無縁の、少なくとも美術表現の独自性を社会性や政治性よりも重んじたいと願う表現者たちにとっては、快い自由な場所へとなっていった。もっとも、その「自由」のほうも、社会主義リアリズム同様、どんどん過激さを増していった。日本アンデパンダンから読売アンデパンダンへと舞台を移した表現者のひとりに、赤瀬川原平がいる。彼は『いまやアクションあるのみ!』(八五)のなかで、次のように述べている。

〈その一番の引力は、そのときの画家たちの内にあった、現実社会に対応する絵画の直接性への熱望だったのだと思う。

その直接性への熱望は、最初画家たちを社会主義リアリズムといわれる絵の前に引きつけたのだ。だけどそれはたちまち類型となり、その類型はむしろ絵画と現実社会との間の距離を保守するための堤防のような役目を果してしまう。このことは政治における革命政府の官僚化の過程とほとんどそのまま共通している。その時点でいっさいの冒険が消えてしまい、絵画は言葉の思想の許可がなければ身動きのできないようなものとなる。それは社会への直接性につられてきた絵画の、その画面上での飼い殺しのような状態である。

だけどそういう言葉の思想と無縁のものたちは、自分たちの拠って立つ現実社会へなおも直接的に絵画を対応させようとする。その群が日本アンデパンダンから読売アンデパンダンへと移行していったのだと思う。そこでは現実社会に対応する絵画の回路はさらに縮まり、直接性というものがさらに激化して、それは類型をつくるヒマもなく情況の中に作用した。

読売アンデパンダンの終末に至るガラクタ・オブジェ類の奔流というものは、現実社会への直接性をあくまで望んだ絵画の回路というものが、その短絡の結果ついに最短距離に達してしまい、絵画がそのまま直かに情況に接着した現象である。その接着点で、絵画の回路は消えてなくなり、絵画は蒸発してしまったのだ〉

「絵画の蒸発」というのがどういう状況を指すのかは、具体例をみるのがいちばん分かりやすいだろう。たとえば空き瓶で作った机や椅子、そして壁にも便を貼り付けた作品がある（吉村益信「殺打駄氏の応接室」六一）。また、天井からいくつもの特殊な形をしたゴム製品様物体をぶら下げた作品がある（工藤哲巳《てつみ》「インポ哲学――インポ分布図とその飽和部分に於ける保護ドームの発生」六二）。椅子や机をグルグルに梱包した作品や、巨大なゴム製品を「作品」と呼んだ例もある。さらには、観覧者が自由に結んだり、つないだりして変形させることができる紐でできた作品や、金属性クリップをびっしりとぶら下げた作品（これも観覧者がつなぎ替えていい）もあった。前者は高松次郎の「紐」シリーズで、六三年には会場の壁に掛けた白いカーテンからごつごつとした太い紐が長く伸びている作品となった（「カーテンに関する反実在性について」）。後者は中西夏之の「洗濯バサミは攪拌行動を主張する」である。これらの「作品」は、期間中に訪れた人々の「活動」により、会場の上野美術館外の路上にまで延び、さらには上野公園を走り回った挙句に上野駅構内にまで達していった。

こうした時間性や身体性パフォーマンス概念を駆使した作品（あるいは運動）を主導したグループとして「具体派」「九州派」「ネオ・ダダイズム・オルガナイザーズ」「ゼロ次元」「時間

派」「グループ音楽」「ハイレッド・センター」などがあった。

それにしても六三年の読売アンデパンダンの自由度は極限にまで達していた。高松の「紐」作品に足を取られて、戸外で転んだ一般人が現れたことから、警察が不審な紐を操作し会場にたどり着き、撤去を求めるという事件が起きた。しかし事件はこれだけではなかった。この時の「出品作品」には、人が袋の中に入って会場を転げ回るものとか、自身の公然猥褻物を露出するパフォーマンスまで出現し、主催者側と火花を散らした。美術館側の困惑が伝えられると、出展者たちの「表現」はかえってエスカレートしていった。ゼロ次元のメンバー十数人が会場内に蒲団と枕を持ち込んで、美術館の床に寝転んでいるかと思えば、全身を白く塗って作品を引きずりながら会場内を歩き回る者も現れるといった具合。赤瀬川原平はキャンバス地による梱包作品と千円札拡大模写（「復讐の形態学（殺す前に相手をよく見る）」）を出品しているが、さらに会期中に「原寸大千円札印刷模型作品」も追加された。期間中には問題は表面化せずにすんだものの、いわゆる「偽札事件」として刑事告発されることになる「作品」だった。

頻発する騒動に辟易した読売新聞社はとうとう翌年のアンデパンダン開催中止を発表した。一部の作家は自主運営で「アンデパンダン64」を開いたが、以降、読売アンデパンダンで培われた「自由な表現活動」は、主に個人や小グループによって展開されていくことになる。

ハイレッド・センター——反芸術–脱芸術のほうへ

一九六〇年代前半の赤瀬川原平はハイレッド・センターの活動に熱中していた。このグループは高松次郎、赤瀬川原平、中西夏之の名前から「高」「赤」「中」を取って命名されたもので、正式な活動は六三年五月に新宿第一画廊で開いた「第五次ミキサー計画」からはじまるが、それ以前の六二年八月一五日、国立市公民館で開かれた「敗戦記念晩餐会」あたりから実質的にその精神は発動されていたと見られる。

「敗戦記念晩餐会」はたまたま会場を借りた日が終戦記念日だったので命名されただけで深い意味はなく、何をするかも事前にはあまり決まっていなかったという（が、鵜呑みにはできない）。それでも晩餐会なので鳥の丸焼きなどの御馳走を用意し、テーブルに着いた赤瀬川ら前衛芸術仲間一〇人が厳かに食べるというもので、二百円で「芸術マイナス芸術（敗戦を記念して）晩餐整理券」と印刷された名刺大のチケットを買った観客は、それを観覧するだけだった。観客の多くは自分たちもご馳走が食べられると誤解していたのか、ただそれだけのパフォーマンスに不満なのか、たいていは怒って帰ってしまい、後に数人、食欲を諦めた人たちだけが残った。そこから吉村益信が三〇分も歯を磨く（遂には血を流す）とか、グループ音楽メンバーによる「演奏」――ピアノの上に、ある計測条件に則って物体を落として音を出すとか、体に糸を巻きつけて転がるとかいうもの――をした。さらには土方巽《ひじかたたつみ》が全裸になって、身体に水を滴らせながら蛇のように、虎のように、泥のように踊った。この頃、土方は既に暗黒舞踏で知る人ぞ知る存在だったが、まだ広く知られているというほどではなかった。その土方は、六五年の自身の暗黒舞踏公演を「バラ色ダンス――澁澤さんの家の方へ」と命名するほどの澁澤ファンでもあった。

六三年一一月、早稲田大学大隈講堂において犯罪者同盟が行った「演劇ショー　赤い風船」にもハイレッド・センターの仲間たちが関係していた。この演劇（？）自体は平岡正明によるもので、舞台には巨大な赤い風船が設えられ、それは実は子宮の象徴であり、そのなかで何事かが行われるという設定なのだが、「音楽」はグループ音楽の小杉武久、「舞台美術」は中西夏之に依頼された。この段階で、既に「演劇」の主導権が誰にあるかはバトルロイヤル状態になっていたのだった。小杉は例によって糸を体に巻きつけ、それを観客席にも伸ばしながら動き回って観客席自体を「音楽」と化した。さらに中西は舞台上にはなにも「美術」をもたらさなかったが、公演時間中に講堂の男子用便器をペンキで赤く塗っており、公演後にトイレに寄った観客はそこでまた意識の異化作用を体験することになったのだった。それにしても赤ペンキは迷惑だったようで、平岡は大学の守衛さんに散々怒られた挙句、責任者として便器を洗わされる羽目になった。ちなみにこの時期の平岡登場は、演劇史的には小劇場運動の一環であり、政治的には共産党から反代々木系諸派への、学生文化へゲモニーの移動を象徴していた。

一方、ハイレッド・センターは、その後も六四年一月の「シェルタープラン」、同年一〇月の「首都圏清掃整理促進運動」など、ユニークな活動を展開し続けた。「シェルタープラン」は、帝国ホテルの一室を借りて行われたもので、部屋にやってきた人に奇妙な身体測定を施して対象者を不安に陥れたり、シェルターや変な缶詰を売りつけたりする「ハプニング」だった。やって来たのはたいてい芸術・出版関係者だったが、詳細を知らされていなかったので、けっこう怖かったらしい。何しろ室内にはハイレッド・センター関係者自身の「実物大全裸測定写真」が貼られていたので、自分たちもそうされるのではないかという威圧を感じたのである。

一方、「首都圏清掃整理促進運動」は銀座の街角を清掃するというもの。これだけ聞くとボランティア活動みたいだが、メンバーは白衣にマスクという服装で、歩道の敷石をていねいに雑巾で拭いたり、塵をピンセットで摘み上げたりするのだから、異様な光景だった。やってきた警官は、そこで行われている行為が清掃であることを確認すると、文句を言うことはせず、といってそのまま黙認するのもためらわれて、困惑しながら周囲をうろうろしたりしていた。

赤瀬川らの活動には、反権力・反権威の匂いが濃厚である。彼らの活動が当時の学生運動と連動していたのはいうまでもない。またこの時期は東京オリンピックがはじまったばかりだった。オリンピック前には、都内の美化運動が推進され、役所があれこれと公衆衛生や公衆道徳についての締め付けを厳しくしていたので、それに対する風刺の意味が込められていたのだろう。ちなみに衛生・美化運動はかなり前から行われており、唐十郎の小学校時代の「夏休みの宿題」は、「ハエを千匹捕まえること」だったという。これも、なんだか現代美術みたいなシュールな話だ。

日常性やセンスを丸ごと反転させてみせる赤瀬川の手法は、シュルレアリスムではなく、ダダイズム的な「限界破壊」にあった。彼が破壊しようとしたのは、芸術と冗談の境界だった。

赤瀬川には「宇宙の缶詰」という作品がある。たとえばカニの缶詰の中身を食べてしまって(別に食べなくてもいいのだが)、ラベルをはがす。そしてカニ缶というラベルを缶の内側に貼り、缶をハンダなどで密封する。そうすると、缶詰の外だった世界全体がカニ缶のラベルを貼られた缶の内側となり、かつて缶の内側だった空間だけが「缶詰の外側」になる。簡単な転換操作でありながら、革命的なコンセプトだった。

六〇年代に、澁澤は石井恭二や美術愛好家仲間から赤瀬川の評判を耳にしており、そのダダイストぶりに共感を示したらしい。とはいえ澁澤は、赤瀬川らの活動の意義は理解したものの「作品」に魅了されるにはいたらなかった。澁澤は象徴的で幻想的な具象画を好み、マニエリスム絵画やシュルレアリスト、さらにはウィーン幻想派に関心を示した。同じくシュルレアリスムから出発した安部公房の関心領域が、次第に純粋抽象絵画にも広がったのに対して、澁澤の好みは生涯変わらなかった。澁澤は、銀座の青木画廊と交流があり、同画廊で行われた横尾龍彦、金子國義、四谷シモン、川井昭一などの展覧会パンフレットに文章を寄せているが、いずれも幻想的なイメージを鮮明なフォルムで描く画家・人形作家だった。

一方、赤瀬川は「美術」の枠内では具象的表現には距離を置いていた。ハイレッド・センターがやり残したテーマのひとつに「やっぱり展」という企画がある。さまざまな「作品」を作ってきた彼らだが、やっぱり「美術」といえば風景画、静物画、人物画だろうというので、オーソドックスな絵画展をやろうと考えたのである。それは〈もちろん冗談でしたが、ハイレッド・センターは冗談をいつもマジメに考えています。で、もう一息で絵筆をとろうか、という気配もあったのですが、やはりそれは相当なことでした。芸術という言葉の罠と同じように、これも冗談という言葉の罠に落ち込みかねない〉（赤瀬川、前掲書）という自覚によって、保留されたまま実行が見送られたのだという。

冗談だからといって手を抜いたら、冗談としての意図すら伝わらないような代物にしかならない。一方、真剣にやればやるほど冗談という「やっぱり」「あえて」の部分が希薄になり、いつしか真剣な古典的芸術概念に取り込まれてしまいかねない。ハイレッド・センターに限らず、あらゆる新しい「これではない別の何か」を目指した創作や思索は、これまでも、またこれから後も常に「あえて」という保留を失って自ら権威化してしまう危機と戦いながら営まれていくことになる。自由で新しい営みにとって、自己の権威化・安定化は最大の敵であり危機だ。しかしそれはプロとしての経済的自立（生活の安定）のためには、望ましいことなのも確かで、たいていの人はどこかで妥協していくことになる。

その過程で、たとえばジャンルを活性化するために「あえて」議論をしていた人々のあいだに本当の対立や分派を生じてしまうこともあったし、「あえて」の振る舞いがその人を規定し、自らもその安定の上に乗っかる権威化に身を委ねる者も出てくる。「あえて」の罠には、当人の自意識を超えて人をからめ取ってしまう威力があった。

サド裁判――「異端」が政治になる時

ダダイスト赤瀬川は反権力の人であったが、反道徳的な美学を説く仏文学者として出発した澁澤龍彥は、元来は脱政治の人であり、反権力という名のもうひとつの権力志向も希薄だった。その澁澤が、否応なく「政治」の場に引きずり出されたのがサド裁判だった。

澁澤龍彥は現代思潮社からサドの翻訳『悪徳の栄え』を出版していたが、読者（一般の主婦だったといわれている〉の通報がきっかけで発禁処分とされた。当時、澁澤宅にはまだ電話がなく、発禁のことは現代思潮社の社長・石井恭二からの電報で知らされた。澁澤は石井社長と共に猥褻文書販売同所持罪に問われる身となったのだった。ふたりは最初、金もないから裁判は国選弁護人で、被告が好き勝手なことをしゃべろうと相談していたが、友人たちが理解ある弁護士を紹介してくれた。また文学者たちも進んで被告側弁論を手伝いたいと申し出た。

裁判は一九六一年にはじまったが、埴谷雄高、遠藤周作、白井健三郎が特別弁護人を務め、弁護側証人として大岡昇平、奥野健男、吉本隆明、大井広介、森本和夫、針生一郎、栗田勇、中島健蔵、大江健三郎、中村光夫らも出廷するという「豪華な裁判」となった。

裁判中、遠藤周作は、サルトルやカミュ、ボーヴォワール、バタイユなどがサドを高く評価していることを引きながら、サドの現代文学・思想上の重要性を力説し、〈サドのこの小説の問題の部分をごらん下さい。想像力をかきたてる所が、リアリズムでもない非感覚的な荒唐無稽の描写からなりたっています。読者の劣情をそそるエロ作家とすれば一番技術の下手な方法なのです〉(『サド裁判』)として、リアリズムは司法の管轄となってもやむをえないが荒唐無稽の想像力は世俗権力の埒外であるとした。

大江健三郎は〈(サド作品を読むことで)現にフランス革命時代の非常に束縛されていた精神がいかに、サドによって解放されてきたか、そして現代の思想ができ上がってきたかということを思想的に理解することができる〉と述べて、民主政治的理想としてもサドは肯定されるべきだとした。また大江はサドのような「物語文体」は人間として生きる意味とか、エロティシズムとか、セックスとか、愛とか、また死とかいう思想的問題を喚起する哲学的文体だとも述べている。しかしマズイこともあった。大江と埴谷雄高が弁護側証人として対談のように証言していたなかで、大江は〈僕自身ももしかしたら非常に描写力が進んで思想的にも高くなって、告発されるかもしれないんですが、そういう場合、やはり僕は決して不名誉には思わないで誇りに思うだろう〉と、思想的に優れていても猥褻ではないとはいえないとする検察側の主張に同意するかのような発言をしてしまう。それはそれで正直な感想だったのだろうが。

裁判所の外でも、三島由紀夫らが論陣を張り、日本文芸家協会も〈学術文芸向上のために必要な文献は、言論表現の自由の精神によって守られねばならない〉との声明を出した。そして当の澁澤龍彦はといえば、裁判や記者会見でもトレードマークのサングラスを外さず、おまけに「朝は苦手」と称してしばしば裁判に遅刻した。その超然たる姿は、若者たちのアイドルになるにふさわしいものだった。

同じく反時代的な美意識を持ち、異端文学の翻訳・評論に力を注いだ人物に種村季弘《すえひろ》がいる。ファンからは「仏文の澁澤、独文の種村」と並び称されたものだが、その一方でこの時期の種村は、ともするとその堅実な仕事ぶりが学者のディレタンティズムと非難されることもあった。それに対して澁澤は、裁判で官憲と争ったことから、反時代的でありながらも反動的ではないという点で、当時の左派学生からも一定の好意を受ける立場を得たのだった。

模造紙幣裁判から野次馬へ

一方、赤瀬川原平も一九六〇年代に刑事被告人になっている。赤瀬川は六三年二月の個展で千円札の片面のみのシートを銅版一色刷りした紙で、日用品を梱包した作品を展示していた。模造千円札製の包装紙で、椅子やトランクを梱包した「梱包芸術」だった。これが六五年になって通貨及証券模造取締法違反で起訴されたのである。

裁判の模様について、赤瀬川自身は後に次のように書いている。

〈で千円札の裁判がはじまりました。その理由や内容についてはここでは省きますが、しかし本当の裁判となると問題なのは芸術のことです。いままで町では、

「芸術じゃない、芸術じゃない」

と言って騙しながら芸術みたいなことをしてきたわけだけど、法廷でも同じように、

「いや芸術じゃない、芸術じゃない」

などと言っていたら、ああなるほど、芸術じゃないのか、じゃあ犯罪なのね、なんて問題は簡単に落着してしまう。ここが厳しい。法廷ではそういう反語的な言葉づかいというのは通用しないのです。

娑婆では、

「いやあ芸術なんて、そんな大そうなものじゃないんですよ、これ」

とテレたりケンソンしたりする余裕というものがありますが、法廷ではそんな余裕はありません。もっと言葉が緊迫しております。言葉の隙間というか、遊びの部分がまるでなくなっている〉（赤瀬川原平『東京ミキサー計画』一九八四）

だとすると、赤瀬川を謙遜抜きの「芸術家」として屹立させたのは、ほかならぬ模造札裁判だったということになる。

実際、その裁判は芸術概念をめぐる議論と「実物展示」と称するさまざまな「現代芸術」の展示ならびにパフォーマンスが行われた。そもそも金銀などへの兌換を約束しない紙幣は、国家の与えた強制通用力と国際為替管理制度を前提としてはじめて価値を生ずるが、同時にオブジェとしての「紙幣」は高度な印刷技術を駆使し、またナンバーを付すことによって、ほとんど芸術作品のオリジナリティーに接近している。赤瀬川の「模造紙幣」は、紙幣としての使用を目的とした「ニセ札」ではなく、むしろ印刷物に過ぎない紙幣から、幻想としての貨幣価値を剝奪するものだった。彼は物質を単なる物質に、記号を単なる記号に還元したのだ。赤瀬川は裁判の最終陳述で「この裁判は現代美術の興味深い教室だったが、それにしては講師が手弁当で、受講者が法服を着て壇上にいたのは不合理だ」と述べた。六七年六月に下された一審の判決は、執行猶予付の有罪（懲役三ヶ月）というものだった。判決理由は、作品の芸術性を認めるが、表現の自由も公序良俗のためには制限せざるを得ないとされた。ある意味でこれは、芸術行為としては赤瀬川の勝利だった（何しろ司法が「危険な芸術」と認定したのだから）が、赤瀬川は「押収された原版を取り戻したい」との理由から上告、控訴した。その結果、七〇年四月に最高裁で有罪が確定した。

かくして突入した七〇年代初頭、赤瀬川は「大日本零円札」（「ゼロ円札」と通称）なる模造紙幣類似オブジェを制作した。この「作品」は紙幣に似たデザインが施されていたが、通常の日本銀行発行紙幣の数倍という大判で「本物」などと印刷されていた。赤瀬川は、これを一枚三百円で日本の通貨と交換すると宣伝した。

こうした「芸術活動」を継続する一方で、赤瀬川は一般メディアにもしばしば登場するようになった。それでも当初、よく書いていたのは「現代の眼」や「ガロ」などのマイナー誌だったが、七〇年八月「朝日ジャーナル」ではじめた「野次馬画報」によって、若者たちを中心に広く知られるようになった。学園紛争当時の過激な水準からすれば、赤瀬川の絵や文章自体は、左派学生たちの莫迦噺にも似たアブナさを湛えながらも、危険思想というほどのものではなかった。むしろ特筆に価するのは、その表現形式であり話題づくりの手法だった。「野次馬画報」（第四号以降「櫻画報」と改題、七一年三月まで連載）は、「朝日ジャーナル」を「画報」の包み紙として扱い、雑誌を乗っ取るという形式を取っていた。石子《いしこ》順造は、この時期の赤瀬川のマンガ作品について〈一言でいって、彼の描法はパロディである。語とイメージのなれあいというか、日常的で安全な照応の関係をばらばらに解体し、独特な想像力と理論とによって、毒ふくんだナンセンスに再構築してみせたのである。（中略）そこには押えがたい苦痛と憤怒が秘められており、すべての日常性やセンスを、まるごと反転させてしまおうというラジカルな表現であることが理解される〉（『戦後マンガ史ノート』）と分析している。

「櫻画報」の「朝日ジャーナル」連載最終回（七一年三月一九日号）に、「アカイ　アカイ　アサヒ　アサヒ」の文字とイラスト（海から「朝日新聞」が昇ってくる）を描いたのだが、それが社内常務会で問題視された。会社側の発表によれば「朝日新聞は常に不偏不党の立場に立った報道を心掛けており、誤解を受けたくない」との配慮から、この回の掲載号を回収した。これに対して赤瀬川は、事件を取材するメディアを通じて大資本メディア批判を述べたばかりでなく、「櫻画報」号外（『日本読書新聞』七一年四月一九日号）を出し、「朝日ジャーナル」の〝反動的態度〟を非難。「アカイ、アカイ、アサヒ」の自己パロディで「アカイ、アカイ、ユウヒ」と、海に沈む「朝日新聞」を描き、〈朝日は反動でなければアサヒではないのだ。革命的な朝日なんてあるはずがない。どうせなら夕日にしては……〉との文言も書き添えた。

こういう全方位的な「闘争精神」は、議会内左派政党の穏健路線に不満を持っていたラジカルな若者たちを惹き付けた。同時に、学園紛争ではノンポリだったサブカル青年たちも、赤瀬川に快哉をおくった。

騒擾としての演劇――アングラの季節

六〇年代の現代演劇界では、アングラが人気を集めていた。そこからは一九七〇年代以降になると大学で講座を持ったり、公立劇場の総監督に招聘されるような劇作家、あるいはテレビで活躍する俳優も輩出するのだが、それは後の話で、当時はごく一部のマニアが熱心に支持する程度だった。それは金にならないという点では商業演劇ではなく、はじめは学生演劇の延長のようなものだった。左翼に喩えると、新劇劇団が議会に席を有する共産党シンパ的存在だとすれば、アングラは文字どおりアンダーグラウンドの、新左翼系暴力集団のように見做され、警察からマークされてもいた。

唐十郎は六二年一一月に「シチュアシオンの会」を結成。これが状況劇場へと発展する。鈴木忠志は早稲田大学の演劇研究会から出発し、在学中は学生劇団・自由舞台で別役実の作品などを上演。卒業後の六六年三月、早稲田小劇場を結成した。

同じ年、俳優座養成所出身の佐藤信《まこと》、串田《くしだ》和美《かずよし》、斎藤憐《れん》らによって設立されたのがアングラ劇団の自由劇場だった。これが後に分裂し、そこから演劇センター68が生まれ、さらに黒テントへと発展した。

また六七年一月、寺山修司らによって演劇実験室・天井桟敷が創設された。寺山は既に歌人、評論家として有名だったので、天井桟敷は設立と同時に注目された。なお寺山と山田太一は早稲田の同期生であり、その頃から寺山も演劇に関心を持っていたという。

しかし寺山が演劇をはじめる上で、強く意識していたのは唐十郎だった。六〇年代の唐は、世間的にはまださして高名ではなく、むしろ怪しげな人物と目されていたが、それだけに寺山は強くその才能を意識していた。

唐十郎が中心となって芝居を上演したのは、六三年七月、サルトル作「恭しき娼婦」(明治大学大学院ホール)が最初だった。翌年四月一一日には自作の「二四時五三分〝塔の下〟行きは竹早町の駄菓子屋の前で待っている」(新宿・日立レディスクラブホール)、六月二〇日に「渦巻きは壁の中を征く」(新宿・厚生年金会館三階結婚式場横)を上演し、劇作家としての歩みをはじめた。

状況劇場という劇団名からも分かるとおり、唐の芝居は当初はサルトルの実存哲学に影響を受けたものだった――というよりは、当時の演劇青年・文学青年でサルトルの影響を受けていない者は殆どいなかった。

しかし唐は、次第に劇場内で制度的に演じられる芝居の形式に疑問を抱くようになり、六五年二月六日には、西銀座の数寄屋橋公園で街頭劇「ミシンとこうもり傘の別離」を演じている。その後、劇場での「煉夢術——白夜の修辞学或いは難破船の舵をどうするか」、「月笛葬法」、淫劇「ジョン・シルバー」上演を経て、六六年には野外劇を企画するに至る。

六六年四月一一日（土）夜九時（パンフレットには「前戯アリ」「後戯アリ」とも書かれている）から、新大久保戸山ハイツ戸山浴場前プールのある空き地で、路頭劇「腰巻お仙の百個の恥丘」を上演したのだった。こうした経緯は、演劇空間への疑問という思想的側面もあったが、劇場を借りる資金が足りないというのが本音だった。たとえばこの時は、舞台を照らす照明を用意する金に苦労していた。そこにちょうど、某テレビ局から「青春ドキュメント」を撮りたいという申し込みがあった。唐はその撮影用の照明を当ててもらうことで芝居を敢行しようと考え、この申し入れを受けた。

ところがテレビ局側は、唐の演劇自体に興味があったのではなく、「青春のエネルギーをもて余すヘンな集団」という切り口で描くつもりだったので、いざ上演してみると、芝居全体を照らしてはくれなかった。ところどころ、異常さ、奇抜さが際立つ場面になるとライトを点けるが、セリフだけのシーンではライトを消してしまう。おかげで芝居は、ほとんど真っ暗闇のなかで進行するしかなかった。

ちなみに、この時の観劇札は三十五円、百八十円、五百円、二千円、三万円の五種類で、それらは石ころだった。三十五円は小石で三万円は大石である。上演中、気に入らない役者にぶつけていいという物騒な観劇札で、嵐山光三郎が売り子を務めた。ところがそういう事情で、芝居がほとんど見えないため、腹を立てた観客が本当に石を投げ、役者はそれをよけながら芝居をする羽目になった。もっとも、その場に居合わせたのは騒ぎを聞きつけた野次馬がほとんどで、金を払っている観客は十数人にすぎなかったらしい。

同年一〇月、唐は再び戸山ハイツの野外音楽堂（の廃墟）を百二十枚のムシロで囲い、劇場に見立てて芝居を上演した（唐はこれを「灰かぐら劇場」「青かん劇場」と称した）。演目は「腰巻お仙忘却篇」で、ポスターは横尾忠則がデザインを担当した。以降、横尾のポスターは状況劇場のトレードマークになった。

この時は、突然出現した胡散臭いムシロ囲いと飛び交う大声のセリフに驚いた近隣住民の通報でパトカーが出動。警官や町内会の人々が取り囲むなかで芝居が進められるという異常な事態になった。それでも〈一時間半程の芝居でしたが、芝居が終わってからお客さん——澁澤龍彦さんとか土方巽先生のところで知り合った人をいれて、十六人くらいのお客でしたが——お客さんに向かって土下座をしまして、進行中、動じなかった礼を述べ、それから遠巻きに囲む町内会とパトカーに聞こえよがしに、「くたばれパトカー、町内会長、うちに帰って、おっかぁのオマンコでも拝んでろ！」というふうなことを叫んで、警官に三十分程、調書を取られたものの、そのままお客さんと一緒に天沼の稽古場へ引き揚げてゆきました〉（『唐十郎血風録』）という具合で、とりあえずは無事（？）にすんだ。

唐十郎の芝居は、しばしばこのようなハプニングに見舞われ、まずは騒擾で有名になった（半分は確信犯）。しかし作品には民衆的な土俗性と神話的な想像力がみなぎっていた。またハプニングを好む一方で、台本については厳格で、セリフは原則としてアドリブを認めなかったといわれている。

有名な〝赤テント〟は、六七年八月五日から九月三〇日までの毎週土曜日の午後七時から、新宿・花園神社の境内に赤いテントを張って芝居を上演したのがはじまりだった。このとき唐は「演劇史上初のテント劇場、新宿花園神社に出現す」と宣伝文に書いている。テントは、サーカスのような胡散臭くも活力のある魅力的な異空間で芝居を打ちたいという発想から生まれた。そのアイディアを聞かされた李礼仙《りれいせん》は「この人はスゴイ鉱脈を掘り当てた」と感じた。

花園神社の境内を借りられるようになった経緯は、次のようなものだったという。唐が花園神社の社務所を訪れ、宮司を相手に「二百年前には、この神社の境内に芝居小屋がかかって、それはそれは大変な江戸文化の衛生ポイントだったらしいですな」とお茶を飲みながら話し込み、境内に小屋掛けして芝居をしていいという約束を取り付けたのだ。とはいえ、その二日後、社務所から連絡があり、氏子総代が心配しているので約束はなかったことにしたいといわれた。唐はとりあえず、上演予定の作品名を、その場凌ぎで「腰巻お仙」から「月笛お仙」へと上品に改題して、芝居の説明をし、うやむやのうちに上演した。

この時の芝居について、「朝日新聞」は次のように書いている。

〈既成社会の中で、その存在を公認されていない劇場、いわゆる「アングラ」なる「劇団状況劇場」の前衛〝的〟な芝居である。（中略）「だまれコンプレックス」にどっとわき、「なんてすごい逆説的言辞だ」にプッとふき出す。二時間余、途中で立って帰る客はいない。客はしかし、いわゆるフーテンなどではない。れっきとした、といってもよい学生、サラリーマン、BGたちだ。が、この赤い八角形の土ぼこりの立ちのぼるテントの中は「非合法的な集会」とでもいえるものがあり、そのふんいきは隠靡で、卑わいである／二度目だという女子大生は、しかし、こういった。「私たちの心の奥のどこかで、社会からはみ出しているこの人たちの姿に、共感しているのかもしれません」〉（六七年九月一一日付、夕刊）

喧騒としてのアングラ演劇

花園神社境内では、その後一九六七年一二月に「アリババ（傀儡版壺坂霊験記）」、翌六八年三月から六月にかけて「由比正雪」が上演された。唐の芝居は演劇マニアのあいだでは既にかなり人気で、好意的な劇評も出るようになっていた。しかし、それと近隣住民の感覚は別である。花園神社の氏子らが多く関わっていた「新宿浄化運動の会」の抗議を受けた花園神社は、唐に対して、いよいよ境内での赤テントを許可できなくなったことを告げており、六月二九日が、とりあえずの最後となった（その後、唐の人気や世間の視線の変化によって、再び花園神社での赤テントが許可される日が来る）。偶然にもこの日、新宿駅前にたむろしていたフーテンたちが花園神社で集会を開くことになっており、およそ三百人のフーテンが神社の石段に腰をかけていた。芝居が終わると唐は、アングラ芝居の観客とフーテンが交差するなか、神社の神楽殿に向かって

「新宿見たけりゃ今見ておきゃれ　じきに新宿　原になる」という捨て台詞を投げつけた。

その後も唐は赤テントにこだわり、屋外芝居にこだわり続け、「続ジョン・シルバー」を鴨川の河原で上演し、六九年一月三日には「腰巻お仙　振袖火事の巻」を新宿西口の中央公園で敢行した。使用許可申請を保健所と消防署に出したところ、消防署の許可は取れたので、それを持って都庁にも申請した。こちらでは許可を得られなかったが、無許可で上演することを決断。しかし赤テントが無許可で芝居をするつもりだという情報は警察も握っており、監視の目が厳しかった。当時は学園紛争が盛んな時代で、警察は若者たちの騒動に発展しそうな集会に神経を尖らせていた。実際、日本の「新劇」運動はマルクス主義思想と関係が深かったし、アングラ演劇には新左翼や無政府主義につながるイメージがあった。

当日、まず陽動部隊がリヤカーを引き、「芝居をやりに来たぞう」と叫びながら、噴水広場に向かった。官憲側の人々が、その行く手をふさいだ。このとき、上演を阻止しようとしてスクラムを組んでいたのは都庁職員で、その多くは社会党や共産党など議会政党の組合員だったと唐は見ている。押し合いをし、人数の多い職員に押されて団員がリヤカーでひかれたふりなどもして時間を稼いでいるうちに、反対側からトラックで荷物を運び込んだ本隊がテントを設置。唐がテントの設置できたことを告げると観客百人ほどがテント内に入った。上演中、動員された機動隊がテントを囲み、外からテント内の観客を靴でけりはじめた。次第に客が身を寄せ合って身を縮めながらも、とりあえず芝居は最後まで続けられた。この芝居のなかには機動隊員が登場するのだが、期せずして現実と虚構が重なる異常な空間が出現したのだった。

この夜、唐十郎・李礼仙・笹原茂朱《もしゆ》（制作）は警察に捕まり、三日間留置された。放免されて稽古場に戻ってみると、瀧口修造や大島渚などをふくむ多くの知人から激励の電話があり、新聞各紙が「赤テント　機動隊と渡り合う」などと書きたてたこともあって、小劇場運動や異端文学関係者を中心に「没収された赤テントを返せ」という運動が起こるなど、一種の文化闘争に火がついた形となった。

その後も唐は、テントよりも簡単にどこでも芝居をやれる〝トラック芝居〟を展開したり、〈日本列島南下興行　腰巻お仙義理人情いろはにほへと篇〉と銘打ったツアーを敢行。さらに七二年から七四年にかけて、ソウルやバングラデシュ、パレスチナなど、海外での公演も行った。パレスチナでは、劇中で役者がシオニストを示すマークを付けているのを見て、本物の敵と思い込んだ少年コマンドが銃を持ち出すハプニングもあったという。

とかくアングラには喧嘩のイメージがつきまとっていた。なにしろ関係者一同が話を面白くするのが得意なので、だいぶ尾ひれがついているとは思うが、芝居以外のことでもアングラ関係者は喧嘩騒ぎで警察の厄介になっていたのは事実だ。

一九六九年一二月一二日夜、唐十郎ひきいる劇団「状況劇場」の団員が、寺山修司ひきいる劇団「天井桟敷」が芝居を上演していた劇場に乗り込み、劇場前の路上で乱闘事件を引き起こす事件が起きている。この事件では唐十郎以下、団員の麿赤兒《まろあかじ》、大久保鷹《たか》、不破万作《ふわまんさく》ら「状況劇場」の七人と「天井桟敷」側の二名が暴力行為の現行犯で逮捕された。

ことの起こりは花輪だった。状況劇場は同月五日から、渋谷の金王神社境内にテントを張り

〝河原乞食芝居〟「ヘアー」を上演していた。この場所は「天井桟敷」から二百メートルという至近距離にあった。寺山はユーモアをこめて、「ヘアー」初日に開演祝いとして葬式用の花輪を贈り届けた。唐十郎らもそのユーモアを理解しなかったわけではないのだが、数日後、芝居がはねた後に酒を飲んでいるうちに「本人が直接来ないで、使いの者に持たせた」「葬式用の花輪とは嫌がらせだ」と怒り出す者が現れ、酒の勢いで「天井桟敷」に押しかけると、「寺山を出せ！」と怒鳴るなどした。芝居終了直後だけに、状況劇場のメンバーは白塗りなどの舞台衣装のままだったので、異様な雰囲気が盛り上がり、両劇団員が押し合ううちに喧嘩となったのだった。殴り合いは派手なものではなかったが、劇場のガラスが割れたために、騒ぎが大きくなり、見物していた通行人が警察に通報したらしい。

当時の新聞は〈（警察では）両劇団には、かつて顔見知りだったものが多いことなどから、日ごろからライバル意識がかなりあったとの見方をとっているが、調べに対し唐は「花輪の件は一度話をつけようと思っていたところ、たまたま、きのうは酒をみんなで飲んでいたせいもあり、急に会いたくなり出かけて行った。天井桟敷の方で、こちらがなぐり込みにいったと勘違いしたらしい。われわれの競争相手は天井桟敷なんかではなく、俳優座」といっている。しかし、身柄留置の措置に「今夜の芝居ができなくなるのでは」と心配しているという。／また、寺山は「天井桟敷の旗あげのときに、中古の花輪を贈ってもらったのを思い出して葬式用の花輪を贈った。彼とは脚本や作品をみてやったこともあるし、近くで公演するからといって敵対意識なんてとんでもない」と言っている〉（「読売新聞」六九年一二月一三日付夕刊）と伝えている。

寺山と唐は、その後、若干のしこりを残しつつも手打ちをし、ライバル意識を創作へと昇華させるかのように、精力的にそれぞれの活躍を続けた。寺山修司の演劇や実験映画はSFをはじめとする文学にも、少なからぬ刺激を与えた。小説も書くようになった唐十郎が、パリ人肉食事件を引き起こした犯人を題材にした『佐川君からの手紙』で芥川賞を獲るのは一九八二年のことだ。そういえば偽札裁判の赤瀬川原平も尾辻克彦名義の小説「父が消えた」で八〇年に芥川賞を得ている。

寺山や唐の演劇は、七〇年代以降、SF作家のイマジネーションにも影響を与えた。七〇年代後半になると野田秀樹らがSF作品やマンガに材をとった作品で一世を風靡し、八〇年代には演劇人脈とSFの相互交流も深まった。

赤瀬川原平は、一九七二年に四谷で用途のない小階段を発見。そうした変な構造物が気になり続けたが、八〇年前後から「意図せざる自然発生的芸術」を「超芸術トマソン」と命名して積極的に調査。また一九八二年、荒俣宏、藤森照信、南伸坊、林丈二、一木《いちき》努《つとむ》らと共に路上観察学会を設立、路上にセンス・オブ・ワンダーを見出す活動を展開することになる。

第十二章　論争と昂揚の日々

SFブームとSFバッシング

一九六〇年代のSF界では、幸か不幸か政治的弾圧による刑事裁判は起きなかったものの、SFに対する偏見に由来する騒動は絶えなかった。マスコミでは「SFブーム」と「SFは終わった」という両極端の取り上げられ方がなされ、そのたびにまだ基礎が脆弱だったSF界は神経質な反応を示した。

五七年のスプートニク一号打ち上げ時には「宇宙ブーム」が起こり、海外SFの翻訳出版に拍車がかかったが、六一年にガガーリンを乗せた有人衛星が成功した際には、早くも「現実の科学はSFを超えた」「SFは終わった」といった安直な批評が盛んになされた。

荒正人は「SFマガジン」創刊時に祝辞を寄せるなど、SFに理解があると見られていたが、六一年八月二二日付「朝日新聞」に「けわしい科学小説の前途」と書き、日本人によるSF作品が増えることを期待していると書く一方で、同時に〈人工衛星の登場以来、人類と宇宙の関係が根本から変わった〉ので、ＳＦは困難に直面しているとした。荒は、ＳＦはあくまで現実科学の発展を踏まえたものでなければならず、空想の羽を伸ばしすぎてリアリティを失ってはならないとし、科学の進歩と読者の科学知識向上で現実の宇宙の姿が広く知られるようになると、ＳＦは書きにくくなると考えていた。荒のＳＦ観は、四〇年代的〝科学啓発小説〟の延長上にあった。

同時期、「ＳＦマガジン」六一年七月号では座談会「ＳＦは消滅するか――人間衛星船の打上げをめぐって」が行われた（出席者は安部公房、日下実男、手塚治虫、原田三夫、星新一）。そのなかで安部は、人類が宇宙に進出して計算機が計算能力で人類をしのぐようになると〈（人類は）創造的な人間、これになってゆくと思うんですよ。あらゆる人間がね〉と語り、星は〈（将来、ＳＦは）科学的予見に基づく近い将来のリアルな――頭の中でのルポルタージュ〉と〈そうでないもの〉に分かれてゆくのではないか、と述べている。

ＳＦは「科学的」でなければならないのに科学的厳密さから離れすぎているとの批判がある一方、科学にこだわる小説は通俗的だという批判もあった。

六二年に三島由紀夫は自称宇宙人が登場する『美しい星』を書いた。文壇一般の反応は低調だったが、江藤淳は「朝日新聞」の文芸時評でこれを絶賛した。それはいいのだが、同文中で〈ＳＦが通俗小説であるのは、それが科学という固定観念を前提にしているからである。しかし、「美しい星」の中では、火星も、金星も、いわば占星術的な光を帯びて輝いている〉と述べたことが、ＳＦ界にショックを与えた。今読むと、「科学」を固定観念とし、「占星術」は輝いているとする決め付けは、江藤の恥ではあってもSFの恥ではないと思う。だが、当時の日本SF界は脆弱だった。

福島正実は、SFへの無理解や不当な攻撃に対応するには、作家個人や同人誌がバラバラに発言していてはダメで、プロのSF作家の総意を表明し得る機関が必要だと考えた。そのためSF作家たちに根回しした上で、六三年三月五日に日本SF作家クラブの発足準備会を持った。このとき集まったのは福島はじめ、矢野徹、星新一、小松左京、光瀬龍、半村良、石川喬司、川村哲郎、斉藤守弘、斉藤伯好、森優の一一人。五月に本格的に発足した際には、手塚治虫、筒井康隆、眉村卓、豊田有恒、平井和正、野田昌宏、伊藤典夫、大伴昌司、真鍋博が加わった。ここに柴野拓美が加わっていないのは、「宇宙塵」に掲載された伊藤典夫の三島『美しい星』批判が、江藤淳を刺激したのではないかとかんぐった福島が、文章を書いた伊藤ではなく、伊藤の批評を載せた柴野の無思慮に怒ったためといわれている。伊藤は十代から膨大なSFを原書で読みこなしており、将来有望な人材として期待を集めていた。その一方で、福島はかねてからSF界の主導権をめぐって、柴野の影響力を疎ましく感じていたところがあり、それがこのような行動として現れたのだった。

日本SF作家クラブの蜜月時代、アニメ・特撮の発展

日本SF作家クラブの設立目的は、真面目で悲壮な決意から発しており、その成立過程には福島の思惑もはたらいていた。はじめ福島は業界団体として法人化も考えていたらしいが、手

続き等の煩雑さに加えて、メンバーの意向もあって親睦団体となった。初期のＳＦ作家クラブは、月に一度のペースで集まっていた（小松や筒井らも参加できるように、その上京に合わせて会合が組まれた）。集まるとみんなで突拍子もない話をして楽しんだが、筒井康隆はそのときのネタを深化させて「ベトナム観光公社」「公共伏魔殿」「堕地獄仏法」などの作品を生み出した。今も昔もＳＦ者はアブナイ話が好きらしい。

筒井が結婚した際には、小松左京が仲人を務めたが、「仲人だから初夜権がある」と主張。筒井は筒井で「仲人なんだから責任を持って、結婚前に遊郭に連れて行ってくれ」と要求した。もちろん両方とも冗談である。半村良が結婚した時は、新婚当夜にふたりが泊まっているホテルに星や小松らＳＦ作家一同が押しかけた。さすがにロビーで半村を交えて歓談しただけで引き上げたそうだが、おそろしく濃厚な付き合いだ。小松と星は、よく夜間に電話をかけ合っては長話をし、これを「愛の深夜便」と呼んでいた。筒井も同様だった。

また当時からＳＦはアニメ製作とも深く結びついていた。平井和正は、デビュー当初は主に短編やショートショートを手がけていたが、「週刊少年マガジン」が桑田次郎のマンガ原作のオーディションを行うと、これに応募。「エイトマン」の原作を手がけるようになった（「エイトマン」は原子力で動くうえに、タバコが電子頭脳の冷却材になっているという設定があり、今ならクレームの嵐だろう）。テレビアニメ化（六三年一一月開始）が決まると、平井は豊田有恒を誘ってシナリオを頼んだ。

六三年当時、既に一月から「鉄腕アトム」、一〇月から「鉄人28号」が放映されていた。同時期に人体改造のアンドロイド（エイトマン）、心を持った等身大ロボット（アトム）、リモコンで操作される巨大ロボット（鉄人28号）という三種三様のロボット物が登場したことになる。「エイトマン」の脚本執筆にはあとから加納一朗、辻真先《まさき》も加わった。よく事務所に来て食事をご馳走になっていた半村良も「お前も書け」といわれて一話だけ書いた。本当はもっと書く約束だったが、あとはタイトルだけ書いて逃げてしまった。

「エイトマン」で示された豊田のシナリオの才に目をつけた手塚治虫は、「鉄腕アトム」が二年目に入った頃、こちらも手伝ってほしいと持ちかけた。マンガ版「アトム」は既に一四年も連載していたが、アニメではそのネタを一年間で使い果たしてしまっており、オリジナル・シナリオが書ける人材が求められていた。豊田が書いたシナリオのひとつ「イルカ文明の巻」は四二パーセントという高視聴率を記録した。さらに六五年の「スーパージェッター」では豊田有恒、筒井康隆、眉村卓、半村良が脚本を担当した。

広瀬正は六一年に「殺そうとした」が「宝石」臨時増刊号に掲載されてデビューし、同年に「宇宙塵」に参加、「マイナス・ゼロ」を連載した。タイムトラベルを描いた同作は、七〇年に刊行されると直木賞候補となった。その後も『エロス』『ツィス』が相次いで直木賞候補にあげられた。また六五年にはアニメ「宇宙エース」の脚本も手がけていた。

アニメ以外にも、ＳＦ作家は映像メディアに深く関わっていた。六〇年には星新一原作の人形アニメ「宇宙船シリカ」（脚色・前田武彦）が放映され、実写とアニメを組み合わせた「宇宙人ピピ」（六五）には小松左京、平井和正が関与している。また小松左京には「空中都市００

8」（六九）もある。

さらに円谷プロ（一九六二年当時は、円谷研究所から円谷特技研究所に変わったところで、翌六三年四月に円谷特技プロダクションが設立された）が二つのテレビ局でそれぞれ「WoO」（フジテレビ、円谷皐《のぼる》）、「UNBALANCE」（TBS、円谷一）という企画を立てた際には、準備段階からSF作家に相談が持ちかけられた。このうち「UNBALANCE」は「ウルトラQ」へと形を変えて実現することになるのだが、そこまでの道のりは単純ではなかった。

先に話のあった「WoO」の企画はほぼ確定と思われ、六三年七月には第一回のシナリオを印刷し、小松崎茂による設定画五種類も制作された。しかしぎりぎりになってこの企画は流れた。テレビ局は、特撮ドラマに魅力を感じながらも通常のドラマの三倍は予算が必要となることから決断しかねていた。それでも円谷英二は、まだ購入資金が確保できていないままに、当時世界に二台しかなかったアメリカのオックスベリー社製高性能光学撮影機「オプチカルプリンター一二〇〇シリーズ」を発注していた。けっきょくTBSの企画は通って、機械も同局が購入することになった。こうして〝日本初の空想科学特撮テレビ映画〟が、前掲機器を用いて、合成映像を駆使した番組として作られることになった。

しかしこれはTBSとしても冒険だった。はじめはまだスポンサー、放送時間が決まっておらず、「UNBALANCE」は大人向けとして作られ、四本が撮影された頃に日曜日午後七時からの子供向け枠と決まり、TBSプロデューサー拵井《かこい》巍《たかし》の要望でSFミステリ路線より怪獣中心のものに変更され、タイトルも「ウルトラQ」となったのだった。六六年一月二日の初回視聴率は三二・二%。以後も高視聴率が続いた。

　前宣伝段階で好評を確信したTBSでは「ウルトラQ」放映前に、次の企画を円谷プロに依頼していた。円谷プロ企画文芸部の金城哲夫《きんじょうてつお》と上原正三、脚本家の山田正弘は、「WoO」の構想を土台にした企画案「科学特捜隊ベムラー」をまとめた。科学特捜隊が怪獣と闘い、そのピンチを救う「神のようなモンスター」（企画書）としてベムラーが活躍する話で、「ウルトラマン」の原型だが、ヒーローであるベムラーは嘴とコウモリの翼を持った烏天狗のような姿だった。これが「甲冑のような真っ赤なコスチュームに身を包んだ宇宙人レッドマン」という案を経て「ウルトラマン」へとかたまってゆくのだった。

〈ウルトラ・シリーズ〉には前述の人々をはじめ、市川森一、藤川桂介、実相寺《じっそうじ》昭雄《あきお》など、ユニークな人材が脚本・監督として関わったことはよく知られているが、美術担当者もユニークだった。

「ウルトラQ」から「ウルトラマン」「ウルトラセブン」にかけて、ヒーローや怪獣、基地、メカ、隊員服などをデザインした成田亨《とおる》は、モダン・アートの歴史的文脈をふまえて、古代神話の神々と昆虫、魚、軟体動物などをコラージュして怪獣を創造した。成田は「ナショナル・キッド」（六〇－六二）でも美術を担当していた。また、ウルトラマンの粘土原型、撮影用マスクなどを制作した佐々木明は京都美術院国宝修理所で仏像の修復を行った経験があった。〝光の国〟のヒーローには美術人脈からしても仏が宿っていたのだった。さらに「ウルトラセブン」後半から、成田に代わって怪獣を創造した池谷《いけや》仙克《のりよし》は、スタイリッシュなデザインを心掛け、後に実相寺昭雄らと「コダイグループ」を結成。実相寺監督「あさき夢みし」（七四）、鈴木清順監督「陽炎座」（八一）、寺山修司監督「さらば箱舟」（八四）など多くの作品の美術を担当した。怪獣造形を担当した高山良策は、戦後からシュルレアリスムを意識した作品を発表していた画家であり、四七年には山下菊二らと共に前衛美術会に参加して、前衛美術展、日本アンデパンダン展などに出品していた。ウルトラマン美術には、SFアート、シュルレアリスム、当時のアンデパンダン運動が深く関わっていた。

話をSF作家に戻すと、眉村卓はSFがポピュラーになるためには、限定されたマニア層に理解されるだけでなく、サラリーマンなど一般社会人に読まれるようにならなければならないという〝インサイダーSF論〟を唱え、「準B級市民」「万国博がやってくる」などを発表した。

また戦前の科学小説もそうだったが、SFも若い読者に逸早く浸透し、学年誌などで需要が高まり、少年少女向けのSFジュヴナイルの人気も高まった。筒井康隆『時をかける少女』、眉村卓『ねらわれた学園』『なぞの転校生』、光瀬龍『夕ばえ作戦』『その花を見るな』、小松左京『見えないものの影』『宇宙人のしゅくだい』などは今も読み継がれている名作だ。

そうしたSF系ジュヴナイルの台頭ぶりは専門の児童文学作家にとって脅威だった。そのため、児童文学者が音頭を取る形でSFを悪書と決めつけるキャンペーン的な批判が展開された。五〇年代のマンガ追放運動、貸本屋糾弾運動と同様、PTAにもはたらきかけがあった。福島正実は、彼らと激しい論争を展開した。

福島は日本SF作家クラブ設立に続いて、SFの社会的地位向上のために「日本SF賞」を制定しようと考え、いろいろと奔走している。そして一九六五年六月には、〝詮衡委員〟の第一回会合を開くに至った。出席者は安部公房、石川喬司、奥野健男、星新一、そして福島の五人。この賞の構想では、毎年、その年度の最優秀作品に対して贈られるものとし、本賞のほかに審査員賞として、⑴映画・演劇・テレビ部門、⑵評論・科学評論部門、⑶翻訳部門、⑷美術部門、⑸児童部門からも年間各一作を選定することにしていた。SF賞の詮衡は五人の選考委員が行い、そのうち三人は日本SF作家クラブ会員、ふたりは外部の作家・評論家とすることも決められた。

もし日本SF賞がこの時代に制定されていたら画期的だったはずだ。SF作家の励みにもなったことは間違いないし、文壇的にもSFを押し出してゆくのにプラスになっただろう。日本SF賞が演劇・テレビ部門賞を設けようとしたのは、メディアの関心を引き付ける意図があったと思われる。それだけメディアで取り上げられやすくなり、ひいてはSF全般の普及に役立ったはずだ。しかし評論・科学評論部門、児童部門は、それまでの論争の経緯からして、SF界側から相手を評価してやろうという戦略が見え隠れしている。そのあたりに、よくも悪しくも福島らしさがあった。

けっきょく、日本SF賞は財源問題で座礁して実現しなかった。ちなみに一九六五年といえば、前述のように日本SF大会で「ファンダム賞」が制定された年でもあった。

そしてファンダム賞が最後となった七〇年には、第一回星雲賞がはじまった。こちらは〈日本長編〉〈日本短編〉〈海外長編〉〈海外短編〉〈映画演劇〉各部門毎の優秀作品に対して贈られるものだった。星雲賞誕生の前提として、この頃になると商業媒体で発表されるＳＦ作品が増えたことがあげられる。星雲賞はアメリカのヒューゴー賞をモデルにしているが、幻に終わった日本ＳＦ賞にも通じるところがある（その後、星雲賞の対象部門は幾度か改変増大があり、〈映画演劇〉が〈メディア〉部門に改められたほか、二〇一二年現在では〈コミック〉〈アート〉〈ノンフィクション〉〈自由〉各部門があり、稀に〈特別賞〉が出ることもある）。

日本ＳＦの第一世代作家たちは、濃厚な交流を持ちながらも、ひとり一ジャンルといわれるほど、独自の世界を開拓していった。それは続く河野《こうの》典生《てんせい》、山野浩一、荒巻義雄らも同様だった。もともとの各作家の気質や思考の違いもあるが、他のＳＦ作家の模倣ではない独自の作品を書こうと意識して努めた結果、日本ＳＦには多様なサブジャンルが生み出されたのだった。七〇年代半ばにいわれるようになる「ＳＦの拡散と浸透」は、そのようにして進められたのだった。日本ＳＦをＳＦたらしめているのは、定義づけられるような作品の傾向ではなく、「これではない別の何か」を求め続ける精神あればこそである。

ＳＦの「新しい波」

一九六二年、バラードは「内宇宙への道はどれか？」を発表し、ＳＦのあるべき方向性をサイエンス・フィクションからスペキュラティヴ・フィクション（思弁小説）へと転換すべきだと提唱した。西側先進国で広まっていた反体制思想と連動した〈新しい波〉運動のはじまりだった。

巽《たつみ》孝之は「序説　日本ＳＦの思想」（『日本ＳＦ論争史』所収）のなかで〈新しい波の反定立的性格は、賛同者たちには文学史への大いなる参加と映ったものの、保守派においては単に文学コンプレックスをかきたてるにすぎず、一時はジョン・Ｊ・ピアースによる撲滅運動が起こるなど、激烈な賛否両論が渦巻く〉と当時の欧米における反応を要約したうえで〈ここで考慮に入れなくてはならないのは、六〇年代ラディカリズムの気分が、たんにジャンルＳＦ界内部の嵐をも巻き起こしたということにとどまらず、当時の知的最先端であったマルクス主義批評や記号論、構造主義批評とも連動し、主流文化を対抗文化によって、主流文学を大衆文化によって塗り替える批評的言説環境を用意したことだろう〉と指摘している。

日本でニューウェーヴを強く支持したのは山野浩一だった。山野は、元々は映画監督を目指していた。当時若者の間では、言葉を使う芸術はもう古く、これからは映像の時代だという風潮が広がっていた。一九六〇年、関西学院大学在学中に製作した自主映画「デルタ」が評価されたことがきっかけで寺山修司と知り合い、大学中退後に上京して以降は、寺山をはじめ嵐山光三郎、唐十郎らと夜毎議論をする生活を送っていた。山野に文筆を勧めたのは寺山だった。映画は費用も協力者も必要だが、小説や戯曲は自分ひとりでできるというのだった。山野は早速、小説「Ｘ電車で行こう」、戯曲「受付の靴下」を書き、後者は寺山の推薦で雑誌「悲劇喜劇」に掲載された。その上、「Ｘ電車で行こう」はＳＦなので、専門の同人誌「宇宙塵」に見てもらうといいと勧めたのも、寺山だった。同作は「宇宙塵」に掲載され、新書館から単行本『Ｘ電車で行こう』（一九六五）が刊行された際には、星新一と安部公房が推薦文を寄せている。

山野は「ＮＷ－ＳＦ」を創刊（六九）。創刊号にはＪ・Ｇ・バラード「内宇宙への道はどれか」（伊藤典夫訳）のほか、種村季弘、相倉久人《ひさと》、平岡正明、河野典生、嵐山光三郎、鏡明《かがみあきら》、山口隆昭の文章が並んでいる。

「ＮＷ－ＳＦ」からサンリオＳＦ文庫へ

山野浩一は「ＮＷ－ＳＦ」創刊にあたって、「ＮＷ－ＳＦ宣言」を掲げ、〈ＳＦ界はニューワード派を「ニューウェーヴ」と呼んだが、私もここに「ニューワード」と「ニューウェーヴ」からとったＮＷ－ＳＦという名の雑誌を発行する決心をした。ＮＷにはかつて「ワンダー」と呼ばれたアイデア時代のＳＦへの反発の意味での「ノーワンダー」という意味も含まれる〉と同誌の基本姿勢を規定し、〈ＳＦの想像力世界は殆んど全面的に受け入れることができるだけの広範な小説世界を持っている。しかし、その大部分は空白のままである。／ＮＷ－ＳＦは、多くの人々の思考世界を表現していきたい。自由な小説として、思考世界の小説としてのＳＦを開拓するために、ＮＷ－ＳＦを開放していきたいと考える〉と述べた。その理念どおり、同誌にはその後も半村良、石川喬司らＳＦ関係者のほか、別役実、三木卓、中井英夫、塚本邦雄、黒井千次、須永朝

「NW-SF」創刊号

彦、中村宏、松岡正剛など、純文学や幻想文学からアングラ演劇、現代美術にまたがる多様な才人が原稿を寄せた。

山野は「NW－SFワークショップ」を主催し後進の育成にも努めた。このワークショップには鏡明、荒俣宏、川又千秋、森下一仁《かつひと》、亀和田武、高橋良平、増田まもる、新戸《しんど》雅章《まさあき》、永田弘太郎、志賀隆生《たかお》、山形浩生、大和田始、野口幸夫らも参加していた。彼らの多くは当時すでにSFファンダムでは名前の知られた存在であり、その後それぞれSF作家、評論家、翻訳家などとして活躍した。

山野はその後、サンリオがSF文庫を出すことになった際、計画段階から編集長の佐藤守彦に相談を持ちかけられた。山野は作品選定や翻訳者の紹介の労を取り、サンリオ文庫からはバラード、ディッシュ、オールディス、レム、ディック、ル＝グィンなど、思弁的な作品群が出版されることになる。自らの創作に加えて、これらエディターとしての仕事によって、山野はたしかにSFのイメージを「開放」し「拡大」させたといえる。その一方で「NW－SF宣言」で〈バラードが「SFがH・G・ウェルズに始ったのは不幸であった」と述べているように、これ迄のSFの作品体系に重要な意味はない。あるとすれば、一部の作品にある思考世界の理論だけである〉〈おそらくNW－SF誌には、「ニューワールド」誌と同じく、従来のSF読者には不満な作品や評論ばかりが掲載されるであろう〉と挑発的な言辞をとったこともあって、その運動に反発する者もあった。

これにはSF内の世代間闘争という意味合いもあった。この頃、小松左京を筆頭とする日本

ＳＦ第一世代は、六〇年代の活動によって、それぞれが自身の特質たる作風を確立し、出版マーケット内に地歩を築いていた。世間にとってＳＦとは「星新一が書くもの」であり「小松左京が書くもの」となっていた。こんななかで、山野浩一、荒巻義雄らが「ＳＦを書く」ためには、既成のＳＦとの差異化を強調する必要に迫られていた。創作作法やＳＦ理論についても、第一世代が文芸一般や科学界、社会主義運動といった外部との論争、批判への反論を通して、自らの創作宣言を行ってきたのに対して、第二世代はＳＦ内において、既に確立されている第一世代という巨大な存在に、無理にでも対峙するところからはじめる必要を感じていた。「ＮＷ－ＳＦ」創刊前後に、山野浩一と荒巻義雄の間で論争が起きたが、これは両者自身が、それぞれにＳＦ全般、ニューウェーヴに対する自己の立ち位置を確認すると共に、ニューウェーヴ運動を盛り上げようとする意図をもっていた。

「SF 倶楽部」創刊号

この時期、「ＮＷ－ＳＦ」と並んで注目すべきなのが同人誌「ＳＦ倶楽部」だ。一の日会に集まっていた横田順彌、鏡明らが作った同人誌で、押川春浪などの古典作品の復刻や創作や評論を載せていた。川又千秋は同誌四号（七一年五月）に「明日はどっちだ！」を発表。この論考は加筆改稿の上、「ＳＦマガジン」七四年四月号に転載された。また同じ「ＳＦ倶楽部」四号には鏡明「あなたは破滅を拒否するか！」も掲載されている。川又は「NW－SF」三号にも評論「バラードはどこに行くか」を発表していた。

七〇年代初頭には、ニューウェーヴをめぐる議論のほか、柴野拓美（小隅黎）の「集団理性」論をめぐる議論など、「SFとは何か」「SFはどこにむかう（べき）か」をめぐる論争が盛んになされた。これらの議論は、世代毎の前提体験のズレなどのために、時に迷走したりかみ合わなかったりしたが、議論自体をコミュニケーションとして楽しむSFマニア気質が培われていった。原「オタク」気質の誕生である。

ファンダムに飛び火する「世代闘争」

当時はサブカル・シーンでも「白土三平を読め。手塚治虫には階級闘争が描かれていない」「COMなど読むな、ガロを読め」などということが、真面目にいわれていた。七〇年前後の学生運動は、六〇年前後のそれとは異なり、具体的な目標というより、情念的な世代論争の様相を帯びていた。

第七回日本SF大会・TOKON4（一九六八）は、柴野が第二十六回世界SF大会にスペシャル・ゲストとして招待され、渡米することになったため、野田宏一郎（昌宏）が名義上の実行委員長、大宮信光が実質的な実行委員長となって開催された。この大会では、企画のほかに「孤独なSFファン救済係」が設けられた。同人誌に所属しておらず、はじめてSF大会にやってきたファンは、せっかく同好の士と話し合える機会なのに、かえって孤独を深めることになりはしないか。そんな初級ファンにも大会を楽しみ、仲間も見つけてもらおうと大宮が考えたものだった。具体的には、ポツンとしている人に話しかけるようスタッフに指令を出したのである。これもSFファンの増加、世代的幅の広がりの結果だった。

大会会場は一日目が日本洋服会館、二日目が岩波ホールだった。初日の夜は三笠会館でパーティが開かれた（このとき、あっという間に食べ物がなくなったと「週刊文春」は伝えている）。

ところで、この大会では赤字が出た。そもそもSF大会は、ボランティアのスタッフによって運営され、作家たちも無報酬で参加していた。ファン・サービスという主旨から大会参加費は採算ぎりぎりに設定され、作家・幹部スタッフのカンパで赤字を補塡するのが伝統だった。これは現在も変わっていない。それがTOKON4では物価高騰の影響もあって、当初の見込みより経費が大幅に上回り、赤字が嵩んだ。大宮は仕方なく岩波ホールに使用料値下げを交渉、少しだけ安くしてくれたが、大宮が会場を去ろうと階段を下りていくと、いると分かっているのに電気を消された。また大会終了後のスタッフ打ち上げでは、スタッフからいくつか苦情が出た。同年輩の大宮の仕切りだったので、スタッフも文句が言いやすかったのだろう。渡辺晋が慰めたが、大宮は次第に落ち込み、店の外に出たところで号泣した。その夜、大宮は野田昌宏の家に泊まった。翌朝、野田は大宮に自分が行きつけの店を教え「明日から誰にでも奢っていいからな。ツケは俺に回せ」と言った。もちろん大宮は一度もツケを回したりはしなかったが、この言葉は嬉しかったという。SF界は、体育会系よりもずっと熱血青春だ。

第九回日本SF大会・TOKON5（七〇）では「造反」事件が起きた。この大会も柴野会長で開催される予定だったが、若手ファンから独裁だとの批判が出、柴野はあっさり「それじゃ下ります」と会長の座を譲った。こうして幹部スタッフが交代。若手中心の体制が組まれた。

さらにこの「若手中心の大会」にも造反するグループがあり、ヘルメットにマスクの闘争スタイル（コスプレ？）で「大会粉砕」を叫び、ワニのおもちゃを手に持って拍手の代わりにワニの口をカチャカチャ鳴らしたりしていた。冗談のような造反騒動で、「何か目立つ形で参加したい」「今は造反がナウい」ということだったのかもしれない。造反組は時々シュプレヒコールを叫んだが、女性スタッフから「うるさい」と怒鳴られると、散り散りに逃げていった。そもそも柴野拓美批判も、「柴野先生なら造反しても怒らないと思ったからやった」と後に回想している人もいるほどだ。

第十五回日本SF大会・TOKON6（七六）は野田昌宏が会長、高千穂《たかちほ》遙《はるか》が事務局長という陣容。実質的な仕切りは高千穂が行った。学生時代から野田の誘いを受けてフジテレビでアルバイトをしていた高千穂は、既にSFセントラルアート（のちの「スタジオぬえ」）を組織しており、この大会では「宇宙軍の歴史」と題したオープニングアニメを上映した。人気TVアニメのパロディがふんだんに盛り込まれたが、そのなかにはなんと余っていた「宇宙戦艦ヤマト」のフィルムも使用されており、これが大評判になった。当時、アニメ雑誌などには「ヤマトそっくりのフィルムを製作」と書かれたが、実は本編で使用しなかった「本物のフィルム」だったのだ。思えばこれが、今日のヤオイに至るアニメ・パロディ（アニパロ）のはじまりだったといえるわけで、いきなり高水準からスタートしたものである（何しろ本編だ）。そのほか、この大会では「ヤマト・アワー」と題する、製作者による「宇宙戦艦ヤマト」秘話（途中から松本零士も参加）、「スペース1999」、「ソラリス」、「エイトマン」第一話の上映など、映像メディアも充実した大会だった。もちろんSF作家の参加も多く、小松左京、柴野拓美、さらに途中から豊田有恒、筒井康隆、星新一も参加したパネルディスカッション、半村良、森優、平井和正、荒巻義雄、石川喬司、手塚治虫、小野耕世、星、小松、筒井、矢野徹、眉村卓、豊田、高斎正《こうさいただし》、田中光二による連続講演も行われた。

夜の合宿は本郷館で行われたが、騒ぎすぎたため、近隣住民の通報で警察が来た。ちなみにその時、責任者の高千穂は風呂に入っており、出てきたらスタッフに「大変だったんですよ」と言われた。「で、警察は今どこにいる」と聞いたところ、「納得して帰ってもらいました」ということなので、高千穂は「じゃ、いいじゃないか」と平然たるものだったという。ちなみにこの大会期間中に永井豪ファンクラブが誕生している。それは大会にやってきた永井を見つけた高千穂が、仲間と共にファンクラブ結成とその公認を求め、承認されたものだった（永井さんは、詰め寄られて怖がっていた、という話もある）。このように当時のSFファンとマンガファンは、かなり重なっていた（今もそうだが）。

「宇宙の戦士」と「リトル・ボーイ再び」

しかしSFファンは楽しく騒いでいただけではない。真面目な議論もしていた。

ハインラインの『宇宙の戦士』（一九五九）が六七年に矢野徹の翻訳で刊行されると、SF評論家の石川喬司は、これを戦後民主主義的な反戦平和の立場から批判し、自身の戦争体験に由来する愛国主義から同作を擁護する訳者との間で論争が起こった。

ほぼこれと同時期の六八年、マンガ界では〝あかつき戦闘隊事件〟が起きている。「少年サンデー」に連載された相良俊輔《さがらしゅんすけ》作・園田光慶《みつよし》画の『あかつき戦闘隊』が大人気となり、同年三月二四日号で、このマンガにちなんだ懸賞を告知して、さらに人気を煽った。その懸賞賞品の一等は「日本海軍兵学校制服・制帽・短剣・帯剣セット」、二・三等は「アメリカ軍コレクション」、四・五等は「ドイツ軍コレクション」だった。これに対して、戦争賛美につながるという批判が出、かなり大きな社会問題になったのである。

戦記マンガのブーム自体は辻なおき『0戦太郎』(「少年画報」、六二)辺りからはじまり、吉田竜夫『少年忍者部隊月光』(六四)では、陸軍中野学校で忍法を学んだ少年兵が活躍するという奇抜なストーリーに人気が集まった。ちなみに吉田竜夫とその弟・九里一平《くりいっぺい》は六二年にアニメ制作会社・竜の子プロダクションを創立している。

戦記マンガブームは数年続いており、ブームというよりもスポーツマンガ同様に、ひとつのジャンルとして多様化を見せるまでになっていた。それがこの時期に問題となったのは、その広がりが大人の目に留まるほど大きくなったことに加えて、七〇年安保に向かう時代相も影響していただろう。これを契機として、マンガを「有害図書」視する従来からの若者文化批判の文脈が再燃した面もあった。

五〇年代、六〇年代前半は、映画やマンガにおける「戦争物」は、戦争の悲惨さを伝える一方で、たしかに戦争体験を娯楽的・回顧的に美化したり、当時の日本の立場を正当化する文脈で作られたものも少なくなかった。『あかつき戦闘隊』は微妙なところで、特攻隊の悲劇を描くと同時に、友情や愛郷心・愛国心も語られていた。それは戦争体験者たちにとっては真実だったのかもしれない。しかし戦争を知らない子供たちが増えるにしたがって、その微妙なニュアンスが変質し、単なる自己犠牲賛美に転じる恐れがあった。

実際、特撮映画・マンガ・アニメには特攻賛美の傾向がぬぐいがたく存在する。映画「妖星ゴラス」(六二)では、宇宙観測隊は地球に接近する巨大妖星の観測データを地球に送り続けた結果、その引力に引き寄せられて、総員「万歳」を叫んで最期を迎える。また最初のテレビ版「鉄腕アトム」(六三)では、アトムは地球を救うために太陽の過熱を抑える作戦を遂行し、特攻的に太陽に飲み込まれてゆく。「ジャイアントロボ」(六七)も最後は少年のコントロールを無視して敵将と共に共倒れの特攻攻撃で人類を救った。それらの物語には、戦争を知らない子供たちをも粛然とさせるものがあった。

もっとも、愛国的な好戦性は、日本に特有のものではなかった。

オールディスの「リトル・ボーイ再び」(六六)は、他惑星に人類が進出し、凝集物質なる新たなエネルギー資源が見出された二一世紀の時点から、二〇世紀の忘れられた歴史を掘り起こし、四五年八月六日の原爆投下を「発見」する話だ。二一世紀の人々は、セックスや戦争、薬などの楽しみを罪悪視し、原爆という短期間の制限戦争を可能にした兵器すら罪悪視していたことを知る。国連の未来版である「世界評議会」は、百年祭当日の記念行事として、再びヒロ

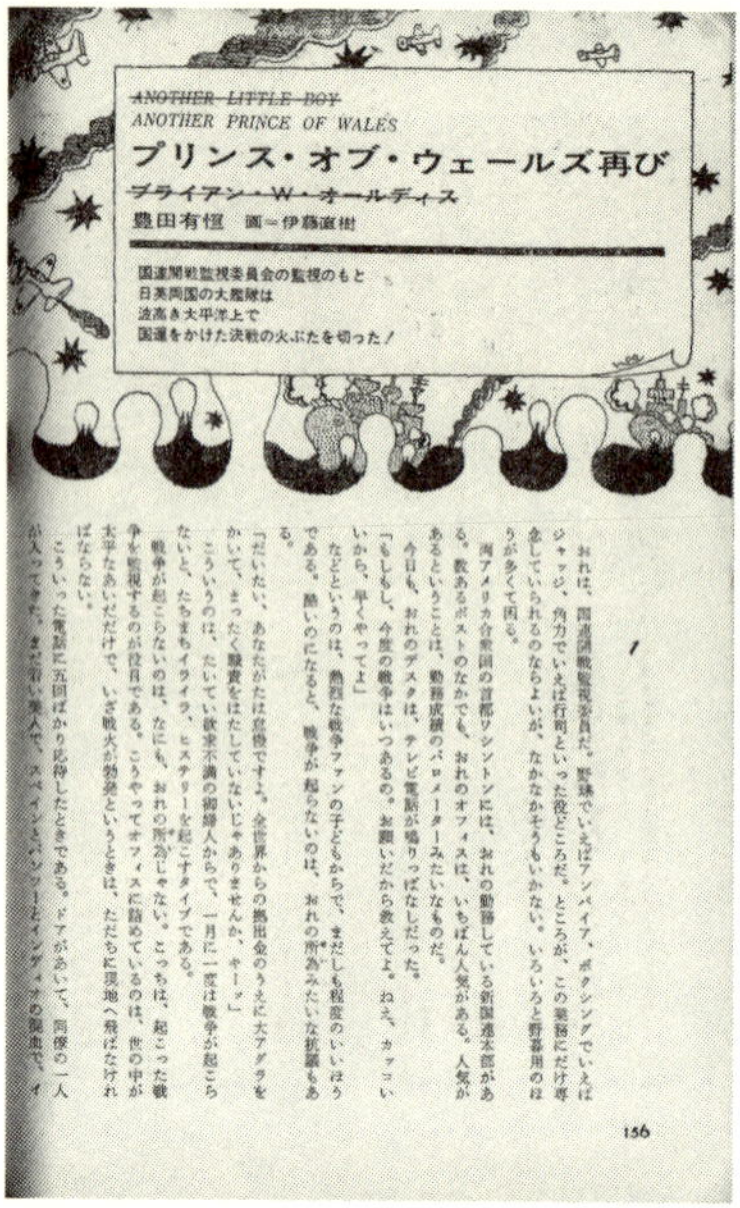
~~ANOTHER LITTLE BOY~~
ANOTHER PRINCE OF WALES

プリンス・オブ・ウェールズ再び

~~ブライアン・W・オールディス~~

豊田有恒　画＝伊藤直樹

国連開戦監視委員会の監視のもと
日英両国の大艦隊は
波高き太平洋上で
国運をかけた決戦の火ぶたを切った！

おれは、国連開戦監視委員だ。野球でいえばアンパイア、ボクシングでいえばジャッジ、角力でいえば行司といった役どころだ。ところが、この業務にだけ専念していられるのならよいが、なかなかそうもいかない。いろいろと野暮用のほうが多くて困る。

両アメリカ合衆国の首都ワシントンには、おれの勤務している新国連本部がある。数あるポストのなかでも、おれのオフィスは、いちばん人気がある。人気があるということは、勤務成績のバロメーターみたいなものだ。

今日も、おれのデスクは、テレビ電話が鳴りっぱなしだった。

「もしもし、今度の戦争はいつあるの。お願いだから教えてよ。ねえ、カッコいいから、早くやってよ」

などというのは、熱烈な戦争ファンの子どもからで、まだしも程度のいいほうである。酷いのになると、戦争が起らないのは、おれの所為みたいな抗議もある。

「だいたい、あなたがたは怠慢ですよ。全世界からの拠出金のうえに大アグラをかいて、まったく職責をはたしていないじゃありませんか、キーッ」

こういうのは、たいてい欲求不満の御婦人からで、一月に一度は戦争が起こらないと、たちまちイライラ、ヒステリーを起こすタイプである。

戦争が起こらないのは、なにも、おれの所為じゃない。こっちは、起こった戦争を監視するのが役目である。こうやってオフィスに詰めているのは、世の中が太平なあいだだけで、いざ戦火が勃発というときは、ただちに現地へ飛ばなければならない。

こういった電話に五回ばかり応待したときである。ドアがあいて、同僚の一人が入ってきた。まだ若い黒人で、スペイン系とバンツー系とインディオの混血で、イ

156

「プリンス・オブ・ウェールズ再び」のタイトル見出し　オールディスの名を線で消しているのは、ポストモダンではなくて本気の怒り。

シマに原爆を投下することを決議し、抗議に努めた日本代表はやじり倒されてしまう……。

「リトル・ボーイ再び」は「ＳＦマガジン」七〇年二月号に訳出された（伊藤典夫訳）。これに対して、矢野徹は「宇宙塵」七〇年三月号に〈「リトル・ボーイ再び」を読んで、またかと思わせられた。白色人種、特にイギリス人の持つ鼻持ちならぬ人種的優越感だ。世の中には茶化していいことと悪いことがあるというが、どうもこの作者の野郎、生きたまま皮をひんむいてやりたい思いだ〉（「新・ＳＦアトランダム」第四十二回）と痛罵した。また豊田有恒は、すぐに「プリンス・オブ・ウェールズ再び」（「ＳＦマガジン」七〇年四月号）を発表している。二〇四一年に太平洋戦争の検証が行われることになり、プリンス・オブ・ウェールズ号などの戦艦が復元されるが、それをきっかけにインド、パキスタン、中国、エジプト、ロシアなどが英国に宣戦布告をする話だった。英国も他国から怨まれ、復讐されるネタには事欠かない国であった。ちなみに安政四年、日本では佐久間象山とも交流のあった儒学者・巌垣月洲によって漢

文体の小説『西征快心編』が書かれているが、それは極東の島国が英国の侵略主義を戒めるべく義勇軍を組織し、清国やインド、エジプトを援けながら西航して英国本土に至るという「さかしまの黒船」物語だった。

SF作家と編集者の戦い

筒井康隆は『大いなる助走』のなかで、SF作家が編集者相手に、若い頃に受けた不当な扱いに対する恨み言をいう場面がある。今は人気作家になっているSF作家は、次のようにいう。〈書いた原稿は突っ返すわ、受けとったまま没にするわ、なんの連絡もしてこないわ、いつまでも載せないわ、コント並みの扱いにしやがるわ、色ページに載せやがるわ、活字の号数は落すわ、勝手に匿名コラムに載せてしまいやがるわ、原稿料はピンはねするわ、寄越さないわ、泣くとしぶしぶコーヒー代にもならぬ原稿料を寄越すわ。（中略）社会的大事件があるたびに、その事件をモデルにした風刺的なSFを、などと頼んで来やがって、締切りは三日後ですというのでこっちがあわてて書いて渡してもいつまでも載せないで、訊ねると次の事件が起りましたのであれは没にした。（中略）おれに会うたびに言いやがったな。SFなんかいい加減にやめろ。馬鹿にされるだけだから。く、く、くそ。今でもそう思っていやがるのだ〉

ひどい話だが、筒井以外の複数の作家から、類似の話を実名入りで聞いたことがあるので、誇張があるにしても九割は事実に基づいているという感じがする。

原稿が没にされたり、原稿料が安いこと以上に作家にとって許しがたいのは、作品に勝手に手を入れられることだった。もちろん作家と編集者は二人三脚で作品を完成させる面があり、編集者の指摘で作家が書き直すことはある。だが、著者に無断で書き換えてしまうといったことが、昔はよくあったらしい。

SF出版に情熱を傾けていた福島正実は、その一方で作家が他社から本を出すのを好まず、眉村卓が東都書房から『燃える傾斜』を出したときは、一時干したといわれる。豊田有恒と福島のいきさつについては、豊田自身の『あなたもSF作家になれるわけではない』に詳しい。

もっとも当時、困った編集者はあちこちにいた。具体例をひとつだけ挙げておきたい。

平井和正『狼男だよ』には二つの初版があるのだが、これは信じがたい編集者の行為のせいだった。先に出た六九年一一月一〇日初版発行版の帯に引用されている本文抜粋は〈おれの五臓六腑には狼の血が流れている。三キロ先のビフテキを嗅ぎ分ける嗅覚と、銃弾を弾き飛ばす強筋……ひと呼んで〝狼男〟、だからといって恐れることはない。人を出し抜き、すぐに人を殺したがる人間族に比べればずっとやさしい心根の持主だ。／おれのブルSSSが追突した。パックリ開いた相手のトランク・ルームに一糸まとわぬ女の死体が……〉というもの。

これに対して、同書七〇年八月一日第一刷発行版の帯に引用されている本文抜粋は〈おれのからだに流れるのは狼の血……。満月の夜、どんな銃弾もおれに穴をあけることはできない。なぜならおれは不死身の狼男なのだ。だが、おれを恐れることはない。狼男は高尚で繊細で実に優しい心の持主だからだ。／特技の一つに、事件を嗅ぎつける超常能力がある。ある夜、ブルSSSが追突した。パックリ開いた相手のトランク・ルームに、一糸まとわぬ女の死体が……〉となっている。

同じ場面が、二つの版で異なっているのだが、なぜこんなことになったのかというと、前者は著者に無断で編集部が改竄した文章だったためだ。読めば分かるとおり、慣用語の誤用や、揶揄的な表現が目立つ。「事件を嗅ぎつける超常能力」が「三キロ先のビフテキを嗅ぎ分ける嗅覚」にされてしまっているのもひどい。これでは主人公の性格も、作品の質も、まったくおかしくなってしまう。このような適当な書き換えが、随所に出てくるのである。当然ながら平井は出版社に抗議し、改竄版(六九年発行)を絶版にして、翌年に正規版を出版し直した。

SF作家は、ホントにあちこちと戦わなければならなかった。

荒巻義雄と田中光二——一・五世代のリーダビリティ

山野浩一や荒巻義雄はふつう第一世代に分類されるが、第二世代に近いということもあり、その間ということで一・五世代などと呼ばれたりもした。一・五世代は「SFマガジン」のハヤカワSFコンテストが休止していた期間に、それ以外のルートからSF作家となった人々……というようにゆるく捉えられている。この世代分けはデビューに基づいており、年齢は若くとも上の世代に数えられることがあるし、その逆もある。特に同人誌で活躍してデビュー以前から認知されていた人の場合は微妙だ。

山野の活動については先にふれたので、ここでは荒巻義雄と田中光二について述べておく。

荒巻義雄はSFを主に技術的側面から論じた「術の小説論」を「SFマガジン」一九七〇年四月号に発表すると共に、ほぼ同時期から「大いなる正午」「種子よ」（のちの『神聖代』の原型をなす作品）、「白壁の文字は夕陽に映える」「ある晴れた日のウィーンは森の中にたたずむ」などの幻想的作品を続々と発表。さらに「柔らかい時計」「トロピカル」など、ダリ、デルボー、マグリットらのシュルレアリスム絵画をそのまま作品世界として借景したような不安定で官能的な作品を続々と発表し、筒井康隆の分析的な心理学の応用とはまた違う、心理世界への陶酔的潜行による物語を開拓した。

荒巻作品には、意識と時空のズレ、自他の記憶のすれ違いなどへの固着的妄執が描かれている。そこには荒巻自身が高校時代に体験した同級生女生徒の演劇的な自死が関係している。だがそうした私的背景はともかく、荒巻の作風はほぼ同時期に日本への移入がはじまったニューウェーヴSFとも連動していたし、澁澤龍彦や種村季弘の幻想文学、寺山修司や唐十郎のアングラ演劇とも通底していた。

また田中光二は通常は第二世代の代表的作家のひとりとされるが、ギリギリ戦前生まれで、一・五世代的でもある。田中は一九七一年に『幻覚の地平線』でデビューするや、『わが赴くは蒼き大地』『大滅亡』『大いなる逃亡』などの冒険SFを矢継ぎ早に発表して一躍人気作家になり、幾度か直木賞候補にも挙げられた。そのスケール感のある作品は、大藪春彦のハードボイルドに近いものを感じた。やがて田中は『黄金の罠』で吉川英治文学新人賞を、『血と黄金』で角川小説賞を受賞する。

このふたりは、一九九〇年代になって文芸書籍の出版不調が顕在化した時期に、架空戦記シリーズによって例外的なヒットを飛ばし、架空戦記・ファンタジー戦記のブームを巻き起こすことになる。こうした傾向は荒巻の場合、七〇年代半ばの『空白の十字架』に始まる〈空白〉シリーズや『黄金繭の睡り』に始まる〈キンメリヤ〉シリーズなど、超古代史やオカルトを取り込んだ伝奇SF、〈ビッグ・ウォーズ〉シリーズなどの宇宙戦記を経ての移行であり、折々に方法を凝らしてリーダビリティに優れたエンターテインメントSFを書き続けようとしている姿勢において通徹していた。「SFは難しい」と読まずに退ける人が多い社会では、こうした努力には特に意味があった。

第十三章

発展と拡散の日本SF黄金期
——あるいはオカルトと多様化する創造的想像力

「万博」と「未来」への批判と昂揚

日本万国博覧会「エキスポ'70」（いわゆる大阪万博）は、一九七〇年に大阪の千里丘陵に造成された会場を舞台に、約半年間にわたって開催された。当時の子供にとっては未来的想像力を大いに刺激するイベントだった（でも、展示館の多くは張りぼて的で、その「未来的」な建物は機能的ではなかった）が、その開催をめぐっては、賛成派反対派それぞれに多様な思惑が交錯していた。

大阪万博は一八五一年にロンドンで第一回が開かれて以来、アジアで開催されるはじめての万博だった。戦前の日本では、一九四〇年（昭和一五年、神武天皇即位を元年とする皇暦紀元での二六〇〇年）に、東京オリンピック大会と併せて、帝都で万博を催そうという計画があったが、太平洋戦争へ至る状況のなかで中止されていた。戦後日本は一九六四年に東京オリンピックを成功させていたが、七〇年の大阪万博は、一部の政治家・官僚にとっては「戦前以来の未来計画達成」でもあった。それだけに、左派勢力は万博に批判的で、子供たちの参観をめぐっては、文部省と日教組が対立することになる。

大江健三郎は「反万博」の立場から、〈未来学者の、まともな先達のひとりとよぶにあたいするのではないかと思われるH・G・ウエルズは、人類の初期の文明に、人間の共同体はみられず、ひしめきあう群衆の密集体こそがあったと、いっているそうである。七〇年日本の万国博の大混雑ぶりのなかに、密集体をみず、地道に人間的につくりあげられた、それこそ真の意味あいでの「人類の進歩と調和」にみちた共同体がみられた、と強弁する人がいるとしたら、ぼくはそれが誰であれ、わが国の「未来」学の協会の名誉会長にと、嫌悪をこめて推薦したいものである〉（「死滅する鯨とともに――わが'70年」）と述べている。

万博は「人類の進歩と調和」をテーマに掲げたが、現実の日本は格差拡大や公害問題を抱えていた。しかも七〇年は安保改正の年であり、若者を中心に安保闘争・反体制の動きが活発だった。国家的イベントである万博も当然ながら批判の対象となり、巷では「反万博芸術」運動も起きていた。

針生一郎は、当時の状況を次のように回想している。

〈わたしは六八年末、「朝日ジャーナル」に万博批判を書き、翌年春、編著『われわれにとって万博とは何か』（田畑書店）をだして以来、万博反対運動の中心のようにみられていた。そのわたしも知らなかったが、六九年春、加藤好弘らの「ゼロ次元」、末永蒼生《すえながたみお》らの「告陰」、小山哲男らの「ビタミン・アート」、秋山祐徳太子《あきやまゆうとくたいし》らの「新宿少年団」など、アングラ芸術集団が連合して「万博破壊共闘会議」を結成し、加藤がユーモラスに書いたつぎのような趣旨から、京大バリケード、福岡、東京、名古屋などで男女全裸の「儀式」をつづけた。「博覧会は見る所ではなく、九十九%見られる所なんだ。見る所を見られる所にしてしまうことが革命なのよ。巨大なハプニング会場がわれわれを嬉々として待っているのだ。ゲバ棒を持つことが革命であるように、万博会場では白手袋の片手をあげて三十分以上歩こうではないか。片手をあげてカッコいい君を皆がジロジロ見るだろう。そして会場中の人間が君にならって片手をあげたくなるだろう。その時君は本当に観る人と本質的に化するのだ」。だが、六九年七月、全裸儀式の写真が二つの週刊誌にのると、すでに新宿西口フォーク広場を弾圧し、六・一五反戦デモに数万人動員したべ平連を手入れした警察は、「万博破壊共闘」派をしらみつぶしに検挙した〉(『戦後美術盛衰史』)

こうした取締りがなされたにもかかわらず、「反万博」活動は、万博会場内でも見られた。七〇年四月二六日、「太陽の塔」のてっぺん、金色をした未来の顔の右目部分にひとりの男が立て籠もった。男は赤いヘルメットに黒字で「赤軍」と書いたものを被り、青い布で覆面をしていた。

これは政治的活動で「反芸術的な芸術表現」ではないが(しかし政治的には何等効果を生まず、むしろアングラ芸術などの「表現」に影響を与えた)、翌二七日には「籠城男」とは無関係に、あるパフォーマンスが挙行された。当時の新聞は、その様子を次のように伝えている。

〈太陽の塔ろう城男に刺激されたわけでもないだろうが、二十七日正午前、塔下の階段わきに髪はボサボサ、ひげも伸び放題のヒッピースタイルのすっ裸男が現われた。奇声をあげて踊るようにテーマ館まで走ってきたが、警官や警備員が見つけ、取り押さえた。男は画家でハプニンググループに属している、と言っている〉(「毎日新聞」七〇年四月二七日付夕刊)

この人物はダダカンの通称で知られる糸井貫二だった。五一年の第三回読売アンデパンダン展に、彼のトレードマークとなる卵のオブジェを出品し、五七年には個展を開いて「宇宙」「無重力」「宇宙犬ライカ」などの作品を発表していた。その後もダダカンは読売アンデパンダン展に作品を寄せ続けたが、その展示をめぐる騒動が、同展終焉の一因となったことは、既に述べたとおりだ。

その一方で、実は万博の建造物建設やテーマ設定に携わったクリエーターたちによって、万博自体に「反進歩」「廃墟」のイメージが持ち込まれていた。万博のメイン会場たる「大屋根」は丹下健三によって設計されたが、東大丹下門下で建築を学び、万博建築にも携わった磯崎新は、六二年に「未来都市は廃墟である」というテーゼを提示していた。

また万博のシンボルとなった「太陽の塔」は、障子を突き破る石原『太陽の季節』慎太郎的屹立をイメージしているという説がある。丹下健三が構造計算して建造した天蓋施設「大屋根」を障子に見立てているのだ。これほどの「反万博」があろうか。

小松左京は六四年に梅棹忠夫、加藤秀俊らと「万国博を考える会」を立ち上げ、民間で未来志向の万博について検討を行っていたが、政府のテーマ作成委員会の副委員長に就任した桑原武夫の依頼でテーマと基本理念作りに協力。六六年には正式に万博のテーマ専門調査委員に任命され、「テーマ展示プロジェクト」のサブプロデューサーとなり、もっぱらテーマ館の地下展示「過去＝根源の世界」を担当した。本来なら、小松には「未来」を担当させるべきではないかと思うのだが、小松が担当したおかげで、地下展示は、混沌空間のなかでさまざまな分子が集合離散を繰り返し、やがて生命が誕生するありさまが象徴的に表現され、巨大なＤＮＡ模型や細胞分裂、系統発生と個体発生を重ねた「生命進化の歴史」など、科学的であると同時に神秘的なディスプレイが実現した（「ウルトラマン」美術の成田亨がオブジェのデザインをした）。またテーマ館展示では、空中展示「進歩の世界」（責任者・川添登）で、大規模核戦争による人類滅亡を扱う計画もあった（いわゆる「原爆展示」）。しかし政府委員が難色を示したために廃案となった。これら「万博」自体に仕組まれた「反万博」は、行政側による皮相的な未来楽観論を否定しつつも、本質的には人類未来の、より高次の「進歩と調和」を目指すものだった。

そうした騒ぎもあったが、万博はにぎやかに挙行され、三月一五日から九月一三日までの開催期間百八十三日間中目標を上回る約六千四百二十二万人を集めて、成功裏に終わった。ＳＦ作家の多くは、日本の各企業パビリオンなどに関係したり、新聞雑誌の依頼を受けて万博の取材を行った。たとえば豊田有恒は、手塚治虫に誘われて、フジパンのパビリオン「ロボット館」のアイディア・コンセプトを担当した。三菱未来館は東宝の田中友幸を総合プロデューサーに迎え、星新一・矢野徹・福島正実・真鍋博がアイディア協力、海底都市や海底資源開発あるいは宇宙開発の未来予測などが展示され、台風などの気象をコントロールする未来技術の映像が上映された（円谷プロ製作）。また自動車好きの安部公房は、自動車館で上映する映像のためにオリジナル・シナリオ「一日二四〇時間」を執筆した。住友童話館やエキスポタワーは、パビリオン自体がＳＦ絵画の空中都市のイメージで建設され、訪れる人々にＳＦ的未来像を刷り込んだ。

万博会場には「この会場の電力は、関西電力の美浜発電所の原子の火でまかなわれています」というアナウンスが流れていた。宇宙開発とならんで、核技術も「先進国」の象徴であり、技術大国日本をアピールするものだった。ちなみに、原子力研究で先進国の仲間入りを目指していたインドの展示館では、原子炉や原発の模型が目玉のひとつだった。これもまた「明るい未来」と信じられていた。そして政治の場で用いられる「明るい未来」という話には、「ライバルに勝利する明るい未来」の含意があった。

大阪万博はＳＦ作家が現実のプロジェクト運営を体験する機会となった。また科学的知見を大衆に受容しやすい形で表現することを実験する場ともなった。

しかし万博は、オリンピック同様、国家間競争の場だったのも事実だ。大阪万博ではソヴィエト館とアメリカ館がしのぎを削った。アメリカ館はアポロ一一号が持ち帰った「月の石」をはじめ、アポロ計画やマーキュリー計画に関わる実物や模型を展示。またカナダ・ケベック館や日本館にも、米国から分与された月の石の破切が展示され〝同盟関係〟が強調された。一方、ソ連館はスプートニク一号その他の主要な人工衛星、宇宙ロケットを展示（機密漏洩を恐れて、すべて実物大の木製模型だという噂もあった）。入館者数ではソ連が勝利した。万博はそのような「政治闘争」の場でもあった。

「日本のSF」――未来をめぐる政争

一九六七年八月二五日付「朝日新聞」に「日本のSF」と題する匿名コラムが出たが、その内容は小松左京個人を標的にした批判だった。同コラムは「SFはなぜ、こうもつまらないものが多いのか。つまらないのに、なぜ、批判されないのか。それとも、とりあげるに足りないのか。それにしても、SF作家が、未来学とやらに登場し、したり顔で発言するとなると、ひとこといった方がよいと思う」と書き出し、具体的には小松左京作品のみをあげつらい、さらに「未来学」を批判している。この匿名コラムの筆者は荒正人だったといわれている。

小松左京は直ちに反論したが、当初からこの批判がSF界ではなく自分個人への批判であり、それも文学的なものではなく、政治的な意図からの批判であることに気づいていた。「未来学」が一部の進歩的文化人から憎まれていたのである。未来学は小松と梅棹忠夫が中心になって産官学を横断する形で展開されたが、それが安易に「明るい未来」を称揚し、保守体制を強化するもののようにみえたのだろう。先に引いた大江の万博批判の言でも「未来学」は批判されていたが、七〇年前後の「未来学」批判は、明らかにそうした文脈で起きたものだ。

しかし小松左京は、決して楽観主義者ではなかった。小松は『ニッポン国解散論』(七〇)のなかで〈はっきりいって「未来がバラ色である」などという保証はどこにもありません。逆に、たとえば、おどろくべき都市のスプロール現象、毎年小戦争以上の死者を出す自動車問題、危険水準をとうの昔に突破してしまっている都市公害問題、「余暇時代」の到来と社会的精神的危機、など、「未来問題」といえば、むしろ危機をはらむ問題が圧倒的に多く、しかもこれらの危機が、社会変化の加速にともなって、加速度的に拡大してくるところから、前にのべたように「今までより、もっと遠い所に眼をつける」必要が、つまり「未来」を見通す必要が起ってきた――というのが、現在の「未来論」輩出のそもそものほったんだった、といってよいでしょう〉と述べている。

もちろん小松の鋭いまなざしは、資本主義体制の危機だけでなく、社会主義体制の矛盾にも向けられていた。それがまた、進歩的文化人には気に入らなかったのだろうが。

国際SFシンポジウム

万博期間中の一九七〇年八月三〇日から九月三日にかけて、SF界ではファンもプロも関わる大きなイベントが行われた。海外作家を招いて国際シンポジウムが開催されたのである（開催前のレセプションは八月二九日夜に開催）。

ことの起こりはブライアン・W・オールディスが文通友達の遠藤大也に、万博時に訪日する予定だが、ついては日本でSF作家たちのシンポジウムを開いてはどうかと持ちかけたことにあった。遠藤は柴野拓美に相談し、当初は柴野が中心になってファンダム・ベースで計画が進められた（その段階では小松左京はオフィシャルホストの予定だった）が、資金面や関係官庁の許可関係など難しい問題が出、日本SF作家クラブが共催することになった。当時、作家クラブは正式には会長を置いていなかったが、実行委員会では会長は小松左京で、副会長・平井和正、事務局長・大伴昌司という体制が組まれた（大伴はSF作家クラブの事務局長兼任）。そして一の日会のメンバーなどが実働部隊として動員された。そのなかには伊藤典夫、井口健二、鏡明、大宮信光らもいた。ただし「SFマガジン」七〇年八月号の告知では、国際SFシンポジウムの委員会構成は、名誉会長・小松左京、委員長・野田宏一郎、柴野拓美、事務局長・遠藤大也と発表されている。実務体制は前述のように大伴事務局長中心に動いていたのだが、小松左京は開催のきっかけをもたらした柴野、遠藤に配慮して、このような役職を割り振ったのだった。大伴昌司はすべてを仕切りたがって、柴野を蔑ろにするようなところもあったというが（事務局が作家クラブサイドとファングループサイドで二元化して混乱するのをおそれたため）、小松は全体の和に目配りし、若者の意見も生かすよう積極的に動いた。

翻訳家の深見弾《だん》はソ連作家の招聘を提案し、小松もそれを支持した。当時、ソ連は作家の自由主義国家への渡航を厳しく規制しており、ぎりぎりまで事務局が努力してようやく実現した（そして実際に亡命を希望する作家が現れ、事務局は愕然とすることになる）。

アーサー・C・クラーク（英）、オールディス（英）、フレデリック・ポール（米）、ジュディス・メリル（カナダ）に加えて、ワシリイ・ベレジノイ、エレメイ・パルノフ、ユーリー・カガリッキー、ヴァシリイ・ザハルチェンコらソ連作家も参加した。これは東西両陣営のSF作家が一堂に会するはじめての機会だった。日本を含む五ヶ国のSF作家たちは、シンポジウム最終日に共同宣言を発表した。そこには、次のような言葉が刻まれている。

〈出席した世界の職業SF人は、各国における事情の違いはあれ、おたがいに深い理解と共感を持つことができると信じている点において、全員の意見が一致するに至りました。（中略）私たちは人類愛にもとづく確信をもって、ＳＦが世界平和のために、未来と人類のため、大きな効果を発揮しうるようになると信じております。今回のようなＳＦシンポジウムが、ひろく世界中のＳＦ職業人に参加をよびかけ、かつ参加国をふやしつつ、各国の持ちまわりで数年ごとに開催されることをわれわれ全員が希望し、期待しております。（中略）ＳＦの向上と、世界のＳＦ人の協力によって、地球の未来と、人類の子孫のために貢献できると信じています〉

冷戦体制の最中に発信されたこのメッセージの持つ意味は重い。

なお、国際シンポジウムのきっかけをもたらしたオールディスは、途中で「やっぱり日本には行けない」と言い出したり、何かとお騒がせの人物だった。最終夜に内外ＳＦ作家が集まって飲んでいるとき、豊田有恒が「あなたの『リトル・ボーイ再び』は間違っている」と正面から指摘すると、「あなたの言うとおりだ」と認め、服を着たまま琵琶湖に飛び込んでしまった。お騒がせだが、けっこういいやつだ。

未来学から終末論へ――『日本沈没』の深層

世間には「明るい未来」への希望があふれていたが、ＳＦ作家たちはさらにその先の悲観的な未来も見据えていた。国際シンポジウムの共同宣言も、そうした危機意識に基づいていた。

小松左京は座談会「『21世紀の日本』を考える」（六六）のなかで〈お正月になると二十一世紀

の世界を書いてくれ、縁起の悪いことは書いては困る、空想でも何でもよいと言ってくる。空想というのは最悪のことだって予想できるけれども、それはだめだという。そういうところはちょっと考えておかなければいけないと思うんだ〉と述べていた。そうであれば、万博のテーマ館で「原爆展示」のようなネガティヴな未来予測が受け入れられないことは承知していたはずだ。それでもあえて企画案に賛同したのは、わずかな可能性にかけたのと、こうした「不都合な可能性」を前にして政府側委員がどんな反応を示すのか確認しようという意図があったのかもしれない。安直な選挙公約じみたバラ色の未来予測には、真に困難を乗り越えてよりよい未来を切り開く力はない。そのことを小松左京は、戦前の日本指導層が現実を無視して希望的な仮定を積み上げて太平洋戦争に突入したと知ることで、十分に嚙み締めていた。その轍を繰り返すわけにはいかなかった。

ちなみに小松は、この座談会のなかで〈官庁というのは社会福祉施設として、たとえば社会の自由競争に耐えられない劣等者を救済する機関である（中略）そう思ってあきらめてこれだけの官僚を養っても世は滅びないという自信を持つんだな〉と、痛烈な皮肉を放ってもいたが、だからこそ『日本沈没』（七三）では、国土喪失という滅亡に際しても最後まで国民のために努力し続ける政治家、機能し続ける国家機構という「存在しないもの」を描いたのだと私は考えている。理想を描くことで「あるべきもの」が存在しない現実の危険性を告発するのは、日本SFの得意技だったのだが、その意図を汲み取り損ねて、小松を単純な愛国主義者だと誤解する者もいた。

『日本沈没』で沈んでゆく日本の国土と共に死ぬ覚悟の田所博士は〈私が、自分の直感をたしかめるために、無我夢中で集めた情報や観測結果を……隠しておきたかったのです……。そうして……準備が遅れて……もっとたくさんの人に、日本と……この島といっしょに……死んでもらいたかったのです〉と語る。ここには本土決戦のイメージが尾を引いているようにも感じられる。田所博士の心情は、殉死もしくは特攻精神を思わせる。こうした感覚もまた、小松左京を「愛国的」と誤解させた要素だったのかもしれない。しかし田所博士が殉じたいと願い、日本人に殉じてほしいと願うのは、「国土」であって「国家」ではない。ましてや一時の「政府」や「政治体制」などではない。小松左京が『日本沈没』で愛惜したのは日本の風土であり、日本の民衆の共同体だった。

ちなみに『日本沈没』が出た七三年は、五島勉《ごとうべん》『ノストラダムスの大予言』が出た年でもある。石油ショックで日本の高度経済成長が止まり、しかし物価高騰は続くという状況下、雑誌「終末から」も創刊された。その執筆者には中井英夫、小松左京、埴谷雄高、野坂昭如、赤瀬川原平、種村季弘、つげ義春らが名を連ねている。井上ひさし「吉里吉里人」が最初に連載されたのもこの雑誌だった。同作は後に第二回日本SF大賞を受賞することになる。

異端サブカルチャーの台頭——「ユリイカ」復刊、「血と薔薇」、「パイデイア」など

政治的にも文化的にも、そして経済的にはもちろんのこと、お祭りの季節として記憶されている七〇年前後は、しかし同時に異端文学や終末論が流行した時代でもあった。

異端ブームを先導したのは「ユリイカ」だった。「ユリイカ」(ユリイカ社)は詩と評論の雑誌として伊達得夫が一九五六年に創刊したものだが、六一年に休刊していた。それを、以前から伊達の相談相手だった清水康雄が六九年七月に復刊した。復刊「ユリイカ」(青土社)も詩と評論の雑誌だったが、次第に異端的な文学、芸術運動の特集を組むようになってゆく。「ユリイカ」七〇年四月号は〈特集=幻想の文学〉。そのラインナップは、澁澤龍彥「幻想文学について」をはじめ、巖谷國士《いわやくにお》、土岐恒二、稲生永《いのうひさし》、入沢康夫、吉野裕らがフランス文学からボルヘス、そして日本神話までを幅広く論じた画期的なものだった。

「ユリイカ」以前にも、戦争直後のカストリ雑誌のなかで、エロ・グロ・ナンセンスとしての怪奇や幻想が取り上げられることは、しばしばあった。またミステリやSFの雑誌、たとえば「宝石」五五年一一月号の〈海外異常心理小説特集〉、「SFマガジン」六一年九月臨時増刊号〈怪奇・恐怖特集号〉、「別冊宝石」一〇八号(六一年一〇月)の〈世界怪談傑作集〉、「ヒッチコックマガジン」六二年八月号〈恐怖小説特集〉、「ミステリマガジン」六七年八月号〈恐怖・怪奇小説特集〉などが、かなり充実した内容を示していた。しかしこれらはすべて海外短編の翻訳が主となった特集であり、「ユリイカ」の姿勢は、日本の若手研究者、評論家を大いに刺激した。その後、同誌は「日本の世紀末」「シュルレアリスム」「エロティシズム」「オカルト」などを特集した臨時増刊号を出し、本誌でも異端文学者の作家特集を行った。

「思潮」第五号も〈恐怖と幻想の夢象学〉を組んでいる。これらは純粋に文芸的なものだったが、学園紛争に失望した若者たち中心に熱心な読者が増えた。大学解体を叫んだ学園紛争の政治的熱狂を経た若者たちの関心は、単純にアカデミズムへは回帰せず、新たな知的関心対象を求めていた。

澁澤龍彦が責任編集を務めた〝高級エロティィズム雑誌〟「血と薔薇」も伝説的存在だ。その編集スタンスは学際的取り澄ましとは無縁でありながら扇情的でもなく、エロティシズムそのものを赤裸々に見つめる体《てい》の「現実直視の幻想視線」が貫かれており、物議を醸した。第一号

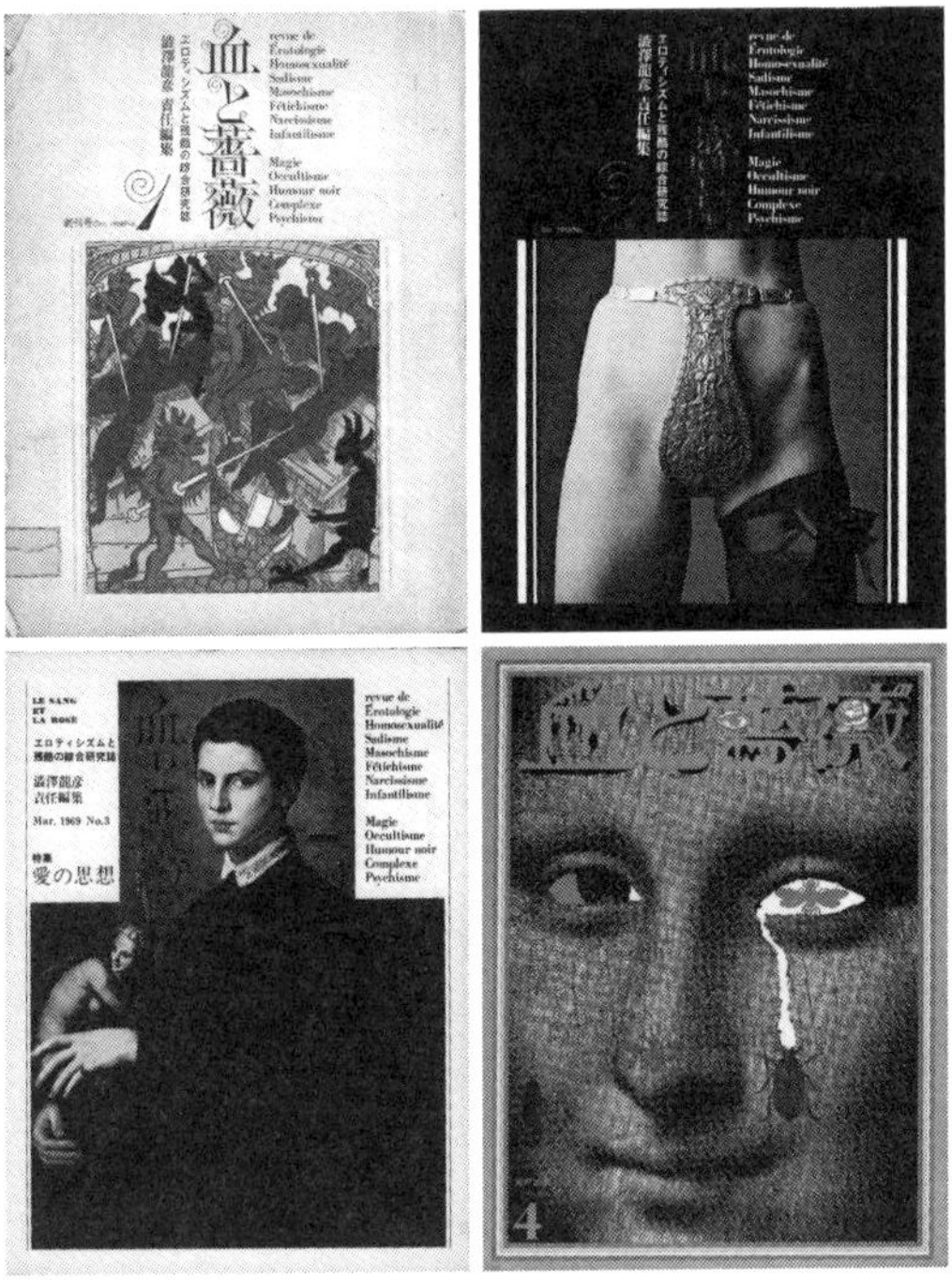

「血と薔薇」全4冊

（六八年一一月）には澁澤のほか、種村季弘、三島由紀夫、稲垣足穂、中田耕治、生田耕作、飯島耕一、高橋睦郎《むつお》、植草甚一、加藤郁乎《いくや》らによる随筆、翻訳、小説がならび、池田満寿夫、中西夏之、金子國義、横尾忠則らの絵がインパクトを与えていた。第二号（六九年一月）の執筆者もほぼ同傾向だが、〈競作カラーオフセット〉として「未来のイヴ」の題で司修《つかさおさむ》、谷川晃一、落合茂、中村宏、「殺人機械」の題で池田龍雄、長新太《ちょうしんた》、中村宏、堀内誠一が作品を寄せているが、ＳＦ・幻想ヴィジュアルとしても注目に値する。しかし三号を出した時点で、財政上の事情から澁澤は手を引くことになる。

版元の依頼で四号の編集人を引き受けた平岡正明は、北鎌倉の私邸に澁澤龍彥を訪ねている。そのとき澁澤は「君は損をするよ。神彰《じんあきら》には金がない」といったという。「血と薔薇」の版元・天声出版の出資者・神彰は、海外アーティストの日本公演を企画運営するいわゆる呼び屋として大きな仕事をしてきたが、予定していたマイルス・デイヴィス招聘が不可能になったために大きな損失を出し、天声出版も経営危機に瀕していた。そのために単体としては黒字だった「血と薔薇」の執筆者への原稿料支払いがストップしたことが、澁澤が同誌編集から手を引いた理由だったのだ。こうしたことは小出版社ではよくあり、出版の志を唱えて原稿料支払い不能を正当化する編集者もままおり、澁澤との個人的な関係から執筆を引き受けていた多くの書き手は、場合によっては無報酬でも原稿を書き続けてくれたかもしれない。しかし曲がりなりにも商業出版として仕事をする以上、そのような甘えは許されないというのが、澁澤の信念だった。澁澤はグチや恨み言は一言も口にせず、ただ経営実態についてのみ、平岡に伝えた。

平岡はそんな澁澤を多としている。

しかし〈はたらきはじめてみると。『血と薔薇』をめぐる諸関係は思った以上にこじれていた。天声出版の旧社員は一人もいなかった。澁澤時代の執筆者は全員執筆を拒否した〉（平岡『アングラ機関説――闇の表現者列伝』）。平岡としては、二、三号持ち堪えれば、沼正三《ぬましょうぞう》や団鬼六《だんおにろく》を中心に据えて、自分のカラーで雑誌を立て直す目算があったが、それだけの力は天声出版には残っていなかった。それでも四号には、沼正三「家畜人ヤプー」、唐十郎「ガラスのヴァギナ」、木下成人「黄泉からのオルグ」、平岡正明「小説　美女破壊工房」などが並び、中村宏の絵も載った。しかし印刷ができた頃には親会社が倒産し、雑誌も債権者に押さえられ、一部がゾッキ本に流れた。

この時期、胡散臭い想像力を満載した雑誌としては、もうひとつ「黒の手帖」（七一年五月創刊）も忘れてはならない。この雑誌はニューエイジ的なヒッピー／麻薬文化、オカルト、精神世界を追求し、創刊号には赤瀬川原平、石森章太郎、石子順造、平岡正明、須永朝彦、鈴木いづみ、マッド・アマノらが参加していた。その偽史（超古代史）、超能力、心霊学への関心は、後の「地球ロマン」「オカルト時代」につながっている。さらに「遊」も同年九月に創刊している。こちらは類似の傾向を秘めながらもハイソな構えで、神智学や図像学の探求を中核に据えていた。こちらは後の多くの出版ヴィジュアル文化に影響を与えた。「エピステーメー」（七五年創刊）もこの系譜に属するといっていいだろう。

また季刊雑誌「パイデイア」一〇号（七一年春）が組んだ〈特集・シンボル、錬金術〉は、種村季弘「化学の結婚」、巖谷國士「黒い太陽の神話」、入沢康夫「ネルヴァルの詩と神秘主義」、ボルヘス著、土岐恒二訳「カバラ擁護論」「邪教徒バシレイデス擁護論」、フランシス・イェイツ著、玉泉八州《たまいずみやす》男《お》訳「ヘルメス学とグローブ座」など、幻想文学に関する充実した内容を盛り込んでいた。

「パイデイア」は六八年春に創刊され、当初から「構造主義とは何か」（創刊号）、「ヌーヴォー・ロマンの可能性」（四号）、「シュルレアリスムと革命」（六号）、「モーリス・ブランショ」（七号）、「ジョルジュ・バタイユ」（八号）などの興味深い特集を組んでいた。七号ではブランショ本人から特別寄稿「マルクスの例」を得ている。そこからさらに一〇号「特集・シンボル・錬金術」、一一号の「特集・思想史を超えて――ミシェル・フーコー」を経て、「日本的狂気の系譜」（一二号）、「終末の思想」（一三号）、「死と怨念」（一五号）など、八〇年代のニューアカデミズムとオカルトの接近を先取りするかのようなラインナップが目立つようになった。一二号に掲載された竹内健「神字論」は、平田篤胤『古史徴』などを引きながら神代文字を論じたもので、偽史（古史古伝と称された捏造史学文書）に関する研究であり、一三号掲載の松田修「終末観なき終末」と共に、知的オカルトファンに後々まで影響を及ぼした。

同時期に出た「黒の手帖」（七一年五月創刊）や「遊」（七一年九月創刊）もＳＦ、幻想文学、現代美術、そしてカウンターカルチャーにまたがる関心領域を持った雑誌だった。

これらの雑誌の執筆者は、怪しげな知の体系のなかに自身も身をおくものから、一定の距離を置いて対象化して考察するものまで、その姿勢はさまざまだが、七〇年代には、後にアカデミズムとジャーナリズム（それも大出版社からミニコミ、地下出版まで）へと分かれていく者たちが、渾然として同居しているのが目に付く。それが時代の活気を生んでいたのかもしれない。

なお「パイデイア」編集部にいた安原顯《やすはらけん》は、中央公論社から創刊されたばかりの「海」に引き抜かれて竹内書店を去った。ちなみに安原は、「海」の後、「マリ・クレール」副編集長などを経て中央公論を離れて、書評誌「リテレール」を起こし、文筆家育成塾なども運営した。一方、安原が去った後、「パイデイア」の編集は中野幹隆が担ったが、中野もまもなく青土社の「現代思想」編集部に移り、さらにその後は哲学書房を興して、季刊「哲学」などを出した。

これら「異端の知」をめぐる関心の諸相は、七〇年代前後には胡散臭いものと目されていたが、八〇年代になるとむしろ若者の知的関心の中心になっていく。

「幻想と怪奇」と「牧神」

知的なうえに背徳的な雰囲気もたたえた雑誌は、しかし短期間で終わった「血と薔薇」を除けば、いずれも幻想文学の専門誌ではなく、時折、特集を組むだけだった（しかも「血と薔薇」は性的刺激が強すぎて嫌う者もいた。ＳＦ・幻想文学のファンは概して奥手なのである）。だから本格的な怪奇幻想文学の専門誌「幻想と怪奇」が出たときのファンの喜びは尋常ではなかった。

「幻想と怪奇」の版元の三崎書房は「エロチカ」という雑誌も出していたが、同誌はエロだけでなく、グロテスクやナンセンスなど、戦前の探偵小説誌や「変態心理」「犯罪学雑誌」など

「幻想と怪奇」創刊号

の犯罪・異常心理的風俗研究誌とも相通じるような感性で編集されており、時折、戦前の探偵小説や怪奇小説の復刻も載せており、「幻想と怪奇」を出す下地があった。

「幻想と怪奇」の企画は紀田順一郎が中心になって練り、荒俣宏、瀬戸川猛資《たけし》、鏡明らが創刊時点で参加した。平井呈一も企画の相談に応じた。創刊号（一九七三年四月）では一般読者へのわかりやすさを考えて〈魔女特集〉を組み、M・R・ジェイムズやアーサー・マッケン、コッパードなどの翻訳、それに種村季弘「魔草マンドラゴラ」、権田萬治「さよなら、ドラキュラ伯」などが載っている。二号〈吸血鬼特集〉はウェイクフィールド、デ・ラ・メア、ホジスン、ラヴクラフトなどの翻訳に加えて、紀田順一郎「吸血鬼観念の普遍性」、石川喬司「怪奇SF問答」などが載っている。続く三号では〈黒魔術特集〉を組み、ブラヴァツキー、レヴィ、クロウリー、マイリンク、アール・E・ロバーツなどの翻訳を載せているのは先駆的だった。そして四号〈ラヴクラフト＝CTHULHU神話特集〉、五号〈特集　メルヘン的宇宙の幻想〉を経て、六号〈幻妖コスモロジー　日本作家総特集〉が出ている。同号には、石川鴻斎《こうさい》、琴吹夢外訳「夜窓鬼談」、村山槐多《かいた》「悪魔の舌」、松永延造「哀れな者」、平山蘆江「悪業地獄」、藤沢衛彦《もりひこ》「妖術者の群」、三橋一夫「夢」、香山滋「妖蝶記」、平井呈一「エイプリル・フール」、半村良「箪笥」、立原えりか「かもめ」、都筑道夫「壁の影」、桂千穂「鬼火の館」など、復刻・新作取り混ぜた作品が載っており、この号自体が貴重なアンソロジーだった。ちなみに同号には雑誌ながらオレンジ色の帯が付いていた。その後〈特集　夢象の世界〉〈オカルト文学の展開〉〈特集　暗黒の聖域〉〈特集　現代幻想小説〉〈特集　幽霊屋敷〉、そして七四年一〇月の〈特集　ウィアード・テールズ　パルプマガジン〉と続いたが、この一二冊をもって休刊となった。誌名を変え、編集方針を再検討して再出発する計画だったが、それも頓挫した。また同誌編集の過程で紀田らは世界の幻想文学の古典を網羅する叢書を企画していたが、これも無期延期となった。ただしこの叢書は、やがて国書刊行会の幻想文学大系として実現することになる。

　この時期、「幻想と怪奇」と並んで、英文学を中心に幻想・異端の文学を紹介した雑誌「牧神」も出ている。

　四方田《よもた》犬彦は当時を回想して〈１９７０年代の中ごろから１９８０年にかけては、欧米の幻想文学から実験的な文学作品までが、小さな出版社から次々と翻訳刊行された時代であったといえる。老舗の白水社からシュルレアリスト小説選集が、東京創元社からはラヴクラフトの傑作集が刊行されていた。新興ではコーベブックスは生田耕作の訳本を皮切りにフランスの暗黒文学を、国書刊行会は「ドラキュラ叢書」を、月刊ペン社は「妖精文庫」を次々と刊行していた。他にも森開社、奢灞都《さばと》館、青銅社、出帆社、大和書房といった、一癖ありそうな社名の出版社が、部数こそ少ないが匣入りの凝った装丁の翻訳書を世に問うていた。その中心とでもいえる存在が、『牧神』という洒落たリトルマガジンを刊行している牧神社だった〉（『先生とわたし』）と述べている。

牧神社を創設した菅原孝雄は思潮社の編集者だった人物で、雑誌「現代詩手帖」「思潮」の編集を担当し、「思潮」の〈恐怖と幻想の夢象学〉特集も手がけていた。同社を立ち上げたのは平井呈一の本を出すためで、社名も平井が名づけたものだった。菅原に相談された平井は他にも黄眠堂、壺中堂など数十の案を出してくれたという。ここには日夏耿之介への平井の敬意が感じられる（「黄眠」は日夏の号のひとつだった）。牧神社が出した最初の本は『アリスの絵本』であり、サンペの『プチ・ニコラ』シリーズだった。平井呈一訳による『アーサー・マッケン作品集成』も好評だった。同書は装丁・字組みも優れており、戦前の日夏耿之介の造本に通じるセンスがあった。

雑誌「牧神」は、小型のパンフレット〈マイナス三号〉〈マイナス二号〉〈マイナス一号〉を出した後、七五年一月に創刊号を出した（出版案内を兼ねた〈マイナス〇号〉があったとも聞くが未見）。創刊号（七五年）の特集はゴシック・ロマンスで、由良君美《ゆらきみよし》「ゴシック風土」、M・プラーツ著、江河徹訳「暗黒小説の美学」、種村季弘「犯された無垢――H・フュスリのアフォリズムについて」、井出弘之「『おとらんと城綺譚』のゴシック空間」、井村君江「日夏耿之介のゴシック・ロマン詩界」のほか、塚本邦雄、荒俣宏、富士川義之、齋藤磯雄、池内紀《おさむ》、日影丈吉、須永朝彦らの原稿が並んでいる。前述のような経緯で、牧神社の企画は平井呈一に相談が持ちかけられていたが、雑誌が具体化した頃には平井の体調が思わしくなく、実際には由良君美に企画相談されるようになった。当時は、平井呈一を挟んで大衆浸透路線の「幻想と怪奇」と文人趣味の「牧神」がある、といった印象だった。

由良君美は西脇順三郎の教え子だが、その江戸趣味・文人趣味は、むしろ日夏耿之介や平井呈一（あるいはその師であった永井荷風）の系譜に連なる人だったと思う。

「牧神」は二号〈不思議な童話の世界〉を特集し、以降、三号〈幽霊綺譚〉、四号〈海洋冒険小説〉、五号〈ウィリアム・ブレイク――予言と神秘の書〉、六号〈ウィリアム・ブレイク――無垢（イノセンス）の歌〉、七号〈神秘主義について〉、八号〈ノヴァーリス――夜の想像力〉、九号〈崩壊する女らしさの神話――アメリカ女性作家を通して〉、一〇号〈ＳＦファンタジーの世界――ル・グィンの神話と幻想〉、一一号〈都市の肖像――幻想市街図〉、一二号〈人間の棲家――建物の生理学〉と続いた。怪奇・幻想文学への関心を基調としながら、現代思想の先端への意欲が漲っていた様子が、特集タイトルからだけでも伝わってくるだろう。

「牧神」マイナス3号と創刊号

それにしても「幻想と怪奇」も「牧神」も、奇しくも一二号で終わっている。「これが限界なのか」というのが、当時の怪奇・幻想ファンの感慨だった。

また両誌の周辺には、唐十郎の「ドラキュラ」（新樹書房、七三年。創刊号のみ）、「月下の一群」（海潮社、七六年。創刊号、二号）があった。また海潮社は別雑誌「銀河」で特別増大号〈特集＝マリオ・ラボチェッタの世界〉も出していた。これは荒俣宏が編集に関わり、横田順彌、森田暁、阿見政志らが参加していた。森開社の「森」も小冊子ながら、〈天折作家特集〉〈少年特集〉〈近代仏蘭西作品集〉〈リラダン特集〉など、シブイ路線で密かに人気が高かった。政治の季節が去り、反権力ないしは脱権力的な若者は、しだいに幻想文学・ファンタジーへの関心を深めていた。

空想からオカルトへ――「地球ロマン」「オカルト時代」「ムー」

一九七六年八月、絃映社から「地球ロマン」復刊Ⅰ号が刊行され、ほぼ同時期の七六年九月にみのり書房から「オカルト時代」が創刊されている。

「地球ロマン」は、東大で由良君美に師事した武田崇元《すうげん》（武田洋一）、伊藤裕夫《やすお》らが中心になって作った雑誌で、日本の異端文化を対象としていた。実質的な創刊号が〈復刊Ⅰ号〉となっているのは、同年四月、五月に同じく絃映社から創刊号、二号が出ていたためだが、それらは戦後カストリ雑誌を思わせるチープで扇情的な表紙や記事に彩られた作りだった。「地球ロマン」は路線を一新し、とりあえず二年間隔月刊行という計画で再出発したものだった。

復刊Ⅰ号は〈総特集＝偽史倭人伝〉と銘打って「偽史」を取り上げている。編集部による巻頭言「偽史に憑かれた人々」には〈ここに「偽史」と呼ばれる、奇想天外な「異説」がある。曰はく、日本人の祖先はユダヤ人だ、日本に太古の文明があった、キリストは日本に来た、神武以前に何十人もの天皇がいた……。／これらの奇説は、そのキワモノ性の故、古代史ブーム等の中で時たま紹介されることがあっても、常に衛生無害なエピソードの域を出ることはなかった。／さて、本号では、これらの「偽史」を特集する。特集するに当って、これらの「偽史」が従前被せられてきた、面白半分な形容を取り除き、「偽史」が主張しようとしている「何か」を捉えるべく、生のままで提示したいと考えた。蓋し、「偽史」の原文の持つボルテージは、それが単なる「奇説」以上のものを持っていると考えるからである〉とある。この姿勢は、当時としては画期的なものだった。それまで、偽史を取り上げる者はその信奉者もしくは

「地球ロマン」創刊号と同誌復刊Ⅰ号

利用者がほとんどで、それらを「超古代史」「古史古典」として無批判に喧伝するものが多かった。その一方で大多数の研究者、真面目な歴史愛好家はこれを頭から否定するか無視してきた。「地球ロマン」では、これを虚構の歴史としながらも、そのようなものを生み出した心性を探ることを目指すという立場を取っている。ただし武田崇元は、次第にその魅力に取り憑かれていくことになる。

「地球ロマン」復刊2号は〈総特集＝天空人嗜好〉を組み、「空飛ぶ円盤」に関する資料を載せ、竹内健「奉納・悪神香香背男考――天津赤星とスバル」、由良君美「『翼人』稗説外伝」、横田順彌「古典SFに描かれた日本人の宇宙像」、C・G・ユング著、四方田犬彦訳「現代の神話――UFO」などの原稿が並んでいる。また堂本正樹・団精二（荒俣宏）・中園典明の座談会も行われた。ここには、戦後以来のUFO運動とSFとアカデミズムの邂逅、さらには八〇年代の幻想文学とニューアカデミズムにいたる知的関心の先取りが見られた。復刊2号の「読者のたより」欄には〈有賀竜太さんが座談会で「パイデイア」誌十二号にふれておられましたが私も同号に限りなく触発されたひとりです。竹内健氏の「神字論」、「日本的凶器の淵源を探る」はいくどとなく読み返しました。最近では武内裕氏の「日本のピラミッド」を、支配イデオロギーに対するゲリラ戦としておもしろく読みました。（中略）ともあれ、「えろちか」、「黒の手帖」、「血と薔薇」、「幻想と怪奇」といった先行する各誌と同じく、太く短かくがんばってくださいい〉という読者投稿が載っており、当時の偽史、異端、幻想怪奇の需要者側の関心の重なりが興味深い。まったく私が投稿したのではないかと自分でも錯覚するほどだ。なお同誌は続けて〈総特集＝我輩ハ天皇也〉も出している。

一方、「オカルト時代」は、よりポピュラーな誌面を目指していた。創刊号には超能力、霊界、四次元（異次元）、超科学、心霊施術などの話題が並んでいる。執筆者には団精二、斉藤守弘、武内裕《ゆう》、佐伯光、田中直巳、村井実、水木しげる、平野威馬雄といった名前が並び、団鬼六の本格心霊小説『亡者の城』の連載もはじまった。同誌の編集後記には〈超能力だ、UFOだ、宇宙考古学だ——と、そんな話題がますます高まりつつあります。オカルトの正確な定義はともかく、それらをひっくるめ、このオカルティズムというものを偏見と盲信を捨てた新しい合理主義の立場から見つめ直し、ひいては物質文明に窒息した人間の復権を目ざそう——そんな大それた（？）意図からのクラス・マガジン〉と記されているが、研究や分析よりも紹介や驚愕の姿勢で編集されていた。とはいえ決して盲信するわけではない、好奇心と笑いの要素も仄見える。これは「オカルト時代」と同じ版元から出た雑誌「OUT」にも通じるところがあった。改めて照合すると、「OUT」は七七年三月、「オカルト時代」創刊の翌年に創刊されている（五月号）。アニメ雑誌の先駆けとなり、SF・ミステリにも親和性が高かった同誌は、当初は幻想的な話題にも敏感だった。そこには〈オカルト時代〉の影響もあった。「地球ロマン」「オカルト時代」は短期間で終了したが、両誌が好んで取り上げたような話題は雑誌「ムー」で、ますますエンターテインメント化して読者に供給されるようになる。その読者・投稿マニアのなかに、後にオウム真理教・サリン事件を引き起こす麻原彰晃がいた（まさか本気にするやつがいるとは）。

また「地球ロマン」の武田崇元は、超古代史に傾倒し、八幡書店などで竹内文書や東日流外《つがる》三郡誌など、偽史に連なる資料刊行に熱心に取り組むようになってゆく（こちらも半分商売とはいえ、半分は本気だったらしい）。オウム真理教の運動には全共闘的な反体制思想影響があると指摘されることがあるが、七〇年代後半のオカルト文化には、全共闘・学園紛争の名残が潜在していた。そしてそれは八〇年前後のオタク文化顕在化の基層を成しているというのが、私の考えだ。麻原彰晃は、それらオカルト文化経由で、〝反社会・反権力〟という権力意志を培ったのではなかったか。七〇年代後半の「シラケ」も、八〇年代前半のオタクも、ノンポリの極北と見做されがちだが、彼らは心の奥底に非暴力の闘争幻想を抱えていた。想像力を欠いた現実社会に、戦いを挑まなければならないという義務感のようなものがあった。これも七〇年代の遺産だ。

作風を確立した第一世代の活躍、浸透

ともあれ七〇年代の日本社会は安定しており、日本ＳＦは（というより個々のＳＦ作家は）社会的にも文壇的にも広く認知されるようになっていた。特に第一世代の活躍の幅はいっそう広がり、社会的地位も確立していた。星新一の軽妙で味わい深いショートショートは新聞や中間小説誌から各業界の広報誌まで引っ張りだこであり、一〇〇一篇に至る数多くの作品が生み出されていくことになった。

小松左京は作家としての成熟期を迎え、短編も長編も精力的に発表する一方、文明批評家としても重く用いられ、ＳＦの社会的存在感を高めるのに貢献した。

筒井康隆は毒のある風刺的作品で人気を博す一方、やくざの世界を描いた『男たちの描いた絵』、文学同人誌や文学賞レースを風刺した『大いなる助走』（一九七九）などを発表、ＳＦ以外の作品でも高い評価を得ていく。そして八〇年代に入ると、筒井の作品は純文学として評価されるようになっていく。

豊田有恒は歴史的知識を活用して歴史改変やタイムスリップが登場するＳＦを追求し続け、時には純然たる歴史小説をも書くようになっていく。既存の知識や情報を、ＳＦ的世界観を広げる補助線として活用するのはヴェルヌ以来の常道だった。半村良もまた歴史改変を得意としたが、半村はそこに偽史的伝奇的な解釈を加えることで、「もうひとつの歴史」を壮大なスケールで幻想化した。その特異な古代王権的日本観は多くの読者を魅了すると共に、復古主義的情動を刺激するものとして左派的批評家の批判を招くことにもなった。

一方、眉村卓や光瀬龍は、六〇年代から学年誌などでジュヴナイルＳＦを盛んに書いていたが、それらがＮＨＫ少年ドラマシリーズなどで続々と映像化され、新たな人気を獲得していった。同枠ではＳＦのほか名作物・児童文学物がドラマ化されたが、ＳＦでは「タイム・トラベラー」（七二年、原作・筒井康隆『時をかける少女』）「続タイム・トラベラー」（同）をはじめ、光瀬龍の「暁はただ銀色」（七三）、「夕ばえ作戦」（七四）、「明日への追跡」（七五）、「その町を消せ」（七八）、また眉村卓の「なぞの転校生」（七五）、「未来からの挑戦」（七七）、「幕末未来人」（七七）などがドラマ化された。また佐野洋原作「赤外音楽」（七五）、萩尾望都「11人いる」（七七）、筒井康隆「七瀬ふたたび」（七九）、小松左京「僕とマリの時間旅行」（八〇）も製作された。また角川映画などでのジュヴナイルSFも人気を博した。

この間、眉村は『司政官』（七四）、『産業士官候補生』（同）、『変な男』（七五）、『奇妙な妻』（同）、『通りすぎた奴』（七七）、『影の影』（同）、『白い小箱』（七七）などを刊行、『消滅の光輪』（七七）で泉鏡花賞を受けた。その後も眉村はコンスタントに作品を発表し続け、二〇一〇年代にも現役で活躍している。

一方、光瀬は『喪われた都市の記録』（七二）、『征東都督府』（七五）、『秘伝宮本武蔵』（七六）、『東キャナル文書』（七七）、『かれ、アトランティスより』（七九）などを刊行、八〇年代にも『かれら星雲より』（八一）、『復讐の道標』（同）、『派遣軍還る――SFマガジン版』（八二）などのほか、大著『平家物語』（八三〜八八）を刊行した。また一九七七年には萩尾望都により『百億の昼と千億の夜』がコミカライズされた。

ハヤカワSF三大コンテストと第二世代の躍進――山田正紀・横田順彌・かんべむさし・夢枕獏・堀晃・梶尾真治・田中文雄・山尾悠子ら

こうしたベテラン作家たちの躍進に加えて、七〇年代後半を特徴付けたのは、第二世代の作家たちの登場、活躍だ。それにはハヤカワSFコンテストの再開が大きく影響している。

一九六一年の第一回以降、六二年、六四年の三回のみで休止していた同コンテストが、一九七四年に復活した（第四回だがこの時は「三大コンテスト」と称し小説部門のほかアート部門、漫画部門があった）。小説部門では田中文雄「夏の旅人」、かんべむさし「決戦日本シリーズ」、山尾悠子「仮面舞踏会」などが佳作や選外優秀作になった。またアート部門では加藤直之、宮武一貴らが選ばれている。彼らは日本ＳＦの第二世代とされた。

なおこの時は単発の復活だったが、一九七九年（第五回）以降は毎年開催されるようになり、多くの作家が誕生した。彼らは第三世代と呼ばれることになる。

休止期間が長かったこともあり、七〇年代にはハヤカワＳＦコンテストを経ずに、同人誌経由などでデビューする作家が多かった。そうした人々の多くは、学生時代からのＳＦファンで、「宇宙塵」に参加したり自身でファンジンを発行したりした経験を持つものがほとんどだった。前述の田中光二もそうだし、堀晃《ほりあきら》、梶尾真治、川又千秋、横田順彌、鏡明、山田正紀、夢枕獏、高千穂遙などである。

山田正紀は「宇宙塵」に作品を発表していたが、柴野拓美が預かっていた原稿を「ＳＦマガジン」に推薦し、一九七四年、同誌に「神狩り」を発表してデビュー。その好評を受けて山田は同誌に「流氷民族」（のち「氷河民族」と改題）を連載し、小松左京を継ぐ正統派の大型新人として注目された。以後、『弥勒戦争』『神々の埋葬』『崑崙遊撃隊』『地球・精神分析記録』などを次々と発表していく。『火神を盗め』（七七）は直木賞候補にもなった。その後、『宝石泥棒』を経て八〇年代前半には『最後の敵』『神獣聖戦』『闇の太守』など、ＳＦ、冒険、アクション小説と幅広く執筆、八〇年代後半以降は、それらに加えて石川啄木に材をとった『幻象機械』や密教に材をとった『延暦十三年のフランケンシュタイン』など思弁的歴史（文芸）改変小説で新境地を開いた。二一世紀に入ってからのこの系譜の作品に『イリュミナシオン　君よ、非情の大河を下れ』『カムパネルラ』がある。また初期の〈神〉シリーズとは別な形で人間の限界を問う『ここから先は何もない』なども著し、その存在感は揺るぎない。またミステリでも高い評価を得ている。

横田順彌は先に紹介したように「一の日会」出身でファンダムでは早くから活躍し、ハチャハチャSFによって多方面に活躍する一方、古典SF研究を進め、日本SF史研究を軌道に乗せた。その作品があまりに面白いので、しばしば見落とされるのだが、横田のハチャハチャには既存のSFや映画のパロディが入っており、その参照が批評性というより次の笑いを引き起こすところに特徴がある。この点に、ネガティヴな評価ながら着目したのは中島梓だった。

中島は横田の手法を過去のSF作品に対する知識の共有を前提としたファルスであり、仲間受け的なものとして批判した（『道化師と神』）。だが私見では、横田のパロディは元ネタを知っていたからといって意味性や批評性を持つものではなくあくまでナンセンスで、その無意味性を楽しむところに主眼が置かれていた。中島の批判は、横田作品そのものというより、その批判を通してプロとファンが強い一体感で結ばれているSF界に対して、彼女が感じた疎外感を露呈させたものだったように思う。ちなみに笑いやパロディをSF的なセンス・オブ・ワンダーに通じるものとする心性は確かにSF界には強く、六〇年代には広瀬正、水野良太郎、豊田有恒、伊藤典夫、片岡義男、小鷹信光、しとう・きねおらがパロディ創作集団「パロディ・ギャング」を結成していた。またジャズ人脈とSFのつながりの深さにも、正調からあえて外す自在性への思考共有が関係していた。

　関西在住で広告会社勤務だったかんべむさしは、前掲の三大ＳＦコンテストで佳作に選ばれて以後、筒井康隆のＳＦ同人誌「ネオ・ヌル」に参加してＳＦセンスを磨いた。そして七五年に専業作家となり、「サイコロ特攻隊」「俺はロンメルだ」「笑撃空母アルバトロス」などを続々と発表、独自の言語感覚と奇想で日本社会（特に日本型会社組織、サラリーマン生活）への風刺的笑いを追求した。その笑いの徹底性は、筒井康隆をして「遠からず『本家ドタバタＳＦ』の看板は奪われてしまうに違いない」（『七五年日本ＳＦ傑作選』解説）と言わしめた。

　当時、かんべむさしのドタバタと横田順彌のハチャハチャはしばしば併置されたが、あえて両者の違いをあげるなら、前者が辛辣な風刺の毒により意味性を内包しているのに対して、後者のそれは徹底的に無意味であり、批判さえも意味すまいとするナンセンスの貫徹にあった。要するにかんべには社会秩序への反骨があり、横田の神髄は虚無的諦念なのである。それはまた、かんべの非ＳＦ的作品における社会批評性、横田のファンタジー作品や明治物における叙情性にも通じていよう。

　夢枕獏も「ネオ・ヌル」の出身で、同誌に発表したタイポグラフィック作品「カエルの死」が「奇想天外」七七年八月号に転載されてデビューした。初期はファンタジー系の作家と思われていたが、八〇年代に入ると〈闇狩り師シリーズ〉〈魔獣狩り〉シリーズなどのバイオレンス伝奇ＳＦで人気を博し、『上弦の月を食べる獅子』などの本格ＳＦも上梓した。その後も〈陰陽師〉シリーズや歴史物で人気作家としての地位を不動のものとする一方、趣味の釣やプロレスなどの格闘技が絡んだ作品も数多く執筆している。少女マンガにも詳しい。

堀晃もまた兵庫出身ということもあって、筒井康隆経由でデビューしている。学生時代から「ＮＵＬＬ」「宇宙塵」に参加し、自らも「パラノイア」「タイムパトロール」を発行したＳＦマニアで、「ＮＵＬＬ」から「宇宙塵」に転載された「イカルスの翼」が、「ＳＦマガジン」に再転載されてプロデューした。堀は会社勤務を続ける兼業作家の道を選んだこともあって寡作だったが、科学的知見と科学的論理性を重んじるハードＳＦの、日本では数少ない優れた書き手として、ファンから篤い信頼を寄せられた。その一方で熱心な落語ファンでもあり、小松左京を介して桂米朝（先代）一門と交流を持ち、創作落語を手がけたばかりでなく、自身もＳＦ大会などでしばしば落語や漫談を披露した。同世代で落語好きの横田順彌やかんべむさしと気が合ったのも頷ける。

梶尾真治は「宇宙塵」掲載の「美亜へ贈る真珠」が「ＳＦマガジン」に転載されてデビュー。しかし地元の熊本で家業であるガソリンスタンド・チェーンを継がねばならなかった関係上、兼業作家として過ごさざるを得なかった。それでも「フランケンシュタインの方程式」（七八）、「地球はプレインヨーグルト」（七九）など秀作は少なくない。タイムリープや時間の超越を扱った叙情的なロマンチックＳＦからユーモアＳＦまで作風も幅広く、長編では『サラマンダー殲滅』（九一）、『黄泉がえり』（二〇〇〇）、そして『怨讐星域』（一五）などがあり、近年も若々しい作品を発表し続けている。

田中文雄の経歴はいっそう複雑だ。田中は「白い翼の郷」で六三年に「宝石」デビューを果たしているので、第一世代に加えてもいいのだが、その後は就職した東宝撮影所や東宝テレビで映像製作中心に仕事をしており、その後、活字では「SFマガジン」のハヤカワSF三大コンテストで再デビューした。田中が『大魔界』シリーズ（八一〜八九）、『緋の墓標』シリーズ（八八〜九二）など旺盛な執筆活動を展開するのは、八〇年代以降となる。

異質な作風で突出していたのは山尾悠子で、日本SF作家クラブにも所属したが、元々、澁澤龍彥やル・グィンに通じる要素が強く、次第にSFというより幻想文学へと活動の主軸を移し、しばらくの沈黙の後、濃厚な幻想的作品で作家活動を再開している。念のために述べておくと、私はSFと幻想文学を通底するものと考えており、この分類に優劣や党派性を感じるものではない。作品に付されたレッテルは、その魅力を簡便に最大公約数的に表示する意味しかなく、純文学にエンターテインメント性がないわけではないし、エンタメに文学性がないわけでもない。

とはいえ七〇年代には実際の作品傾向とはまた別に、SF界では科学性を重視したハードSFを正系とする考えが強く、ファンタジーは傍流視される傾向が強かった。しかも山尾作品は分かりやすいファンタジーではなく、硬質な文学性を有していた。その作風を荒巻義雄は「安部公房や倉橋由美子などの幻想文学の戦列に繋がるもの」と評価しているが、山尾作品はそうした論理性が明示された小説よりも、いっそう直覚的で象徴的な世界構築が感じられる。その結晶的な文体は昭和初頭の尾崎翠や丸岡明、あるいは左川ちかの散文詩を彷彿とさせる……と言って、この喩えがどれくらい通じるのか我ながら心許ない。やはり倉橋由美子や中井英夫辺りを引き合いに出すのが良識的だろう。それでも、そのように表現し難い魅力のある作品を評価して受け入れる土壌が、七〇年代のＳＦにはすでに備わっていたことを確認しておきたい。

第十四章　八〇年代の輝き——SFとおたくとポストモダン

第三世代の「新しさ」と「正統性」——新井素子、大原まり子、柾悟郎、神林長平、谷甲州ら

七〇年代後半にはじまった出版界におけるSFの隆盛は、八〇年代になってますます盛んになった。「SFマガジン」のコンテストは継続中で、そこから生まれる新人を中心とした分類による「第二世代」と「第三世代」は地続きなのだが、あえて区別すると第二世代は七〇年代から活躍しており、第三世代は八〇年代以降が主な活動期になる。あるいは前者は中高生の頃に「SFマガジン」創刊（ないし初期の号）に出会ったのに対して、後者は物心が付いた時にはSFは既知のものとして存在していた世代だ。

SFファンダムだと、先輩から「『SFマガジン』は何号から読んでる？」と問われて「〇〇号から」と違和感なく答えるのが第二世代、（エッ、何その質問？）と違和感を抱くのが第三世代といったところ。

第三世代のなかでも若い新井素子は、「子供の頃から火星や冥王星に行く宇宙船の話を読ん

でいたのでアポロが月に行った時の騒ぎに『何で？』と思った」と何かの折に話していたが、同世代の私も当時、まったく同じ印象だったのを覚えている。

その新井素子は、女子高生の日常話体をそのまま写したかのような文章で、マンガよりも読みやすい物語を生み出し、若い世代を中心に圧倒的な支持を受けた。そのマンガ的文体の新鮮さには、橋本治の『桃尻娘』（一九七八）のそれと共に「ズルイ」と感じたが、そう思わせるほどのリーダビリティを作り上げたのは作家の手腕だ。

大原まり子も新井素子と共にアイドル的人気を博す一方、その作風はポストモダニズム文学の一角をなすものとして理解された。岬兄悟《みさきけいご》、火浦功、梶悟郎なども、そうした文脈中で語られることが多かった。八〇年代当時、村上春樹、小林恭二、島田雅彦らが新たな文体と想像的跳躍で注目されていたが、既成文壇の大家のなかには違和感を抱くものもあり、芥川賞で受賞作なしが続いた。その一方で、ポストモダンとＳＦの近接が見られたのである。思えば昭和初頭のモダニズム文学も、既存文壇から鬼子扱いされる一方、探偵小説・科学小説との接近があったことを髣髴とさせられる。

大原は初期の『一人で歩いていった猫』『銀河ネットワークで歌を歌ったクジラ』に収録されている独特のポップで繊細なタッチの短編から、『ハイブリッド・チャイルド』『戦争を演じた神々』などの骨太でフェミニズム的意識の明確な作品へと展開していった。梶悟郎はサイバーパンクと共振する作品を発表し、その第一作品集『邪眼（イーヴル・アイ）』にはブルース・スターリングの序文が寄せられた。火浦はギャグＳＦからハードボイルドまで幅広く執筆し、その軽快な振る舞いと共に器用な作家と思われたが、やがて長い停滞期に入る。

第三世代の多くは、繊細ながらも優れた筆力と豊かな発想を持っており、長く時代をリードし続けると期待されたが、二一世紀以降は停滞気味な作家が多いのはきわめて残念だ。それはあたかもポストモダンの退潮と軌を一にしているかのように感じられる。またモダニズムが昭和恐慌以降の国家主義席捲で霧散したことをも連想させる。あるいはこれは世間の側の退行的萎縮の現れであるのかもしれない。とはいえ諸氏は今も執筆活動をしていないわけではなく、今後の再ブレークも十分にあり得る。

飛浩隆はその好例だ。一九八一年に三省堂SFストーリーコンテストに入選し、八〇年代には「SFマガジン」にも一〇篇近い作品を発表していた飛は、九二年以降しばらく作品を発表しなくなっていた。だが二〇〇二年に『グラン・ヴァカンス』で本格復帰してからは、まるで新人のような旺盛な執筆活動を展開している。飛作品には初期からニューウェーブの影響が感じられたが『自生の夢』(二〇一六) 収録の諸作品は、その傾向で書かれた傑作である。

第三世代で一貫して第一線に立ち続けてきた作家に、新井素子と並んで神林長平がいる(神林は私の感覚では第二世代なのだが、第三世代の代表とされている)。

七九年に「狐と踊れ」でデビューした神林は、八〇年代には日本SF界をリードする作家になっていた。科学技術の細部、人間と技術の関係を描いてリアルな『戦闘妖精・雪風』シリーズが人気を博する一方、ユーモラスな『敵は海賊』シリーズ、そして言語と思考をめぐる「言葉使い師」「言壺」など多様で、個人的には二〇一〇年代の『いま集合的無意識を』『僕らは都市を愛していた』『絞首台の黙示録』に至る系譜が特に好きだ。

またコンスタントに作品を書き続けてきた第三世代に野阿梓がいる。野阿のデビューは神林と同年で、年齢的にも第二世代的な第三世代といっていいのだが、その「花狩人」は少女マンガ的でありながら硬質の幻想世界を構築しており、その冷徹な無神論的思想性と、特に耽美的な表現によって第三世代的である。その後、『武装音楽祭』『兇天使』『バベルの薫り』『緑色研究』『黄昏郷』など、批評的な歴史改変を加えた世界空間を舞台に少年愛を含む耽美的幻想物語を書き続けた。また萩尾望都ファンで、漫画研究も手がけており、ヤオイを論じたり、自費出版（はなのまり名義）で『ガロ作品総目録』を出版したりしている。

「ぱふ」と「OUT」の創刊

マンガは出版産業のなかで、ますます大きな比重を占めるようになっていた。また一九七〇年代後半には、すでにマンガ同人誌は若者同人誌文化のなかでは一般文芸やSFを凌ぐ規模に成長していた。その一方で、マンガ・アニメファンの多くはSFファンとダブっており、「本物のSF」への憧憬も、強く見受けられた。

七八年には映画「未知との遭遇」「スター・ウォーズ」を契機として、日本でもSFブームが起きた。これらによってSFに対する社会的認識は一気に広まったが、それとほぼ同時期に、若者たちの間にはアニメを通してSFファンになり、そこに固執する者も増えた。以前から日本では、「鉄腕アトム」「鉄人28号」「スーパージェッター」などのアニメ、あるいは「ゴジラ」

「ガメラ」「仮面ライダー」「ゴレンジャー」などの特撮物によって、テレビや映画からSFファンになるものはいた。しかし旧世代の人々の多くは、成長するにつれて映像から活字SFへと関心の中心を移していくのがふつうだった。しかし七〇年代後半になると、大人になってもアニメ中心というファンが増えてきたのである。

新世代アニメの最初の衝撃は「宇宙戦艦ヤマト」だった。同作は七四年にTV放映された後、七七年に劇場版が公開された。この作品は全篇を壮大な物語と正統派のSF的設定によって支えられており、主人公である思春期の青年のほのかな恋愛と人間的成長に加えて、緻密に設定され描きこまれたメカデザインによって、それまでのアニメとは一線を画する完成度に達していた。これによってアニメは子供のものという認識から、青年が見ても十分に価値があり、批評の対象たりうるものへと変化しはじめた（豊田有恒原案、松本零士原作の同作は、核汚染された地球を滅亡から救うために宇宙の彼方に放射能汚染除去装置「コスモクリーナー」を求めてゆく物語で、旅からの帰還を目標にしている点、「特攻タイプ」の物語と一線を画していた。それにしても、今の日本にもしコスモクリーナーがあれば……という「物語」は、二〇世紀末にオウム真理教によって演じられていた）。

とはいえ、当初はかえってその完成度の高さのために、従来のアニメ視聴者層である十歳前後の子供たちには難しく、視聴率が低迷して二六回で放送打ち切りとなっている（同時間帯に「ハイジ」「猿の軍団」も放映しており、ファンが分かれた）。その一方で、十代後半から二十歳前後の若者層を中心に再放送や映画化を待望する声が盛り上がり、七七年の劇場版アニメ公開となったのだった。そしてこの時、ファンが公開前夜から映画館を幾重にも取り巻くほどに行列する熱狂を見せたことで、メディアが注目し、本格的なアニメ文化時代の到来と報じられた。そのときの一般メディアの視線は、ちょうど一〇年前に「大学生がマンガを読む時代が来た」と報じたときと同じような、揶揄とポーズとしての憂慮を帯びたものが多かった。

だが、若者雑誌のなかにはマンガやアニメを積極的に評価する動きも起こった。マンガ専門誌「ぱふ」やアニメ専門誌「ＯＵＴ」はその代表だった。

「ぱふ」は、七四年にタウン誌のような体裁ではじまった。創刊時には誌名が決まっておらず、内容もマンガ専門誌というわけではなくて、発行所があった巣鴨近辺のガイドや地元のお医者さんのコラムなども載っていた。それが二冊目から「月刊　漫画界」と改題され、改めて創刊号と銘打って本格的に始動した。当時、情報誌「ぴあ」も出たばかりで、何か面白いものの情報誌を出したいというのが発行人・持田幸雄の気持ちだった。早稲田・慶応・立教大学の漫画研究会に声をかけ、原稿を集めた。当初はマンガ評論誌ではなく、一コママンガや掌篇マンガを載せていた。翌七五年一〇月に誌名を「月刊　漫波」と変えた、さらに七六年一〇月に「月刊　まんぱコミック」と改めた頃には、大学の漫研を中心に口コミで噂が広まり、部数が伸びると共に、東大・お茶の水女子大・東京女子大などの漫研からも原稿を集めるようになっていた。その頃の寄稿家のなかには、お茶の水女子大の湯田《ゆだ》伸子、ケン吉（＝柴門《さいもん》ふみ）、慶応の森川久美、森本ぱんじゃ、田森庸介など、プロのマンガ家になった人も少なくない。ちなみに湯田伸子はＳＦ研の部長も兼任しており、部員には川上弘美もいた。

ところでこの頃、同誌はまだ全国誌（商業誌）ではなく、実質的には同人誌だったが、持田はこれを全国誌に育てたいという気持ちが強く、そのためにプロの人気マンガ家のインタビューなどを精力的に行っていた。月刊ペースを維持すべく努めたのも、そのための布石だった。

そして七七年九月に誌名を「だっくす」と変え、翌七八年六月、ついに全国誌の体裁を整えることができた。もっとも、スタッフ不足のため、全国誌化の直前には刊行ペースが乱れて数ヶ月のブランクが生じたが、六・七月合併号では「特集・大島弓子」、七・八月合併号では「特集・倉田江美」、九・一〇月合併号では「特集・山岸涼子」が組まれ、一一月号「特集・樹村みのり」、一二月号「特集・今飛び立つ少女マンガの世界」と続いた。そして七九年一月に誌名を「ぱふ」と改めてからはほぼ月刊ペースで、諸星《もろほし》大二郎、ますむらひろし、萩尾望都、大島弓子、大友克洋など、個人作家特集中心の展開を続けていく（たまに「COMの時代」「○○年度まんがベストテン」などの企画も組まれた）。

同誌は村上知彦の「まんが月評」や橋本治のまんが評論を得たこともあって、まんが評論専門誌としての特質を確固たるものにする一方、マンガ評論というジャンル確立にも大きく貢献することになった。ちなみに同誌がマンガ雑誌からマンガ評論雑誌に転じたのは、有名マンガ家に原稿依頼してもなかなか書いてもらえず、文章やインタビューなら取りやすかったという事情があったという。それでも新人のマンガ投稿を受け入れる欄は継続し、同人誌紹介にも努めている。

一方、七七年に創刊した「OUT」（みのり書房）は、当初はSF、ミステリ、ユーモアなどを基調とするサブカルチャー雑誌を目指していたと思われる。創刊号には「海外SFポスター

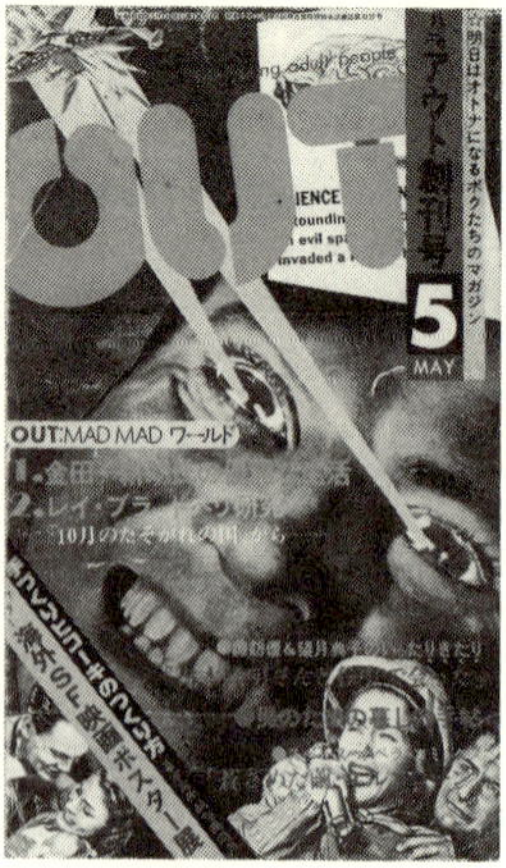

「OUT」創刊号

展」と題されたグラビアがあり、金田一耕助の特集や筑波孔一郎の推理小説も載っており、私は「ポップ感覚の『幻影城』だな」と思って買った記憶がある。みのり書房は「オカルト時代」の版元でもあり、そう思って見てみると両者には共通するようなテイストもあった。しかし第二号で組んだ「ヤマト特集」が大ヒットしたことで、「OUT」は次第に日本初のアニメ雑誌としての様相を整えていった。ちなみに初期の「OUT」と「だっくす」「ぱふ」は広告交換をしており、読者もかなり重なっていた。

「OUT」はまた、読者投稿にかなりのページを割いたところにも特徴があった。読者は編集部が提示する「お題」に答える形で、シャレやギャグを利かせたコントを応募するコーナーに加えて、自由投稿でさまざまな珍談奇談を寄せた。今読み直してみると、それらの投稿の多くは実話ではなく、創作だったと想像される。「OUT」周辺には、SFやアニメが好きで、ちょっとしたネタを創作するような若者が集まっていた。

一方、七八年には徳間書店から初の専門誌「アニメージュ」が創刊された。こちらのほうは当初から専門誌と銘打ち、大手出版社だけにアニメ作品に関する取材・製作側からの資料獲得が行き届き、作品自体に迫る真面目な報道・分析能力では上手だった。そうしたアニメ専門誌との差異化を図るという意味でも、「OUT」はますます読者参加型雑誌という性格を強めていったのだと思う。アニメ作品の登場人物や声優をギャグのネタにするアニメ・パロディ（通称アニパロ）は、同人誌などで描かれる一方、「ＯＵＴ」を通じて商業メディアでも知られるようになっていく。もっとも「アニメージュ」も、編集部にやってきたファンの高校生に尾形英夫編集長が自ら対応したり、アニメに詳しい若者をアルバイトとして雇う一方で情報源とするなど、ファンの心性を取り込む努力をしていた。ちなみに後者のなかには若き日の池田憲章や大塚英志などもいた。また同誌編集者だった鈴木敏夫は、後に宮崎駿、高畑勲らと共にスタジオ・ジブリを立ち上げることになるのだが、それは八〇年代になってからのことだ。

こうしたアニメ雑誌が読まれるためには、雑誌が取り上げるにふさわしい作品が存在しなければならない。実際、七〇年代後半から八〇年代初頭には「ヤマト」に続いて、「未来少年コナン」、「銀河鉄道９９９」、「ルパン三世　カリオストロの城」「ガンダム」、「地球へ…」など内容・話題性共に青少年アニメファンの期待に応える作品が登場し続け、雑誌の特集やアニパロの対象となることで、アニメ人気は一過性のブームを超えて定着していった。

「さよならジュピター」計画

ここで七〇年代半ばまで時間を遡り、日本のＳＦ映画・アニメについて確認しておきたい。

一九七三年一二月二九日に公開された小松左京原作の東宝映画「日本沈没」の大ヒットで、ＳＦは世間にも広く認識されるようになっていた。七四年には筒井康隆原作の松竹映画「俺の血は他人の血」、小松左京原作の東宝映画「エスパイ」も公開されている。また平井和正のウルフガイ・シリーズも七三年に東宝映画「狼の紋章」が、七五年には「ウルフガイ　燃えろ狼男」が公開された。さらに七五年には田中光二原作の東宝映画「東京湾炎上」も作られた。

七〇年代半ばには、日本SF界は既にブームといっていい盛況に入っており、映像メディアとの連携も、さらに進められようとしていた。東宝は「日本沈没」が大ヒットした直後の七四年上旬から、小松左京にオリジナル映画製作を持ちかけている。当時、既にジョージ・ルーカスが大作を製作中との話がフォックスから伝わっており（当時は「宇宙大戦争」という邦題で話が伝わっていた。五九年の同名東宝作品とは無関係）、それに伍するものを……という野望が、「スター・ウォーズ」公開以前から日本の映画界、SF界には存在したのである。

東宝の社長に就任していた田中友幸は、小松を熱心に口説いた。小松も、かつて自分をデビューさせてくれた空想科学小説コンテストの選者である田中への私的恩義、さらに「映画化可能な作品を」ということで経費を負担したのに、さして直接の成果を提供できなかった東宝への日本SF界からの恩返しとして、世界に誇れる国産SF映画を作りたいと考えるようになっていった。この企画は「惑星大戦争」（七七）につながるが、その原作は小松左京ではない。というのも、当初依頼をうけた小松のイメージは大きく膨らみ、壮大な案となりすぎ、その製作費を東宝が負担できるかどうかが問題となったのだ。小松の案では、派手な活劇や怪獣などが出てくるものではなく、「スター・ウォーズ」よりも「２００１年宇宙の旅」（六八年）が意識されていた。ちなみに「惑星ソラリス」の日本公開は七七年四月のことだった。

小松左京はSF映画企画を日本SF界全体のためになるもの（かつ「SF界から東宝への恩返し

になる作品」）にしたいと考えており、七四、七五年には若手ＳＦ作家にも声をかけて企画への参加を呼びかけた。当初は野田昌宏、石上三登志《いしがみみつとし》、田中文雄、横田順彌、鏡明が呼ばれた。しかし映像に詳しい野田と鏡は、企画のあまりの壮大さに、日本映画界の予算規模では無理だと判断、もっと小規模の企画に変更するよう勧めたが、小松は聞き入れなかった。小規模な作品では自分のヴィジョンは表現できないし、不十分な作品を作っても日本ＳＦ界の発展に寄与することはできないと考えていたためだ。その信念は「スター・ウォーズ」が公開され、空前の成功を収めたことで、より強固なものになった。鏡明が協力者から外れるのと入れ替わるようにして、ＳＦ映画に詳しい井口健二が参加。また原作が「週刊サンケイ」に連載された際には、共同執筆者として山田正紀・田中光二・豊田有恒の名前もクレジットされた。表向きは、小松が体調不良などで執筆が滞った際に代行してもらうためとされていたが、共同執筆者を立てることで少しでも企業側から資金を得、映画製作費用にプールしたいというのが本当の理由だった。

小松左京は個人企業「イオ」を立ち上げて映画製作にのめり込んだ。また前述の作家たちも協力した。ただし顧問団が集まっても、飲食しながら莫迦噺するばかりで仕事がはかどらず、経費が嵩むばかりだったとの噂もある。

業を煮やした小松左京は「いいか、今からは冗談は禁止だ」と宣言。それでもみな冗談が止まらずに、メンバーが次々とパージされることになった。ちなみに横田順彌は二、三回目の会合で退場を命じられたが、決定打となったギャグは「（木星の）大赤斑でお赤飯」だった。しかし小松左京自身もけっきょくは冗談を言っては、「いかん、いかん」とやっていたらしい。イオ／東宝製作の映画「さよならジュピター」が公開されたのは八四年三月一七日のことだった。映画製作現場や完成前後の各種イベントには、小松左京研究会の会員（熱心なファン）が動員され、過酷な労働ゆえに当時話題になっていた黒人奴隷のドラマにちなんで「クンタ・キンテ」と呼ばれた。肝心の映画については賛否両論があった。日本映画としては製作費がかけられたとはいえ、「スター・ウォーズ」に慣れた観客を魅了するには弱かった。

ＳＦブームと第三世代、第四世代

「ＳＦブーム」は活字、映像双方でのＳＦ浸透を「本物」にしたが、各方面で論争も引き起こした。そもそも活字ＳＦと映像ＳＦのブームにはズレがあったと私は感じている。

活字ＳＦは六〇年代の翻訳ならびに日本ＳＦの蓄積を背景に七〇年代半ばから顕在化した。一九七四年、「奇想天外」（盛光社）が創刊され、翌年には「幻影城」も出た。後者は〈探偵小説専門誌〉と銘打っていたものの、創刊号の特集が〈日本のＳＦ〉で、海野十三、南沢十七、蘭郁二郎、高橋鐵《てつ》、小酒井不木などの小説が復刻されていた。古いＳＦが好きな私は、これを〈古典ＳＦ専門誌〉として読んだ。「奇想天外」は短期で休刊したが、ユニークな誌面構成で大きなインパクトを与えた。

雑誌「奇想天外」の発行は三期に分かれている。第一期は一九七四年一月号から同年一〇月号まで一〇冊が出た。この時は海外作品中心で、ＳＦだけでなく怪奇幻想やポエティカルな異色短編などを紹介し、「牧神」に近い雰囲気も持っていた。今日、「奇想天外」という場合、多くの人が思い浮かべるのは、表紙に〈ＳＦ専門誌〉を謳い、七六年四月号から八一年一〇月号まで七七冊が発行された第二期のことだ。第二期「奇想天外」は日本人作家の作品を中心にし、コラムや評論にも力を入れた。また自前で新人を育てようとの意欲もあり、奇想天外ＳＦ新人賞を設け、七八年（第一回）に新井素子「あたしの中の……」、大和眞也「カッチン」、山本弘「スタンピード！」、七九年（第二回）の谷甲州「一二三七機動旅団」、竜山守「ヘル・ドリーム」、牧野ねこ（のち牧野修）「名のない家」、八〇年（第三回）児島冬樹「ドッグファイター」、中原涼「笑う宇宙」を生んだ。彼らもまた九〇年代以降、日本ＳＦ界になくてはならない中核的存在になっていく。七〇年代中葉までの新人はＳＦ第二世代、八〇年前後のデビュー組は第三世代と呼ばれることになる。

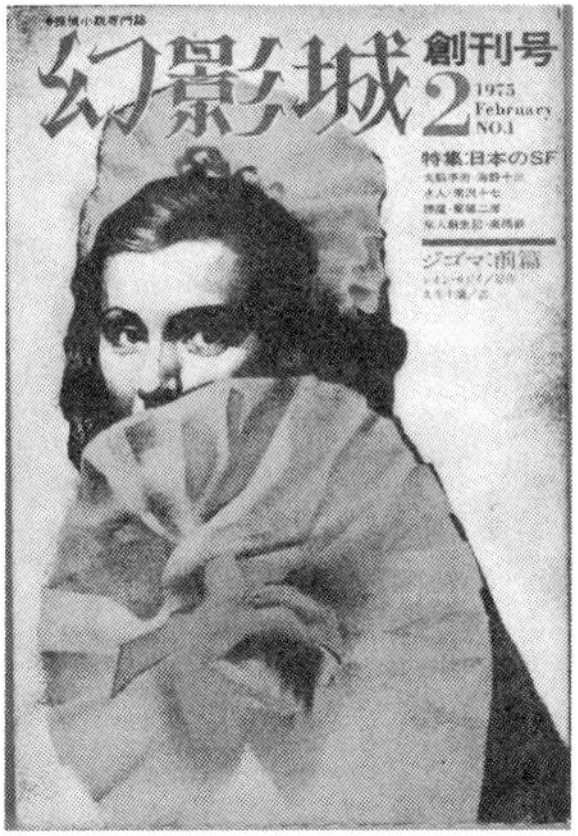

「奇想天外」と「幻影城」の創刊号

また「幻影城」も新人賞を設け、多くの個性的なミステリ作家・評論家を生んだが、SF的には李家豊《りのいえ》（のちの田中芳樹）の入選などが注目される。

さらに七九年には「SFアドベンチャー」（徳間書店）、「SF宝石」（光文社）も創刊され、活字SF隆盛が決定的に印象付けられた。前者からは田中芳樹、大場惑《わく》、松本富雄、波《は》津《づ》尚子《なおこ》、西秋生《あきお》らが登場し、後者からは菅浩江《すがひろえ》が出た。また老舗の「SFマガジン」でもハヤカワSFコンテストが復活。七九年の通算第五回では野阿梓「花狩人」、神林長平「狐と踊れ」、浅利知輝「超ゲーム」が、八〇年（第六回）には大原まり子「一人で歩いていった猫」、火浦功「時を克えすぎて」、水見稜「夢魔のふる夜」などが選ばれている。以降、主要な作家作品を挙げると、八一年（第七回）冬川正左「放浪者目覚めるとき」、艸上人（のち草上仁）「ふたご」、八二年（第八回）川瀬義行「狂える神のしもべ」、八三年（第九回）内藤淳一郎（のち橋元淳一郎）「惑星

「SFアドベンチャー」と「SF宝石」の創刊号

〈ジェネシス〉」、八四年（第一〇回）川村晃久「進化の運命」、工藤雅子「我ら月にも輝きを与えよ」、八五年（第一一回）中井紀夫「竜の降りる夜」、江黒基（のち村田基）「半人娼婦」、八六年（第一二回）岸祐介（のち貴志祐介）「凍った嘴」、野波恒雄「生が二人を分かつとも」、藤田雅矢「一万年の貝殻都市」、八七年（第一三回）柾悟郎「邪眼」、八八年（第一四回）奇猫隆一「葉末をわたる風」、（八九年は該当作なし）、九〇年（第一六回）御坊防人「ひとすくいの大海」、山下敬「聖花」、北野勇作「Dancing Electric Bear」、九一年（第一七回）森岡浩之「夢の樹が接げたなら」、松尾由美「バルーン・タウンの殺人」、そしてこの年をもって休止となる九二年（第一八回）には完甘《ししかい》直隆「ミューズの額縁」などが選ばれた。

ハヤカワSFコンテストの選考基準はかなり厳しく、入賞はほとんどなくて佳作や努力賞しか出ない年も多かった。それでも、今になってみると錚々たる作家たちが生まれており、各氏の研鑽奮励ぶりが偲ばれる。なお、ここで選ばれた作品の幾つかは、後に同タイトルで長編化され、各氏の出世作となったものも少なくない。彼らはその後、日本SFを支える主要な存在となっていった。八〇年代には、そろそろ一般文芸書の売れ行き退行がはじまっており、ブームでファンが増えたSFの需要が急速に高まっていた。第一世代の作家たちに加えて、横田順彌やかんべむさしらも中間小説誌で引っ張りだこだった。

アニメSFブームとガンダム論争

その一方、世間的なSFブームは「未知との遭遇」「スター・ウォーズ」など映像主導でもたらされ、劇場版「宇宙戦艦ヤマト」、「機動戦士ガンダム」で拍車がかかった。「スターログ」（ツルモトルーム、一九七八年）は、こちらに関連して創刊された。ＳＦ的想像力の深度を追求する前者の隆盛と、映像的インパクトに主眼を置いた後者は、両輪となってＳＦブームを盛り上げたものの、そこにははじめから齟齬があった。そんななかで起きたのが「ガンダム論争」だった。

「ＯＵＴ」八〇年四月号で高千穂遙が「ガンダムは三話まではＳＦといえたが、五話以降はＳＦといえない」という趣旨の発言をした。高千穂は別にガンダムという作品の価値を否定したわけではなく、その魅力の核心はＳＦ的なところにあるわけではないと述べたにすぎない。これを受けて富野《とみの》由悠季《よしゆき》監督も「ＯＵＴ」八一年四月号誌上で高千穂と対談し、ガンダムはＳＦではないと認めたうえで、ＳＦ的厳密さよりもドラマ性を優先させたと述べている。一連の発言は論争ではなく、クリエーター同士の作品観をめぐる対話だと、当時「ＯＵＴ」を読んでいた私は思った（ちなみに当時、私はよく「ＯＵＴ」や「アゲイン」に投稿しており、たまに写真なども載っていた。なお、ＳＦ批評家の永瀬唯《ただし》は「別冊ＯＵＴ」や「ＳＦファンタジア」の編集をしていた）が、吉本たいまつは『おたくの起源』のなかで〈この論争はアニメファンに「ＳＦ者（活字ＳＦ中心のＳＦジャンルに忠実な人）は、頭の固い怖い存在だ」という印象を植えつけた〉と指摘している。しかし「ＳＦ者の口やかましさ」はひとつのネタだったし、口やかましさといえば当時のアニメ・ファンやマンガ・マニアの蘊蓄や論理も相当なもので、同人誌を主宰するレベルの人々は、守備ジャンルが違っても相互に相手を尊敬し（警戒もし）、一目置きあっていたものだ。後にはアニメサイドから、より技術的な観点に立ってスタジオぬえの技法を批判し、ガンダムを擁護する主張も出てくる（茨城敬一「スタジオぬえ批判」など）。

そもそも高千穂遙を「活字中心のSFジャンルに忠実な人」と規定するのは正しい認識といえない。たしかに高千穂は、七七年にクラッシャージョウ・シリーズでデビューして以降、小説家としても高い人気を誇っていたが、同時にスタジオぬえを設立し、多くのアニメーション企画・製作の現場で活躍してきた人物だ。そして「ガンダム」のデザインは、周知のようにハヤカワ文庫版ハインライン『宇宙の戦士』のイラストの影響を受けており、それを描いたのはスタジオぬえの加藤直之だったのだから、高千穂は「ガンダム」スタッフにとって兄貴分のような存在だったのである。したがって高千穂の発言も、活字SFからアニメSFへの批判という文脈ではなく、アニメを製作するクリエーター同士の対話として読むのが妥当だろう。さらに少し先の話をすると、SFに加えてメカデザインや美少女キャラによってアニメファンを釘付けにした「超時空要塞マクロス」（八二年）もスタジオぬえによる。そして、その製作にはアニメ文化ど真ん中の庵野秀明も関わったのだから、わけが分からない。

もっとも、アニメファンのなかにそうした関係性に疎い人がいたのかもしれない。またSFファンは、これまでファンダム内でSF論議に花を咲かせてきただけでなく、SFというジャンル自体を批判する文学青年や政治活動家とも論争を重ねてきた歴史があり、その蓄積は十代のアニメファンにとっては、自分たちの理解を拒むものと感じられたのかもしれない。高千穂の発言自体はさておき、アニメを一段低く見るSFマニアの存在が、「ガンダム論争」を契機として、はっきり意識されるようになったというのは理解できる。とはいえSFファンとアニメファンは、世間から見ればまだまだ区別し難かったのだが。

ところで、その頃すでにはじまっていたアニパロは、「やまなし、オチなし、意味なし」のヤオイであると自己卑下的にいわれていた。また当時のアニパロやSFパロディの世界では「オチてません、スミマセン」というのは、それ自体が安易で万能なオチとして機能していた。それもまたネタだったのである。

一方、小谷真理によると既にその頃にはボーイズ・ラブ系のヤオイも誕生していたらしいのだが、私はそちらのほうは知らなかった。だが、たしかに「OUT」を見直してみると、七〇年代末にはガンダム男性キャラが「麗しのアムロ」などと表現されており、同性愛的なパロディの対象になっていることに気付く。

当時のアニパロには、既成の価値観の拘束から遁《のが》れることはもちろん、「意味性」という重石からも離れ、自由にナンセンスな感覚を楽しみたいという気運がみなぎっていたのは確かだ。それは政治的なるものの退潮に加えてTVの「モンティ・パイソン」の影響もあり、急速に広がっていった（そもそも「モンティ・パイソン」も政治風刺が少なくないのだが、当時はノンポリ的とみなされた）。そういえば「宇宙戦艦ヤマト」は明確な目的意識を掲げて戦っている人々の物語だったが、「ガンダム」は戦うことの意味を見出せない少年兵士たちの物語であった。パロディ以前に、原作の傾向も変わっていたのである。

ゲーム・戦闘アニメ的想像力とSF批評の二極化

八〇年代は、評論・エッセイ中心の雑誌「SFイズム」「SFの本」の時代でもあった（個人作家特集中心の「SFワールド」も同時期に創刊されている）。「SFの本」は、新戸雅章・志賀隆生がやっていた同人誌「SF論叢」を母胎として、八二年のSF大会（TOKON8）を契機として創刊され、硬派のSF評論誌としてマニアの注目を集めた。版元の新時代社からは年次毎の『日本SF年鑑』も出版された。

一方、「SFイズム」は八一年に創刊され、「本の雑誌」的な感覚と「OUT」的オモシロ系を目指した軽妙な雑誌だと思われたが、今読み返してみるとかなり真面目な評論・情報誌だった。しかし「SFの本」の学際性と比較すると、「SFイズム」の目指す方向性との違いは歴然としていた。この二誌はそれぞれ、SFに関する選良指向と拡大指向を代表していた。それはまたファン層の分離を意味していた。

「SFの本」は創刊号でP・K・ディックを特集したのをはじめ、スタニスワフ・レムやイギリスSF、ニュー・サイエンスなど、海外作家、ムーヴメントのなかでもカウンターカルチャー寄りの、やや難解な対象を好んで取り上げた。これに対して「SFイズム」は、山田正紀や筒井康隆、平井和正、半村良、菊地秀行など、日本人の人気作家の特集を多く組む一方、大友克洋や富野由悠季などの特集も組み、アニメ論なども よく載せた。また大原まり子、新井素子、岬兄悟などを総特集した別冊も刊行した。

「SF イズム」、「SF の本」、「SF ワールド」の創刊号

日本ＳＦ大賞創設と『太陽風交点』文庫化事件

奇しくもこの時期、プロの世界でもＳＦ界に亀裂を生じる事件が起きていた。それはＳＦ界をもり立ててゆくための文学賞創設に端を発したものだった。

一九七〇年代半ばから八〇年代前半にかけて、小松左京はＳＦブームを定着させるために幾つかの巨大プロジェクトを企画し、自ら精力的に動いている。前述の「さよならジュピター」プロジェクトもそのひとつだったが、「ＳＦアドベンチャー」の創刊、日本ＳＦ大賞の創設にも、小松の働きかけがあった。

当初「ＳＦアドベンチャー」は、版元・徳間書店の意向では、ＳＦ専門誌ではなく、「ＳＦプラス冒険小説」という二本柱を備えた中間小説誌という目論見で企画が進められていたのだが、小松らが積極的に関与することでＳＦの比重が高まり、実質的にはＳＦ専門誌となった。

さらにこの時期、ＳＦを対象とする本格的な文学賞がはじめて創設された。日本ＳＦ大賞である。新人賞はこ

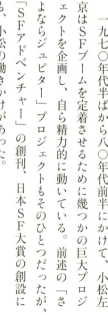

れまでもあったが、同賞は〈小説、評論、漫画、イラスト、映像、音楽など、ジャンルやメディアにとらわれず、対象年度内に発表されたＳＦ作品の中からもっともすぐれた業績を選んで顕彰し、ＳＦ界の発展に寄与する〉ことを目的とし、日本ＳＦ作家クラブが主催するもので、徳間書店が後援をした。受賞者への賞金や選考委員への報酬などの諸経費は徳間書店が負担した。

徳間書店に交渉して後援を取り付けたのは小松左京であった。筒井康隆らＳＦ第一世代の作家たちも協力して創設をはたらきかけた。徳間書店としては、ＳＦ大賞を後援することで、既存の大物作家とのつながりを強化し、今後のＳＦ出版をリードしたいという気持ちがあったものと思われる。

日本ＳＦ大賞の記念すべき第一回受賞作は、堀晃『太陽風交点』に決まった。同作の受賞は八一年一月に決定され、授賞式は二月五日に行われている。

ところでここで大きな問題が生じた。受賞作は単行本として既に早川書房から刊行されていたが、その文庫化権を徳間書店が求め、堀晃がこれを了承、徳間文庫版の解説を小松左京が執筆したのである。

これに対して早川書房が異議を唱えた。早川書房は大賞受賞の決定と相前後する時期に、同書の文庫化を進めており、二月末には刊行する予定で印刷にも入っていたのだった。

堀晃は二月一九日になってそのことをはじめて知ったとしている。これに対して早川書房側は、口頭での約束があったとする。また単行本を出した以上は、自社に文庫化のプライオリティがあるとも主張した。法的なプライオリティはさておき、出版慣行として、早川側の主張が伝統的なものであるのは事実だ。だから徳間側も一定の権利料を支払うと申し出た。その上で、文庫化権は著者に帰属するというのが、常識的なところだったのではないかと思う。しかし事態はこじれにこじれて、早川書房側が、堀晃と徳間書店を相手に裁判を起こす事態にまで発展した。この裁判は八一年四月にはじまり、八六年五月に東京高裁での原告敗訴が確定するまで、五年間にわたって争われることになる。

プライオリティの評価はさておき、約束の有無に関する事実認識がずれていることが、両者間の深い溝となった。正式な出版契約書が取り交わされていなかったのは事実だ。

またここで事情が特殊であるのは、『太陽風交点』がSFのなかでも特に科学的整合性を重んじるハードSF作品だったということだ。著者としては、どの出版社から文庫化するにせよ、執筆時以降の新たな科学的知見を踏まえて収録作品を改訂したいと考えていたが、ハヤカワ文庫版では事前の著者校正もできず、それを出版するのはハードSFへの無理解だと著者には感じられた。

この事件以降、堀晃は「SFマガジン」に執筆しなくなったが、徳間書店版文庫に解説を執筆していた小松左京も早川書房の対応に不信感を抱き、同社と距離を置くことになった。これをきっかけとして、他にも「SFマガジン」への執筆をやめて、主たる活動の舞台を「SFアドベンチャー」その他に移す作家が現れた。一方、「SFマガジン」は若手作家を積極的に登用するようになり、期せずして世代交代が進むことになるのだが、SF界をもり立てるために設立した日本SF大賞がきっかけで、SF界に亀裂が入ったのは、決して望ましい事態ではなかった（「SF界のために賞を作ったのに」と小松が泣く姿を目撃した人もいる）。

本来なら、そこまでこじれる前に収めどころはあったのではないかと思う。直接の担当編集者が著者と密に連絡を取らなかったこと、それをフォローすべき当時の「SFマガジン」編集長今岡清も、多忙なために対応が不十分だった点が悔やまれる。同編集部の編集者はみな熱心なSFファンなのだが、今岡編集長も元々は堀晃や小松左京のハードSF、本格SFのよき理解者で、適切なアドバイスもできる貴重な存在だった。しかしこの一件ではそれが裏目に出た感がある。今岡編集長は一の日会のメンバーとしてSF作家たちと古くから交友があり、作家・編集者という関係以前に友人関係だったのだが、それが甘えにつながったのではないか。

また早川書房が文庫化を検討していた期間に当たる八一年一月に、小松左京の五十歳を祝う会、二月にはSF大賞受賞パーティがあった。今岡はその両方に出席して、堀や小松とも会っていたが、一言も文庫化の話は出なかったと両作家は記憶している。それがいっそう感情をこじらせる原因になった。

さらに私的な問題ながら、今岡が作家の栗本薫（中島梓）と再婚したことも一部のSF作家の不評を招いていた。今岡の前妻も古くからのSFファン、編集者で、彼女と親しい作家も多かった。それに対して、栗本薫は優れたSF作家だったが、その活動はSFに限定されておらず、文芸評論やミステリ作品で先に有名になったこともあって、ジャンル外の作家と見られていたようだ。私の感覚ではSFファンも作家も、彼女を部外者と見ていたわけではなかったが、栗本自身は疎外感を感じることがあったようだ。

栗本は『火星の大統領カーター』（一九八四）を往年のハヤカワSFシリーズ（ハヤカワポケットSF）の体裁を模して出版した。その「あとがき」のなかで彼女は自分の読書歴にふれ、〈そのころはSFといえば「ハヤカワポケットSF」しかなかった、といっても過言ではないのです。毎週私はハヤカワポケットSFを買い、そしてむさぼり読みました。酒とバラの日々。黄金の、幸せな――「火星年代記」も「鋼鉄都市」も「裸の太陽」も、「火星人ゴーホーム」も「夏への扉」も私のはポケットSFなのです。そして「火星で最後の……」「虎は目覚める」「ベトナム観光公社」「地には平和を」〉と、SFへの愛を語っている。しかし同じそのあとがきで〈ポケットSFは、遅れてきた私を待っていてはくれなかったのです。そして皆さんご存じの裁判事件。もう、ポケットSFが復活することは、少なくとも私が愛したころのラインナップで復活することはない〉とも述べたうえで〈SF界は私を容れてはくれませんでした。SF作家クラブにも入り、SFを書きつづけているつもりですが、しかししょせん私はよそものにすぎなかったようです〉〈もう私はSFのインサイダーにはなるまい〉と記した。SF界への一種の訣別宣言とも読めるこの文章に、ファンは強い衝撃を受けた。

とはいえその後も栗本は、SF、ファンタジー、ミステリなど幅広いジャンルで旺盛な執筆活動を展開し続けた。特に『グイン・サーガ』シリーズは未完ながら個人による世界最長のシリーズとなった。栗本薫は二〇〇九年に亡くなったが、同年、日本SF大賞特別賞を贈られ、翌年には星雲賞（長編部門）も受賞している。その授賞式で故人になり代わって挨拶した今岡は「グイン・サーガが未完なのは、終わることなく書き続けたいと願われていた作品の持つ宿命」だったと述べた。

「終焉」の拒否とヤオイ的想像力

栗本が精力的に取り組んだジャンルのひとつにボーイズ・ラブ小説がある。彼女がそれを公にしはじめた七〇年代には、もっぱら「耽美小説」と呼ばれ、ファンは背徳の香りを漂わせつつ「お耽美」と合言葉のように囁いていた。

先にアニパロのなかから男性キャラクター同士の同性愛を匂わせる作品が生まれたことに言及し、あわせて「ｃｏｍｉｃ　ＪＵＮＥ」にもふれたが、同誌をリードしたのはマンガ家の竹宮恵子と栗本薫だった。彼女らは以前からそうした傾向の作品を書いていたが、栗本は同誌に中島梓名義で「少年派宣言」「美少年学入門」などのエッセイを執筆したほか、神谷敬里、滝沢美女夜、アラン・ラトクリフ、矢代俊一、沙羅、円城寺麗花などのペンネームを駆使して多くの耽美小説を著した。これに刺激されて耽美小説を投稿する読者が増えたことから、「ＪＵＮＥ」八四年一月号より「中島梓の小説道場」の連載がスタートし、やがてそこから榊原姿保《しほ》美《み》、江森備《そなえ》、秋月こおなど、プロデビューするものも現れた。

アニパロのヤオイに同性愛を扱ったものが多かったことから、当初は耽美小説と呼ばれた小説群も次第にヤオイと呼ばれるようになり、その後ボーイズ・ラブという名称へと変化してゆく。ボーイズ・ラブの読者は一般的には「女性のオタク」と見做され、「腐女子」という言われ方もしているが、こうした傾向（書き手も読み手も）には性差への批評精神があるとみられ、今日ではジェンダー研究の視点からも注目されている。

だがヤオイ精神には、もうひとつ特徴的な傾向があった。それは「物語が終わらないこと」への意思だ。ヤオイは「やまなし、オチなし、意味なし」という自己卑下に由来する名称だが、それは作中のキャラクターを単一の物語的結構から解放する欲望につながっていた。作中のキャラクターを俳優に喩えれば、役者がひとつの物語が終わってもその人生を終えることなく、平凡な日常に戻ってファンと時間を共有し、またのでたく新たな「物語」で役を演じるように、キャラクターがオリジナル作品中で死んだとしても、死なずに永遠にさまざまな物語を生き続けることを願う感性が、「ヤオイ」にはあった。

「ＯＵＴ」では、よくガンダムのキャラクターが、監督の依頼で次回はハウス名作劇場に出演するといったパロディが語られていた。ヤマトやガンダムのアニパロは、キャラクターをそれぞれの戦いから解放し、ファンと同じような平和で無意味な日常のなかに置いて、その違和感を楽しんだ。

「やまなし」とは、波乱のない日常を生きるということだ（ちなみに後述するが「新世紀エヴァンゲリオン」ＴＶ版の最終話は、そうしたアニパロの再パロディによる悲劇化をもたらした）。「意味なし」はイデオロギーからの解放であり、「オチなし」とは、終わりがないということでもある。ちょっとだけ笑って、何度でもやり直すことができる二次創作の物語群への意思が、もうひとつのヤオイ精神であり、栗本薫は、それを体現する作家でもあった。彼女がボーイズ・ラブの大家にして、終わらない物語の作者であったのは、必然だった。

その後の日本SF大賞

話を日本SF大賞に戻すと、こうした経緯もあって、日本SF大賞では早川書房の出版物は受賞し難いといわれる時期がしばらく続くことになる。しかしそうしたわだかまりも時が推移するにつれて次第に氷解していった。長年にわたって後援してきた徳間書店は二〇一二年でその立場を離れ、翌一三年からはドワンゴの協賛に変わったが、日本SF大賞は今日に至るまで、日本SF作家クラブが主催し外部にも開かれた、小説から評論・漫画・映像作品までを対象とした日本SFの年次最高の賞として継続している。以下、二〇一七年度までの大賞受賞作を挙げておく。

一九八〇年（第一回）　堀晃『太陽風交点』
一九八一年（第二回）　井上ひさし『吉里吉里人』
一九八二年（第三回）　山田正紀『最後の敵』
一九八三年（第四回）　大友克洋『童夢』
一九八四年（第五回）　川又千秋『幻詩狩り』
一九八五年（第六回）　小松左京『首都喪失』
一九八六年（第七回）　かんべむさし『笑い宇宙の旅芸人』
一九八七年（第八回）　荒俣宏『帝都物語』

一九八八年（第九回）　半村良『岬一郎の抵抗』、横田順彌・會津信吾『快男児・押川春浪』
一九八九年（第一〇回）　夢枕獏『上弦の月を食べる獅子』
一九九〇年（第一一回）　椎名誠『アド・バード』
一九九一年（第一二回）　梶尾真治『サラマンダー殲滅』
一九九二年（第一三回）　筒井康隆『朝のガスパール』
一九九三年（第一四回）　柾悟郎『ヴィーナス・シティ』
一九九四年（第一五回）　大原まり子『戦争を演じた神々たち』、小谷真理『女性状無意識』
一九九五年（第一六回）　神林長平『言壺』
一九九六年（第一七回）　金子修介『ガメラ2　レギオン襲来』
一九九七年（第一八回）　宮部みゆき『蒲生邸事件』、庵野秀明『新世紀エヴァンゲリオン』
一九九八年（第一九回）　瀬名秀明『BRAIN VALLEY』
一九九九年（第二〇回）　新井素子『チグリスとユーフラテス』
二〇〇〇年（第二一回）　巽孝之『日本SF論争史』
二〇〇一年（第二二回）　北野勇作『かめくん』
二〇〇二年（第二三回）　古川日出男『アラビアの夜の種族』、牧野修『傀儡后』
二〇〇三年（第二四回）　冲方丁『マルドゥック・スクランブル』
二〇〇四年（第二五回）　押井守『イノセンス』
二〇〇五年（第二六回）　飛浩隆『象られた力』

二〇〇六年（第二七回）萩尾望都『バルバラ異界』
二〇〇七年（第二八回）最相葉月『星新一　一〇〇一話をつくった人』
二〇〇八年（第二九回）磯光雄『電脳コイル』、貴志祐介『新世界より』
二〇〇九年（第三〇回）伊藤計劃『ハーモニー』
二〇一〇年（第三一回）長山靖生『日本SF精神史』、森見登美彦『ペンギン・ハイウェイ』
二〇一一年（第三二回）上田早夕里『華竜の宮』
二〇一二年（第三三回）月村了衛『機龍警察　自爆条項』、宮内悠介『盤上の夜』
二〇一三年（第三四回）酉島伝法『皆勤の徒』
二〇一四年（第三五回）藤井太洋『オービタル・クラウド』、長谷敏司『My Humanity』
二〇一五年（第三六回）谷甲州『コロンビア・ゼロ　新・航空宇宙軍史』、森岡浩之『突変』
二〇一六年（第三七回）白井弓子『WOMBS』
二〇一七年（第三八回）小川哲『ゲームの王国』、飛浩隆『自生の夢』

なお日本SF大賞には、大賞のほかに特別賞が設けられている。これは元々は、既大賞受賞者の優れた作品、大賞に準ずる優れた作品（評論・研究はこちらになることが多かった）に贈られる一方、SF界に多大な功績のあった故人、あるいはその作品にも贈られてきたが、二〇一一年には逝去した小松左京に対しては「特別功労賞」というそれまで耳にしたことのなかった賞が贈られた。その後、候補作の詮衡方法、詮衡基準などが再構築されたほか、二〇一三年から、大賞に匹敵する作品（既大賞受賞者の作品など）に贈られる特別賞と、SF界に功績ある人物に何らかの事跡を記念して贈られる功績賞が定め直された。

日本SF大賞では、規定上は既大賞受賞者の再受賞を認めているが「高いハードルを課す」とされており、最終候補に挙げられることはしばしばあったものの、二〇一八年現在まで複数回の大賞受賞者はいない。また功績賞は、必ずしも没後に追贈するものではないのだが、今のところそのように見做されても仕方ない状況がある。

日本SF大賞は、一九八〇年に設立されたため、第一世代のなかには、当然それまでに受けていてしかるべきなのに受賞していない方々がいる。私は詮衡委員を務めた際に、そうした方を強く推薦したのだが、残念ながら他の詮衡委員の賛同が得られなかった。生前に贈ってしかるべき相手に、死後にしか贈賞できていないのは、詮衡側の瑕疵だと私個人は考えている。夏目漱石も森鷗外も、死を待っての贈栄典を強く憎んだ（ただし詮衡自体は、各委員が自己のSF観に基づいて真剣に行った結果で、システム自体を批判するつもりはない）。

おたくの語源をめぐって

再びおたく方向に話を転ずると、女性のおたく（腐女子）がボーイズ・ラブを愛好するとすれば、男のおたくの特徴は美少女キャラに対する「萌え」だと思われている。しかし少なくとも八〇年代には、ロボットや宇宙船などのメカこそがおたくを引き付ける図像だったし、そもそも「おたく（オタク）」という言葉は、マンガやアニメではなく、活字SFのファンから広まった言葉だった。

この経緯には若干の説明を要する。

今日使用されているような意味で、はじめて「おたく」という言葉を使用したのが中森明夫であることはよく知られている。「漫画ブリッコ」八三年六月号掲載の中森明夫「『おたく』の研究① 街には『おたく』がいっぱい」が初出で、運動が苦手でふだんは目立たず、クラスの日陰者のような存在で、コミケにやってくる、ファッションに気を遣わない人々。アニメ映画の初日に行列したり、ブルートレインを撮ろうとして轢かれそうになったり、SFを集めては悦にいっている連中が「おたく」だとされた。つまりマンガ、アニメ、鉄道、SFなどのマイナー文系趣味の常軌を逸した耽溺者という括りである。中森の指摘によると、こういう連中は、互いに「おたくは……」と呼びかけあっているとされた。

たしかに八〇年頃、私が中央のファンダムにコミットしはじめた時期には、よく「おたく」という言葉をきいた。ただし私は、同世代で当時二十歳前後だった若者が使用する「おたく」という二人称を、多少イヤミな響きはあったものの、他者に向かって語りかけようという連帯の意思を持った人間の言葉だと理解していた。不器用ながらも、同世代のなかでの少数派である彼ら(われわれ)が、互いに接触を求めて他者に「おたくは……」と呼びかけているのであれば、それはむしろ健全なことなのではないかと思っていた。もっとも、「おたくは違うんだよね」という排除の言葉として語られることもあったのかもしれない。

中森の立ち位置も微妙で、自分たちは多かれ少なかれおたくであるという認識を示すこともあれば、自分はおたくほど非常識ではないというスタンスを取ることもあった。「おたくの研究」は断続連載され、最終的には「好きなものを持っている人間はみんなおたくだ」という結論が導き出されていたから、やはりそこには自己卑下というか自己認識が含まれていたのだろう。しかしこの言葉はたちまち一人歩きをはじめて、マニア同士の間で差別用語として広まったことが、当時「漫画ブリッコ」編集部にいた大塚英志が同誌八四年六月号に「おたく」差別反対を唱えていることから確認される。

ところで、中森が批判したようなアニメ・ファンが、「おたく」という二人称を用いて話すようになったのは、なぜだろうか。この点については、ひとつの思い出がある。

私がはじめて正面から「おたくは……」と呼びかけられたのは、一九八一年、何かのイベントで柴野拓美先生にはじめてお目にかかった際のことだった。先生は「おたくははじめてですね」とおっしゃり、名前を名乗った記憶がある。それ以後は、目下の私をさん付けで呼んで下さった。

「おたく」という二人称は、柴野が六〇年代から八〇年代初頭にかけて使用していた言い回しで、柴野にはじめてあった時、こう呼びかけられたという人は大勢いる。一の日会の中川格は、六〇年代に既にこの独特の言い回しを疑問に感じて、柴野に質問したことがあったという。柴野の答えは明快で「英語の二人称単数がYOUなのに対して、日本語では、相手が同性か異性か、年下か年上か、身分が上か下かなどによって、いくつも使い分けなければいけない。相手との身分関係を意識しないと呼びかけられないのはおかしい。それに対して『おたく』は、使う人こそ限られているが、相手がどのような立場の人にも等しく使われている。私は『おたく』が英語のYOUのようになれば良いと思っている」というものだった。また巽孝之も、学習院中等科でSF同人誌「科学魔界」を発行しはじめて一年ほど経った七一年、柴野邸を訪れた際に「おたく、これ持ってる?」と貴重なSF書籍を見せてくれたと述べている(「柴野拓美論序説」)。

柴野が若いSF仲間に対して「おたく」と呼びかけた精神は、手塚治虫が後進のマンガ家を、互いに尊敬しあう仲間として「○○氏」と呼んだ逸話に通じるものがある。六〇年代前半の日本SFファンダムは、年齢も性差も超えて、ただSFへの関心だけを媒介として発展を続け、人と人が結びついていた。しかしそんな対等な人間関係にふさわしい適切な二人称が、日本語にはなかった。ちなみに従来は、「おたく」「お宅様」というのは、山手中産階層的な良家の主婦クラスの風習であり、ほぼ対等で親しい間柄における語法だった。ここでその使い手が主婦中心、つまり女性だった点にも注目したい。そこには、男性的な無骨な表現、たとえば幕末の志士に由来する「僕」「君」、あるいは戦前的な「俺」「貴様」ではない、「新しい関係にふさわしい新しい言葉」を求める柴野の姿勢が見て取れる。一人称である「たく」に尊敬・丁寧の気持ちを表す「お」をつけて「おたく」と呼ぶことは、礼節と対等と共通性を示す二人称にふさわしかった。

柴野は、こうした考えをことさらに強調したり、運動として広めたわけではなかったが、柴野周辺から次第にSFファンのあいだで広がっていった。そして七〇年代後半には、急速に増えてきたマンガ、アニメ中心の若手SFファンにまで浸透した。

岡田斗司夫は〈「オタク」という言葉を使いはじめたのは、慶応大学幼稚舎出身のお坊ちゃま〉であるとし、〈彼らは熱烈なＳＦファンで、その中の何人かは「スタジオぬえ」というオタク系アニメ企画会社に就職〉（『オタク学入門』）と述べているが、これは既にかなり後の出来事だろう。スタジオぬえの前身であるＳＦセントラルアートが設立されたのは一九七〇年のことだった。

それにしても「おたく」の語感・用法は、若者たちがそれを口々に真似し出した過程で、柴野の理想からはかなりずれたものに変質していたと思う。柴野は対等な関係を理想としてこの呼称を用いた。だが、同じく「対等な関係を目指す」といっても、それを柴野のように本来は上の立場として威張ってもいいはずの人が、目下の者を対等に扱うために使っている場合と、本来なら何かとお世話になったり教えてもらう立場なので先輩に敬意を表さなければならない目下の側から使われる場合では、意味が違ってくる。若くて知識も乏しい者が、社会的に目上であるばかりでなく、ＳＦやアニメという自分たちが共有する趣味の世界でも、知識も活動もはるかに上の先輩を捕まえて、突然「おたくは……」とやり出すのは、聞き苦しいものだ。そうした意味では、中森明夫が「おたく」を揶揄したくなった気持ちも分からないではない。

おたくと新人類の親和性と差異性

こういうコミュニケーション能力の低い（でも饒舌な）人々が、世間からダサいと見られていたとするなら、その対極には何があると思われていたのだろうか。

当時のカッコイイもの、オタク的ではなくて「新人類」的な場として、宮沢章夫は原宿にあったクラブ「ピテカントロプス・エレクトス」を挙げている。しかし興味深いのは、そこに集まる人々には、ある種のSFが好まれていたという点だ。宮沢は〈フィリップ・K・ディックや、ウィリアム・バロウズが、文学ということだけじゃなくて、その存在が音楽とも結びつきつつ人の口に上っていたし、あるいは、当時、「サイバーパンク」というSFの潮流が一気に流れ込んできて――ウィリアム・ギブスンや、ブルース・スターリングなど――、それはすでに話した「テクノという考え方」にも通じる文脈で語られていた印象があります〉(『東京大学「80年代地下文化論」講義』)と証言している。しかも彼らは、それを活字よりも映像を通して楽しんでいたというのだ。

ここには「おたく」と「新人類」と「ネクラ」をめぐる意識のねじれがある。

アニメファンにとって、「ネクラ」な人とは、議論好きで深刻ぶった「サーコン的(批評的、学際的)」人物ということになるだろう。だが、宮沢が指摘しているように、最先端のクリエーターやニューアカデミズム寄りの人間にとっては、あつかましくて自己批判能力に乏しい「ファニッシュ的(お祭り好き)」アニメファンやコミケで同人誌を買いあさっている人たちが「おたく」であり「ネクラ」に見えていた。その一方で現代思想と結びついたディックやバロウズなどのSFはおしゃれだと思われていたのである。このあたりに、一九八三年には自分も「おたく」に含めてみせた中森が、新人類としてメジャーなメディアで活躍することになる理由があったかもしれない。またこの頃、ディックの『アンドロイドは電気羊の夢を見るか』を原作とする映画「ブレードランナー」を強く支持した評論家の川本三郎が、返す刀で「スター・ウォーズ」を薄っぺらな活劇だと批判して物議を醸したが、ここには高踏的SFとスペース・オペラ型SFを分離し、前者のみをハイ・カルチャーに取り込もうとする意識がはたらいていた。

そして宮沢は、おたくと新人類を、同世代でありながら、その感性・知識において断絶した別集団だったとして峻別しようとする。しかし伝統的な教養主義的学生文化の文脈からすると、政治的行動意識の低い八〇年代以降の若者は、多かれ少なかれ「おたく」的と見られており、直接行動を伴わない表層的な明るさは情熱を欠いているとして「シラケ」とも見做されていた。

一方、宮台真司は、SFファンとアニメファンを、世代論的に分類しようとしている。宮台は〈僕らの世代までのSF同好会はプログレ愛好者と大島弓子愛好者が集うアングラ空間で、J・G・バラードらのニューウェイブSFを愛でていました。それが、松本零士が挿絵を寄せたマイケル・ムーアコックの「疎外された男が母なる女に救済される」短絡的ファンタジーを愛でる人だらけになります。その延長線上に一九七七年の劇場版『ヤマト』ブームがありました。これまた「疎外された男が母なる女に救済される」パターン。気がつくと、かつてのSF同好会と違って、いかにもナンパ系が苦手な連中が集まる空間に変わっていました。この変化を僕の周辺では「SF同好会からアニメ同好会へ」と呼んでいました〉（「一九九二年以降の日本のサブカルチャー史における意味論の変遷」）と述べている。

だが、SFエリートから新人類エリートへという自己認識も、多分に回想の美化がはたらいているように感じられる。そもそも当時、新人類もニューアカも、決して肯定的なニュアンスだけで使われていたわけではなかった。先行世代がこの言葉を使う場合、そこには「話の通じない若者」といった揶揄的意味合いが込められていた。それのイメージが変わるのは、バブル経済に突入してからだった。バブル経済は八六年にはじまり、九二年まで続いたとされるが、ニューアカ・ブームはそれに先行して八三年にはじまっている。

八三年はいろいろな意味で象徴的な年だったが、まず三月は柄谷行人『隠喩としての建築』が刊行される一方、小林秀雄が亡くなっており、文芸評論のパラダイムチェンジが印象付けられた。四月には東京ディズニーランドがオープンし、思想なき明るい娯楽が若者文化の中心になっていく。平凡出版がマガジンハウスと社名を変え、フジテレビで「オールナイトフジ」の放送がはじまったのもこの頃だった。そして下半期になると島田雅彦『優しいサヨクのための嬉遊曲』、浅田彰『構造と力』、中沢新一『チベットのモーツァルト』が刊行された。かつて若者文化にとって指導原理だった左翼は、明るく軽く痩せ細ったサヨクとなり、『構造と力』は意味性からの脱却を肯定的に揚言した。さらに浅田は、翌年一月に『逃走論』を出版して、あらゆる主体的責任への捉われからそのつど逃走し続け、相対主義的自由を保持し続けることを称揚して、ポストモダン的言説を一般に広めた。

また演劇では小劇場ブームが起こり、なかでも野田秀樹の「夢の遊眠社」は突出していた。野田の初期作品にはSFや少女マンガのイメージが濃厚に漂っていた。『ゼンダ城の虜』（一九八二）にはユーリやトーマ（いわずと知れた萩尾望都マンガの作中人物）が、『野獣降臨』（一九八二）にはアポロ獣一（アポロ一一号に因んだ名）や『十五少年漂流記』が登場する。さらに野田は後に萩尾作品を原作とする『半神』（一九八六）も書いた。ちなみに一九七九年には、北村想が『寿歌』を発表し、核戦争で人類のほとんどが死滅した後の日本を舞台に、すべてが崩壊した廃墟都市を遍歴する旅芸人の物語を描いたが、八〇年代のＳＦ的演劇はスピーディで祝祭的なものが主流だった。なるほど八〇年代の〝ＳＦ〟はオシャレだ。

ニューアカとSF、オカルトの親和性

ニューアカ・ブームを象徴する雑誌「ＧＳ　たのしい知識」が、浅田彰・伊藤俊治・四方田犬彦を責任編集として八四年六月に創刊されている。版元はブームを仕掛けた冬樹社。創刊号は〈特集・反ユートピア〉を組み、責任編集者による鼎談「オーウェル・スウィフト・フーリエ——反ユートピア論の系譜」、四方田犬彦「ガリヴァーの誤謬」、鈴木晶《しょう》「『われら』を十倍楽しく読む方法」、松山巖「ナチ・ドイツ——清潔な帝国を読む」、高山宏「ユートピアのことば、ことばのユートピア」、さらにロジャー・Ｌ・エマーソン、ピエール・クロソフスキ、マージョリー・Ｈ・ニコルソンらの翻訳といった魅力的なテーマ、人物が並んでいた。当時、私はこの雑誌をＳＦ周辺特集として読んだ。

「ＧＳ」創刊号には武邑光裕《たけむらみつひろ》の出口王仁三郎論や中上健次「異界にて」なども載っており、オカルトとの親和性も高かった。それどころか同誌は、後に「戦争／機械」とか「神国／日本」といった特集号も出している。「神国／日本」を特集した第七号の責任編集は、赤坂憲雄・武邑光裕・四方田犬彦で、三氏による鼎談「〈神国／日本〉という物語　出口王仁三郎をめぐっ

て」をはじめとする大本教関連の論考や国学・古典・天皇制などについての研究があるのはまだいいとして、武田崇元インタビュー「神道霊学のコンスピラシー」、多賀一史《かずし》「〈日本神国論〉の系譜」、武邑光裕・武田崇元「異形の神国」など、偽史やオカルトに連なるものもかなり含まれていたのは、ニューアカの怪しさを象徴するようでもあった。

もっとも、SFと現代思想の結びつきを印象付けたのは、そうした偽史・オカルト的な主題の顕在化ではなく、コンピュータの普及・発展に関連した電脳空間的想像力への思想的アプローチとSF的想像力の接近によってだった。八四年に発表されたウィリアム・ギブスンの『ニューロマンサー』はひとつの事件だった（邦訳は八六年）。ヴァーチャル・リアリティ、人体改造、脳内侵犯という社会的にも個人的にも旧来の自我構造そのものを無効化する主題を展開し、混沌とした未来像を打ち出したサイバーパンクは、SF界に衝撃を与えた。サイバーパンクを読みこなせるかどうかは、ニューウェイブ以上に読者の分かれ目となり、新たな読者を獲得する一方で、オールドファンのSF離れをももたらした。

もっとも当初は、サイバーパンクを難しいと感じるかどうかはさておき、新しい傾向としてSFファンから興味を持って受け入れられたほか、ニューアカデミズムに関心を持つ読者層からも支持された。「新しい」ものに見える以上、新しいことを至上価

「GS　たのしい知識」創刊号（判型は「血と薔薇」と同サイズだった）

値と考える人々としては、避けて通るわけにはいかなかったのだろう。一部のギョーカイ人にとって、ＳＦはメディアと経済の新情報に満ちたジャンルとも目されていた。

そうした事情に加えて、プラザ合意以降のバブル経済発生という形而下の現象もあり、浅田、中沢、四方田らニューアカデミズムならびに「新人類」は、大人たちからも肯定的に扱われるようになっていく。なぜなら前者は頭がよくて日本に利益をもたらしてくれそうだったし（何しろ文系なのにロートルには分からないコンピュータのことが分かるらしいし、フィールドワークをしている者もいるし、思想的にも「戦後日本の無思想」というコンプレックスを払拭してくれると思われた）、後者は軽くて、浮かれていて、オシャレで、遊びに恋愛にと邁進して大量消費をしたからである。

これに対して「おたく」が旧世代からもオシャレに遊ぶ同世代の若者からも差別的に扱われたのは、彼らの容姿や口のきき方に加えて、消費形態が他人にとって魅力的ではないことが大きかった。みんなが車やスキーやスキューバダイビングやクルージングに熱中し、クリスマス・イブのスイートルームを押さえるために狂奔していた時代、自分の趣味にしか金を使わない「おたく」は、不要の消費を前提とする高度経済成長下の非国民だったのである。

同様に二〇〇〇年代以降の、政府財界を上げてのオタク文化称揚もまた、経済縮小のなかで積極的消費を行う者は、もはやオタクしかないという事態に由来しているだろう。別にオタク的感性を理解したうえでリスペクトしているわけではないから、あまり乗せられないほうがいい「おたく」が九〇年前後から「オタク」と表記されることが多くなり、さらに「ヲタク」と書かれるようになるのは、層の変化よりもむしろ、こうした外部から見ての利用価値の変化が大きい気がする（もっとも、アニメなどの舞台になってオタクの「聖地」と化した地方では、地元の人々とオタクたちの間に交流が持たれるようになっているところもあり、そういう対面での人間的なつながりを基調とした交流には、個人的には賛成である。だいたい現代日本における地方生活者はマイノリティーを通り越して一種のオタクだというのが、地方に暮らす古本オタクである私の自己認識だ）。

八〇年代のＳＦブームは、ＳＦ作家たちを広く諸文芸誌に押し出し、ＳＦ出版を倍増させた。それはよかったのだが、ファンにとっては困ることもあった。七〇年代まではがんばれば新たに出るＳＦ単行本すべてを読むことも不可能ではなかった。しかし八〇年代になるとどんなマニアでも、ＳＦのすべてをフォローすることはできなくなっていたし、ブームとなって世にもてはやされる「流行の中心としてのＳＦ」が、かつて自分が熱中したそれとはズレていると感じざるを得なくなっていた。では自分の望むものは、今はどこにあるのかといえば、八〇年代前期には「幻想文学」が、その受け皿として台頭してきた。

折しもほぼ同時期に、一九世紀蒸気文明を中心とする歴史改変的想像力を駆使した「スチームパンク」も生まれた。これは当初はサイバーパンクに対する冗談のような反動（あるいはサイバーパンクを受けて、ＳＦ史の始原へと遡り、ＳＦジャンルを認識し直す古典ＳＦ研究の創作的表現バージョン）だったが、やがてサイバーパンクの中心人物だったギブスンやスターリングがスチームパンクを書きはじめた。日本では荒巻義雄らによる架空戦記や横田順彌の明治を舞台にしたＳＦ歴史小説が書かれたが、そこには以前からの歴史改変ＳＦに加えて、スチームパンクの影響もあったのかもしれない。

八〇年代のＳＦブームは次第に爛熟の様相を呈し、文壇バーにはＳＦ作家しかいないとか、編集者を集めて自分の作品を掲載する順番を編集者同士に調整させたなどというゴシップも聞かれた。七〇年代の「浸透と拡散」はＳＦ作家の増加とＳＦ的手法の社会への浸透（その分、一般読者に分かりやすいようにＳＦ色が薄められる傾向があった）だったが、八〇年代になるとＳＦの手法は純文学、エンターテインメントにかかわらず、多くの作家が取り入れ、普遍的なスタイルとなった。

当時、村上春樹をライトＳＦとして読んでいた読者は多かったのではないかと思う。『羊をめぐる冒険』（一九八二）は夢野久作を彷彿とさせたし、『世界の終りとハードボイルドワンダーランド』（八五）は安部公房のポップ化と思われた。村上龍の『だいじょうぶマイ・フレンド』（八三）もＳＦフェアに並ぶというのが、八〇年代だった。大江健三郎が〈近未来ＳＦ〉と銘打って『治療塔』（九〇）、『治療塔惑星』（九一）を書いたのは、ＳＦブーム終焉期の出来事だ。唐十郎はゲームソフトをめぐる小説『電気頭』（九〇）や戯曲『電気城――背中だけの騎士』（八九）のほか、ＳＦブーム以降も『透明人間』（九一）、『闇の左手』（二〇〇一）など、ＳＦに触発された作品を書いている。後者には「ニューロマンサー」の異名を持つ人間も登場する。

筒井康隆と魔術的リアリズム

八〇年代には思想界や純文学界からＳＦへのアプローチが盛んに行われたが、これにもっとも本格的に呼応したのは筒井康隆だった。筒井は一九八四年に新潮社の《純文学書き下ろし特別作品》シリーズの一冊として『虚構船団』を刊行した。またこの前後から、これまで同様のドタバタ的ＳＦと並行して、笑いの要素を残しつつ、魔術的リアリズム等の現代文学の手法を応用した新たな作風での作品を発表するようになっていた。『エディプスの恋人』もそうだったが、『夢の木坂分岐点』（八七）は精神分析と魔術的リアリズムを基調にした独自の手法によって、陶酔的悪夢を描いた名作だ。

なお筒井自身は、魔術的リアリズムとＳＦを切り離して考えているようだが、私は魔術的リアリズムもまた現代先端科学の揺らぎのある世界観という認識と無関係ではないと感じている。ヴェルヌやウェルズが近代科学の進歩をバックボーンとしてＳＦを生み出したように、一九二〇年代前後のモダニズム文学以来、心理学と関連したシュルレアリスムやアヴァンギャルド運動、相対論・量子論、そして「四次元」、「シュレディンガーの猫」的偏在といった諸概念の刺激が、そこには流れ込んでいる。これらは二一世紀現在も、多くの現代ＳＦの源泉となっている。少なくとも、そうした科学的認識や思考を参照することが、多くの読者にとっては過去と現在の共立や幻想の物質的顕現などを理解する助けになっているだろう。

魔術的リアリズムは一九一〇年代にドイツではじまったノイエ・ザハリヒカイトに起源を持つ。表現主義、未来派、シュルレアリスムなどとも相互に影響しつつ発展した。ギュンター・グラス、サルマン・ラシュディ、ミラン・クンデラなども魔術的リアリズムの作家だが、カルペンティエール以降、ミゲル・アンヘル・アストゥリアス、ファン・ルルフォ、ホセ・ドノソ、ホルヘ・ルイス・ボルヘス、ガブリエル・ガルシア＝マルケス、マリオ・バルガス＝リョサなど、主にラテンアメリカ文学において発展した。筒井の魔術的リアリズムも、主にラテンアメリカ文学のそれに準拠している。

長年にわたり、文化的精神的にも西欧の支配と搾取の下に置かれていたラテンアメリカは、西欧によって貶められ黙殺されてきた周縁的な土着文化の再発見をとおして、真の独立、自立を目指したが、こうした立場は極東の日本にも当てはまる。ガルシア＝マルケスの『百年の孤独』などに見られる、死者と生者の混在や、記憶や空想の現実への漏洩は、辺境の土俗的な伝承が持つ「驚異」や「不思議」による、西欧的な理性的文化体系の根幹に対する拒絶だった。その実、西洋的啓蒙主義による土着的精神文化への侵犯と簒奪を嫌悪し、科学をも不審の目で見ているかに感じられる辺境マコンドの人々の、時空の歪んだ私史的「現実」は、視覚的リアルを超えた量子力学的世界像と照応している。「充分に発達した科学技術は魔法と見分けがつかない」と述べたのはアーサー・C・クラークだったが、魔術の実現を、たとえ想像力のなかでに限ってであれ目指すのならば、科学的認識論と無縁ではありえないのである。そもそも魔術は「隠された叡智（オカルト）」であり、再魔術化は再科学化でもあった。

第十五章

「幻想文学」とその時代

ブームではないものを求めて——ファンタジーから幻想文学へ

ファンタジーはSFに隣接、もしくは相互に内包し合いながら発展してきたジャンルだが、八〇年代になると「幻想文学」が、ファンタジーとは異なるニュアンスで立ち上がってきた。

ファンタジーは、少年少女のものであり、ロマンティックで心優しいもの——というのが、世間一般の理解だった。八〇年前後に町の本屋のファンタジー・コーナーに並んでいたのは、C・S・ルイスの『ナルニア国物語』、トールキンの『指輪物語』、ロフティングの『ドリトル先生』シリーズなどだった（今でもそうかもしれない）。下手をするとファンタジーは児童文学の棚にしかなかった。

これに対して「幻想文学」のイメージは、七〇年代の「幻想と怪奇」「牧神」の延長上にあり、「怪奇小説」「異端小説」「耽美主義文学」「変格探偵小説」など、いくつかの異なる（と見做されていた）傾向に分断されていた諸作品を包括するイメージだった。そうした意味での「幻想文学」というジャンル概念は、雑誌「幻想文学」以前には確立していなかった。

かつて科学小説が探偵小説界の軒下に間借りして、世間からは変格探偵小説の一派と認識されていたように、七〇年代には幻想文学はSFに含まれていた感があった。それがSFブームとなり、SFの中心イメージが「スター・ウォーズ」的なものと「ニューロマンサー」的なものを両極として多様化するなかで、独立したジャンルとして分離が明確になってきた——というのがSFファンにとっての「幻想文学」だった（もちろん、以前からの怪奇小説マニアには別の見方があろう）。

ブームになると、それまで「自分たちのもの」であったジャンルが、みんなのものになってしまう。それは嬉しい反面、寂しいことだ。しかもブームによって、出版点数が増えてフォローがし難くなるうえに、「一般読者のために」というメジャー化の圧力によってSFらしさの大切な部分が薄められた作品が増えたような気がする。ある種のアニメ作品を指して「これはSFではない」といった物言いがされたのも、そのためだろう。作品自体への批判というより、そこに群がる俄かファンへの批判であり、反感の表明だった。前章で引用した宮台の回想には、そうしたエリート・ファンの心理がよく表れている。

そもそもコアなSFファンには、マイナー指向が強かった。誰もが知っているメジャーな作品だけでは飽き足らない、という自負心。他人が知らない作品を原書で読み、忘れられた幻の名作を掘り起こしたいという情熱。そうしたマニア的情熱の持ち主の一部は、八〇年代にはメジャー化したSFから、「幻想文学」という新たな分野へシフトした。そこには普遍化したS

Fとはちょっと違うセンス・オブ・ワンダーがあるように感じられた。

繰り返すが、一九八二年に雑誌「幻想文学」が創刊されるまで、ジャンルとしての幻想文学は、一般には認知されていなかった。「幻想文学」以前に怪奇小説やファンタジーの研究紹介に取り組む雑誌がなかったわけではない。古くは戦前の日夏耿之介や平井功による雑誌「游牧記」（一九二九）、「戯苑」（一九三〇）などの業績が想起されるし、「思潮」や「ユリイカ」「カイエ」での幻想文学特集、また「幻想と怪奇」、「牧神」については既に見たとおりだ。だが、そこでも幻想文学は明確なジャンルとしては提示されていなかった。「幻想」「怪奇」「異端」「耽美」「暗黒」などといった幾つかのキィワードが並列される形で、そのジャンルは漠然と指し示されていたが、まだそれらすべてを包括するジャンル概念は確立してはいなかった。特にこれまでは、温かいファンタジー作品からモダン・ホラーまでを巻き込む意識は希薄だった。

それが八〇年前後になると、ほぼ同時発生的にこのジャンルを明確に意識した専門誌が登場する。この概念ないしはジャンルの確立を歴史的に検証するうえで、見落とすことのできない雑誌についてみておきたいのだが、そのひとつに、七〇年代後半に出た「ペーパームーン」（七六年春創刊）という季刊の大判ヴィジュアル雑誌があった。これは「ファンタジーからSF・幻想文学へ」という流れをかなり明確にした雑誌であり、クオリティーも高かったのだが、なぜかマンガ史でもSF史でも、言及されることが少ない。しかしこの雑誌が射程におさめた表現、執筆者の多様性には、とても重要な意味があった。

「ペーパームーン」はSFと幻想文学と少女マンガが同居している不思議な誌面で構成されて

「ペーパームーン」SF スペースロマン特集号

いた。版元は新書館。創刊号（七六年三月）には寺山修司、中井英夫、萩尾望都、高橋康也《やすなり》、須永朝彦、岸田衿子《えりこ》、横山美智子、林静一《せいいち》、四谷シモン、岸田理生《りお》、伊東杏里《あんり》、宇野亜喜良《あきら》といった名前が並んでいる。高橋康也はルイス・キャロルの手紙を翻訳している。高橋の紹介によるルイス・キャロルの少女幻想は、七〇年代後半のロリコン・ブームのなかで大きな意味を持っていた。当時のロリコンと呼ばれたものの実態——特にSF・ファンタジーファンのそれは、必ずしも性的なロリータ・コンプレックスではなく、ナンセンスな想像力と結びついたアリス・コンプレックスであり、少女を媒介としたセンス・オブ・ワンダーへの関心という要素が濃厚だった。美術方面では、金子國義は繰り返し「アリス」をテーマにしており、中井英夫作品などの装丁で馴染み深い建石修志《たていししゅうじ》のデビュー作もまた『凍結するアリスたちの日々に』だった。

「ペーパームーン」に話を戻すと、同誌は〈海の詩集〉〈おくりもの〉〈日曜日〉〈神戸〉などの特集を組む際もどこかファンタジックで、第九号（七七年一二月——この頃は隔月刊を標榜）では〈特集・不思議な世界〉を組み、第一〇号（七八年一月）では〈大特集・SFスペースロマン〉を組んでいる。それを最後に、同誌はムック版「ペーパームーン」に移行。『SFスペース・

ファンタジィ』『ＳＦアニメ・ファンタジィ』『指輪大戦争ファンタジィ』などのＳＦ＆ファンタジーと『ガラスの城・妖精ファンタジィ』『少女漫画・妖精国の住人たち』などの少女マンガ系、さらにはヴィスコンティの映画ムックなどがあり、やはりＳＦ・幻想・ロマンへの偏愛が感じられた。

ムックといえば七七年には学研から『ＳＦファンタジア』も創刊され、全七冊が刊行されたが、それもムック版「ペーパームーン」と共に、ＳＦ的ヴィジュアルを普及させる上で、忘れられない存在だ。しかし「ペーパームーン」は、やがて高級感のある少女マンガ誌「グレープフルーツ」（八一年七月創刊。第四号までは表紙に「ペーパームーン別冊」と表記されていた）へと姿を変えてゆくことになる。創刊号の表紙は萩尾望都が描いていた。

京大系「ソムニウム」と現代美術系「夜想」

現代文学や現代美術への関心から幻想文学研究に向かう動きも起きた。なかでも西の「ソムニウム」と東の「夜想」の存在は大きい。

一九七六年七月、京都大学幻想文学研究会から機関誌「幻想文学通信」が創刊された。同会のメンバーは京大のＵＦＯ超心理研究会と重なっており、オカルトに関心を持っている者が多かったが、幻想文学に対する姿勢はさすがに鋭く真面目だった。幻想文学研究誌「ソムニウム」にも、彼らは関わっていた。同誌は工作舎のメンバーが京都で立ち上げた編集プロダクション「エディシオン・アルシーヴ」から出たものだったが、京大幻想文学研究会の関係者も当初から関係していた。

創刊号（七九年一〇月）には法水《のりみず》金太郎こと稲生《いのう》平太郎の「時間・機械・夢」、荒俣宏「ジョン・ディーのモナド論」の連載、水神祥《みなかみあきら》、前川道介の連載などがあり、二号（八〇年四月）にはボルヘス著・斉藤博士訳「バークリーの十字路」、小岸昭《こぎしあきら》「ゲーテとフリーメーソン」、赤井敏夫「トールキン神話の骨格」などが並んでいる。書評やブックリストが充実しているのも特徴で、幻想文学ファンの古書趣味が垣間見えて興味深い。しかし何といっても充実していたのは四号（八一年九月）の特集「シノワズリ」だった。荒俣宏「支那のイエズス会――あるいは甦る古代宗教」、多田知満子「トートの影のもとに」、川島昭夫「アレグザンダー・ポープの洞窟」、内田道夫「中国の夢とロマン」、鈴木潔「ドイツ・ロマン派と東洋の魂」、田中義廣「ルネ・ゲノンの場合」、赤井敏夫「東方天使学」などが並んでいるのはなかなかに壮観だった。ただし、「ソムニウム」は四号のみで終わってしまった。

一方、「夜想」は現代美術の周辺から発生した雑誌だった。ペヨトル工房を立ち上げた今野裕一は、もとは現代美術の作家・批評家らが作っていた雑誌「象」に寄稿していた。幻想絵画の紹介で知られる青木画廊でボナ・マンディアルグの展覧会が開かれることになり、当初は「象」増刊号としてマンディアルグ特集を企画したが、それが独自の雑誌立ち上げへと発展した。そうして「夜想」1号（七九年九月）〈特集マンディアルグ×ボナ〉ができ上がった。以降、「夜想」は2号〈ハンス・ベルメール　人形・軀体〉、3号〈夢野久作／竹中英太郎〉、7号〈世紀末〉、九号〈暗黒舞踏〉、14号〈モダン〉、17号〈未来のイヴ〉など、幻想絵画、幻想文学、

SF、モダニズム、ポストモダンにまたがる魅力的な特集を組んでいる。さらにペヨトル工房は「EOS」「銀星倶楽部」「WAVE」などの雑誌、P・クロソウスキー『バフォメット』（八五）、R・ルーセル『ロクス・ソルス』（八七）、J・G・バラード『クラッシュ』（九二）などの単行本も刊行し、幻想−SF−ポストモダン文化の一翼を担った。

「遊」を出していた工作舎は一九七九年に〈遊星叢書〉として『科学的愉快をめぐって』『月と幻想科学』を出し、幻想文学とSFの連結を目指した。

早稲田大学の「幻想文学」「金羊毛」

「幻想文学」編集長で、現在はアンソロジスト、文芸評論家、「幽」編集長として活躍する東《ひがし》雅夫は、一九五八年に生まれた。神奈川県立横須賀高校に進んだ東は、そこで同学年でSFにやたら詳しい浅羽通明《みちあき》と出会っている。浅羽は非公認サークル「横高SF研究会」を組織、怪奇・幻想文学に異常に詳しい東を誘った。ふたりが中心になって機関誌「百鬼夜行」を発行したが、東はそこでファンタジーや幻想文学の翻訳作品リストなどを作った。

やがてふたりは共に早稲田大学に進学し、東は幻想文学会に入会した。学内サークルとしての幻想文学会は、ガリ版刷の「幻想文学」を発行し、さらに一九七九年にはコロタイプ印刷の会誌「金羊毛」創刊号、二号を出した。創刊号を見て、まだ作家デビュー前の菊地秀行や東大の大学院生だった南條竹則《たけのり》が参加した。また学内会員の川島徳絵は、この頃から会誌・会務の財政管理面の切り盛りを担当するようになってゆく。「金羊毛」第二号は英国のマイナー作家リチャード・ミドルトンの特集を組み、巻末には幻想文学アンソロジー・リストが付いていた。このスタイルは商業誌版「幻想文学」の原型をなすものだった。

東は二〇〇六年に、吉田司雄《もりお》・一柳廣孝の質問を受ける形で〈インタビューの利点は、あるテーマに関して、幻想文学専門誌としての問題意識を、インタビュイーである作家や批評家に直接ぶつけることができるし、それに対するリアクションをナマな形で読者に伝えることができる。これは雑誌の個性をアピールするうえで非常に有効な方法だと思うんですね。(中略)同時に村上(春樹)さんや筒井(康隆)さんが、幻想文学という分野にどういう考えをお持ちなのかを、直接うかがうことができる貴重なチャンスでもあると捉えていました。実際、村上さんの口から、ラヴクラフトを愛読しているという発言が飛び出した時には興奮しましたもの〉(東雅夫インタビュー、「幻想文学、近代の魔界へ」)と述べている。

私も九〇年前後に「別冊宝島」などのライターとして、網野善彦、大江志乃夫《しのぶ》、大野晋《すすむ》などの碩学に話を伺う機会を持ったが、その経験から得たものは少なくない。ある時は碩学のあまりの気迫に気圧されて予定していた質問ができず、編集者として同席していた永江朗さんにフォローしてもらったこともある。そのとき私は、自分がプロではなくてファンに過ぎないことを痛感したものだ。

フォローといえば、「映画宝島　怪獣学・入門!」でゴジラについての随想を書いた際には、当初は四百字詰二〇枚の原稿を依頼されたのでその範囲で書いたところ、それを読んだ編集者が「分かりました。もっと長く書いてください」と言い、結局四〇枚近く書かせてもらった。

「ゴジラはなぜ「南」から来るのか」という原稿だった。こちらが何も言わないのに「分かりました」といってくれた編集者は、現在、映画やアメリカン・カルチャーの研究者として知られている町山智浩だ。

東編集長もそうだが、当時は優れた書き手でもあり得る人間が、編集サイドにたくさんいた。これは七〇年代以来のミニコミ精神（書くだけでなく、自分で雑誌を出したい！）のおかげかもしれない。もっとも、今も昔も編集者を経て作家になる人は多く、吉行淳之介や澁澤龍彥も編集者を経験しているのだから、文筆家への王道でもあった。とはいえ東の場合、「幻想文学」の編集センスはかなり早い時期から注目され、大手出版社からも編集者としての誘いがあったにもかかわらず、経営的に苦しいなか長く頑張ったのは、強い志があったためにほかならない。

商業誌「幻想文学」の時代

東は早稲田卒業後、「ドイツ・ロマン派叢書」などの出版で知られる青銅社に入社していたが、そこを版元として「幻想文学」を創刊する準備を進めていた。ところが青銅社の都合でペンディングになったため、東は仲間と共に独自に創刊させることにしたのだった。この時点で既に創刊に向けての原稿依頼も進んでいたので、後には引けないと覚悟を決めたのだった。川島は大手百貨店に内定していたところを、青銅社版「幻想文学」に誘われ、入社を断った段階で事情が変わったために、経理を含めた雑誌の立ち上げに付き合う一方で、早稲田の大学院に進むことになった。

こうした経緯の末に出発した「幻想文学」第一号が発行されたのは一九八二年四月のことだった。発行元は東が立ち上げた幻想文学会出版局（後にアトリエOCTAと改称）。特集は〈幻想文学研究の現在〉で、表紙は建石修志が描いている。私は創刊号を手にした時、充実した内容と編集センスに感激したものの、直ちに「いつまで続くか」が心配になった。ハイブロウな雑誌の行く末は知れている。当初は「幻想と怪奇」「牧神」を越えられるか心配し、買い支えるつもりで各号二冊ずつ購入した。それがまさか「幻影城」より長続きするとは！

「幻想文学」創刊時点では、先人たちの努力によって、探偵小説系の異端作家の著作は七〇年代にほぼ出揃い、牧神社、創土社、そして国書刊行会から海外の優れた怪奇・幻想小説、ファンタジーの翻訳がある程度充実してきていた。刊行中の叢書もあり、ミステリ、SF、ポップ化する純文学に飽き足りない若者中心に熱心な読者も育っていた。それは澁澤龍彥、種村季弘、中井英夫、紀田順一郎、荒俣宏らの積年の業績の成果でもあったろう。彼らが本格的なブームを迎えるのは「幻想文学」刊行後のことであり、それによって同誌は時運に恵まれ、発行部数が底上げされるという僥倖を得たが、その一方で「幻想文学」誌の存在自体が、幻想文学ブームを牽引した面もあった。中島梓は知的中流家庭の本棚に並ぶ本について〈種村季弘や澁澤龍彥や――まかりまちがってもマルクスやローザ・ルクセンブルグであってはならぬ。中流階級の幸福、「人なみ」であるという安心を、ちょっとでもおびやかすものは、このささやかなぬくぬくとした空間にもちこまれてはならないのである〉（『ベストセラーの構造』）と皮肉混じりに書いていたが、その直後に澁澤や種村は知的中産階級のアイドルになった。

「幻想文学」は、最初の三年間はもっぱら〈幻想文学最前線〉と銘打って、当時のリアルタイムでのさまざまな幻想文学シーンを特集した。第15号で江戸の幻想文学を特集して以降、明治から昭和までの幻想文学を歴史的に展望する〈日本幻想文学誌〉や、英米以外の海外幻想文学を特集する〈○○幻想文学必携〉シリーズが展開され、マイナー出版物にも光が当てられた。もちろん英米系作品は、ケルト神話やホラー、各種ファンタジーや特定作家特集などにしぼった特集でばっちり堪能できた。以下、「幻想文学」各号の特集タイトルを掲げておく。

第1号・幻想文学研究の現在
第2号・ケルト幻想――フィオナ・マクラウドと松村みね子
第3号・幻想純文学――幻想文学最前線1
第4号・アーサー・マッケン／英米恐怖文学事始
第5号・伝奇ロマン――幻想文学最前線2
第6号・ラヴクラフト症候群
第7号・幻想児童文学――現代日本のファンタジー――幻想文学最前線3
第8号・ロストワールド文学館
第9号・怪奇幻想ミステリー――幻想文学最前線4
第10号・石の夢・石の花――鉱物幻想の世界
第11号・幻想SF――もしくは日本SFという名の幻想――幻想文学最前線5
第12号・インクリングズ――トールキン、ルイス、ウィリアムズの世界

第13号・フランス幻想文学必携
第14号・モダンホラー——スティーヴン・キングとライヴァルたち
第15号・大江戸ファンタスティック
第16号・ハイ・ファンタジー最前線
第17号・ドイツ幻想文学必携
第18号・魔界とユートピア——日本幻想文学誌1　明治篇
第19号・ヒロイック・ファンタジー
第20号・幻想ベスト・ブック1982～1987
第21号・ロシア東欧幻想文学必携
第22号・大正デカダンス——耽美と怪異——日本幻想文学誌2　大正篇其ノ一
第23号・ホラー読本——ホラー入門ベストテン！——クライヴ・バーカー・スペシャル！
第24号・夢みる二〇年代——日本幻想文学誌3　大正－昭和篇
第25号・ファンタスティック・マガジン
第26号・イギリス幻想文学必携
第27号・猟奇と哄笑——日本幻想文学誌4　昭和篇
第28号・吸血鬼文学館——真紅のデカダンス
第29号・幻視の文学1930～40——昭和文学の幻視者たち　日本幻想文学誌5
第30号・異端文学マニュアル——日本幻想文学誌6　昭和篇

第31号・アンドロギュヌス――両性具有の妖しい夢
第32号・人形綺譚――ヒトガタの魅惑と恐怖
第33号・日本幻想文学必携――美と幻妖の系譜
第34号・ケルト幻想文学誌――妖精の幸ふ古代へ
第35号・鏡花夢幻帖
第36号・悪魔のいる文学誌
第37号・英国幽霊物語
第38号・幻魔妖怪時代劇
第39号・大怪獣文学館
第40号・幻想ベストブック1987〜1993
第41号・ホラー・ジャパネスク
第42号・RAMPOMANIA
第43号・死後の文学
第44号・中国幻想文学必携
第45号・アメリカ幻想文学必携
第46号・夢文学大全
第47号・怪談ニッポン！
第48号・建築幻想文学館

第49号・シネマと文學！
第50号・澁澤龍彦1987〜1997
第51号・アンソロジーの愉楽
第52号・猫の妖、猫の幻
第53号・音楽＋幻想＋文学
第54号・世の終りのための幻想曲
第55号・ミステリvs幻想文学
第56号・くだん、ミノタウロス、牛妖伝説
第57号・伝綺燦爛――赤江瀑の世界
第58号・女性ファンタジスト2000
第59号・ボルヘス＆ラテンアメリカ幻想
第60号・幻想ベストブック1993〜2000
第61号・百物語文学誌――めぐりめぐる物語の魔
第62号・魔都物語――都市が紡ぐ幻想と怪奇
第63号・M・R・ジェイムズと英国怪談の伝統
第64号・幻獣ファンタスティック――幻想動植物の世界
第65号・神秘文学への誘い
第66号・幻想文学研究のキイワード

第67号・東方幻想――異国への憧憬と恐怖

さらに「幻想文学」は一〇冊以上の別冊、それに小説専門誌「小説幻妖」二冊、書評専門誌「BGM（ブック・ガイド・マガジン）」を出している（ほかに単行本も数冊）。

またこの時期、詩や美術書の出版を主にしていた小出版社からも、幻想文学や耽美主義に深く偏した雑誌が出ている。「森」、「るさんちまん」など。「森」の〈特集・夭折作家〉や〈特集・リラダン〉が読みごたえあった。「るさんちまん」（発行人・松本完治）は京都のエディション・イレーヌから一九八三年五月に創刊されたもの。創刊号は横書きで、同誌のマニフェストともいうべき松本完治「超現実の光芒を追って」、ジャック・リゴー著、鈴木総訳「TEXTE」、アンドレ・ブルトン著、生田耕作訳「吃水部におけるシュルレアリスム（抄）」、松本完治「ダンディズムの末裔」などが並んでいる。第二号は松本完治「死とエロスの彼方に」、月読杜人

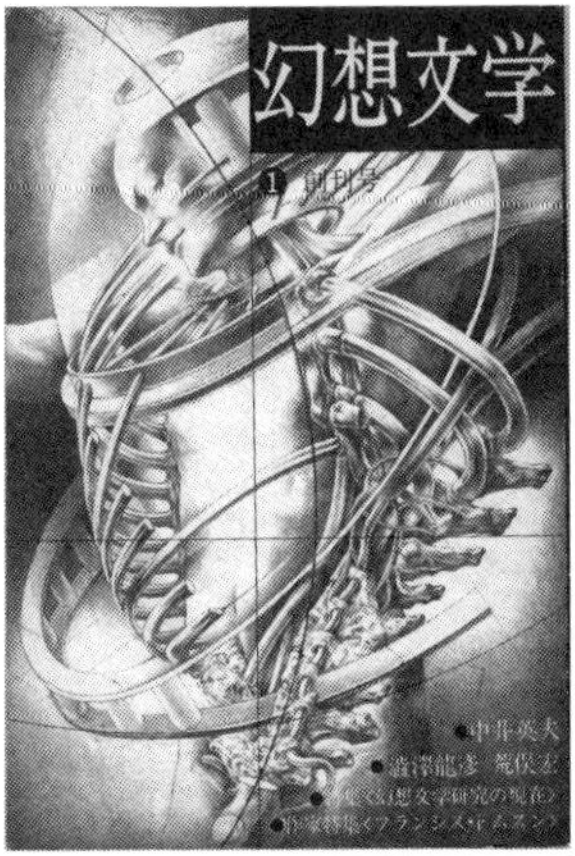

「幻想文学」と「小説幻妖」の創刊号

「言霊ということ」、榊清一郎「貴族主義の落日」、生田耕作書誌、サド侯爵著、生田耕作訳「ソドムの百二十日」。丸背の薄冊ながら、反時代的で高踏的な意思が強く感じられる誌面構成だった。第三号は格段に厚くなり、〈特集デカダンス〉を組んでいるが、巻末の編集後記には〈最もひどい形で変貌と墜落を遂げたのが吉本隆明だと思います。本誌創刊号の座談会で、再三、この男の無節操振りを問題にしましたが。それから全共闘という名の学生運動。結局は一時代の産んだ西洋渡来の流行性熱病のようなものに過ぎなかった。当時トロッキスト気取りだった大島渚まで結局タレント稼業に成り下がり。その他、澁澤氏をも含めて、当時の過激思想家たちが有り得べからざる変容を遂げています〉と述べている。バブル期にはTVや広告媒体が、それまでマイナー視されていた文化人を好んで取り上げるようになったが、吉本隆明が広告に出、大島渚がTVのコメンテーターとして人気になったことに、彼らの表現に革命の幻想を仮託してきた世代は、強い違和感を覚えたのだった。なお同誌編集後記は〈『ユリイカ』『幻想文学』など、現代的風潮に媚びる新しもの好きな諸雑誌が「デカダンス」を特集する意味とは根本的に異なった、本誌の意図を読み取っていただきたい〉とも述べている。「ユリイカ」「幻想文学」すらメジャー視するマイナー嗜好がここにある。

たしかに両誌は、奇跡的に長続きした（「ユリイカ」は近年ではアニメやマンガの特集も取り入れながら継続している）。これまで幻想文学・怪奇異端文学専門誌は、いずれも短期間で終わってしまった。有り体にいって、幻想文学には濃厚なファンはいるものの、その層は決して厚いとはいえず、商業的に採算の合う雑誌は生まれ難いというのが実情だった。だから「幻想文学」は、最初から人件費や施設費、製作費を低く抑えて、小部数でも着実に発行し続けられることを目標にしていた。

さらにマイナー誌にふれると、「奢灞都」（八五年一月創刊）もあった。生田耕作が編集し、奢灞都館から刊行された雑誌で、「るさんちまん」をさらにハイブロウにしたような雑誌だった。創刊号は限定五百五十部記番入で字組も凝っており、編集後記に生田が〈誌名についてはあらためてことわるまでもなく、大正昭和の日夏耿之介先生編纂になる同名の雑誌の余塵を拝して、おこがましくも第二次「奢灞都」を名乗る次第〉と記しているが、その精神性においても日夏の姿勢を継承していた。

日本ファンタジー大会と牧神賞

「幻想文学」が創刊された頃、ファンダムにも動きがあった。広義のファンタジーファンの交流をはかり、親睦を深めることを目的とする、日本ＳＦファンタジー大会が企画されたのである。その運営方式は日本ＳＦ大会に倣い、年次毎に実行委員会が設けられ、持ち回りで開催されるスタイルが選択された。

第一回日本ファンタジーコンベンション（準備段階ではファンタジィコンベンションと仮称され、ファンタジー大会とも通称された）は、一九八二年五月、水道橋の労音会館で開催された。実行委員会は幻想文学サークル「黒魔団」が中心に組織。大会テーマには「英米の怪奇小説翻訳紹介で知られた平井呈一の追悼およびその業績の検討」が掲げられ、メイン企画として紀田順一郎の講演「平井呈一氏の生涯とその業績」が行われた。ほかにファングループ代表者による討論会、ファンジン即売会、映画上映などもあった。参加者は百名ほどだった。

第二回ファンタジー大会は三年後の八五年五月、大阪の豊中市民会館で二日間にわたって開催された。一日目には菊地秀行の講演「私的ホラー創作論」、紀田順一郎の講演「平井呈一と江戸川乱歩」などがあり、二日目には前川道介の講演「レーオ・ペルッツの文学」、山田章博・あしべゆうほ両氏のフリー・トーク、ファングループのパネル・ディスカッション、などがあった。また大会エンディングでは、ファングループ連合会議の創設と牧神賞の制定が提案・決定された。SF界のファングループ連合会議と星雲賞を範としたものだった。

第三回は八六年八月、川崎市中小企業婦人会館で二日間にわたって開催された。内容は高田衛《まもる》、由良君美、紀田順一郎、矢野浩三郎諸氏の各講演、浅羽莢子《さやこ》・井辻朱美・森下弓子・室住信子諸氏による「翻訳家ぱねる」、鳥《と》図《と》明児《あける》・めるへんめーかー・中山星香諸氏へのマンガ家インタビュー、さらに井辻・中山・めるへんめーかー諸氏のファンタジー座談会、小川隆「最新ファンタジィ情報」、各社幻想文学関連編集者諸氏による出版社パネルなどもあった。そしてエンディングでは第一回牧神賞の発表ならびに贈呈式が行われた。

このようにファンタジー大会は、回を追って盛大になっていたのだが、現在に至るまで第四回大会は開かれていない。日本ファンタジーファングループ連合会議も設けられ、豊島区立勤労福祉会館や神田神保町「ルノアール」などで例会を持ったのだが、けっきょく誰も第四回大会を自分が主催するとは言い出さなかったのだ（SF大会内企画としてのミニ・ファンタジーCON

はあったが)。ファンタジー・幻想文学系ファンは概して上品で体力に乏しい人が多く、各グループとも同人誌を維持するので手一杯だったし、プロの書き手になる人も増えていたため——と、いろいろ理由はあるのだが、すべては言い訳にすぎない。ようするにファンタジー・ファンダムには柴野拓美も米澤嘉博もいなかったのである(これはファンタジー・ファン批判ではなく、末端とはいえ参加者のひとりでありながら何もしなかった私自身の自己批判である。念のため)。

第十六章　変容と克服――本当の二一世紀へ

アニメ中心時代のはじまり――『ビューティフル・ドリーマー』から宮崎アニメへ

一九八〇年代以降、若者文化に最も強い影響力を持つようになったのは映像表現、なかでもアニメだった。七〇年代にも「ヤマト」や「ガンダム」のブームがあったが、はじめから大学生以上の大人も対象としたアニメが作られるようになり、アニメがサブカルチャーの中心的話題になったのはこの頃からだった。

そんな傾向のはしりとして一九八四年に公開された「うる星やつら2　ビューティフル・ドリーマー」を挙げるアニメファンは多い。同作は高橋留美子のマンガ『うる星やつら』の劇場版アニメ第二作にして、押井守監督の作品であり、その意味でも八〇年代と九〇年代以降の接合点となっている。この作品では、学園祭前日で時間が循環反復し、幾度夜が明けても学園祭当日がやって来ず、多忙でわくわくする前日ばかりが繰り返されるセカイが舞台となっている。これは主人公の宇宙人少女ラムの、「みんなと何時までも楽しく暮らしたい」という願望が実体化したものだった。作家・評論家の東浩紀はこの作品を三重のメタフィクション構造になっていると指摘する。〈第一に、押井監督自身の姿、あるいはアニメ制作体制とファンタジーを支える「オタク的」な消費行動（五年後に大塚英志が「物語消費」と名づけるもの）であり、その構造ゆえに、さらに必然的に自己言及的な問いへとつながっている〉（「追憶の『ビューティフル・ドリーマー』」、二〇〇四）というのである。ちなみに、ここでいわれている自己言及的な問いとは、アニメを作ることの意味、アニメを見たり、アニメ的ファンタジーに浸ることやオタクであることの意味、さらには消費社会とは何かといった問いである。

それはまた、バブル景気初期の軽く明るい世相のなかで「ずっとこのままでいたい」と願っていた当時の青少年の心性をも映し出した作品だった。時間が閉鎖されて何度でも同じ時間を繰り返す物語は、これから後、何度も繰り返されることになる（「ハルヒ」シリーズだと第五巻「暴走」がそれだ）。こうした何度も同じことを繰り返す「時間再生」の感覚は、ビデオの浸透によって一般受容者にとってもリアルなものになっていたのである。

リアルタイムでＴＶを見ているのに、ビデオ（ＤＶＤ）のつもりでコマーシャルを早送りしようとリモコンを操作してしまったことが、誰でも一度くらいはあるのではないだろうか。そうした感覚は八〇年前後から急速に広まった。よく若者気質の変容の起源として、ゲーム的な感覚、すべてをボタンひとつでリセットできる感覚が挙げられることがあるが、「何度でも繰り返せる」ビデオ再生は、タイムトラベル的な「やり直し」「繰り返し」感覚をもたらした。

野田秀樹の戯曲『彗星の使者』（初演一九八五年）は、神話的な宇宙変転と少年の夏休みを重ねて描いた作品だったが、その終わり近くにこんな台詞がある。

〈（卜書）死んだはずのトブ・ソーヤがすくっと起き上がる。

トブ・ソーヤ「三十億年前の四十日目」

トカゲ「え？」

トブ・ソーヤ「なんどでもやりなおそう」

トカゲ「五時間目みたいなやつだ」

トブ・ソーヤ「五時間目は、まどろみの中で、なんどでもやり直す図画工作の時間」

トカゲ「ちょっとだけ死んで」

トブ・ソーヤ「ちょっとだけ死んで」

トカゲ「なんどでもやりなおそう」〉

ただしこの台詞は、まったく同じにはやり直せない演劇空間だからこそ輝いていた。ここには当時の若者気質への理解と、そうした傾向に対する演劇人らしい挑発があった。

話をアニメに戻すと、八〇年代最大の収穫は、宮崎駿『風の谷のナウシカ』だったろう。

このアニメのすばらしさを最初に私に教えてくれたのはマンガ家の高橋葉介だった。試写を見た高橋は「とてもいい出来だ。特に飛行シーンがすばらしい」と言い、さらに「宮崎さんは背水の陣でこれを作ったので、興行的に失敗したら大変なことになる」とも伺った。「風の谷のナウシカ」が公開されたのは八四年三月一一日のことだった。しかしSFファンの関心は、当初は一週間後の三月一七日に迫っていた「さよならジュピター」に向いていた。二月に公開された「うる星やつら2　ビューティフル・ドリーマー」の余韻もまだ残っていた。また同時期に公開されるアニメとしては、角川系（配給は東映）の山川惣治「少年ケニヤ」の前評判が、盛んな宣伝の効果もあって高く、ナウシカはそれほどではなかった。しかし「風の谷のナウシカ」が封切られると評判が広まり、上演館も増えて興行的にも成功を収めた。

この作品は、はじめての純粋なアニメ作家による作品だった。「風の谷のナウシカ」パンフレットは、そのことを〈過去に、一本の映画において原作・脚本・監督に名を連ねた人に手塚治虫、松本零士などがいるが、ふたりとも本来はマンガ家。アニメ作家がマンガ原作を描き、その自作をアニメ化するというのはこの映画が最初である〉と誇らかに記している。

宮崎駿といえば、それまでも「ルパン三世　カリオストロの城」に出てくる少女クラリスが人気で、彼女がルパンを「おじさま」と呼ぶのにしびれたという若者は多かった。今で言えば萌えだが、当時は二次コン（二次元コンプレックス）といわれていた。ナウシカ・ファンには、作品の出来のすばらしさに加えてそういうファンも多かった（隠してもダメである）。

宮崎駿は一九六三年に東映動画（現・東映アニメーション）に入社し、高畑勲監督の「太陽の王子　ホルスの大冒険」（六八）で場面設定・原画を担当して業界内の注目を集めた。しかし「長靴をはいた猫」（六九）や「どうぶつ宝島」（七一）でも原画やアイディア提供で活躍したものの、自ら監督を務めることはなかった。その一方でこの時期、「少年少女新聞」に秋津三郎の名前でオリジナルのマンガ作品『砂漠の民』を連載している。それは「風の谷のナウシカ」の原型ともいえる作品だった。

一九七一年、宮崎は高畑勲、小田部《こたべ》羊一《よういち》と共に東映動画を退社。そして「パンダコパンダ」（七二）、「アルプスの少女ハイジ」（七四）の成功で、一般のアニメ・ファンにも広く知られるようになった。「ガンダム」のアニパロで、アムロやシャーがハウス名作劇場に出演するというネタが好まれたのは、当時のアニメファンが、「アルプスの少女ハイジ」のクオリティーにも同時に強く惹かれていたことを表している（ちなみに「ハイジ」は日曜日午後七時半からで、同時間に「宇宙戦艦ヤマト」「猿の軍団」も放送されており、どれを見るかは〝踏み絵〟だった。その後の八時からはテレビ版「日本沈没」があった。われわれは〝合流〟〝われても末に……〟と言っていた）。

宮崎・高畑コンビに、「アニメージュ」の編集部にいた鈴木敏夫が加わることで、スタジオ・ジブリが誕生することになるのだが、彼らが出会ったのは「アニメージュ」の取材からだった。同誌が行っていた往年の名作アニメ紹介で、「太陽の王子 ホルスの大冒険」を取り上げることになったのだが、高畑勲は「自分は取材を受けたくない」と言い、代わりに「いいたいことがたくさんある」宮崎が取材に応じたのだった。この頃、宮崎は「未来少年コナン」（七八）や「ルパン三世 カリオストロの城」を成功させていたが、こだわりが強くてコストがかかる監督と思われている面もあり、オリジナル企画がなかなか通らずに鬱屈していた。

鈴木は「アニメージュ」八一年八月号で三一ページにおよぶ宮崎特集を組む一方、徳間書店に宮崎のオリジナル・アニメ「戦国魔城」の企画を提出した。しかし会社側からは原作のないものは無理と却下される。そこで、宮崎自身が原作となるマンガを書くことになった。こうして「アニメージュ」八二年二月号から『風の谷のナウシカ』の連載がはじまったのだった（この連載は映画完成後も続き、断続的連載の末一九九四年に完結する）。

それにしても宮崎アニメには「日本的なもの」――あえて言うなら「天皇／神道的なもの」が濃厚に顕れる。「風の谷のナウシカ」は二大強国に挟まれた小国「風の谷」の物語であり、現代日本の神話化のように感じられた。ナウシカが予言された王の姿で帰還するシーンは、何度見ても涙が出る。宗教学者の鎌田東二《とうじ》は涙が止まらず、映画館から家まで泣き続けたという噂だが「そうだろう、そうだろう」と思った。「となりのトトロ」（八八）のトトロは、神社の神木である楠に住んでおり、植物の成長に関わるのだから、五穀豊穣の神様の眷属であり、「千と千尋の神隠し」（二〇〇一）のハクの本名は、コハク川＝ニギハヤミコハクヌシというのだから、まったくもって神道そのものである。イデオロギー解釈はさておき、現在ここまで完成度の高い「日本的想像力の物語」が構築できることは感動的だ。

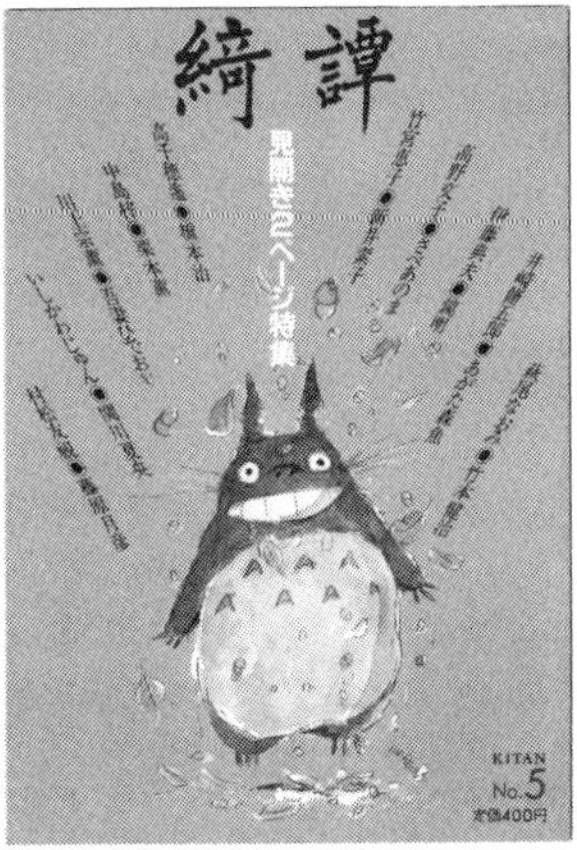

「綺譚」5号

とはいえ、八〇年代にはまだ、宮崎作品は監督の凝り性もあって、営業サイドには疑問視する者も少なくなく、企画が通りにくい日々が続いた。そんななかで、宮崎作品を熱烈に支持するマニアたちは、商業誌から同人誌まで、さまざまな場でその作品を称揚した。宮崎本人もマニア的で、同人誌にも協力している。たとえば「綺譚」5号の表紙には、アニメ化本決まり以前に、トトロが登場している。「綺譚」は七八年に「題未定」としてはじまったコアなＳＦ、マンガ、アニメのマニアたちの同人誌で、プロの作家もよく登場した。編集同人の何人かはプロの編集者でもあった。たとえばメンバーのひとりである秋山協一郎は角川書店「バラエティ」の編集部にいた。

活字ＳＦの後退と長大ノベルス・ブームの終息

八〇年代のＳＦブーム、幻想文学の勃興によって、日本社会には確実に「想像力の文学」（安部公房いうところの「仮説の文学」）の「拡散と浸透」が起きたはずだった。バブル経済が、その祝祭的ムードの後押しをした。庶民にまで「文化的」な消費嗜好が浸透したのは、日本では八〇年代がはじめてだったのではないかと思う。作家も編集者もそれを信じて、実験的手法も積極的に試みられた。

その一方で、ＳＦ専門誌は意外に早く減少している。ブームの最中と思われていた八一年には「ＳＦ宝石」と「奇想天外」が休刊。「ＳＦイズム」は八一年、「ＳＦの本」は八二年に創刊されたが、これらは情報・評論誌で、小説ではなかった。「ＳＦワールド」は八三年に創刊（「小説推理」の増刊扱い）されたが、これは各号・個人作家特集で評論中心の準ムック的なものだった。八〇年代に盛り上がったのは、ＳＦ作品よりもＳＦに関する言説だった。小説誌はこの時点で、「ＳＦマガジン」と「ＳＦアドベンチャー」の二誌のみになっていた。一部ＳＦファンは、これを「二誌（西）体制の確立」と呼んだ。時代はジョージ・オーウェルの『一九八四年』を追い越して進み、東側（共産圏）が崩壊して西側の一人勝ちの様相を呈していた。それが終焉するのは一九九三年、「SFアドベンチャー」の休刊によってだった。これはバブル経済崩壊の翌年の出来事であり、「二誌（西）側の崩壊」と呼ばれた。評論誌も、八五年には「SFイズム」が、翌八六年には「SFの本」が休刊している。本格的な「難しいSF」、SF評論は、マニアに愛され続けたものの、大衆的拡がりは、期待されたほど確かなものではなかったのかもしれない。

八〇年代半ばには、若手SF作家の仕事の主流は単行本、それもノベルスや文庫でのシリーズものが中心になるなど、質的な変化も兆していた。そこにやってきたのがバブル崩壊である。出版界のダメージも大きく、出版社は利益を大きく減じ、大手老舗といえども経営が苦しくなった。出版界では難解な小説に二の足を踏むようになる一方、薄利多売で凌ごうと、ますます「分かりやすいシリーズ物」の量産を求めた。

こうした状況に逸早く懸念を表明したのは筒井康隆だった。八六年の段階で筒井は、編集者の発言を引用する形で〈（短篇のアイディアを増量したような）長篇がどんどんつまらなくなっていく。いえ。これは事実、本にしても売れてはおらんのですよ。わが社のペーパーバック・ノベルでも、最低三万部を出していたのですが、とてもそんなには売れなくなってきて、最近は一万五千。そうなのですよ筒井さん。長篇がです。長篇の部数といえますかこれ。しかも半分以上三分の二が返本。皆さん、ご自分の首を絞めていらっしゃるのですよ筒井さん〉（『笑犬樓よりの眺望』）という出版状況を指摘している。

ここでは、作家側が短編を書きたがらなくなり、長編を望む傾向があったとされている。しかしそれだけでなく、出版社側が出版点数を確保するために、長編のシリーズものを作家に求めた面もあった。出版社からの依頼では「まだ誰も書いたことがないような作品を」ではなく「○○（今売れている作品）みたいなものを」と求められるのがふつうだった。

九〇年前後には、さらにこの傾向に拍車がかかり、ノベルスの新レーベルを立ち上げる出版社が相次いだ。毎月、多くの文庫、ノベルスが刊行され、書店の棚を押さえるための熾烈な競争が行われる一方、出版点数を維持することが至上命題となった。評判になった単行本が次々と文庫化されたが、それだけでは足りずにノベルスでも文庫でも書き下ろしのシリーズものが増えた。書き手も不足しており、ベテランばかりでなく新人、さらには同人誌などで少し評判になった程度のものにも声がかかった。実は八〇年代末期には、私も少女小説とSF冒険ファンタジーを各一冊、それぞれ別のペンネームで書いたことがある。よほど人材が払底していたのだろう。しかもシリーズの増大によって、町の本屋には○○シリーズの七、八巻と××シリーズの五巻はあるが他の巻は並んでいないという状況に陥り、新たな読者は手を出し難くなっていた。

そんな無理を続けていれば、読者離れが促進されるのは、分かる人には分かっていたはずだ。しかし背に腹は代えられないという出版社側の事情もあったのだろう。八七年に「小説奇想天外」を復刊し、「ネオファンタジー」も創刊して積極的にSF、ファンタジーを出していた大陸書房の倒産をきっかけに、そんな自転車操業的なギョーカイ状況が露わになった。このときは、執筆者はもちろんのこと、同社の編集者にも倒産は事前に知らされておらず、出社したら会社がなくなっていたので呆然としたという。若手作家の多くは、同類他社に持ち込みを繰り返したが、なかなか本を出してもらえず、「大陸浪人」と呼ばれた。

「オタクの事件」宮崎事件とオウム真理教事件

さらに事態を悪化させたのが、創造力の跳躍を危険視させるような事件の発生だった。六〇年代には異端的な創作家が、しばしば刑事事件の被告に擬せられたが、八〇年代以降、被告になったのは、作り手ではなく、もっぱら自己の妄想にとらわれた受容者だった。「オタク」という言葉を一躍世間に広めることになったのは連続幼女誘拐殺人事件、犯人が特定されてからは宮崎勤事件と呼ばれることになる事件だった。

ただし一九八九年に犯人が捕まる以前、マスコミはもっぱら「三十代の文学青年」という犯人像を描いていた（これは当時、まだ「オタク」イメージがサブカル以外では浸透していなかったこと、少なくともオタクをアブナイとする見方が一般的ではなかった事実を示している。なお、同様の言説は一九九七年の神戸連続児童殺傷事件でもみられた）。幻想文学愛好者には犯罪学に関心を寄せているものも少なくなかったので、当時はよく適当なプロファイリングをして「犯人は〇〇君ではないか」といった冗談を交わすのが流行ったが、話の落ちとして私は「しかし〇〇氏は運転ができない」と言って笑わせた。バブル期には車の運転をしない若者はほとんどいなかったが、ディープなオタクには免許を持たない者も珍しくなかった。連続幼女誘拐殺人事件は、その広がりや死体遺棄地点から見て、車がなければ不可能な犯罪だった。しかし「車の運転くらいみんなできて当たり前」とする社会では、あえてそんな指摘をする者はいなかった。

犯人が拘束され、その自室映像が公開されると、ビデオやマンガを大量に収集蓄積していたことがクローズアップされ、ホラーやロリコンへの表現規制が強化された（実際には、それ以外の傾向の作品も多く、また取材者によって室内にその手の品物が持ち込まれたり、目立つように配置されるなどの「演出」が加えられたといわれている）。当時、宮崎の逮捕直後に開催された第三六回コミケを取材した某テレビ局のレポーターは「ここに一〇万人の宮崎勤がいます！」と報じ、「オタクは人にあらず」といった風潮がみなぎった。

さらに一九九五年、オウム真理教による地下鉄サリン事件が発生した。オウム真理教は、八〇年代から何かと物議を醸す集団として注目されていた。ただし当初は、そのあまりに奇抜でヘンな「布教活動」故に、外部の人間の多くは、オウム真理教をパフォーマンス集団なのか宗教団体なのかも判断しかねていた。たとえばマラソン大会に、教祖の顔をデフォルメしたお面を被って参加し、テレビに映ろうとする（しかしみんな足が遅いので、ほとんど映らなかった）。選挙に出れば教祖のお面を被って脱力系のダンス・パフォーマンスをする。教団宣伝ビデオやマンガは、ほとんど「宇宙船艦ヤマト」その他からのパクリ。何でも面白がる一部ＳＦファンは、そんな教団の奇抜な行動をウォッチしていた。巷で見受けられるヘンな学説や妄想的な歴史解釈を面白がる「と（トンデモ本）学会」は、九二年の第三一回ＳＦ大会ＨＡＭＡＣＯＮで正式に発足した。

しかしオウム真理教の奇妙な行動に以前から注目していた人々も、まさか本気で無差別殺人事件まで引き起こすと思っていなかった。むしろ「マヌケで愛すべき集団」というキャラがふられていたのである。しかしオウム真理教は、八〇年代から「出家者家族」との間で金銭トラブルや、誘拐事件としての告発を受けるなどしていた。それでも、警察を含めた多くの人々は、九四年六月に松本サリン事件が起きた際にも、オウム真理教の犯行とは思わなかった（一部にそのような疑惑を伝える記事も出たが）。

オウム真理教は仏教系の教義を持っていたが、その随所に七〇年代以降のオタク的物語を混入させていた。オウム真理教の教団施設の換気装置は「コスモクリーナー」と呼ばれ（『ヤマト』由来）、ハルマゲドン（『ノストラダムスの大予言』由来）に向けてカウントダウンをしていた。阪神淡路大震災を「地震兵器」による人工地震だと主張したのは、海野十三の科学小説由来だろうか。その意味でオウム真理教の妄想は、ＳＦ的想像力の産物というよりも、二次創作的欲望に発していた。

真の物語性の欠如といえば、宮崎勤は公判の過程で、ビデオやマンガ類をコレクションしていたことを認めているが、その理由を問われて「集めさせられていた」という受身形で表現している。何によって集めさせられたのかを問われた彼は、「大きな物語」を持ち出してくるのだが、それは彼自身の物語性の欠如（あるいは自分自身の本当の物語と向き合うことからの逃避）を露わにするものだった。

この頃からしきりにヴァーチャル・リアルによる妄想型犯罪といったものが、メディアで取り沙汰されるようになった。だがリアルの喪失は、必ずしも電脳空間などのヴァーチャルの拡大によってもたらされたものではない。むしろバブル崩壊後の安定から停滞へと向かってゆく日本社会それ自体が抱く、想像力への怖れ（抑圧）こそが、未来を可能とするリアルを失わせたのではないか、と私は考えている。

そもそも非現実を志向すること自体は、悪くはない。現実社会に不満があるからこそ、人は理想を求めて戦い、夢を追って努力をしてきた。そうやって明治維新や自由民権運動は推進されたのであり、戦後日本は「がんばってきた」のだ。その意味では想像力／創造力こそ現実を変える原動力だった。だが、その結果として成立した社会自体が空虚で、リアルを喪失しているとしたら……。

「現実」なるものが、既にリアルを喪失していた（そうとしか感じられない人々が増えている）からこそ、二次創作的な妄想が容易に「現実」に浸透したのではなかったか。そしてそれは、オウム真理教のような特定集団のみに見られた現象ではなく、われわれが暮らしている社会の「常識」自体が、面倒なことは「想定外」とするヴァーチャル・リアルにすり替わりつつあった。

本来ならここで求められるべきは、真の想像力／創造力の回復だったはずだ。だが、社会は逆の方向に向かっていた。

そんな世情に敏感に反応したのは筒井康隆だった。筒井は『虚構船団』『夢の木坂分岐点』などの成功を経て、ＳＦのみならず、現代文学も代表する作家として認知されるようになっていた。そんな筒井が、一九九三年九月に断筆宣言をすることになったのは、直接的には日本てんかん協会が、教科書に採用されていた筒井の短編「無人警察」の表現に抗議し、出版社が勝手に謝罪するなど、表現の自由が脅かされる事態が出来したことへの再抗議表明としてなされたものだった。しかしそれ以前から、筒井は表現の自由や文筆に関わる者たちの精神的自由の後退に苛立っていた。ことに殺人犯として死刑が確定している一方、作家でもある永山則夫が、日本文藝家協会に入会を申請したところ拒否された件では、これに抗議して筒井康隆、中上健次、柄谷行人が協会を脱退した。また小説で使用できない「差別語」が増えている事態には、かなり前から強い危惧の念を示していた。「現実」はそのように「虚構」を排除することで、「現実それ自体の虚構性」を増大させていった。

なお、筒井は九六年一二月に断筆宣言を撤回するが、これは「差別表現」について一方的に規制しない旨の契約を結んだ出版社とのあいだで、個別に執筆依頼に応じるというものだった。ある意味、作家としては理想的な仕事の選別方法である。その頃、多くの作家は断筆宣言しなくても、いつの間にか断筆状態になってしまいかねない事態が進行していた。

「SF氷河期」事件と「クズSF」論

私がSF界で「冬の時代」という語をはじめて目にしたのは、「SFアドベンチャー」一九八九年六月号誌上においてだった。小松左京・森下一仁の対談「日本SF10年のパースペクティブ」のなかで、小松左京が「冬の時代だな」と発言している。それはSFには歴史学と物理学、生物学など諸領域の知の最先端を総合的に取り込んで、ひとつの世界観を持った作品を作ることができるという従来からの小松の信念を共有することが、今やSF作家にとってすら困難になっているという認識から出た言葉だった。

また川又千秋は「ユリイカ」一九九三年一二月号で〈日本のＳＦは、一種バブル的状況の中で、ひたすら「広範な非専門的読者」に迎合しようと努めた。出版がビジネスであるかぎり、そうした動向すべてを否定するわけにはいくまいが、どうあれ、そこに、ジャンルの「生命を賭け」るべきではなかった〉（「ここは、どこ？」）と述べている。これは先にあげた筒井の心配とも一致する見解だった。

こうした事態を揶揄するような記事が「日本経済新聞」（九七年二月九日）に掲載された。富田律之の「国内ＳＦ『氷河期』の様相」という記事は、〈日本ＳＦが危機的状況に陥っている。出版物の売上の低迷もさることながら、ジャンルそのものの消滅すらささやかれている。長く「冬の時代」と言われてきたが、今や冬を通り越して『氷河期』と言える様相すら呈している。日本のＳＦに未来はあるのだろうか〉との書き出しでＳＦ出版の凋落を嘲っていた。

この記事で問題にされていたのは主にＳＦ出版物の売れ行きであり、質ではなかった。売れ行き不振といえばＳＦに限らず文芸書はずっと売れ行き不振で、純文学の落ち込みはもっとひどかったのだが、なぜか「日経」の記事はＳＦの売り上げ不振だけを指摘した。

「日経」の記事でもふれられていたが、「本の雑誌」九七年三月号に高橋良平と鏡明の対談（司会・目黒考二）「この10年のＳＦはみんなクズだ！」が掲載されたことも、ＳＦ界に衝撃を与えた。とはいえその衝撃は、対談のタイトルに対するものであり、内容をきちんと追ってみると、必ずしも九〇年代ＳＦを全否定しているわけではなかった。その意味では対談したふたりよりも、このタイトルを設定した編集部の姿勢が問われるところだろう。ちなみに目黒考二編集長は〈この特集のタイトルは「この10年のSFはみんなクズだ！」と、あえて問題提起したいんで、刺激的なタイトルをつけていますけど、まさかすべてのSFがクズであったわけがないんで、優れた作品もこの十年にはあったと思うんです。優れていても力を持ちえなかったとするならば、それは何故なのかということと、それともSFのハードコアみたいなそもそも一般性を持ち得ないのか〉との企画意図を述べている。つまり反語的なタイトルであり、編集部としてはSFを盛り上げる議論のきっかけにしたいと考えて仕組んだものだった。参加者の発言もその意図を汲んでおり、個々に見るとSF批判に終始していたわけではなかった。

当時、私が対談から感じたのは、鏡・高橋両氏の強い苛立ちだった。鏡明の批判はSFがあらゆるところに浸透した結果、SFのコアが見え難くなったこと、にもかかわらず、相変わらず「SFは難しい」と思われており、出版界では「SF」というタイトルをつけた作品が激減している状況に向けられていた。高橋は「スター・ウォーズ」以降、ニューウェーブ的な思弁小説が後退し、スペース・オペラ的なものばかりが書かれるようになったことを憂慮していた。

一SFファンとしていえば、「スター・ウォーズ」のヴィジュアルはたしかにインパクトがあり、そうした壮大な規模の作品も見たいと思った。私は時代劇だと、市川雷蔵の「新・平家物語」、忠臣蔵なら大川橋蔵が大石内蔵助を演じた「忠臣蔵」が好きで、なぜ好きかといえば、史実や原作と違っていても「お約束」が備わっているからだ。日本映画全盛期の歴史物は舞台装置や衣裳が豪華で、エキストラの人数も多く、特に軍勢・群衆が大人数で実にいい。「スター・ウォーズ」の良さは、つまりそういうものだと思っているのだが、そんな小説ばかり書かれるのはいかがなものか、という疑問は八〇年頃から感じていた。

だが、ブームになってからSF出版に参入した出版社は、とにかく派手で分かりやすい作品を求める傾向があり、立場の弱い若い書き手中心に、求められればそれに応じて、自分では別に書きたいものがあっても、「スター・ウォーズ」的なものを書くように努めたのは仕方ないことでもあった。本来なら、映像があそこまでSFを「見せる」のであれば、活字は別の方向に特化したほうがよかったのに（もちろん、それをした作家たちもいて、彼らがSF界を真にリードすることになる）。

さらにバブル崩壊以降は、出版マーケット全体が急激に萎縮し、あらゆる出版傾向が打撃を受けた。SFも例外ではなく、オリジナリティーに乏しいエピゴーネンは淘汰されることになる。しかも困ったことに、質的に優れたSFであっても、その難解さ故に一般読者に受け入れられないというSF草創期以来の問題が顕在化してしまった。

八〇年代には「未知なるもの」に対する一般読者のチャレンジ精神が高揚しており、「自分には今のところ理解できないが、分かるようになれば面白いかもしれないもの」への嗜好が強かった。ニューアカや、白っぽい本の装丁から「白難解」とも呼ばれたフーコーやドゥルーズやデリダなどの本がよく売れたのである（あれを買った人の何割が完読したのだろうか）。バブル崩壊後も、しばらくは余勢を駆って『清貧の思想』など乙にすましていた出版界も、不況が長期化するにつれて、即物的なハウツー本や分かりやすい物語以外売れ難くなった。

高橋良平は「ＳＦは、社会が将来的に変化していくことに心がまえをあたえるものだ（それがすべてではないが）」という考え方を提示している。だが九〇年代当時の日本社会には、「未来」や「可能性」を考えること自体を苦痛とする退嬰的な気分が蔓延していた。日本社会自体が引きこもり的になっていたのである。「癒し」がブームになり、昭和ブームが起きたのも、退行現象という面があった。

端的にいって九〇年代後半のＳＦ出版の不振は、ＳＦの衰退というよりも、日本人の想像力や意欲喪失を象徴する出来事だったと私は考えている。ＳＦの売れ行きが後退したのは、ＳＦが提示する未来像が古くなったとか、魅力を失ったせいではなく、日本人全体が、未来について思いを馳せ、優れたＳＦ作品が提示する架空の設定について思索をめぐらすことに意味を見出せなくなった結果だった。

仮想された困難な状況について思索をめぐらすのは断じて逃避行動ではなく、自身が抱える現実の課題を原理的に追求することを要求するものだ。ＳＦには、現実逃避的な空想よりも、むしろ現実以上に過酷な想像へと読者を導く作品が少なくない。だが、多くの日本人は、そんなＳＦに取り組もうという意欲や向上心や想像力を失いつつあった。

八〇年代のバブル期には世紀末がブームになったのに、不況期と重なるようにして本当の世紀末がやって来た時には、ほとんどの日本人は〈世紀末〉の頽廃を楽しむ余裕を失っていた。みんな現実の不景気に耐えかねて、不都合な現実からも、現実に立ち向かうための想像力からも目を背けていた。

ポストヒューマニズムは、SFが自然科学から取り入れた基本的な思想のひとつだ。そもそも科学的真実は、たとえ全人類がそれを望まず、満場一致で否決したとしても、変えることができない。「それでも地球は廻っている」のである。時として科学は人々に不都合な真実を突きつけるが、SFはさらに深く、不都合な可能性までも白日の下に晒すだろう。そんなSFは、根拠のない期待を煽ることで生き残りを図ろうとする人々にとっては、忌避すべきものだったのである。

そしてSF的想像力から目を背けた日本は、経済的にも政治的にも凋落を深めてゆく。そんなSF的想像力忌避の姿勢が、二〇一一年三月の東京電力福島第一原発の「想定外」の人災事故につながっていると私は思う。

ちなみに小松左京は、九〇年代後半になると、原子力発電所の安全対策が七〇年代よりも後退し、形式的なものになっていると危惧していた。そうなった背景について訊ねたところ、経営優先で科学的検証を蔑ろにする企業態度、指導官庁との癒着に加えて「東西冷戦構造の解消で核戦争の危機が減ったために、核の脅威に対するリアルな想像力が失われた」ことをあげて下さったのが、印象に残っている。さすが小松先生らしい慧眼だった。

ファンタジーノベル大賞とホラー小説大賞から生まれた作家たち

「SF氷河期」記事と「クズSF」対談は、異なるムーヴメントから出ており、別のものだと私は思っている。だが、時期が重なったこともあって、SF界では、外部から誤解（利用？）

されやすい発言への批評の声が上がり、論議を呼んだ。そのため一時期はSF界に亀裂が生じかけたが、立場の差はあれ、ことはSF的想像力に対する無理解への危機感に発しており、鏡明、高橋良平、大森望、山岸真、野阿梓、巽孝之、大原まり子、小谷真理、森下一仁、高野史《ふみ》緒《お》、永瀬唯、喜多哲士、ひかわ玲子、牧眞司、当時の「SFマガジン」の塩澤快浩《よしひろ》編集長らが建設的な態度で議論を展開した結果、SF界全体に一定の共通認識も生まれた。

この危機をひとつの契機として、かねて懸案だったSFの新人賞が促進されたのは最大の成果だったろう。

一九七九年に復活したハヤカワSFコンテストは、八八年に佳作・金子隆一「葉末をわたる風」、九〇年に入選三席・御影防人「ひとすくいの大海」、佳作・山下敬「聖花」、参考作・芳賀良彦「シュガーボクサー」、北野勇作「Dancing Electric Bear」、九一年に入選・森岡浩之「夢の樹が接げたなら」、松尾由美「バルーン・タウンの殺人」、九二年に佳作・完甘直隆（秋山完）「ミューズの額縁」を出したが、この年を最後に実施されなくなっていた。以降、SF界には自前の新人賞がなくなっており、SF志向の強い新人は、ファンタジーやホラー、ミステリ、あるいはジャンルを限定しない若者向けの小説公募でデビューする以外なかった。

なかでも一九八九年に創設された日本ファンタジーノベル大賞と、一九九四年にはじまった日本ホラー小説大賞からは、多くのSF・幻想系作家がデビューした。前者からは酒見賢一、山口泉、鈴木光司、佐藤亜紀、恩田陸、北野勇作、佐藤哲也、南條竹則、高野史緒、浅暮三文《あさぐれみつふみ》、山之《やまの》口《ぐち》洋《よう》、宇《う》月原《つきばら》晴明《はるあき》、畠中恵、西崎憲、森見登美彦、平山瑞穂、弘也《ひろや》英明、中村弦、小田雅久仁、紫野貴李、石野晶《あきら》、勝山海百合《うみゆり》、日野俊太郎ら。後者からは瀬名秀明を筆頭に小林泰三《やすみ》、貴志祐介（以前ハヤカワＳＦコンテストでもデビュー）、中井拓志、牧野修（以前もあちこちでデビュー）など、個性的な作家たちが生まれた。ＳＦに特化した新人賞が休止していた時期、ＳＦ指向を強く持っていた新人にとって、両賞は自分の趣好を発揮できる貴重な場所だった。新興のジャンル、あるいは勢いのあるジャンルは、いつの時代であれ周辺領域を寛容に取り込むことで、いっそう勢いを増していくものだ。戦前の探偵小説が科学小説を変格物として受け入れ、六〇年代以降の日本ＳＦがファンタジーやホラーを受け入れたのも、そうした現象のひとつだった。

なお、ファンタジーノベル大賞は二〇一三年（二五回）で休止していたが、一七年から新体制で再スタートしている。

このように、しばらくＳＦの新人賞が跡絶えていたわけだが、二一世紀を目前にして、あらたな動きがみられた。一九九九年には日本ＳＦ作家クラブが主催する日本ＳＦ新人賞（徳間書店後援）が、翌二〇〇〇年には角川春樹事務所主催の小松左京賞もはじまったのである。両方とも長編のＳＦ新人賞で、受賞作は単行本化が約束されていた。以降、ＳＦ界は「飛躍的に」とまではいかないが、営業的にも復調傾向が見られるようになった。徳間書店からもヴィジュアル・ムック版の「季刊ＳＦ　Ａｄｖｅｎｔｕｒｅ」を経て、二〇〇〇年に「ＳＦ　Ｊａｐａｎ」（年二回発行）が創刊され、新人たちの執筆舞台も用意された。こうして活字ＳＦ復活の気運が高まっていく。

「新世紀エヴァンゲリオン」の栄光と衝撃

一九九〇年代後半のＳＦ的想像力をリードしたのは、何といっても「新世紀エヴァンゲリオン」（九五）だった。これはガイナックスが企画・原作・制作をし、庵野秀明が監督を務めた作品である。作品の話題に入る前に、ガイナックスと庵野秀明について、基礎的なことを押さえておきたい。

ガイナックスは、武田康廣・岡田斗司夫がはじめたダイコンフィルムから発展したアニメ制作会社だ。ダイコンフィルムは一九八四年に「八岐之大蛇の逆襲」製作途中に資金難に陥ったが、より大規模な作品を製作することで資金調達をしようと、バンダイビジュアルにアニメ作品「王立宇宙軍　オネアミスの翼」の企画を持ち込み、製作が決定。その実現のために本格的

「季刊 SF adventure」と「SF Japan」の創刊号

なアニメ会社としてガイナックスが誕生したのだった。この時期は岡田斗司夫が中心になって事業を推進した。しかし「オネアミスの翼」(八七)によって多額の借金を抱え、さらに「トップをねらえ!」(八八)も、作品の出来栄えは評価されたものの経済的には不成功で、借金を肥大化させる結果に終わった。その「トップをねらえ!」の監督を務めたのが庵野だった(ちなみに同作は星雲賞を受賞)。庵野は大阪芸術大学在学中からダイコンフィルムに関わり、「帰ってきたウルトラマン」(TV作品ではなく、そのパロディ作品)などを製作、出演もしていた。

アニメ製作の負債で一時は経営難に陥ったガイナックスだったが、その後、パソコンゲームをヒットさせて立ち直り、アニメ「ふしぎの海のナディア」(九〇)などで成功。その後、「新世紀エヴァンゲリオン」(九五)という記念碑的作品を製作することになったのだった。

この物語は二〇一五年という近未来の第三東京市を主たる舞台にしている。その世界では二〇〇〇年に「セカンドインパクト」と呼ばれる惨事が起こり、人類はそれ以前の半分にまで減っていた。第三東京市は富士山麓の内陸部に建設された疎開防災都市だが、そこに「使徒」と呼ばれる敵が来襲する。その攻撃に抵抗し得るのは少年少女が一体化することで起動するエヴァンゲリオン(通称エヴァ)という巨大戦闘生体のみである。ストーリーは両者の戦いを軸に展開する。その点は多くの戦闘アニメと同じなのだが、この作品にはきわめて多くの謎が伏線として張りめぐらされていた。しかも当初は午後六時台の放映。にもかかわらず、この作品はとうてい十代前半の子供を対象にしたものとは思われなかった。

まず「使徒」の意図や性格が明らかではなく、その形態も常軌を逸した多様性を見せていた。

また「死海文書」やゼーレといった謎めいたプロトコールや組織があり、表向きの戦闘とは別の枠組みで、預言にしたがって何事かを進めているらしい。しかしそれだけならまだ、「奇抜な工夫」として片付けられただろう。また、あまりにシュールな使徒の姿も、手抜きのようでもあり、「ウルトラマン」のダダやブルトンのようにどこかのポップ・アートからの引用のようにも見えた（新劇場版では格段にクオリティーが向上した）。

それらはいずれも、オタクを引き付ける装置だったが、同時に製作者側のオタク的快楽の産物だったようにも思われた。それは『旧約聖書』や神秘主義思想に由来する思わせぶりな引用が多いとか、筋が複雑だとか、エロいといったことを指して言っているのではない。それ以上に「エヴァンゲリオン」は自己言及的な作品であり、自己愛と自己嫌悪に引き裂かれる人間の頽廃的精神が露骨に描かれていた。しかもそれは、作品として頽廃を描いたというレベルを超えて、作り手の心の傷が露呈したかのような印象を与えた。そのリアルさは、スキャンダラスなほどだった。

特にTV版「エヴァンゲリオン」の最終二話は、絵も粗雑で、楽屋落ち的ともいえる展開をみせており、その意味ではこれもまた極端にオタク的なネタの世界でもあったが、笑いの要素は希薄だった。それは物語の構造を壊しただけでなく、主人公・碇《いかり》シンジの精神の崩壊を描いたかのような幕切れだった。

当時、庵野監督はインタビューに答えて〈実際は、ぼくが出てしゃべってもよかったんです。それでもいけるはずだったけど、さすがに拒否された。セル画でない部分、絵コンテの絵をそのまま使ったのは、わざとです。間に合わなかったとか、そういう問題じゃない。とにかく、セルアニメーションからの解放をめざしたんです。ただの記号なんですよ、セルなんて〉(「ニュータイプ」九六年六月号)と述べている。そうは言われても、マニアたちは最初「セル画製作が間に合わなかったんだな」と思い(なにしろ手塚アニメ以来、作画が間に合わないというのは、TVアニメが陥る伝統的問題だった)、「それにしても、この自己言及性は何だろう」と訝った。表面上、それは主人公・碇シンジのヒーロー落伍者としての自己言及の形を取っている。しかし問題は、語られている物語内容としてのメッセージではなく、そのような表現をした庵野監督の自己言及性にある。その私小説的固執が、何より衝撃的だった。

その後、庵野は「新世紀エヴァンゲリオン劇場版」を経て、さらに「新世紀ヱヴァンゲリヲン新劇場版」と、リメイクを続けている。この繰り返しは、まさに同作の自己言及性が、監督の自己言及性と重なっている事態を示しているように見える。庵野監督は、NHKの番組に出演した際、「(アニメ作品が)現実逃避の依代《よりしろ》とか、後は現実からそこに逃げ込む装置みたいなものにされつつあるのが、見ていて嫌だったんです。映画にした時は、元々そういう予定だったんですけれど、お客さんにはとりあえず水を被せて、何か目を覚まして帰って欲しい。そういうのがありましたよ」(「トップランナー」二〇〇四年五月九日)と述べているが、むしろ自らの作品を他者に渡すまいとする監督の固執が際立っているように感じられる。

庵野は、アマチュア時代の作品「帰ってきたウルトラマン」でも、生身のまま——ウルトラマン模様の服を着た自分自身として——登場してウルトラマンを演じていた。庵野はセル画の完成度を要求するアニメ・ファンはフェティシズムに陥っているとも述べていたが（この主張はセル画の完成度を追求したジブリ作品への批判でもある）、庵野監督の自己言及への執着も相当なものだ。「エヴァンゲリオン」第弐拾四話には「（ATフィールドは）何人にも侵されざる聖なる領域、心の光」であり「誰もが持っている心の壁」だというセリフがある。それに続くのが最終二話（第弐拾五話、第弐拾六話）なのである。

「エヴァ」はセカイ系のはじまりのひとつと目されている。実際、「エヴァ」第弐拾五話のタイトルは「終わる世界」だが、問われていたのは碇シンジ個人のレゾンデートル解体だった。そこには「セカイはみんな自分だけだ」というセリフもあった。ゼロ年代初頭の「最終兵器彼女」（高橋しん）に代表される〝セカイ系〟は、若いふたりの恋物語が突然、世界大戦や宇宙大戦にリンクし、その状況をも左右する話だが、「エヴァ」は世界のどこまで行っても自分の殻（ATフィールド）から出られない物語だった。それは私小説的凄味すら感じさせる。

かつて安部公房は、真のドキュメンタリは社会主義リアリズムを越えて、シュルレアリスム的無意識の把握を徹底した先に現れるとし、SFは自然主義よりも文学の本流だとも主張したが、「エヴァ」はSF的（あるいはオカルト的）設定を借りて私小説的妄想を極限まで推し進めた作品ともいえる。

一方、「エヴァ」がはじまった一九九五年には押井守監督の「GHOST IN THE SHELL　攻殻機動隊」（原作・士《し》郎《ろう》正《まさ》宗《むね》）も公開されている。こちらはネット内に生成した神の如きAIを扱い、SF的整合性を駆使して世界の細部まで構築し切った作品で、画像表現の美しさでも画期的な作品であり、「ブレードランナー」的美意識の進化形だった。

ライトノベルから二一世紀SFへ

アニメがかくも鮮烈な大作を作っていた頃、小説でヒットしていたのは、少年（少女）小説とSFをミックスしたような軽快な小説群だった。いわゆるライトノベルである。

ライトノベルという名称は、NIFTYのパソコン通信サービス内のSFフォーラムで九〇年一二月に生まれたといわれている。だが、そのように呼ばれる作品の歴史は、意外に古い。若者向けの小説で、しばしば挿絵や表紙絵が読者を引き付けるような類いの作品は、六〇年代以前にもあった。それらは七〇年前後からジュニア小説と呼ばれるようになり、七〇年代後半には氷室冴子や新井素子がブームとなったこともあって、読者層・書き手共に層が厚くなり、ティーンズノベル、ヤングアダルト、ハイ小説など微妙にニュアンスを異にしつつ競合するジャンル概念が提示され、それらを出版する文庫・新書の新レーベルが続々と誕生した。

SFブームといわれた現象のうち、後半はそうした若者向け作品の量産体制を指していた面がある。少なくとも商業的にはそういうニュアンスが強かった。実際、この時期には多くのファンライターに執筆の声がかかり、デビューした人も多いのは前述のとおり。七〇年代にはコバルト文庫、秋元文庫、ソノラマ文庫があるくらいだった市場に、八〇年代になるとアニメージュ文庫、講談社X文庫、角川スニーカー文庫、富士見ファンタジア文庫などが参戦し、八九年にはいちご文庫、学研レモン文庫、徳間文庫パステルシリーズ、エニックス文庫、くれよん文庫などの新レーベルが生まれた。この間、新書ノベルスも各社で創刊されており、各社とも既成の作家だけではラインナップを揃えられなくなっていたのである。デビューしやすい代わりに書き手も消耗品扱いで、数年もするとレーベル自体が次々と消えていった。

それでも筆力・やる気共にあった書き手は生き残り、二一世紀になる頃にはSF、ホラー、ファンタジー、歴史小説などの諸ジャンルで中核を担うようになった。岩井志麻子、小野不由美《ふゆみ》、山本弘、吉岡平《ひとし》、新城十馬《かずま》（新城カズマ）らは、その代表格だ。

若者向けの小説群がライトノベルと呼ばれるようになってからも、その基本的な精神は変わらなかった。ちょっとバカバカしく、非現実的であり、しかし何度も繰り返される青春の物語。高畑京一郎『タイム・リープ』（一九九五）、野尻抱介『ロケット・ガール』（同）、秋山端人《みずひと》『イリヤの空、ＵＦＯの夏』（二〇〇一）、西尾維新『クビキリサイクル』（同）、谷川流《ながる》『涼宮ハルヒの憂鬱』（二〇〇三）などなど。世代は違うものの、これらを読んでいると、高校時代にＳＦ研をはじめとする文化系クラブを掛け持ちしていた頃が思い出されて、懐かしい（それにしてもハルヒでは、コスプレは第一弾から出てくるし、第二弾で自主映画を作っているのに、同人誌を作るのはようやく第八弾になってから。しかもＳＦが省かれているところが、現代オタク界のヒエラルキーを反映している）。

懐かしいといえば、二一世紀に入る頃から、「懐かしの昭和」ブームがやってきた。原作マンガは以前から書き続けられていたのだが、映画版「ＡＬＷＡＹＳ　三丁目の夕日」や同「二十世紀少年」などは、それぞれ昭和三〇年代、四〇年代へのオマージュというか「あった、あった」的懐かしさを基調にしている。

ＳＦでも、先行する古典的名作への読者の記憶を刺激すること自体を織り込んだかのような作品が増えた。新城カズマ『サマー／タイム／トラベラー』（二〇〇五）や小林めぐみ『回帰祭』（二〇〇八）などは、その成功例といえよう。

二一世紀ゼロ年代のエポックは、二〇〇七年に起きた。この年、横浜でアジア初の世界ＳＦ大会（第六五回）が、第四六回日本ＳＦ大会と併せ、〈Nippon２００７〉として開催されたのである。内外からの三千四百人の参加者を集めたこの大会も、ボランティアのスタッフによって運営され、日本ＳＦ作家クラブも全面的に協力した。

またこの年は、伊藤計劃《けいかく》と円城塔がデビューしたことで後世に記憶されるはずだ。構えの大きな本格ＳＦの伊藤計劃と、文を記すことの思想性・思弁性を追究する円城塔は、今後のＳＦ界を牽引する存在であり、いわば二一世紀版の小松左京と筒井康隆の取り合わせと期待された。ただし伊藤計劃はかねてからの疾病のために二〇〇九年に亡くなった。その早すぎる死が惜しまれる。

日本ＳＦ新人賞と小松左京賞——新世紀作家たちの登場

伊藤、円城の登場にも関係しているが、二〇〇〇年前後には二つの新人賞ができ、それぞれ一〇年ほどのあいだに優れた新人を生み出した。そのひとつは日本ＳＦ新人賞、もうひとつは小松左京賞だ。

日本ＳＦ新人賞は日本ＳＦ作家クラブが主催し、徳間書店が後援した新人賞で、一九九九年

（第一回）三雲岳斗《がくと》、佳作に青木和、杉本蓮、二〇〇〇年（第二回）吉川良太郎、谷口裕貴《ひろき》、二〇〇一年（第三回）井上剛《つよし》、佳作に坂本康宏、二〇〇二年（第四回）三島浩司、二〇〇三年（第五回）八杉将司、佳作に北国浩二、片理誠、二〇〇四年（第六回）照下土竜《ひのしたもぐら》、二〇〇五年（第七回）タタツシンイチ、二〇〇六年（第八回）樺山三英《みつひで》、佳作に木立嶺、二〇〇七年（第九回）中里友香、黒葉雅人、二〇〇八年（第一〇回）天野邊《ほとり》、杉山俊彦、二〇〇九年（第一一回）伊藤隆之、山口優が選ばれた。

　諸氏はいずれも本格的なＳＦを書き得る逸材で、現在、ＳＦ内外で作家として活躍している。なかでも『ジャン＝ジャックの自意識の場合』で第八回受賞者となった樺山三英は、その後『ゴースト・オブ・ユートピア』ではジョージ・オーウェルやフーリエ、スウィフト、シェイクスピア、ウィリアム・モリス、オルダス・ハクスリー、レイ・ブラッドベリなどの作品を下敷きに、新たな虚構世界の数々を描き出し、また『ハムレット・シンドローム』ではシェイクスピアと久生十蘭の作品を基調に、デリダやハイナー・ミュラー、ジョン・アップダイクなどを援用して重層的虚構空間を現出させた。こうした虚構それ自体の思想性、意味性への探求は『ドン・キホーテの消息』（二〇一六）で、さらに深められた。そもそも『ドン・キホーテ』自体が重層的に成立したメタ・フィクション的作品なのだが、われわれの暮らす「現実」もまた、大半は情報でできている。個人は社会の出来事をメディアをとおして知り、今の時間も自分が乗っている電車の行き先も、表示されたデータが頼りだ。それらが本当に正しいのかすべて確かめることは個人には不可能である。皆がそうだといえば、それは「現実」になってしまう。

妄想の正義を信じ、幸福を目指して騒ぎ立て、思いもよらない惨劇を招いてしまうドン・キホーテ的な魂は、今もあらゆる人々のなかに遍在している。

一方、小松左京賞は角川春樹事務所が主催し、小松左京が選考委員を務めた賞で、これまたユニークな作家たちを輩出した。

二〇〇〇年（第一回）平谷美樹、佳作に浜圭一郎、高橋桐矢、二〇〇一年（第二回）町井登志夫、二〇〇二年（第三回）機本《きもと》伸司、二〇〇三年（第四回）上田早夕里、二〇〇四年（第五回）有村とおる、二〇〇五年（第六回）伊藤致雄《むねお》、二〇〇六年（第七回）受賞作なし、二〇〇七年（第八回）上杉那郎《なろう》、二〇〇八年（第九回）森深紅《もりみくれ》、二〇〇九年（第一〇回）受賞作なしという結果で、一〇回を以て終了した。

第四回に『火星ダーク・バラード』で受賞した上田早夕里は、二〇一一年に地球表面の大半が海に覆われた世界を舞台に、特異な生態系と社会体系が営まれる異世界を描いた『華竜の宮』で日本ＳＦ大賞を受賞することになる。

小松左京賞は、惜しくも受賞を逃した作品に名作があったことでも知られる。たとえば第一回の最終候補作には、既成作家だった北野勇作の『かめくん』も含まれており、同作は徳間書店から刊行されて二〇〇一年の日本ＳＦ大賞を受賞した。また第七回の候補作には伊藤計劃『虐殺器官』、円城塔『Self-Reference ENGINE』が含まれていた。両作はまもなく早川書房から出版され、それぞれに読者の熱い支持を集めた。

伊藤計劃の同作は日本ＳＦ大賞候補作となり、二〇〇九年には『ハーモニー』で同賞を受賞している。ちなみに伊藤は同賞詮衡時には既に物故しており、故人の作品が日本SF大賞（本賞）に選ばれた唯一の事例になっている。

円城塔は小松左京賞応募と同時期に『オブ・ザ・ベースボール』を文學界新人賞に投じており、こちらはみごとに受賞、二〇一二年には『道化師の蝶』で芥川賞を受賞した。そして現在に至るまで、現代文学とSFの尖端に跨る作品を書き続けている。ちなみに芥川賞受賞の際は同時受賞した田中慎也の「貰っておいてやる」発言が注目されたが、選考委員だった石原慎太郎を辞任せしめたのは円城作品のインパクトであった。

二一世紀の幕開けに当たる時期に、時を同じくして二つの新人賞が生まれたのには、九〇年代のSF低迷への危機感があった。出版不況を打開するには、大型新人を発掘し育成することが必要不可欠で、そのためには新人賞を設けるのが一番であることは分かっていた。ただし新人賞運営には莫大な経費がかかるし、受賞作出版には出版社の協力が欠かせない。事が事だけに本決まりになるまでは口外できず、日本SF作家クラブと小松左京個人が、それぞれに動いた結果、出版社と大筋合意ができた段階で、二つが重なる形になったことが明らかになったのだった。それでもどちらの賞も優れた作家を生み出したのだから、意義はあった。

ゼロ年代後半には、日本SF作家クラブ主催、早川書房後援で日本SF評論賞も制定された。こちらは二〇〇六年（第一回）横道仁志、鼎元亨、二〇〇七年（第二回）海老原豊、磯部剛喜、二〇〇八年（第三回）宮野由梨香、藤田直哉、二〇〇九年（第四回）石和義之、二〇一〇年（第五回）岡和田晃、高槻直樹、二〇一一年（第六回）関竜司、藤元登四郎、二〇一二年（第七回）渡邊利通、忍澤勉、二〇一三年（第八回）タヤンディニ・ドゥニ、二〇一四年（第九回）進藤洋介を輩出したのち、休止した。なおこの賞で本賞を受賞したのは第一回の横道と第三回の宮野だけで、優秀賞、選考委員特別賞、奨励賞が殆どだったが、各氏はその後、ＳＦ内外において文芸評論や社会批評で活躍している。

「レベル・セブン」以降の想像力

ＳＦ的想像力の必要性は意外な出来事によって、すべての日本人、あるいは全人類の前に明らかとなった。

二〇一一年三月一一日、東日本を巨大地震が襲った。それに伴い東京電力の福島第一原子力発電所が数日後にメルトダウンを起こした。日本において「レベル・セブン」の放射能汚染事故が起きたのである。

東電がこの事実を公式に認めたのは、メルトダウン発生後二ヶ月を経てからだった。二ヶ月もかかった理由を東電は「解析よりも対応を優先したので仕方がなかった」と解説した。これをそのまま信じれば、東電の管理能力は「レベル０」ということになるし、分かってはいたが公表を控えていたとすれば、信用力が「レベル０」ということだ。菅首相も、首相の座を降りた後になって、事故発生直後に最大で一千数百万人の人々を避難させねばならない事態も想定されたことを明らかにしたが、それを秘匿していた自身の責任を認識しているとは思えない態度だった。人はどこまでも自分勝手な物語に逃避できる存在らしい。

福島第一原発から半径二〇キロの地域に対する立ち入り制限がなされ、未だに除染作業が続けられている。上野と仙台を結んで海岸沿いを走っていたJR常磐線の全面復旧は、まだ実現していない（内陸部に路線を移す案も出ている）。放射線の見えない壁に阻まれて、福島の一部は小松左京が「物体O」や『首都消失』で描いたような消失状態にあるのだ。その範囲は徐々には縮小してきているものの、一〇年、二〇年と立ち入れない地区も残りそうだ。

失われているのは、土地や安全だけではない。推定能力もまた喪失している。原発事故以降、放射線量をチェックするのが日課になっている人は多いだろう。福島県に隣接する北関東に暮らす私にとって、それは天気予報以上に大切な「生活情報」となっている。だが新聞などに発表される累積放射線量の前提となっている放射能の測定は、三月二三日からのもので、水素爆発直後からの約一〇日分は加算されていない。つまり事故直後の高濃度放射線放出があったと思われる期間の線量を、推定0としているのだ。

司法の世界では「疑わしきは罰せず」という推定無罪の原則があるが、原発行政の世界には「測定しなければ放射線はゼロ」という原則があるらしい。不正確な推計値は加算できないという理屈だが、もしそうだとすれば原発行政もまた想定能力ゼロ、危機管理能力ゼロの「推定無能」ということになる。

原発のメルトダウン事故以降、日本のSFはどの程度変わったのだろうか。それはまだ分からない。すでに日本SFは、そうした世界を織り込んできたともいえるし、ここで改めて「その先」を描き出す想像力を発揮するかもしれない。

川上弘美は「群像」二〇一一年六月号に、一九九三年に発表した自作「神様」の改訂版「神様　2011」を発表した。そこには〈春先に、鴫を見るために、防護服をつけて行ったことはあったが、暑い季節にこうしてふつうの服を着て肌を出し、弁当まで持っていくのは「あのこと」以来、はじめてである〉といった改変が加えられていた。「あのこと」とはもちろん福島第一原発事故のことだ。この程度の変化ですむのか——つまり、春になれば再び鴫は来るのだろうかという恐れを抱きつつ、川上の「静かな怒り」と想像力の健全性には深い共感を抱く。

なぜ、われわれの生きる世界はこのようなものになってしまったのかについては、営利のために安全管理コストを蔑ろにしてきた東電の責任だとか、場当たり的な政府の原子力行政の責任、関係機関の地震発生以降の対応の鈍さなどがあげられる。そして、それらすべての根底にあるのが、SF的想像力の欠如だ。

震災前から、貞観年間（九世紀中葉）に巨大津波があったとの指摘がなされていた。しかも東電は、二〇〇八年には一〇メートルを超える津波発生を推計しながら「仮説値にすぎない」として無視した。その愚かさを、しかし嗤うことはできない。千年以上前の出来事を参考にして今現在に備えるような感覚は、われわれの社会になかったからだ。

だが今日、福島原発を含む日本の原発関連施設の多くにはプルトニウムが置かれている。プルトニウムのなかには半減期がきわめて長い種類があり、数万年単位で対策を考えねばならないことは、高校を卒業した大人なら、誰でも知っていたはずだ。ましてや、科学者や原発関連の企業や行政の人間ならなおさら。千年という時間はわれわれの日常感覚には馴染まないが、核物質を扱う以上、当然、想定に入れねばならない。みんなそのことを「知っていた」はずなのに「感じる」ことができなかったのが、この惨事の根本原因だ。

日本人の常識的な判断力・自制心は、今でも優れていると私は思う。三・一一の大震災で、私自身、数日間にわたってすべてのライフラインが止まった地点で避難生活を送ったが、被災地の人々の良識的な態度には感銘を受けた。被災者のひとりとして、そうした共同体の一員として過ごしたことを誇りにすら思う。しかし現代社会は、常識や良識といった経験的な想像力のみでは対応し切れないものになっている。原発事故はその事実を明らかにした。放射性物質のような非日常的なものを日常生活に取り入れている以上、われわれもまた非日常的な想像力を日常的に駆使しなければならない。それがわれわれの直面している「現実」だ。

想像力の欠如は犯罪である――未来を担保することで現在を豊かに消費しているわれわれは、そういう世界に生きている。経験的、常識的想像力では把握しきれないレベルの物質が散在する世界に生きているわれわれにとって、SF的想像力は、好むと好まざるとにかかわらず、今や必須の感覚となったのだ。

そんな最中の二〇一一年七月二六日、小松左京が亡くなった。日本は今、最も必要な人材を失ったのである。

小松左京は一九九五（平成七）年の阪神淡路大震災後、被害実態の記録・分析に取り組み、「災害防衛国家構想」を打ち出していた。また巨大災害の記録を人類共有の知的資源とし、個人の生命に直結する地球規模の環境問題に国境を越えて取り組む「安全のための連帯」を提唱していた。さらに九〇年代以降になると、七〇年代に比べて原子力施設の安全体制がむしろ後退していると指摘してもいた。

それでも小松は三・一一以降も、「日本はかならず復興する」と信じていたという。小松左京がいなくても、日本は復興の未来を描けるのか。地震や原発事故を「忘れる」のではなく、きちんと向き合い、きちんと乗り越えてゆけるのか。そして、われわれに未来はあるのか。それは今後の、われわれのSF的想像力に委ねられている。

「シン・ゴジラ」と「君の名は。」は災後作品であるか

災後小説は、その後も桐野夏生の『バラカ』や恩田陸の『錆びた太陽』など、書き続けられている。また、特に震災あるいは災後を主たる話題としなくとも、さまざまな作品に前提的に取り込まれている。そして二〇一六年には、特撮映画とアニメ映画で震災をイメージさせる作品の大ヒットが記録された。庵野秀明総監督の「シン・ゴジラ」と新海誠監督の「君の名は。」だ。ことに後者は国内興行収入二五〇億円と、宮崎駿監督「千と千尋の神隠し」に次ぐ歴代邦画第二位を記録したばかりでなく、世界各国で公開されるや、それぞれの国での公開規模に応じたヒットとなり、世界興収では歴代邦画トップとなった。

「シン・ゴジラ」はゴジラを魚類から両棲類、四足歩行型爬虫類、二足歩行型恐竜……と個体進化の道筋をなぞるようにして形態変化する存在として描き、また核融合により体内で半永久的にエネルギーを自給できる怪獣とした。「ゴジラ」映画では、ゴジラを核と戦争の惨劇を背

負う孤高の神話的存在として描いた一九五四年の第一作を越えられないという課題と、一般のファンはゴジラと戦う別の新怪獣も期待しているというジレンマ（他の怪獣が出現すればゴジラは相対化されてしまい、怪獣同士の戦いはプロレス化せざるを得ない）があった。ゴジラ自身の形態変化は、この二つの相矛盾する課題に挑むものだった。

それに加えて、「シン・ゴジラ」には東日本大震災の災害光景や、続く東京電力福島第一原発におけるメルトダウン事故の、企業や政府の対応力の欠如ぶりを、存分に画面に取り込んでいた。「シン・ゴジラ」は、そうした現実の企業や政府の対応への痛烈な批判を込めたパロディないしは「やり直し」としてあった。この「過去をやり直す」という反復は「エヴァンゲリオン」とも通底している。「エヴァ」はテレビ版、旧劇場版、新劇場版、マンガ版とそれぞれに少しずつ違っており、平行世界ないしは世界の「やり直し」であるのは周知のとおりだ。ただし「エヴァ」では、何度やり直しても地獄というか、どんどんと作品内世界が悲惨になっている気がする。

一方、「君の名は。」は、新海監督お得意の「君と僕」的な美しい少年少女の結びつきが、隕石衝突で死んでしまうはずの少女の救済、さらには彼女の住む糸守町の五〇〇人程度の町民の救済を、時を遡って実現する物語である（それだけじゃないけど）。その災害後の景色には震災をイメージさせるものがあり、また新海監督自身「東日本大震災から感じた要素を取り入れた」とも発言している。しかし「要素を入れた」というのは「その問題を描いている」ことを意味しない。それは「世界の出来事がふたりの運命を左右する」のと「ふたりの運命が世界を左右する」のが違うくらい別のことだ。

むしろ少女たちを襲った災厄は、直接的には一九八五年の日本航空機墜落事故を彷彿とさせる。その被害規模も死者五二〇人と、ほぼ同程度だ。事故現場は長野県との県境に近い群馬県多野郡の御巣鷹山だった。七三年に長野県佐久郡小海町に生まれた新海は当時中学生。当時は長野県側からも捜索隊が出、連日のように自衛隊や報道各社のヘリコプターが爆音を立てて飛んでいた。中学生だった新海にとっては、身近に起きた衝撃的事件だったはずだ。

ちなみに宮沢賢治は『銀河鉄道の夜』で、氷山にぶつかって座礁した船の乗客を、大量に銀河鉄道の車両へと乗り込ませている。タイタニック号の沈没事故が起きたのは、宮沢賢治十六歳の時だった。新海は賢治同様、思春期に受けた衝撃を忘れず（あるいは無意識に）、自分の作品内で彼らを鎮魂しようとしたのではなかったか。

ＳＦは科学をその重要な要素としているが、実はきわめて情緒的な表現に適している。現実にはありえない救済を描くところに、ＳＦの持ち味のひとつがある。特にタイムリープやタイムトラベルは「これではない別の世界へ」「あってはならないことなど起こらなかった世界へ」という「正しい世界」への願望と結びついている。それはウェルズの『タイムマシン』以来の王道だ。

そういえば東浩紀が二〇〇九年に刊行し、翌年に三島由紀夫賞を受けた『クォンタム・ファミリーズ』も、量子論的世界像を踏まえつつ、時空を超えた親子の交流を描いていた。東は特定の信仰としてではなくライプニッツ的な意味での「神」を信じているとし、倫理的には原理主義的な公正さと共に、目の前の個別的な悲劇への偏った同情や共感（動物化）による公共性も重視しており、ヘーゲルが想定したような絶対精神の具現としての国家など実践的には機能しないとしている。この視点から「シン・ゴジラ」と「君の名は。」を見直してみると興味深い。ＳＦは科学性や社会性の表現である一方、きわめて叙情的なカタルシスの表出に適した形式なのである。

創元ＳＦ短編賞と新生ハヤカワＳＦコンテスト――新たな主題系の誕生

ライトノベルや長編ＳＦは、ＳＦに馴染みの薄い読者からも評価され、部数も確保できていたものの、一般文芸誌での本格的な短編ＳＦの掲載が減っていた時期に企画された大森望責任編集『ＮＯＶＡ』（二〇〇九〜一三、河出文庫）は、ＳＦ的想像力再浮上に貢献した。大森は自ら執筆依頼をするだけでなく寄稿も募り、寄せられた作品は直ちに読んで応対したという。『ＮＯＶＡ』は一〇冊で完結したが、その後もテーマ別の『ＮＯＶＡ＋』が河出文庫から出ている。また同社からはＳＦレーベル〈ＮＯＶＡコレクション〉も生まれた。

さらに二〇〇七年度（刊行は翌年）より、創元ＳＦ文庫から大森望・日下三蔵編『年刊ＳＦ傑作選』が継続的に刊行されるようになり、それに伴って創元ＳＦ短編賞が設立された。二〇一〇年（第一回）に松崎有理、高山羽根子・坂永雄一・山下敬・宮内悠介、一一年（第二回）に西島伝法・空木春宵・片瀬二郎・志保龍彦・忍澤勉、一二年（第三回）に理山貞二・オキシタケヒコ・皆月蒼葉・舟里映・渡邊利道、一三年（第四回）に宮西建礼・鹿島建曜・高槻真樹・与田kee、一四年（第五回）に門田充宏・高島雄哉・有井聡・浦出卓郎・合戸周左衛門、一五年（第六回）に宮澤伊織・宇部詠一・伊藤知子・逸見真由、一六年（第七回）に石川宗生・フカミレン・梓見いふ・各務都心、一七年（第八回）に久永実木彦・久野曜が選ばれた。

名前を列挙しただけのように見えるかもしれないが、この羅列のなかに各作家の人生がある。なかには二〇年前のハヤカワSFコンテスト入選者と同じ名前も見えれば、評論賞の受賞者もいるなど、それぞれがいかにSFを愛し、取り組んでいるかが窺われる。

創元SF短編賞は短編賞にしては異常なほどの高率で優れた作家を輩出している。なかでも宮内悠介は、受賞作『盤上の夜』で日本SF大賞を受け、翌年には続けて『ヨハネスブルクの天使たち』で同特別賞を受けたばかりでなく、すでに幾度か直木賞・芥川賞両方の候補に挙げられており、人気作家としての地位を確立している。西島伝法の出現は、ある意味ではそれ以上に鮮烈で、漢字表記と読音の二重意味によって不思議な幻想世界を巧みに現出させた（それでいてその幻想世界が現代日本の会社社会と二重写しにもなっている）『皆勤の徒』により、日本SF大賞を受けた。他の諸氏も近々ブレークするかもしれない。

さらにハヤカワSFコンテストが、長編小説を対象とする賞として復活し、二〇一三年（第一回）に六冬和生・坂本壱平・下永聖高・小野寺整、一四年（第二回）に柴田勝家・神々廻楽《ししばら》市《いち》・倉田タカシ・伏見完・梶原祐二、一五年（第三回）に小川哲・つかいまこと・冬乃雀・茶屋休石・維嶋津、一六年（第四回）に吉田エン・黒石迩守・草野原々・斧田小夜・西川達也、一七年（第五回）に津久井五月・樋口恭介・伊藤瑞彦・愛内友紀・平島摂子・若里実らが受賞ないし最終候補として世に知られるようになった。

彼らもまた、現在はまだデビュー数年なので今後の活躍は未知数だが、大賞受賞作ばかりでなく優秀な候補作も順次単行本化されており、いずれもプロの水準に達している。さらに受賞者のなかには第二作、第三作を刊行している者もいる。彼らが今後のSF界をリードする存在に成長する日も近いだろう。『ユートロニカのこちら側』で第三回を受賞した小川哲は二〇一七年に『ゲームの王国』を刊行し、SF外からも注目された。これはある意味、ゼロ年代的な決断主義と、九〇年代的な「君と僕」のセカイ系のジンテーゼといえるかもしれない。

一九九〇年代の非決定や自閉的繊細さは、日本経済の退潮や社会の閉塞化を反映していたが、二一世紀の最初の一〇年、いわゆるゼロ年代的想像力もまた、結果的には当時の政治的決断主義と呼応する形になっていた。そしてこれらは、ネット社会の発展・浸透状況に裏打ちされた人間の日常感覚の変化に対する、それぞれの時代感覚の投影でもあった。九〇年代には、自他の身体性が失われていくことへの逡巡や怖れがまだ強かった。それがゼロ年代には、もはや後戻りはできない決定的な変化としてネット社会は物質的な実態社会を席巻していった。

電子書籍として個人出版した作品『Gene Mapper -core-』が評判となってプロデビューした藤井太洋は、近未来のテクノロジーと社会の変貌を、リアルなタッチで前向きに描いている。

また、二〇一〇年前後になると、人工頭脳が人間を凌駕するシンギュラリティ以降の社会を描く作品や、データ内情報が物質世界を代替もしくは等価的互換関係にある世界を舞台にした作品が顕著に増えている。

長谷敏司『BEATLESS』、神林長平『フォルマルハウトの三つの燭台』、山田正紀『ここから先は何もない』などは、シンギュラリティ以降を、それぞれの独自の手法で描いていて興味深い。一方、円城塔『エピローグ』『プロローグ』などは思弁的でありながらリリカルな傑作SFだが、電子的（虚構内的）存在がある種の身体性ないしは「心情性」として描かれ、飛浩隆『自生の夢』には「忌字禍（イマジカ）」という電子的災厄が描かれる。さらに若い書き手の作品では、データと物質の等価性（あるいはデータの優越）は、体感的な実感を伴っているように感じられた。ポストサイバーパンクともいうべき黒石迩守『ヒュレーの海』にも、そうした感性を感じる。

サイバーパンクから、その批評ないしはパロディとして派生したスチームパンクは、一過性の流行に止まらずサブジャンル的に定着した。パンクは本来は朽木の意であり、一九七〇年代に不良を指す言葉として広まり、カウンターカルチャーでの意味の反転（「不良文化」への注目）を経て、電子空間の混沌を不法活用するハッカー的反権力や統御への抵抗などを含むサイバーパンク的物語を生んだわけだが、スチームパンクは欧米では蒸気動力的科学技術とヴィクトリア朝的美意識（それは時にゴシック・リバイバルの懐古趣味や、悪趣味な過剰装飾を意味する）をブリコラージュしたドラマとして展開した。日本でも、伊藤計劃・円城塔共著『屍者の帝国』（二〇一二）など、ヴィクトリア朝から明治体制の日本を舞台にしたもの、また江戸的な身分制と機械技術の並存する社会を描く作品などが書かれている。これらはタイムトラベルとはまた別の回顧的フィクションであると同時に、現代文明に対するアンチテーゼという側面も持つ。

その一方で、青春ＳＦの王道としてのタイムトラベル物、ループ物は、「君の名は。」や重層的な「エヴァ」／「ヱヴァ」ばかりでなく、多くの書き手によって今も、手を替え品を替えて書き続けられている。第五回ハヤカワＳＦコンテスト大賞受賞作のひとつである樋口恭介『構造素子』（二七）もそうした物語のひとつで、父と子の交流の物語である東浩紀の『クォンタム・ファミリーズ』へのオマージュであるばかりでなく、ＳＦ史の改変的追懐にもなっている。こうした理想化された追懐への誘惑もまた、もはや新しいものが生まれ難い二一世紀という時代らしい現象なのかもしれない。

ともあれＳＦは時代と共振しながら、折々に新たなテーマを見出してきた。あるいはＳＦが見出した主題系をバネに、次の時代が構築されてきた、というべきかもしれない。もし世界に未来があるなら、ＳＦにもまだ未開拓の領域があるのだろう。

あとがき

旧版『日本SF精神史』を出してから、早いもので八年が経った。前著で意図したのは、一八五〇年代から一九七〇年代までの日本SFを、一つの大きな流れとして描きたいということだった。SFという言葉のなかった時代の先達の営為と、戦後にジャンルSFを確立していく草創期の先達の格闘が、連続した精神運動だったことを示したいというのが、私の願いだった。

執筆当時は意識しなかったが、刊行後に「初の日本SF通史」との評価を頂き、「そういえば石川喬司先生や小松左京先生の論考、横田順彌先生の古典SF研究などはあったけれども、単行本での通史は初めてだったな」と思っているうちに、望外にも日本SF大賞と星雲賞を頂戴した。SFファンとしては、ちょっと長めのファンレターを書いたら、とんでもないプレゼントを頂いてしまったようなものだ。

続く『戦後SF事件史』では、現代SFの周辺事項を専ら取り上げた。これはSF的想像力の範囲を極限まで拡げようという試みだった。その一方で現代SFに関する評価めいた記述が少ないのは、私にとって自分がリアルに体験した七〇年代以降の現代SFは「今現在」にほかならず、それ自体を客観化することが困難と感じられたためだ。また、もし書くなら個別に作家論、作品論としてやりたいとの想いもあった。むしろ〝直接のSFではないが、同時代のサブカルのなかにどれくらいSF的なものがあり、それがSFとどのように共振していたのか〟や〝作家だけでなくファンが、SFの成長にどのように関わってきたのか〟という、直接には作品の形を取っていないために次第に薄れつつある関係性の記憶を先に書いておきたかった。だからこその「事件史」だった。本書では、七〇年代以降の日本SFについても、全体の構成を壊さない範囲で大幅に加筆した。

SFは近代科学と近代社会の勃興と共にはじまり、その発展ならびに混迷に対して、時に批判的に寄り添いつつ歴史を刻んできた。それは夢の歴史であり、とうてい有り得ないような幻想と共に、たくさんの有り得たかもしれない可能性、ユートピアとディストピアを描いてきた。幾度もの人類滅亡や宇宙の破壊、ファーストコンタクトと時空旅行、並行宇宙や異次元のなかには、人類の理想と欲望、賢明さと愚昧さもまた、時に戯画化されて写されている。SFには、それぞれの時代の集団的な意思と個別的な生活と夢に基づく、写実的リアリズムとは異なる手法で追求された「それではない別の真実」が込められている。

旧版刊行後の八年のあいだだけでも、社会は大きく変動し、SF界にもまた新たな作家や作品が誕生した。二〇一〇年以降に書かれた作品だけをとっても、日本SFには世界文学に十分に通用する収穫があった。それらをリアルタイムの現代史として取り上げられるのは、SFファンとして何より嬉しい。

また今回、改めて『日本SF精神史【完全版】』を出すに当たっては、七〇年代以降の現代

ＳＦに関する記述を、ある程度、書きこませて頂いた。さらに日本ＳＦの起源についても、巌垣月洲『西征快心編』から恋川春町『悦贔屓蝦夷押領』へと変更するなど、ページの許す限りの加筆修正を行った。

改めて江戸後期から平成までのあいだに書かれた数多くの小説を読み直し、それぞれに感心し、感動し、新たな発見があった。自分は本当にＳＦが好きなのだな——ということも再確認した。そして、まだこの世界が好きなんだということも。

最後に、タイムリープ的な反復と改変のチャンスを与えて下さった河出書房新社と同編集部・藤﨑寛之氏に感謝を、本書を手に取ってくれたＳＦな仲間達には深甚の同志愛を捧げます。

長山靖生

二〇一八年二月

主要参考文献

（本文中に明記した創作・雑誌掲載論文は除く）

會津信吾『昭和空想科学館』（里艸、一九九八）
會津信吾編『日本科学小説年表』（里艸、一九九九）
赤瀬川原平『櫻画報永久保存版』（青林堂、一九七一）
赤瀬川原平『東京ミキサー計画』（ＰＡＲＣＯ出版局、一九八四）
赤瀬川原平『いまやアクションあるのみ！』（筑摩書房、一九八五）
浅倉久志『ぼくがカンガルーに出会ったころ』（国書刊行会、二〇〇六）
浅羽通明『天使の王国「おたく」の倫理のために』（ＪＩＣＣ出版局、一九九一）
東浩紀『郵便的不安たち』（朝日新聞社、一九九九）
東浩紀編『日本的想像力の未来』（日本放送出版協会、二〇一〇）
安部公房『安部公房全集』全三〇巻（新潮社、一九九七～二〇〇九）
安部ねり『安部公房伝』（新潮社、二〇一一）
荒井欣一『ＵＦＯこそわがロマン』（私家版、二〇〇〇）
荒巻義雄『シミュレーション小説の発見』（中央公論社、一九九四）
安在邦夫・田崎公司編著『自由民権の再発見』（日本経済評論社、二〇〇六）
生島治郎『浪漫疾風録』（講談社文庫、一九九六）
石川喬司編『日本のＳＦ（短篇集）古典篇（世界ＳＦ全集34）』（早川書房、一九七一）
石川喬司『ＳＦの時代』（奇想天外社、一九七七）
石川喬司『ＩＦの世界』（毎日新聞社、一九七八）
石川喬司『極楽の鬼――マイ・ミステリ採点表』（講談社、一九八一）
一柳廣孝・吉田司雄編著『ナイトメア叢書① ホラー・ジャパネスクの現在』（青弓社、二〇〇五）
一柳廣孝・吉田司雄編著『ナイトメア叢書② 幻想文学、近代の魔界へ』（青弓社、二〇〇六）
一柳廣孝編著『オカルトの帝国』（青弓社、二〇〇六）
一柳廣孝（研究代表者）・橋本順光、金子毅（研究分担者）『現代日本における「オカルト」の浸透と海外への伝播に関する文化研究』（平成二〇～

二三年度科学研究費助成金研究成果報告書、二〇一一）
宇宙塵編『いつまでも前向きに　塵も積もれば…宇宙塵40年史（改訂版）』（宇宙塵、二〇〇六）
宇野常寛『ゼロ年代の想像力』（早川書房、二〇〇八）
江戸川乱歩『探偵小説四十年』（桃源社、一九六一）
蛯原八郎『明治文学雑記』（学而書院、一九三五）
大石雅彦『「新青年」の共和国』（水声社、一九九二）
大江健三郎『核時代の想像力』（新潮社、一九七〇）
大久保房男『終戦後文壇見聞記』（紅書房、二〇〇六）
大塚英志『「おたく」の精神史　一九八〇年代論』（講談社現代新書、二〇〇四）
大森望・三村美衣『ライトノベル☆めった斬り！』（太田出版、二〇〇四）
小栗又一『龍溪矢野文雄君伝』（大空社、一九九三）
岡田斗司夫『遺言』（筑摩書房、二〇一〇）
越智治雄『近代文学成立期の研究』（岩波書店、一九八四）
オールディス、ブライアン／浅倉久志・酒匂真理子・小隅黎・深町眞理子訳『十億年の宴　SF その起源と歴史』（東京創元社、一九八〇）
オールディス、ブライアン・W／ウィングローヴ、デイヴィッド／浅倉久志訳『一兆年の宴』（東京創元社、一九九二）
鏡明『二十世紀から出てきたところだけれども、なんだか似たような気分』（本の雑誌社、二〇一〇）
笠井潔『機械じかけの夢』（講談社、一九八二）
笠井潔編著『SFとは何か』（NHK出版、一九八六）
笠井潔『探偵小説は「セカイ」と遭遇した』（南雲堂、二〇〇八）
笠井潔・巽孝之監修『3・11の未来　日本・SF・創造力』（作品社、二〇一一）
加藤秀俊・前田愛『明治メディア考』（中央公論社、一九八〇）
川又千秋『夢の言葉・言葉の夢』（奇想天外社、一九八一）
川又千秋『夢意識の時代』（中央公論社、一九八七）
唐十郎『わが青春浮浪伝』（講談社、一九七三）
唐十郎『唐十郎血風録』（文藝春秋、一九八三）
紀田順一郎『明治の理想』（三一新書、一九六五）
紀田順一郎『戦後創成期ミステリ日記』（松籟社、二〇〇六）

紀田順一郎『幻想と怪奇の時代』（松籟社、二〇〇七）
劇団状況劇場編『状況劇場全記録　写真集　唐組』（パルコ出版、一九八二）
現代思潮社編集部編『サド裁判（上・下）』（現代思潮社、一九六三）
小谷真理『テクノゴシック』（集英社、二〇〇五）
小松左京『未来の思想』（中公新書、一九六七）
小松左京『小松左京のＳＦセミナー』（集英社文庫、一九八二）
小松左京（座談集）『ＳＦへの遺言』（光文社、一九九七）
小松左京『威風堂々　うかれ昭和史』（中央公論新社、二〇〇一）
小松左京『ＳＦ魂』（新潮新書、二〇〇六）
小松左京『小松左京自伝』（日本経済新聞出版社、二〇〇八）
権田萬治『日本探偵作家論』（幻影城、一九七五）
今野裕一『ペヨトル興亡史』（冬弓舎、二〇〇一）
最相葉月『星新一　一〇〇一話をつくった人』（新潮社、二〇〇七）
椹木野衣『戦争と万博』（美術出版社、二〇〇五）
柴野拓美（聞き手・山本弘）『僕らを育てたＳＦのすごい人』（アンド・ナウの会、二〇〇九）
柴野拓美さんをしのぶ会実行委員会編『塵もつもれば星となる』（アンド・ナウの会、二〇一〇）
霜月たかなか編『誕生！「手塚治虫」』（朝日ソノラマ、一九九八）
スーヴィン、ダルコ／大橋洋一訳『ＳＦの変容』（国文社、一九九一）
竹内博編『〈ＯＨ〉の肖像　大伴昌司とその時代』（飛鳥新社、一九八八）
武田楠雄『維新と科学』（岩波新書、一九七二）
巽孝之『ジャパノイド宣言』（早川書房、一九九三）
巽孝之『日本変流文学』（新潮社、一九九八）
巽孝之編『日本ＳＦ論争史』（勁草書房、二〇〇〇）
種村季弘『魔術的リアリズム　メランコリーの芸術』（ＰＡＲＣＯ出版局、一九八八）
筒井康隆『着想の技術』（新潮社、一九八三）
筒井康隆『腹立半分日記』（文春文庫、一九九一）
筒井康隆『笑犬樓よりの眺望』（新潮社、一九九四）
筒井康隆『笑犬樓の逆襲』（新潮社、二〇〇四）
寺尾隆吉『魔術的リアリズム』（水声社、二〇一二）
鳥羽耕史『１９５０年代　「記録」の時代』（河出書房新社、二〇一〇）
富田仁『ジュール・ヴェルヌと日本』（花林書房、

一九八四)
豊田有恒『あなたもＳＦ作家になれるわけではない』(徳間書店、一九七九)
豊田有恒『日本ＳＦアニメ創世記』(ＴＢＳブリタニカ、二〇〇〇)
ド・ラ・コタルディエール、フィリップ／ドキス、ジャン゠ポール監修、私市保彦監訳『ジュール・ヴェルヌの世紀』(東洋書林、二〇〇九)
中島梓『道化師と神』(早川書房、一九八三)
中島河太郎『日本推理小説史(全三巻)』(東京創元社、一九九三〜九六)
長山靖生『近代日本の紋章学』(青弓社、一九九二)
長山靖生『偽史冒険世界』(筑摩書房、一九九六)
長山靖生編著『懐かしい未来　甦る明治・大正・昭和の未来小説』(中央公論新社、二〇〇一)
長山靖生『怪獣はなぜ日本を襲うのか?』(筑摩書房、二〇〇二)
長山靖生『奇想科学の冒険』(平凡社新書、二〇〇七)
長山靖生『日本ＳＦ精神史　幕末・明治から戦後まで』(河出書房新社、二〇〇九)
長山靖生『戦後ＳＦ事件史　日本的想像力の70年』(河出書房新社、二〇一二)
長山靖生『奇異譚とユートピア　近代日本驚異〈ＳＦ〉小説史』(中央公論新社、二〇一六)
長山靖生『ゴジラとエヴァンゲリオン』(新潮新書、二〇一六)
長山靖生『「ポスト宮崎駿」論　日本アニメの天才たち』(新潮新書、二〇一七)
成田亨『特撮と怪獣　わが造形美術』(フィルムアート社、一九九六)
日本ＳＦ作家クラブ編『ＳＦ入門』(早川書房、二〇〇一)
日本ＳＦ作家クラブ編『世界のＳＦがやって来た‼ ニッポンコン・ファイル２００７』(角川春樹事務所、二〇〇八)
日本近代文学館編『日本近代文学大事典(全六巻)』(講談社、一九七七〜七八)
野田昌宏『ＳＦ考古館』(北冬書房、一九七四)
林季樹編『近藤真琴先生伝』(攻玉社、一九三七)
針生一郎『戦後美術盛衰史』(東京書籍、一九七九)
伴俊男・手塚プロダクション『手塚治虫物語　１９２８〜１９５９』(朝日文庫、一九九四)
東雅夫・石堂藍『日本幻想作家事典』(国書刊行会、二〇〇九)
平井隆太郎著・本多正一編『うつし世の乱歩　父・

江戸川乱歩の憶い出』（河出書房新社、二〇〇六）
平岡正明『アングラ機関説』（マガジン・ファイブ、二〇〇七）
福島正実編『SF入門』（早川書房、一九六六）
福島正実『SF散歩』（文泉、一九七三）
福島正実『未踏の時代』（早川書房、一九七七）
福島正実編『日本SFの世界』（角川書店、一九七七）
前田愛『近代読者の成立』（有精堂、一九七三）
牧眞司『ブックハンターの冒険』（学陽書房、二〇〇〇）
松井幸子『政治小説の論』（桜楓社、一九七九）
三浦雅士『メランコリーの水脈』（福武書店、一九八四）
峯島正行『評伝・SFの先駆者　今日泊亜蘭』（青蛙房、二〇〇一）
宮沢章夫『東京大学「80年代地下文化論」講義』（白夜書房、二〇〇六）
宮沢章夫『東京大学「ノイズ文化論」講義』（白夜書房、二〇〇七）
森下一仁『現代SF最前線』（双葉社、一九九八）
森下一仁『思考する物語』（東京創元社、二〇〇〇）
矢崎泰久『編集後記』（話の特集、一九八一）
安原顯『決定版「編集者」の仕事』（マガジンハウス、一九九九）
柳田泉『明治初期翻訳文学の研究』（春秋社、一九六一）
柳田泉『政治小説研究』全三（春秋社、一九六七〜六八）
柳田泉・勝本清一郎・猪野謙二編『座談会　明治文学史』（岩波書店、一九六一）
矢野徹『矢野徹・SFの翻訳』（奇想天外社、一九八一）
山村正夫『推理文壇戦後史』（双葉社、一九七三）
山村正夫『続・推理文壇戦後史』（双葉社、一九七八）
横溝正史『探偵小説五十年』（講談社、一九七二）
横田順彌『日本SFこてん古典』全三（早川書房、一九八〇〜八一）
横田順彌『百年前の二十世紀』（筑摩書房、一九九四）
横田順彌『明治「空想小説」コレクション』（PHP研究所、一九九五）
横田順彌・會津信吾『快男児　押川春浪』（パンリサーチ、一九八七）
横田順彌・會津信吾『新・日本SFこてん古典』

（徳間文庫、一九八八）
吉田司雄・奥山文幸・中沢弥・松中正子・會津信吾・一柳廣孝・安田孝『妊娠するロボット』（春風社、二〇〇二）
吉本たいまつ『おたくの起源』（NTT出版、二〇〇九）
米沢嘉博『戦後SFマンガ史』（新評社、一九八〇）
ワット、アンドリュー／長山靖生『彼らが夢見た2000年』（新潮社、一九九九）

「冒険世界」「探検世界」「武侠世界」「科学世界」「新青年」「ぷろふいる」「探偵文学」「シュピオ」「宝石」「SFマガジン」「幻影城」「幻想文学」「宇宙塵」「未来趣味」「奇想天外」「SFアドベンチャー」「SF宝石」「季刊NW-SF」「SFイズム」「SFの本」「SFワールド」「血と薔薇」「幻想と怪奇」「牧神」「ソムニウム」「夜想」「ペーパームーン」「本の雑誌」「宇宙気流」「SF倶楽部」「SFマインド」「イスカーチェリ」「SFファンジン」「朝日新聞」「毎日新聞」「日本経済新聞」各号

日《に》本《ほん》S《えす》F《えふ》精《せい》神《しん》史《し》【完《かん》全《ぜん》版《ばん》】

２０１８年３月20日　初版印刷
２０１８年３月30日　初版発行

著者——長《なが》山《やま》靖《やす》生《お》
発行者——小野寺優
発行所——株式会社河出書房新社
〒１５１-００５１　東京都渋谷区千駄ヶ谷２-32-２
電話０３-３４０４-８６１１（編集）／０３-３４０４-１２０１（営業）
http://www.kawade.co.jp/

装丁・本文設計——天野誠（magic beans）
組版——株式会社キャップス
印刷・製本——中央精版印刷株式会社

Printed in Japan　ISBN978-4-309-02662-6

本書は、小社より刊行された『日本SF精神史』（２００９年12月刊、河出ブックス）と『戦後SF事件史』（２０１２年２月刊、河出ブックス）を合本・再編集の上、加筆・修正を施したものです。

【さ行】

【た行】

【な行】

【は行】

【ま行】

【や行】

【ら行】

【わ行】